LE BLUES DES SACRIFIÉS

DU MÊME AUTEUR

L'Inaveu
  Lévis, Alire (Romans 146), 2012.

Un ménage rouge
  Lévis, Alire (Romans 148), 2013.

Repentir(s)
  Lévis, Alire (GF 30), 2014.

LE BLUES
DES SACRIFIÉS

RICHARD STE-MARIE

ALIRE

Illustration de couverture : BERNARD DUCHESNE
Photographie : FRANCINE MCNICOLL

Distributeurs exclusifs :

Canada et États-Unis :
Messageries ADP
2315, rue de la Province
Longueuil (Québec) Canada
J4G 1G4
Téléphone : 450-640-1237
Télécopieur : 450-674-6237

France et autres pays :
Interforum Editis
Immeuble Paryseine
3, Allée de la Seine, 94854 Ivry Cedex
Tél. : 33 1 49 59 11 56/91
Télécopieur : 33 1 49 59 11 33
Service commande France Métropolitaine
Téléphone : 33 2 38 32 71 00
Télécopieur : 33 2 38 32 71 28
Service commandes Export-DOM-TOM
Télécopieur : 33 2 38 32 78 86
Internet : www.interforum.fr
Courriel : cdes-export@interforum.fr

Suisse :
Diffuseur : **Interforum Suisse S.A.**
Route André-Piller 33 A
Case postale 1701 Fribourg – Suisse
Téléphone : 41 26 460 80 60
Télécopieur : 41 26 460 80 68
Internet : www.interforumsuisse.ch
Courriel : office@interforumsuisse.ch
Distributeur : **OLF**
Z.I.3, Corminbœuf
P. O. Box 1152, CH-1701 Fribourg
Commandes :
Téléphone : 41 26 467 51 11
Télécopieur : 41 26 467 54 66
Courriel : information@olf.ch
Belgique et Luxembourg :
Interforum Editis S.A.
Fond Jean-Pâques, 6 1348 Louvain-la-Neuve
Téléphone : 32 10 42 03 20
Télécopieur : 32 10 41 20 24
Courriel : info@interforum.be

Pour toute information supplémentaire
LES ÉDITIONS ALIRE INC.
120, côte du Passage, Lévis (Qc) Canada G6V 5S9
Tél. : 418-835-4441   Télécopieur : 418-838-4443
Courriel : info@alire.com
Internet : www.alire.com

Les Éditions Alire inc. bénéficient des programmes d'aide à l'édition du Conseil des arts du Canada (CAC), du Fonds du Livre du Canada (FLC) et du Programme national de traduction pour l'édition du livre pour leurs activités d'édition.
Les Éditions Alire inc. bénéficient aussi de l'aide de la Société de développement des entreprises culturelles du Québec (SODEC) et du Gouvernement du Québec – Programme de crédit d'impôt pour l'édition de livres – Gestion Sodec.

Dépôt légal : 2e trimestre 2016
Bibliothèque et Archives nationales du Québec
Bibliothèque et Archives Canada

À Ève

TABLE DES MATIÈRES

Woke up this morning with the Blues down in my soul
My baby gone and left me, got a heart as black as coal.

Traditionnel

PROLOGUE

La fenêtre entrouverte laissait entrer les bruits de la rue en contrebas, mais dans la chambre tout était silencieux, à part le froissement des survêtements blancs, le cliquetis de l'appareil photo du technicien de la police et l'ouverture discrète de la mallette du biologiste judiciaire qui venait d'arriver et qui disposait son matériel avec méthode loin de la victime. Portant lui aussi la combinaison de scènes de crime, le sergent-détective Francis Pagliaro s'approcha de la fenêtre en prenant garde d'y toucher et il jeta par l'embrasure un regard sur le trottoir.

À l'intérieur du périmètre délimité par les habituels rubans de plastique jaune, une policière du Service de police de la ville de Montréal était appuyée au capot d'une autopatrouille tout près d'un agent qui avait vomi à ses pieds et qui pleurait. Même sans entendre ce qu'elle disait, il était évident pour Pagliaro qu'elle consolait son collègue. Quelques mètres plus loin, trois policiers en uniforme du SPVM discutaient, la mine basse, avec l'adjoint de Francis Pagliaro à la Sûreté du Québec, l'enquêteur Martin Lortie, tout en jetant de temps en temps un coup d'œil au public qui s'était attroupé de l'autre côté de la rubalise de la police municipale. Reportant son regard vers le couple,

Pagliaro vit la policière étreindre l'agent effondré et il réprima lui-même un sanglot. Il porta la main à sa bouche et toussa pour que son malaise passe inaperçu.

Les curieux, d'ordinaire agités et indiscrets, semblaient recueillis dans l'atmosphère lugubre que dégageait l'endroit. Le temps était pourtant beau, en ce lundi après-midi. On entendait au loin la rumeur des enfants qui s'amusaient dans le parc. Des coups de sifflet faisaient jaillir des cris de joie et de ralliement.

On doit jouer au soccer, pensa Pagliaro.

Un camion de livraison de UPS passa en trombe et le chauffeur vociférant klaxonna pour chasser les badauds qui lui barraient la voie. Une porte claqua tout près. Deux vieux se berçaient sur le balcon du troisième étage, quatre maisons plus loin, en lorgnant dans la direction des véhicules de la police.

La vie continuait.

Pagliaro aperçut l'enquêteur Réjean Fisette du SPVM qui descendait d'une voiture de patrouille banalisée. Il se tourna alors vers la scène de crime dans la pièce pour se livrer à une dernière observation.

Nicolas Turmel était assis à son bureau, les bras appuyés sur les accoudoirs de sa chaise, les deux mains posées sur le clavier de son ordinateur devant un moniteur grand format éteint. Sa tête était inclinée vers l'avant, le menton abaissé sur le haut du torse. Un orifice à l'arrière de sa tête blonde laissait voir par où était entrée la balle, un petit calibre, selon Pagliaro qui avait examiné la plaie de plus près dès son arrivée. Probablement un .22. Il n'y avait pas de blessure de sortie du projectile et le visage du mort était resté intact. Le plus absurde dans sa posture, autrement normale, était le casque d'écoute Shure SRH1840, dorénavant inutile, toujours en place sur ses oreilles.

Pagliaro connaissait ce modèle qu'il avait déjà eu envie d'acheter pour son bureau à la maison, mais son coût prohibitif l'en avait dissuadé : sept cents dollars. En découvrant les voyants lumineux clignotant sur l'amplificateur placé à distance de bras de Turmel sur une table d'appoint, Pagliaro comprit que le CD tournait encore. En soulevant les écouteurs, il pourrait savoir ce que Nicolas Turmel entendait au moment de sa mort. Il se garda bien de le faire. Il observa plutôt que le bouton de lecture du disque était positionné à *Random*. Turmel avait choisi le mode d'écoute aléatoire.

Nicolas Turmel, ou l'assassin.

En attendant que l'enquêteur Réjean Fisette monte à l'étage, Pagliaro examina rapidement ce qui se trouvait sur la table de travail de Turmel. Des revues scientifiques, une clé USB, un verre d'eau à moitié vide, une tasse avec la poignée fendillée, quelques stylos plantés dans une boîte décorative en métal, un téléphone cellulaire resté ouvert à côté d'un appareil fixe, des CD. Pagliaro les inspecta du regard. Du *noise*, de l'électroacoustique et de la musique concrète. De la musique électronique. Ou plutôt : de l'art audio, selon la nouvelle appellation en vigueur dans le milieu. Un boîtier vide attira l'attention du sergent-détective.

Sine Fiction ; vol. XIX : The Sirens of Titan, d'Érick d'Orion.

On était loin de Schubert.

Dans une bibliothèque basse, à côté de la table de travail, s'alignait une centaine de CD, du blues, pour la plupart. B.B. King, Muddy Waters, John Lee Hooker. D'autres, aussi célèbres. Aucune musique classique.

Drôle de choix musical, songea Pagliaro, *du blues et de l'art sonore.*

Il s'approcha du biologiste judiciaire.

« Monsieur Julien...

— Non ! Pas tout de suite, Francis ! Laissez-moi travailler. Je ne veux surtout pas entendre vos théories sur l'affaire. Merci de votre discrétion et de ne pas intervenir… »

La rudesse de la phrase fut contredite aussitôt par le sourire affable du biologiste qui, tous le savaient, aimait travailler dans la tranquillité. Il se plaisait à dire qu'il opérait sur les faits, rien que les faits, et que les suppositions et hypothèses des policiers ne le regardaient pas. Elles étaient, au contraire, des entraves à sa recherche de la vérité et c'est pourquoi il s'était toujours réjoui que le monde de la police et celui de la science judiciaire soient étanches. À l'édifice Parthenais, les étages qui abritaient les deux services ne communiquaient pas. Dans l'esprit du scientifique, les policiers étaient des clients : « Je vais vous expliquer les faits, vous en ferez ce que vous devez en faire, mais… après. »

Pagliaro lui rendit son sourire qui, étant donné les circonstances, se transforma en grimace maladroite.

« Je voulais seulement vous signaler qu'on s'en va. On vous laisse travailler en paix. C'est le SPVM qui va s'occuper de l'affaire. C'est toujours le cas quand un de nos hommes meurt. L'enquêteur Réjean Fisette arrive, c'est lui le responsable, c'est à sa demande que vous êtes ici.

— Je me demandais, aussi, pourquoi vous vous trouviez sur place, vu que ce sont les Bleus qui nous ont appelés.

— C'est eux qui répondent au 911. »

François Julien acquiesça et il haussa les épaules.

« C'était un homme à vous, à la Sûreté ?

— Oui.

— Je suis navré pour vous, Francis. Je ne savais pas. Je ne le connais pas. »

Il montra la victime du doigt.

« Il est bien jeune.

— Trente-cinq ans. Il s'appelle Nicolas Turmel, expert en informatique. Père de deux petits garçons. Et pour vous dire la vérité, François, je n'ai pas de théorie pour l'instant. »

Il y eut un léger bruissement derrière lui et Pagliaro se retourna pour saluer l'enquêteur Réjean Fisette, qui s'était arrêté à ce moment dans l'encadrement de la porte du bureau. Il était accompagné de deux adjoints en civil, en retrait derrière lui. Pagliaro les rejoignit et ils demeurèrent dans le corridor en attendant que tous les intervenants soient sur place pour un briefing avant de commencer à travailler sur la scène proprement dite. Fisette tendit la main à Pagliaro.

« Mes sympathies, Francis. Désolé pour le retard, dit-il à voix basse, j'étais à l'autre bout de la ville.

— Merci Réjean. »

Il y eut un bref silence embarrassé, puis Pagliaro demanda :

« Comment vous avez été avertis ?

— Quelqu'un a fait le 911 avec le cellulaire de Turmel à quatorze heures cinquante-cinq, mais cette personne n'a pas dit un mot.

— Pas un mot ?

— Non. Il ou elle a laissé le cell ouvert sur le bureau. Quand notre patrouille est arrivée, à quinze heures quatre, la porte du rez-de-chaussée était grande ouverte. Les gars sont montés à l'étage pour vérifier. Un des deux connaissait Nicolas Turmel, il a appelé la centrale et le responsable du service a tout de suite communiqué avec toi.

— Bon.

— J'aurai besoin de savoir sur quels dossiers Turmel travaillait.

— C'est fait, j'ai demandé à ce que ce soit sur mon bureau, je vais te transférer tout ça dans l'heure.

— Des ennemis connus ? »

Pagliaro songea aux CD qu'il venait d'apercevoir sur la table de Turmel, aux jouets qui encombraient toutes les pièces de la maison, à part le bureau de Nic, et aux décorations de mauvais goût sur les murs. Des reproductions de paysages quétaines tirées de couvertures de livres pseudo-fantastiques. C'était la première fois qu'il entrait chez l'agent Turmel.

On ne connaît pas vraiment les gens que l'on côtoie.

Si peu. Pagliaro le regretta, il était trop tard maintenant.

« Pas que je sache. Pas professionnels, en tout cas. Tu sais, Nic est un flic de bureau. C'est un expert en informatique, il n'avait pas vraiment travaillé sur le terrain... Pas encore. »

L'enquêteur Fisette se tourna vers le bureau et attira l'attention du pathologiste.

« Docteur Sirois, on peut avoir une idée de l'heure du décès ?

— Une minute encore, je suis en train de prendre la température du foie. À vue de nez, je vous dirais moins de trois heures, c'est à peu près le temps que le corps conserve sa température. Et il est encore tiède. »

Le policier grimaça en consultant sa montre, il était quinze heures quarante-cinq.

« Est-ce qu'on sait à quelle heure on l'a vu vivant pour la dernière fois ? demanda Fisette.

— La voisine a dit qu'elle l'a aperçu à sa fenêtre vers une heure et quart, une heure et vingt », répondit un des policiers arrivés sur les lieux en premier.

Réjean Fisette fit signe à ses hommes d'approcher. Pagliaro sentit qu'il était temps pour lui de quitter les lieux afin de laisser les Bleus travailler.

« Je reste en contact avec toi, Réjean. Je vais préparer tout ce qu'il te faut de mon côté. Tu peux compter sur moi. Tu peux aussi joindre Martin Lortie.

— J'ai ton numéro, Francis. Transmets toutes mes condoléances à ton équipe. On va l'avoir, l'enfant de chienne qui a fait ça. »

Pagliaro sursauta en entendant Fisette. Le niveau de langage du policier le surprit. Lui-même surveillait ses paroles devant ses hommes. Surtout dans des circonstances comme celles-ci, en présence d'une dépouille même pas refroidie. Qui plus est, du cadavre d'un collègue, d'un camarade. D'un camarade aimé.

Il se rappela sa première rencontre avec Nicolas Turmel, en 2002, alors que celui-ci sortait à peine de l'École de police. Un crack d'informatique qu'il avait plaisir à écouter. Pagliaro poursuivait à ses côtés sa FTP, sa *formation tardive perpétuelle*, comme il disait, s'obligeant à bonifier malgré lui ses connaissances des nouvelles formes de criminalité. Turmel était finalement devenu ce que Martin Lortie avait prédit à l'époque avec un peu d'humour facile : « Ton gars va finir flic de bureau, Francis, si tu continues à le laisser s'enfermer à la noirceur avec ses jouets. »

C'est l'agent Nicolas Turmel qui avait compris et expliqué le double système de facturation de nombreux restaurants et bars qui opéraient avec un logiciel criminel. Il avait également élucidé un cas complexe de fraude à la carte de crédit, grâce à sa perspicacité. À vingt-trois ans ! Il était demeuré le même, douze ans plus tard, son ordinateur portable toujours en bandoulière, sourire aux lèvres. Un vrai flic, quoi qu'en aient pensé les porteurs de Glock.

Pagliaro sortit dans la rue, et la chaleur cuisante de l'asphalte lui monta au visage. La gêne aussi, devant toutes ces figures sévères qui l'observaient de l'autre côté de la rubalise et qui semblaient le narguer : « *Tu l'as laissé mourir, Francis ?* »

Il baissa les yeux et s'approcha des policiers du SPVM et de leurs collègues de la SQ réunis autour de Martin Lortie. Son malaise grandit quand il les vit se mettre malgré eux à un semblant de garde-à-vous maladroit, chose qu'ils ne faisaient jamais.

Le deuil prend parfois de drôles de formes, pensa-t-il.

Il n'y était pour rien, il le savait, mais c'était comme ça. Ils avaient tous perdu un frère. C'était irréparable. Leur conversation cessa dès que Pagliaro fut assez près d'eux.

« Nic est mort tout seul. »

Les policiers ne répondirent pas. Ils regardaient leurs chaussures, mal à l'aise, perdus dans leur réflexion.

« Il avait pris un jour de congé flottant aujourd'hui, risqua à voix basse Martin Lortie à l'intention de son chef. J'ai vérifié au bureau.

— Est-ce qu'on sait si sa femme a été prévenue ?

— Martine ? On la cherche. On a supposé qu'elle était au parc avec les petits, j'y suis allé personnellement et j'ai donné sa description à tout le monde que j'ai rencontré. Rien. On a fait les boutiques autour. Personne. La voisine était dehors quand ils sont partis après le dîner. Le plus grand, Hugo, a cinq ans, il marche tout seul, le plus petit est en poussette. Il a deux ans et demi. Il s'appelle Raphaël. J'ai demandé qu'une voiture patrouille dans toutes les rues du quartier à leur recherche.

— La voisine a remarqué quelque chose de spécial à ce moment-là ?

— Non. Ils étaient de bonne humeur. Ils ont tous les trois envoyé des bonjours, bécots et tout le tralala en direction du bureau de Nic à l'étage. Nicolas leur a répondu en agitant la main à son tour, puis il s'est éloigné de la fenêtre et ils sont partis. »

Pagliaro consulta sa montre : plus de seize heures.

« Martin, dis à tous les nôtres qu'ils peuvent rentrer au poste, le SPVM est là. Inutile de perdre notre temps ici et d'ameuter le quartier avec dix voitures de patrouille. Je vais rester jusqu'à ce que Martine arrive. Elle va sûrement revenir pour l'heure du souper. Elle a un cellulaire ?

— Non. Il n'y en a qu'un dans la famille et c'est celui de Nic. Il devait l'avoir avec lui.

— Je sais, c'est avec son cell que quelqu'un a fait le 911.

— Merde ! »

Martin Lortie s'éloigna la tête basse, sans rien ajouter. Il fit le tour des policiers en uniforme de la SQ et leur transmit les directives du patron. En moins de deux minutes, tous étaient repartis. Un groupe de curieux se dissipa, comprenant qu'il n'y aurait plus rien à voir. Martin Lortie revint vers Pagliaro.

« Si tu permets, je vais rester moi aussi. Je connais bien Martine, je veux être avec elle. »

Les deux hommes s'assirent sur le balcon de la voisine qui avait sorti des chaises à leur intention. Un policier en uniforme du SPVM vint leur porter des bouteilles d'eau fraîche. Quand ils furent seuls, Martin Lortie se tourna vers Pagliaro.

« Francis…

— Non, Martin… excuse-moi, pas maintenant… »

Martin Lortie serra le bras de Pagliaro.

« J'ai de la peine moi aussi. »

Ils demeurèrent ainsi, chacun de son côté élaborant pour lui-même des hypothèses sur ce qui était arrivé. Toutes les ramenaient à la colère, à l'incompréhension et à la tristesse.

Ce n'était pas le premier homme que Pagliaro perdait, mais Nicolas Turmel lui était particulièrement cher. C'était un policier de la nouvelle école. Un scientifique. Il aurait plu aussi à une ancienne directrice de l'École nationale de police que Pagliaro avait connue quand il y enseignait à temps partiel. Elle misait beaucoup sur le professionnalisme de la jeune génération. Certains, dans le milieu, rêvaient d'une Sûreté à l'image du FBI, où les agents possédaient des diplômes universitaires en plus de leur formation policière.

Turmel était un agent enquêteur qui, comme Pagliaro, ne portait pas toujours son arme de service et qui passait plus de temps dans les bases de données sur Internet et dans ses manuels qu'au gym et au stand de tir. Un bon père de famille, en outre, disait-on.

C'était un homme bien, pensa Pagliaro.

Il prit son cellulaire et l'heure affichée le fit sursauter. Seize heures trente. Lisa serait-elle encore à l'hôpital à cette heure ? Il songea aussi à sa fille Karine, qui commençait sa semaine de vacances chez lui avec Léa, sa petite-fille. Avec ce qui venait de se passer, il resterait en service pendant plusieurs heures et il ne verrait sans doute pas sa famille avant le lendemain matin.

Il composa le numéro de l'Hôtel-Dieu de Montréal, puis il pianota le code du Service de l'admission dont Lisa était la responsable. Il tomba sur sa boîte vocale. Dommage, parler à la femme qu'il aimait lui aurait apporté un peu de réconfort dans ce moment douloureux.

◆

À seize heures cinquante, Martine se pointa joyeuse au bout de la rue avec ses deux garçons. Elle aperçut de loin les voitures de patrouille du SPVM et les rubans jaunes disposés devant chez elle. Elle en fut apeurée. Quand elle remarqua quelques voisins qu'elle connaissait davantage et qui, de leur balcon, figés et l'air accablé, la regardaient venir sans lui envoyer

leur sourire habituel ; quand elle avisa Pagliaro et
Lortie qui se dressaient sur leurs sièges précipitamment
et qui se dirigeaient vers elle, bras levés, l'implorant
de ne pas approcher, elle stoppa net et fondit en
larmes. Elle prit le petit dans ses bras et elle se lança
en criant vers la maison suivie par le grand Hugo,
réjoui par la présence d'autant de voitures de police
rutilantes dans sa rue.

PREMIÈRE PARTIE

BLUES SOLILOQUE

1

Une... deux...
une, deux, trois, quatre...

Tout a commencé à basculer pour moi le mardi 5 août à quatorze heures.

Entre deux leçons, j'étais en train d'essuyer l'intérieur de mon saxophone à l'aide de l'écouvillon de coton quand on a frappé à l'étroite fenêtre de mon cubicule. Je me suis demandé pourquoi mon prochain étudiant n'entrait pas tout simplement, puisque la porte n'était jamais barrée. Inutile de lui crier « Entre ! » : les minuscules chambres de répétition sont parfaitement insonorisées à la Faculté de musique de l'Université Laval. Le jeune devait le savoir, depuis le temps qu'il suivait mes cours d'été. Après une deuxième série de coups insistants sur la vitre, je me suis levé et j'ai ouvert. À deux policiers en uniforme.

Après avoir vérifié qu'il s'adressait bien à Louis Collard, le plus âgé des deux patrouilleurs m'a prié de m'asseoir. Il me regardait droit dans les yeux, visiblement catastrophé de m'apporter une mauvaise nouvelle. L'autre flic restait en retrait et examinait la pièce. J'ai pensé tout de suite à Geoffroy, mon fils adoptif de vingt-cinq ans, handicapé intellectuel qui fugue de temps en temps. J'espérais qu'il n'avait pas fait trop de grabuge cette fois-ci.

Mais il s'agissait de Geneviève.

Il y avait eu un accident.

Ou plutôt, il y avait eu un incident chez moi. Un cambriolage. Ma femme avait été atteinte d'un coup de feu tiré par un des voleurs.

Je me suis levé d'un bond. Les policiers n'ont pas bougé.

« Nous allons vous accompagner à l'hôpital, monsieur Collard, a dit le vieux policier en me prenant par le bras. Je pense que c'est le moment d'être courageux. »

Puis il a baissé les yeux et il a ajouté :

« Elle n'a pas souffert. »

◆

Geneviève gisait sur une civière. Le drap qui recouvrait son corps était rabattu jusqu'à ses épaules et ne laissait voir que sa tête. Debout à côté du brancard, immobile, entouré des deux policiers et d'une infirmière, j'ai gardé les yeux rivés sur le visage de ma femme pendant quinze minutes. Peut-être plus, je ne sais pas. Hypnotisé. Muet. Incapable de bouger.

La balle l'avait atteinte en plein cœur. J'ai voulu baisser le drap davantage, mais un des agents m'a intercepté juste à temps. Avec douceur. « Mieux vaut pas, monsieur Collard, je vous assure, mieux vaut pas. »

À quinze heures, les deux policiers m'ont convaincu de quitter l'hôpital et de rentrer à la maison. Dans l'autopatrouille qui me ramenait chez moi, le vieux flic m'a expliqué les procédures habituelles. Le corps de Geneviève serait transporté le lendemain matin par un entrepreneur de pompes funèbres, de l'urgence où son décès avait été constaté jusqu'au Laboratoire des sciences judiciaires et de médecine légale, à l'édifice Parthenais, à Montréal. Pour l'autopsie.

« S'il n'y a pas de complications, le corps va être retourné à Québec tout de suite après, en fin d'après-midi. »

Puis le flic s'est retourné vers son collègue. « Comme ça, ils économisent les frais de séjour à Montréal pour les employés du foyer funéraire. »

J'ai encaissé l'information en demeurant de marbre. Je n'ai pas protesté, mais je hurlais en dedans de moi. L'autopatrouille s'approchait maintenant de chez moi, sur l'avenue De Montigny.

« Il y a eu un peu de grabuge, a dit le vieux policier. Ne soyez pas surpris de l'état de la maison. Les spécialistes en scènes de crime sont sur place, ils vont y demeurer encore plusieurs heures. »

Comme si je savais de qui et de quoi il parlait.

Il faisait beau, cet après-midi-là. Ça, je m'en souviens. Le feuillage des arbres brillait dans le soleil de fin d'été et projetait une ombre verte sur les pelouses bien entretenues, mais tout m'apparaissait comme dans un décor. Tout semblait faux. Cinq ou six véhicules de la police étaient stationnés dans l'entrée et devant ma maison, gyrophares toujours allumés. Je me suis demandé pourquoi. Le mal était fait, après tout. Il n'y avait plus d'urgence ni de menace imminente : ma femme reposait dans une chambre froide de l'hôpital de l'Enfant-Jésus.

Des curieux s'étaient agglutinés derrière le cordon de plastique jaune de la police et me faisaient de loin des signes discrets de sympathie. Des voisins. Des gens à qui je n'avais presque jamais adressé la parole.

Les flics ont été corrects. J'ai supposé qu'ils faisaient leur travail et qu'ils me posaient les questions qu'il est d'usage de poser au mari de la victime. Les enquêteurs en civil qui étaient déjà sur place m'ont finalement sorti de ma torpeur quand ils m'ont prié d'examiner partout dans la maison pour voir ce qui manquait. Sans toucher à rien.

Comment pouvais-je savoir? Tout était sens dessus dessous.

« Où est mon fils?

— Il est en sécurité avec mes hommes », a répondu un des détectives.

Toujours hébété, j'ai fait le tour de la maison et je suis revenu vers les flics impatients. À première vue, il ne manquait rien.

« Ils n'ont rien pris?

— Non. Je ne vois pas. Mes instruments sont tous là.

— Qu'est-ce que vous avez, comme instruments?

— J'avais mon sax ténor avec moi à la Faculté aujourd'hui, un vieux Buffet Crampon qui n'a de valeur que pour les vrais connaisseurs.

— Ensuite?

— Je possède aussi une clarinette de la même marque, modèle *La Divine*. Presque neuve, sept mille quatre cents dollars. Elle est ici dans mon bureau avec le reste. »

J'ai montré l'endroit d'un geste de la main et je me suis interrompu quand deux techniciens gantés et portant le survêtement des scènes de crime sont passés devant moi. Je les ai regardés se déplacer comme des robots dans le salon.

« À part ça?

— À part ça? Mais, qu'est-ce que ça peut bien faire, ils sont là...

— C'est pour le dossier.

— Bon... J'ai un saxophone soprano et une flûte traversière. J'ai aussi une collection d'instruments à vent du Moyen-Orient. C'est difficile à évaluer, parce que c'est impossible de les retrouver à moins de retourner sur place et de chercher pendant des mois. Un trésor.

— Un trésor de combien, en tout et pour tout?

— Je ne sais pas. Je dirais autour de vingt, vingt-cinq mille.

— Et tout est là ?

— Oui. »

En dressant la liste de mes instruments pour les policiers, je me suis rendu compte que les voleurs ne s'y connaissaient pas. Ils n'y comprenaient rien. Il leur aurait suffi de prendre les étuis par les poignées et de sortir de la maison. Il n'y a rien de plus facile à voler qu'un instrument de musique : dans l'esprit des gens, quiconque transporte un instrument est un musicien, pas un voleur, surtout s'il sort de chez un voisin saxophoniste et professeur de musique à l'université.

Les appareils électroniques et l'ordinateur avaient été déplacés, mais on ne les avait pas emportés. Je n'ai pas pris la peine d'en parler.

« Avez-vous un autre ordinateur que celui qui est dans votre bureau ?

— J'en ai un aussi au sous-sol. Il est là, ils ne l'ont pas pris non plus.

— Ils n'ont rien pris ? Qu'est-ce qu'ils cherchaient qu'ils n'ont pas trouvé ? »

La question m'a insulté. L'enquêteur l'a remarqué sur mon visage. Le salaud semblait s'en réjouir. Il a repris :

« Vous savez, monsieur Collard, des cambrioleurs qui bousculent tout et ne prennent rien, ni les objets de luxe, ni les instruments de musique, ni les bijoux, ni l'argent dans le sac de votre épouse ni ses cartes de crédit, c'est assez rare. Des voleurs armés qui opèrent en plein jour dans une maison habitée et qui font feu ? Dans un dépanneur, oui, mais dans une maison privée...

— Autrement dit, a ajouté son collègue pas plus sympathique, des cambrioleurs qui ne cambriolent pas. »

Je ne savais pas quoi répondre.

« Comment savez-vous qu'ils étaient plusieurs ?

— Parce qu'il y a des meubles qui ont été déplacés. Des meubles lourds qu'une personne seule ne peut manipuler sans aide. Et aussi parce que la voisine qui jardinait à ce moment et qui a entendu le coup de feu a vu *deux* personnes sortir de chez vous. Des hommes qu'elle ne connaissait pas et qui sont partis dans une voiture grise. Probablement japonaise. »

Le policier m'a laissé réfléchir à la chose quelques secondes.

« Alors, vous ne voyez toujours pas ce qu'ils cherchaient ?

— Non. Je ne comprends pas. Où est Geoffroy ? »

L'enquêteur a haussé les épaules et a repris son interrogatoire d'un air blasé, comme s'il répétait ses questions, toujours les mêmes, à tous les proches des victimes ou aux suspects pour la millième fois.

« Votre femme a-t-elle des ennemis ? Quelqu'un qui lui en voudrait ? S'est-elle disputée récemment ?

— Non. Tout le monde l'aime… Où est Geoffroy ?

— Qu'est-ce qu'elle faisait dans la vie ?

— Elle est… elle était décoratrice de théâtre. À son compte. Elle travaillait pour plusieurs compagnies de théâtre.

— Et derrière la maison, c'est son atelier ?

— Oui.

— Il est bien en ordre. C'est ici qu'il y a eu du grabuge. »

Il montrait du menton le salon et la salle à manger.

Est-ce que c'était une question ? J'étais sans défense, cette fois. Je me suis levé.

« Allez-vous me dire où est mon fils ? Vous l'avez pas arrêté au moins…

— L'arrêter ? Non. Y a pas de raison. Calmez-vous, il arrive. Excusez-moi, monsieur Collard. Je comprends votre peine. Je suis désolé. On achève. Et vous enseignez…

— Je… J'enseigne le saxophone à la Faculté de musique de l'Université Laval depuis vingt-neuf ans. J'ai commencé en 1985. J'ai joué en même temps dans un groupe de jazz, ici au Québec et aux États-Unis.

— Vous ne jouez plus dans ce groupe ?

— Qu'est-ce que ça peut bien faire ? Non ! Je ne joue plus avec eux ! J'ai aussi joué avec le Cirque du Soleil pendant cinq mois, à sa fondation en 1984.

— Et depuis ?

— Depuis ?! Quoi, depuis ?

— Depuis le Cirque, vous jouez avec qui ?

— Je fais maintenant partie de l'ensemble de mon beau-frère Hassan Choukri.

— Oui… et…

— C'est un orchestre de musique arabo-québécoise. Je joue tous les instruments à vent traditionnels arabes : la reta, le zorna, le lghidha. Des instruments dont je n'avais jamais entendu parler avant.

— Nous non plus.

— Mais ce groupe-là, si vous tenez à le savoir, c'est juste pour le plaisir. Je ne suis pas payé. »

La porte s'est ouverte et Geoffroy est entré, encadré par deux agents du SPVQ. Je me suis précipité à sa rencontre. Les policiers ont dit qu'ils l'avaient trouvé enfermé dans le garage et qu'ils l'avaient amené *en lieu sûr*. C'est bien ce qui m'inquiétait.

Geoffroy avait-il assisté au meurtre et s'était-il réfugié dans le garage ? Était-il au garage simplement pour bricoler ses objets bizarres comme à son habitude quand le drame était arrivé et il n'avait rien vu ? Qui avait bien pu l'enfermer là ? Certainement pas Geneviève ! Les policiers avaient dû essayer de l'interroger. J'imaginais la scène.

Geoffroy déteste qu'on le touche. Il se méfie des étrangers. Il n'aime pas être dérangé dans sa routine, cela fait partie de sa maladie mentale. Il est autiste.

Il n'accepte d'aller dans des endroits inconnus qu'à la condition d'y être accompagné de Geneviève, de moi ou de ma sœur Sophie. Sa tante. Il ne sort tout seul qu'à l'occasion de ses fugues inexplicables. Durant ces absences, heureusement peu fréquentes, il vagabonde pendant des heures. Le *lieu sûr* pour les flics était sans doute une voiture de patrouille, ou un bureau à la centrale de police du parc Victoria, ou l'urgence psychiatrique de l'hôpital Robert-Giffard. Que des mauvais choix, de toute façon.

Geoffroy ne parle presque jamais. Il n'est pas muet, c'est juste qu'il ne comprend pas l'intérêt de parler. Il chantonne parfois, en prononçant quelques paroles souvent inventées. Pour le reste, le silence fait partie de sa maladie.

Les policiers m'ont laissé avec lui, bien débarrassés, et se sont regroupés à l'écart, le temps que les enquêteurs leur donnent ce qui a semblé être de nouvelles directives. Puis, l'officier principal, qui s'appelait Duquette, est venu me dire que je devais prendre quelques affaires et m'installer ailleurs avec mon fils le temps que les spécialistes finissent leur examen de la scène de crime. « Ils devraient avoir terminé demain soir au plus tard. Laissez-leur un numéro de téléphone pour qu'ils puissent vous avertir. » Il m'a dit au revoir sans trop de manières avant de quitter la maison en m'annonçant qu'on se reverrait plus tard.

Geoffroy a regardé le chaos qui régnait dans le salon. Il s'est intéressé un instant aux personnages habillés en blanc et gantés qui y déambulaient comme chez eux, puis il s'est dirigé vers la cuisine pour se verser un jus d'orange qu'il a bu, les fesses appuyées au comptoir comme il a l'habitude de le faire.

Avait-il compris que sa mère était disparue? morte? Souffrait-il en silence? Avec Geoffroy, c'est difficile à dire. « Il n'a pas d'affect », avait diagnostiqué son psychiatre, un jour. « Il n'établit pas de relation entre lui et le monde qui l'entoure. »

En voyant arriver Geoffroy à la maison, quelques instants plus tôt, j'ai réalisé que l'état mental de mon fils était plus sévère que je ne l'avais imaginé. Je me suis aperçu que Geoffroy n'avait pas de véritable conscience de la mort. Ou plutôt, à vingt-cinq ans, il avait la compréhension de la vie et de la mort d'un enfant de cinq ans. Quand, en me retrouvant dans l'effervescence des dispositifs policiers, il m'a demandé : « Où, maman ? », j'ai répondu « au ciel ». Mais c'est évident qu'il n'était pas question pour Geoffroy *d'être ou ne pas être*, bien entendu, mais simplement de « à quel endroit ? » Dans l'esprit de mon fils, sa mère aurait pu revenir comme s'il ne s'était rien passé et se mettre à lui préparer son repas. À partir de ce moment, Geoffroy n'a pas cherché Geneviève dans la maison. Il l'a attendue, tout bêtement. Après le drame, son comportement m'a forcé à prendre conscience qu'à travers la brumaille de mon naufrage, je faisais exactement la même chose, à ma façon. Quatre jours après la mort de ma femme, quand j'ai vu arriver tous ensemble au salon funéraire les amis de Geneviève, j'ai bondi à leur rencontre et j'ai failli leur demander, sans réfléchir, « Geneviève n'est pas avec vous ? » avant d'éclater en sanglots. Pendant une fraction de seconde, j'en avais été absolument convaincu.

2

Pagliaro s'arrêta au bureau de Martin Lortie, qui était arrivé à Parthenais un peu avant lui. Devant la mine défaite de son chef, Lortie parut surpris.

« Francis, t'as l'air d'un gars qui a pas dormi.

— C'est exactement le cas. Je n'ai pas eu une bonne nuit. J'ai revu jusqu'à tard hier soir tous les dossiers récents sur lesquels Nicolas travaillait.

— Rien trouvé de nouveau ?

— Non, Fisette au SPVM a tout en main lui aussi. Peut-être qu'il va voir quelque chose qui nous échappe. Après ça, j'ai vérifié des détails de dernière minute dans le dossier de Jacques Richer et je suis rentré à la maison à une heure du matin. Quand je suis arrivé, j'ai trouvé ma fille Karine dans le salon avec la petite couchée sur le sofa, des sacs de glace sur la tête. J'ai pensé qu'elle s'était frappé la tête ou quelque chose du genre. Tu sais, je viens de lui acheter sa première vraie bicyclette…

— Oh, le grand-père a eu mal lui aussi…

— Oui, ben, c'était pas ma faute, pour une fois. Elles étaient allées passer la journée à la Ronde. Luc est resté à Ottawa pour travailler, il va arriver demain.

— Elle a eu un accident à la Ronde ?

— Non. C'est pas ça. Dans l'après-midi, elles ont mangé sur les lieux et elles se sont bien amusées dans les manèges.

— J'embarque jamais là-dedans, moi.

— Justement ! Tu fais bien, Martin. Y en a qui sont assez rapides et mouvementés, tu sais. Vers cinq heures, Léa a déclaré à sa mère qu'elle en avait assez, qu'elle voulait rentrer chez Papi. Elle a commencé à se plaindre de maux de ventre. De maux de cœur. Elle a vomi dans la voiture. Karine a conclu que le mélange de nourriture grasse et de ballottements des jeux n'avait pas été l'idée du siècle. À la maison, à sept heures, Léa était somnolente et elle faisait de la fièvre. Malgré les aspirines et les débarbouillettes froides posées sur son front, sa fièvre a augmenté. Vers une heure du matin, la petite a paru confuse. Je suis arrivé à peu près à ce moment-là. J'ai repris la voiture et j'ai foncé à l'hôpital avec elles. Je suis resté là jusqu'à six heures ce matin. La fièvre ne baissait pas assez vite, de l'avis du médecin de garde. Il a diagnostiqué un empoisonnement alimentaire sévère. Léa va rester en observation quelques heures encore, puis, après une dernière visite de l'interne de garde, elle va pouvoir retourner à la maison. Tout ira bien. J'espère. Lisa ira les chercher plus tard. Je suis passé chez nous pour une douche rapide et me voilà avec l'air que j'ai. Et toi ?

— Oh, moi ça va. J'arrive d'en bas avec une copie du rapport d'autopsie de Nic, mais y a des surprises. François Julien veut que tu l'appelles. »

Les deux hommes se rendirent au bureau de Pagliaro, qui prit immédiatement le téléphone et composa le numéro du biologiste judiciaire.

« Ah ! Bonjour, Francis, bien content que vous me rappeliez, je voulais vous joindre plus tôt, mais ici c'est l'usine. Deux meurtres à Laval hier, dont un

commis après un viol particulièrement dégueulasse.
Une fillette… Du sang partout…

— Je sais, j'en ai entendu parler, François.

— Bon, j'ai pour vous des informations qui appartiennent à la police de Montréal, mais monsieur
Fisette m'a dit que je pouvais vous dire tout ce qui
pourrait vous aider à les aider.

— Pourquoi Fisette ne m'appelle pas directement?

— Parce que si vous avez des questions techniques,
je peux y répondre mieux que lui.

— Très vrai.

— Première chose: les doigts de Nicolas Turmel
étaient collés sur le clavier de l'ordinateur.

— Collés?!

— Oui, collés à la *Crazy Glue* ou quelque chose
du genre, on a été obligés de transporter le clavier
avec le corps pour le décoller ici, au laboratoire. Les
chimistes sont en train d'analyser la substance. On a
d'ailleurs trouvé une empreinte digitale partielle dans
la colle. Très partielle. Vu que les empreintes digitales
relèvent du policier spécialiste de l'identité judiciaire,
on a collaboré avec lui pour ne pas compromettre les
expertises.

— Et la deuxième chose?

— Vous ne me demandez pas sur quelles touches
les doigts étaient collés?

— Oui, excusez-moi, François, lesquelles?

— Main gauche: petit doigt sur le A, annulaire sur
le 3, l'index sur le Y et le pouce sur le B.

— C'est noté.

— Main droite: l'index sur le M, le majeur sur le K
et l'annulaire sur le I.

— Donc…

— Dans l'ordre des doigts, de gauche à droite sur
le clavier: A3YBMKI.

— On dirait un mot de passe.

— Oui, je le pense aussi, Francis, mais dans quel ordre ?

— Et la deuxième chose ? répéta Pagliaro.

— On ne saura pas si c'est le mot de passe de l'ordinateur de votre collègue parce que le disque dur de son ordi a disparu. C'est un Mac assez ancien, un G4. On a juste à ouvrir le panneau latéral en plastique et à enlever le disque dur.

— C'est ce qu'on a fait ?

— Oui.

— Bon. Merci des renseignements. Je vous rappelle au besoin.

— N'hésitez pas, Francis, je suis là pour ça, c'est toujours un plaisir. Bonne journée. »

Pagliaro raccrocha et prit le double de la copie du rapport d'autopsie que Martin Lortie avait préparé pour lui. Les deux hommes s'installèrent pour lire le document chacun pour soi. Il manquait bien entendu les derniers résultats des examens toxicologiques et autres recherches techniques habituelles, mais Pagliaro ne s'attendait pas à des surprises de ce côté. Turmel était un gars *clean*, pas de drogue, pas d'alcool plus que raisonnable, pas de maladie chronique connue. Et on n'empoisonne pas quelqu'un à qui on loge une balle dans la tête.

Quelle perte ! Il avait tout juste trente-cinq ans.

Pagliaro continua sa lecture du rapport. Le calibre de la balle trouvée dans le crâne de Turmel le surprit. Il grimaça. On avait indiqué : .25 ou 6,35, d'après le poids. Ogive déformée.

« .25 ou 6,35, s'exclama Lortie en levant la tête. Deux calibres qu'on voit pas souvent, hein ?

— Une balle de 6,35 mm, c'est la même chose qu'un .25ACP. C'est un calibre qui a plus de vélocité, mais qui n'a pas beaucoup de force de frappe ni de pénétration, c'est trop large. Une fois dans la tête, à bout portant, ça fait quand même du ravage, un peu comme un .22, en rebondissant partout sans ressortir du crâne.

— Le .25 est interdit depuis longtemps au Canada, non ?

— Oui. Si le laboratoire de balistique confirme que c'est bien un .25, alors ce n'est pas une arme légale.

— Et les stries sur la balle, ça donne quoi ?

— Pour le peu qu'ils ont pu observer au labo, ça ne semble pas être des stries de pistolets ou de revolvers qu'on connaît, ce qui me fait pencher pour une arme européenne. Il va falloir attendre pour en savoir plus. As-tu parlé à Réjean Fisette ?

— Oui. Y a pas d'autres empreintes dans la pièce que celles des occupants. La voisine qui a vu Martine et les enfants quitter la maison n'a rien entendu de suspect. Aucun voisin ne se rappelle quoi que ce soit de bizarre ou d'inhabituel. Pas de véhicule inconnu dans le voisinage. Pas de mouvement de visiteurs, pas de livraison, même pas le facteur, pas de bruits de coup de feu, de querelle ou de bataille. Le calme plat. Entre le moment où la voisine les a vus tous vivants et l'appel au 911, il y a presque deux heures !

— Un 6,35 ou un .25, c'est pas très bruyant. C'est un professionnel qui a fait le coup. C'est trop propre.

— Il faudrait trouver aussi le motif, non ?

— Tu as raison. On va travailler là-dessus en douce, toi et moi, et tout refiler au SPVM. Je sais que Fisette a dû parler à Martine pour en savoir plus sur Nicolas. Mais toi, Martin, tu la connais bien, j'aimerais que tu lui parles. Elle sera plus à l'aise avec toi.

— C'était bien mon intention, oui.

— Bien ! Pour le moment, tu sais qui nous attend en bas ?

— Tu parles si je le sais ! Je l'ai fait poireauter dans une salle d'interrogatoire en attendant que tu arrives. Il est là depuis six heures et demie. Il doit être mûr.

— Allons-y. »

Pagliaro prit l'ascenseur en direction des cellules temporaires sans gaieté de cœur.

◆

« Qu'est-ce qui t'amène ici ce matin, Jacques ? »

L'homme menotté qui patientait, inquiet depuis près de deux heures, fut instantanément outré par la question du sergent-détective Francis Pagliaro, qui venait d'entrer dans la salle. Il se leva à demi sur sa chaise en s'appuyant sur la table devant lui.

« T'en a des bonnes, toi ! C'est tes gars qui m'ont amené ici ! À six heures du matin ! Ils !... Ils !... Je suis en état d'arrestation pour voies de fait et tentative de meurtre... Dis-moi pas que t'es pas au courant, batinsse ?! C'est toi, en fait, qui aurais dû venir m'arrêter ! Mais t'as pas eu l'audace, mon chien sale, j'te reconnais bien là...

— Le chien sale avait autre chose de mieux à faire à cette heure-là. Mais ma question demeure toujours valable, Jacques. Qu'est-ce qui t'a amené jusque-là... et jusqu'ici, ce matin ? »

Jacques Richer se rassit, dépité.

« Si on commençait par le fait que tu m'as fait perdre ma job en 2000, hein ? Une job que j'aimais. Pis payante, à part ça ! J'étais bon pas à peu près...

— T'étais bon, oui, mais pas assez droit pour rester dans la police.

— Qu'est-ce que t'avais à me reprocher comme partenaire ? Je faisais pas l'affaire autant que lui ? »

Il désigna avec mépris Martin Lortie, qui se tenait appuyé au mur dans le coin sombre de la pièce.

Pagliaro afficha un sourire sans joie.

« À part le fait que tu m'as menti durant des années, que tu jouais dans le dos de toute l'unité, que tu acceptais de l'argent sale des motards, que tu fréquentais des prostitués juvéniles et que tu as trempé dans une fraude en t'associant avec un promoteur criminel, pas grand-chose, c'est vrai. T'avais pas ta place dans la force, Jacques, tu ne l'as jamais eue, et j'espérais ne pas te revoir de sitôt.

— Ça fait près de quatorze ans qu'on s'est pas vus, Francis…

— C'est ce que je dis. »

Richer défiait Pagliaro du regard, mais il savait *qui* tenait le gros bout du bâton. De nouvelles accusations allaient être portées contre lui dans la journée. Tentative de soudoiement et menaces de mort envers le chauffeur d'un ministre du gouvernement du Québec, voies de fait à répétition sur des clients éméchés du bar où il travaillait comme gorille depuis quatre ans, sans oublier un abandon de poste alors qu'il servait de garde du corps occasionnel à un criminaliste célèbre de la Métropole, ce qui avait mis la sécurité de son client en danger.

Pagliaro reposa sur la table la feuille de papier qui contenait toutes ces allégations et il regretta encore une fois d'avoir été désigné pour diriger cette enquête. Il soupira. Dans le dernier cas, Richer ne s'était absenté que pendant trois minutes, mais ç'avait été suffisant pour que deux voyous passent l'avocat à tabac.

« On a laissé tomber l'accusation quant à la possession et à la vente de stupéfiants… c'est toujours ça.

— Vous aviez pas de preuves !

— On en avait, mais pas assez, c'est vrai, t'as raison. Mais pour le reste ? Le bar où tu travaillais comme *bouncer* appartient aux frères Yalap, non ?

— Tout le monde sait ça !

— Oui, mais tout le monde ne sait pas que les frères Yalap ont fait partie du *K-Crew*, autrement dit de la mafia kurde à Montréal, et qu'ils sont impliqués dans des trafics de toutes sortes, armes et héroïne en provenance de Turquie, entre autres, et acoquinés avec les gangs de rue de Saint-Léonard. Ah oui, et aussi trafic de femmes, qui sait, avec les Russes… »

Richer ne répondit pas.

« On aura l'occasion d'en reparler, toi et moi, mais dis-moi, Jacques, qu'est-ce qui ne fonctionne pas dans ta vie ? En 2000, tu refilais des informations aux motards, tu sniffais sans doute un peu aussi, t'avais tes petites combines de recel. T'as été renvoyé, ou plutôt on t'a demandé de démissionner de la police, sans trop de suites désagréables pour toi, je pense. J'étais pas d'accord avec ça, je te le dis bien franchement, mais l'administration en a décidé autrement. Pas faire de vagues, l'image du service, bla-bla-bla. T'as été chanceux, mon gars, t'aurais pu…

— J'aurais pu quoi ? Quand t'es barré de la police, avec une femme et deux enfants à charge, sans assurances médicales, sans fonds de pension, tu fais quoi ?

— T'as été agent de sécurité un bout de temps…

— Ouais, à dix-sept piastres de l'heure, bienvenue le confort ! En tout cas, pour les voies de fait, vous avez juste à regarder les vidéos…

— On les a vues, Jacques.

— Pour la tentative de meurtre, j'vas plaider non coupable, c'est l'hostie de chauffeur qui m'a tendu un piège. Y avait un autre gars caché dans la limousine, pas le ministre, un autre chien sale en civil. Un flic qui était pas en service au moment où c'est arrivé. Savais-tu qu'il s'est déjà fait prendre avec des armes prohibées, ce flic-là ? Toutes sortes de calibres…

— Du 6,35, par exemple ? Du .25 ?

— Aucune idée, mais y avait une belle collection dans sa cave. Y paraît, en tout cas. Un beau sale…

— Y a pas juste *un seul* crotté dans la police, Jacques. »

La déclaration de Pagliaro fit mouche. Richer baissa les yeux.

« J'me suis seulement défendu. »

Il avait répondu dans un soupir. Puis le silence s'installa pour une bonne minute. Jusqu'à ce que Richer relève la tête.

« Ben là, qu'est-ce qu'on fait?

— Tu l'sais autant que moi : tu vas retourner en cellule jusqu'à ta comparution cet après-midi, où le juge va décider de ton "après". C'est le juge LeBlanc. Pas vraiment un ami. Bonne chance. Mais si tu veux un conseil, ajouta Pagliaro en tapant du doigt sur le dossier devant lui, cette fois-ci, prépare-toi à aller en dedans. »

3

Un château de vents

Geoffroy se trouvait dans le garage en train de bricoler tandis que je faisais du ménage dans la maison. Ma sœur Sophie, mon beau-frère Hassan et quelques amis s'étaient réunis chez moi après la cérémonie au cimetière. Sophie et Hassan étaient surpris qu'il n'y ait pas eu de service religieux de prévu. Ils m'avaient manifesté leur déception. Surtout Hassan. Mais je me contentais de suivre les volontés de Geneviève. Une simple mise en niche de ses cendres au columbarium du cimetière Saint-Charles, en présence de la famille et de quelques proches. J'ai regretté de ne pas être croyant à ce moment-là, comme ceux rassemblés autour de moi, et d'être obligé de me replier tout seul sur moi-même pour chercher une signification ou une valeur à ce qui me tombait dessus.

Sophie m'a offert de tout ranger avant de partir de la maison : « Laisse-moi donc t'aider, Louis ! » Mais j'ai décliné son offre ; je voulais être seul le plus vite possible. J'avais décidé de faire des efforts pour reprendre possession de ma vie, et l'exemple de mon fils Geoffroy travaillant à ses bricolages dans la tranquillité de son atelier portait ses fruits : la routine est la sœur de la normalité. Quand même, quand Sophie et Hassan ont quitté la maison, j'ai regretté d'avoir souhaité cette solitude qui m'est tombée dessus dès qu'ils ont fermé la porte et je n'ai pu m'empêcher de pleurer. Je me suis réfugié au salon. J'ai entendu Geoffroy marteler quelque chose au garage.

Geoffroy construit d'étranges objets en assemblant divers morceaux trouvés au gré de ses promenades avec moi. Une sorte de butin qu'il range dans un sac de sport qu'il emporte toujours avec lui. Des retailles métalliques rouillées, des bouts de plastique ou de bois, des éclats de verre, des chiffons ou d'autres déchets, tout est bon à son regard. Il ne fabrique jamais de toutes pièces ses bidules, à proprement parler. Dans l'esprit de Geoffroy, il faut que les matériaux de base de ses créations soient trouvés, puis cloués, attachés ou collés.

Je lui ai acheté un fusil à colle chaude dont il a saisi instantanément l'usage, une des rares choses qu'il ait apprises du premier coup. Comme certains autistes, il possède une créativité déconcertante pour résoudre des problèmes d'ordre pratique. Il invente des solutions souvent étranges auxquelles personne n'aurait pensé.

Ses objets sont étonnants et absolument incompréhensibles. À l'évidence, parfaitement inutiles. Geoffroy met des heures à les fabriquer, puis il s'en désintéresse complètement. Peut-être qu'il ne les voit tout simplement plus. Il les laisse traîner n'importe où dans le garage ou dans la maison, il y en a même dans la salle de bain. Pour une raison que je ne comprends pas, Geoffroy n'abandonne jamais ces objets à l'extérieur de la demeure, cependant. J'ai conclu qu'ils appartiennent à son monde intérieur, et qu'il doit assimiler le *home* familial à sa propre intériorité.

A man's home is his castle. Au propre comme au figuré.

Sophie a essayé, un jour, de lui faire expliquer ses créations, mais Geoffroy s'est alors immobilisé et l'a regardée, perplexe, comme si elle lui avait demandé quelque chose d'insensé.

« C'est de l'art, Sophie, je lui ai dit à la blague en allant les retrouver au garage, ne cherche pas le sens. »

J'ai ri à mon idée de routine associée au retour à la normalité et je cherchais mon carnet pour la noter – je note tous les bienfaits qu'apporte l'expérience de vivre avec un handicapé intellectuel – quand les policiers se sont pointés à la maison. Je les ai reconnus à travers la vitre de la porte d'entrée : enquêteurs Marquis et Duquette. Ils étaient accompagnés de deux autres hommes en civil. Décidément, on ne me laisserait pas faire mon deuil en toute tranquillité. Qu'est-ce qu'ils me voulaient, encore ?

Après les avoir fait entrer, j'ai vite compris que Marquis et Duquette avaient perdu le peu de compassion qu'ils m'avaient démontrée à leur première rencontre. La conversation serait déplaisante à coup sûr.

J'ai essayé encore une fois de faire mentalement un jeu de mots avec leurs noms assez typés, Marquis-Duquette, mais je n'y suis pas arrivé. Résigné à l'envahissement de mon domicile, j'ai invité tout le monde à s'asseoir au salon. Duquette, celui qui menait l'enquête, m'a alors présenté les deux autres hommes.

« À partir de maintenant, c'est le sergent-détective Francis Pagliaro et son adjoint l'enquêteur Martin Lortie, de la Sûreté du Québec de Montréal, qui vont prendre la relève de l'enquête. »

Un peu étonné, j'ai serré la main tendue de celui qui s'appelle Pagliaro.

« De Montréal ? Pourquoi de Montréal ?

— Nous croyons que le meurtre de votre femme a un rapport avec un autre meurtre commis la veille chez nous. Nos patrons à la Sûreté ont convenu avec ceux du SPVM et du SPVQ que l'enquête serait commune aux trois services pour cette raison. Ce n'est pas très orthodoxe comme procédure en ce qui nous concerne à la SQ, ce dont je ne peux vous parler, mais nécessité fait loi. On a plus de chances de réussir à résoudre les deux affaires si on coordonne nos efforts.

— C'est quoi le rapport entre les deux affaires ?

— Le calibre de l'arme utilisée est le même. Un calibre très peu fréquent. Une arme inconnue. À vingt-quatre heures de distance. C'est peu, mais c'est tout ce qu'on a.

— Je ne comprends pas…

— On ne comprend pas nous non plus, c'est pour-quoi on est ici. Nous avons besoin de connaître le *background* de toute cette histoire. Vous avez joué en Europe, n'est-ce pas, monsieur Collard ? »

Je ne voyais pas le rapport avec la mort de ma femme, mais les flics ont parfois des tournures d'esprit tordues pour arriver à leurs fins, quelles qu'elles soient.

« Oui. Plusieurs fois.

— Dans quels pays ?

— En Belgique et en France, en Suisse, en Hollande, et une fois en Allemagne…

— Vous étiez en tournée ?

— Non, je faisais partie d'un groupe de musiciens d'animation de rue.

— D'animation de rue ?

— Oui, là-bas, c'est un véritable métier. Plus qu'ici. On peut en vivre. On était engagés dans des festivals, des kermesses, des fêtes nationales, des inaugurations de toutes sortes d'événements, dans des expositions, des centres commerciaux. Parfois on jouait sous cha-piteau, parfois dans des salles, mais généralement, c'était dans la rue… C'est un vieux rêve que j'ai réa-lisé.

— Votre femme vous accompagnait ?

— Geneviève ? Non, c'était bien avant que je la connaisse.

— C'était quand ?

— Je l'ai connue en 2002 et mes tournées ont eu lieu au début des années 80. Alors, je ne vois pas…

— Continuez.

— C'était juste avant que je joue avec le Cirque du Soleil, à sa fondation en 1984. Je suis retourné en Europe deux autres fois avec Lara Fabian pour accompagner son spectacle, dans les années 90, mais, encore là, c'était avant de connaître Geneviève. »

Marquis et Duquette ont échangé un regard incrédule. Ou jaloux. Pagliaro a continué son interrogatoire bizarre.

« Vous n'avez jamais joué dans l'ancienne Union soviétique ?

— L'Union soviétique ? Non. J'aurais bien aimé, mais non. Pourquoi vous me demandez ça ? »

Duquette, qui s'était éloigné du groupe, a consulté le calepin qu'il avait sorti de sa poche un instant plus tôt. Il est retourné quelques pages en arrière, pensif, en me jetant des coups d'œil d'un air entendu. J'ai souri en direction de Marquis : le stratagème qui se voulait intimidant était gros comme le bras. Il n'y avait rien à découvrir d'incriminant sur moi ou sur ma vie. Pagliaro a jeté un coup d'œil sévère aux deux policiers municipaux. Duquette a rangé son calepin et il a dit :

« Bon, ben, on va y aller, nous autres. »

Les deux flics de Québec ont quitté les lieux sans plus de civilités, me laissant seul avec Pagliaro et Lortie, son adjoint.

« Vous êtes-vous fait des ennemis, en Europe, monsieur Collard ?

— Des ennemis ? En Europe ?!

— Je ne sais pas, moi, des adversaires, des rivaux, des envieux. Avez-vous eu des ennuis à vous faire payer, devez-vous de l'argent à quelqu'un, avez-vous ramené des objets ou des substances dans vos bagages ?

— Des substances ?!

— Enfin, quoi, vous savez…

— Pas de substances, comme vous dites. Pas plus d'ennemis là-bas qu'ici. Ces années ont été parmi les plus belles de ma vie. Pas juste de ma vie professionnelle, de ma vie tout court. Pourquoi cet interrogatoire ? Quel rapport avec la mort de Geneviève ? »

Pagliaro s'est calé dans son fauteuil. L'interrogatoire était terminé. Il a regardé autour de lui, en prenant bien son temps.

J'ai déjà vu à une émission du Canal D que les flics ont une formation pour apprendre à examiner les lieux qu'ils visitent. Ils peuvent entrer chez vous et ressortir cinq minutes plus tard en sachant combien de mégots de cigarettes il y avait dans le cendrier, depuis combien de jours la vaisselle traîne sur le comptoir de la cuisine, quelle sorte de bière vous buvez, ce que vous avez écrit sur le bloc-notes à côté du téléphone, à quelles revues vous êtes abonné et si la chambre d'amis a servi récemment. C'est ce à quoi Pagliaro avait l'air de s'occuper. Ça m'a écœuré.

« Vous avez fait le ménage. »

La phrase a sonné comme un reproche.

Je n'ai pas répondu, même si j'avais envie de resservir à ce nouvel enquêteur la phrase de son collègue municipal de l'autre jour. De lui offrir de refouiller la maison à son tour à la recherche de ce que les deux incapables n'avaient pas trouvé eux non plus.

« J'ai appris que vous jouez dans le groupe de votre beau-frère. Hassan Choukri, c'est ça ? »

Encore une question sans rapport. Pourquoi ne pas avouer où il voulait en venir ?

« Je l'ai déjà dit à monsieur Duquette. Je ne vois pas…

— Depuis combien de temps ?

— Depuis que ma sœur me l'a présenté, il y a douze ans.

— En 2002.

— Oui. À l'été 2002. Le 24 juin 2002. Le soir du lundi 24 juin 2002, pour être précis, vers les sept heures, sept heures dix !... »

Pagliaro a souri. Un sourire cordial. Il avait l'air de reconnaître dans mon exaspération les signes d'impatience et d'insolence habituels des témoins et des suspects. Pas besoin d'être fin psychologue pour comprendre ça. Je suppose qu'il s'est dit qu'il était peut-être un peu tôt pour pousser le mari à bout. Il voulait me mettre de son côté. Après tout, rien ne suggérait que je puisse être complice du crime. Sans doute qu'il regrettait les présomptions malveillantes de Marquis et de Duquette à mon endroit et qu'il souhaitait réparer la situation. Je n'en sais rien.

« Ma sœur sortait avec Hassan depuis deux ou trois semaines, et elle m'a invité à aller le voir jouer sur les plaines d'Abraham pour la Saint-Jean. Quelques mois plus tard, j'ai commencé à jouer avec lui. Pour le plaisir. C'est tout.

— Excusez-moi, je ne veux pas vous bousculer, monsieur Collard, je cherche juste à comprendre. Pardonnez-moi. Votre beau-frère Hassan joue de quel instrument ?

— Il est percussionniste. Et très bon. »

Pagliaro a alors sorti deux photographies d'une enveloppe que son collègue lui a passée. La première était celle prise de face d'un homme à l'air vaguement slave, chauve, le teint mat et le regard mauvais. Il devait avoir près de soixante ans. Un inconnu. Mais l'autre cliché m'a fait sursauter. C'était celui de Mohammed Lebbar. Un des joueurs de oud qui fait partie de notre groupe depuis un an. Quelqu'un avait pris la photo de Mohammed assis à la terrasse d'un café dont j'ignore le nom, mais devant lequel je passe souvent sur la Grande Allée. Lebbar était avec deux autres hommes que je ne connais pas. Pourquoi la

Sûreté avait-elle la photo de Mohammed dans ses dossiers ?

« Vous le connaissez ?

— Bien sûr que je le connais ! On joue ensemble !

— Monsieur Collard, excusez-moi encore une fois, je ne vous connais pas, et je ne connais pas tous les groupes musicaux du Québec… »

Je me suis calmé.

« Êtes-vous allé au Maghreb avec Mohammed Lebbar ?

— Au Maghreb !? Non. Pourquoi au Maghreb ?

— Êtes-vous converti à l'islam ? »

Je me suis levé et j'ai dit au sergent-détective Pagliaro que l'entretien était terminé, à moins qu'il n'ait d'autres questions plus intelligentes à me poser. Il n'a pas insisté, Martin Lortie et lui ont quitté la maison après un bref au revoir poli.

J'étais sûr qu'ils reviendraient, d'ailleurs, ils ne partent jamais tout à fait, ces gens-là. Depuis le début des visites des policiers, en dehors de leur présence chez moi, une Chevrolet Impala brune stationne devant chez la vieille madame Laroche, à deux ou trois maisons plus loin, ou dans le stationnement du lave-auto, au coin du boulevard Laurier. Assez loin, mais assez proche pour que les deux passagers me voient entrer et sortir de ma propriété.

4

Maurbec

À partir du moment où j'ai connu Hassan Choukri, en juin 2002, un lien d'amitié s'est tissé rapidement entre nous. Ma sœur Sophie et lui étaient inséparables. Ils se sont mariés au printemps 2003, après un voyage au Maroc, le pays d'origine des parents de Hassan ; lui est né ici. On se retrouvait tous les trois à l'occasion des concerts de son groupe ou tout simplement pour être ensemble. J'aimais déclarer que si j'étais Québécois de souche, mon ami était Québécois de greffe, ce à quoi Hassan répondait invariablement : « Ce sont les branches qui portent les fruits, mon frère. »

Mon ami m'a d'abord initié aux instruments à vent arabes, puis j'ai passé des mois à écouter de la musique du Maghreb, à répéter seul, le soir, presque quotidiennement et pendant des heures. J'ai fini par progresser, tout s'apprend, de sorte que Hassan m'a finalement présenté à ses collègues. Tard à l'automne 2002, j'ai commencé à jouer avec eux. Après plusieurs répétitions, je suis devenu *membre en règle* du groupe qui s'appelait Maurbec, contraction verbale évidente aux oreilles de musiciens moitié Maures, selon l'appellation vieillie, moitié Québécois. L'ensemble était composé de deux joueurs de oud, d'un chanteur, d'un claviériste, d'un bassiste, de quatre percussionnistes et maintenant de moi-même, multi-instrumentiste à vent. On jouait une espèce de musique du monde arabo-québécoise très à la mode à l'époque et qui soulevait beaucoup d'enthousiasme auprès du public. J'ai été très surpris d'être invité par Hassan à me joindre à son groupe folk, de surcroît moyen-oriental, d'autant que je devais jouer des instruments tout à fait nouveaux pour moi. On m'honorait, pour ainsi dire.

J'étais heureux au sein de Maurbec. On répétait au moins deux fois par semaine et on discutait ensuite simplement, en buvant du thé. Jamais d'alcool.

J'aimais beaucoup cette camaraderie de gang. Faut dire que j'ai été élevé seul ou presque, à cause de la grande différence d'âge avec ma sœur, onze ans plus jeune que moi à quelques jours près. Je n'ai jamais vraiment eu de bande d'amis, dans mon enfance ou dans mon adolescence. Avec Maurbec, j'ai profité de cette amitié fraternelle, voire affectueuse entre hommes comme elle existe souvent dans les cultures du Maghreb ou du Moyen-Orient. Hassan était pour sa part un excellent percussionniste que l'on voyait aussi parmi de nombreux groupes partout au Québec. Il était de tous les spectacles. C'était également un très bel homme, avec son teint mat, ses cheveux noirs bouclés qu'il portait assez longs, son sourire et sa voix feutrée *a far' venire le donne*, à faire venir les femmes, comme me disait un copain italien. Dans les émissions de télévision auxquelles Hassan a participé, *Belle et Bum*, *En direct de l'univers* ou autres, les caméras n'avaient d'œil que pour lui. Malgré la douzaine d'années qui nous séparaient, Hassan et moi sommes devenus amis instantanément, car nous partagions les mêmes goûts musicaux en jazz. Sans parler de notre amour pour ma sœur Sophie.

Bref, j'étais bien. C'est pourquoi découvrir brutalement, deux jours plus tôt, que la police possédait une photo d'un musicien avec qui je jouais m'a perturbé

autant. M'a ramené les pieds sur terre de façon inélé-
gante, surtout quand l'enquêteur Pagliaro a semblé
associer la photo de Mohammed avec l'assassinat de
Geneviève. Sans compter mes hypothétiques voyages
au Maghreb et ma présumée conversion à l'islam.
Franchement! Si Mohammed Lebbar m'avait montré
lui-même cette photo de lui en compagnie des deux
inconnus en me disant qu'il s'agissait de beaux-frères
ou d'amis, je l'aurais cru. Simplement. Dans les mains
de cet enquêteur de la Sûreté, le cliché devenait un
document et les trois hommes, des *suspects*. Ou bien
je suis vraiment un type naïf, ou bien, décidément, la
police a le don de tout salir autour d'elle.

Ce jour-là, le lundi 11 août, Hassan avait prévu
une répétition à dix-neuf heures, après s'être assuré
que j'étais en état d'y participer malgré mon deuil.

« Je veux reprendre une vie normale le plus tôt
possible, je lui ai répondu, je suis même passé à l'université pour préparer la session qui va commencer
bientôt, alors j'y serai. »

J'avais bien l'intention, dès mon arrivée au local,
de demander à Mohammed s'il était au courant de
cette photographie dans les mains sales des flics.

Mohammed n'est pas venu répéter ce soir-là. Pour
la première fois en un an.

Hassan a semblé préoccupé par la chose et j'ai
supposé que c'était surtout à cause du spectacle pro-
grammé pour trois semaines plus tard et dans lequel il
tenait à ce qu'on interprète nos nouvelles chansons.
Le groupe était loin d'être prêt, ça, c'était absolument
certain, et chaque répétition avait son importance.
Une deuxième devait d'ailleurs avoir lieu le jeudi,
dans trois jours.

En m'entendant m'enquérir de l'absence de
Mohammed, un des percussionnistes s'est approché et
nous a dit que samedi, lorsqu'il était allé reconduire

sa blonde à la gare du Palais, il avait vu Mohammed prendre un autocar d'Orléans Express.

« Pour quelle destination ? j'ai demandé.

— Sais pas, j'ai pas remarqué, je ne voyais que le côté du bus. »

Je me suis retourné vers Hassan.

« Il ne m'a pas averti de son départ », il a dit.

Le groupe a répété sans lui, mais le cœur n'y était pas. La partition de oud que Mohammed jouait était trop importante, elle manquait. À vingt heures, Hassan a déclaré que la répétition était terminée. Il a décidé qu'on se reverrait tous comme prévu le jeudi soir. Il a repris son cellulaire et a tenté encore une fois d'appeler Mohammed, mais il n'a pas obtenu de réponse. À ce moment-là, d'après moi, mon ami a commencé à songer à une solution de rechange pour le show. Peut-être aussi pour une autre chose qu'il gardait pour lui. Il était préoccupé. *Très* préoccupé.

J'ai alors pris mon temps pour ranger mes instruments dans leurs étuis. J'ai astiqué chacun d'eux de façon un peu abusive, il faut le dire. Hassan s'en est aperçu.

« Essaies-tu de les remettre à neuf, Louis ? »

Son sourire était moqueur. Lui-même était très méticuleux avec ses instruments de percussion. J'ai montré du menton Kevin et Amir qui quittaient le local et j'ai soufflé à Hassan : « J'ai à te parler. »

Une fois seuls, on s'est rapprochés et on a pris place côte à côte au bout du praticable sur lequel était montée la batterie. Hassan avait apporté deux canettes de soda à l'orange et il m'en a offert une. J'ai décliné en souriant pour moi-même : tous les Arabes que je connais boivent du Fanta à l'orange. Il a bu quelques gorgées pendant que j'allais me chercher une bouteille d'eau pétillante dans le mini frigo.

« Tu voulais me parler ? a demandé Hassan après que je me fus assis à côté de lui.

— Oui. C'est au sujet de Mohammed.

— Je ne sais pas où il est allé. »

Il a répliqué si vite que je me suis demandé s'il n'avait pas une idée derrière la tête.

« Non, c'est pas ça… La police est venue chez moi samedi.

— Encore ?! Ils ont trouvé quelque chose…

— Oui, ils sont venus encore, mais c'étaient pas les mêmes flics. Et non, ils n'ont rien trouvé. Sauf… Sauf qu'ils m'ont montré une photo de Mohammed prise sur la Grande Allée, avec deux gars que je connais pas.

— Comment ça, une photo ? La police a une photo de Mohammed ?! »

Hassan a paru subitement atterré.

« Je sais pas. On aurait dit une photo prise au télé-objectif. Comme dans les films d'espionnage, tu sais…

— Je vois.

— Ils m'ont demandé si j'étais allé au Maghreb avec lui. »

Mon beau-frère a soupiré.

« C'est vaste, Louis, le Maghreb, très vaste.

— Il est quoi, Mohammed ? Tunisien ? Marocain ?

— Syrien. C'est un frère. »

Un frère, un cousin, c'est presque pareil. Dans le groupe, ils s'appellent tous « frères » ou « cousins » entre eux. Quand je les ai connus, je me demandais comment on pouvait avoir autant de frères et de cousins, et si éloignés ! Enfin… J'ai depuis supposé que c'est simplement une manière de s'exprimer. Encore une chose que je ne comprends pas très bien à propos de mes amis.

« Je voulais te parler moi aussi », a repris Hassan en affichant un air mystérieux.

On était seuls dans la salle de répétition, à ce moment-là, et Hassan a changé de place pour s'installer confortablement en plaçant une chaise très près devant moi. Il m'a regardé, l'air complice, et il a baissé le ton, me laissant comprendre que j'allais avoir droit à une confidence.

Après plusieurs minutes pendant lesquelles je n'ai pas du tout saisi de quoi il me parlait, j'ai fini par deviner qu'il désirait introduire dans notre répertoire une approche plus « engagée ». Le processus était d'ailleurs commencé, selon toutes les apparences. Des paroles plus « audacieuses », si je voyais ce qu'il voulait dire.

Comme beaucoup de musiciens, je prête peu d'attention aux paroles des chansons, encore moins à celles que je jouais avec Maurbec, qui étaient en arabe, parfaitement indéchiffrables pour moi. Sans chercher plus loin, je m'étais dit naïvement qu'il s'agissait sans doute de chants de folklore remaniés à la sauce d'ici. Il n'y avait pas de raison pour que les musiciens arabes, anciens ou nouveaux arrivants, échappent au mouvement de renouvellement de la musique traditionnelle – la Trad, comme on dit – qui se déroulait dans les milieux musicaux du Québec depuis un bon bout de temps. Ce n'était plus la belle époque de La Bottine Souriante et des groupes néo-folkloriques, mais, tout de même, beaucoup de rythmes venus d'autres pays se mélangeaient avec ceux du folklore ou de la chanson populaire québécoise. À plusieurs reprises, excédés par les journalistes qui insistaient pour nous faire qualifier le genre de musique qu'on inventait, on répétait nos vieilles blagues : « C'est du cajun néo-bavarois progressif ! Du rigodon lounge post-dodécaphonique ! »

Mais là, devant le sérieux de mon ami, j'ai compris qu'il s'agissait d'autre chose : j'ai réalisé tout à coup que Hassan voulait s'assurer que je sois bien conscient du fait que le répertoire deviendrait plus militant.

Je n'étais pas le seul musicien non musulman du groupe et j'ai pensé aux autres quand j'ai demandé à

Hassan dans un sourire : « Plus militant ? Vous êtes combien à vouloir ça ? »

Il m'a regardé alors avec un air inspiré. Il a fait une pause dans son discours, qui avait été enflammé jusqu'à ce moment précis. Il a bu une gorgée de son soda à l'orange, sans me quitter des yeux, comme s'il me jaugeait. J'ai compris que Hassan était en train de prendre une décision.

« Des milliers. Nous sommes partout. Dans les ministères, dans les commissions scolaires, les municipalités, les syndicats, les médias, la police. Partout où il y a des décisions à prendre, petites ou grandes. Nous allons fonder un parti politique très bientôt. Il suivra la loi d'Allah. »

Je n'ai pas répondu. Mon sourire intérieur est devenu subitement un bloc de glace très lourd dans ma poitrine.

« Tu sais, Louis, a repris Hassan, à la fin des années 90 nous étions à peine un peu plus de cinquante mille au Québec. Vingt ans plus tard, nous sommes quelques centaines de milliers. Il n'en faut pas beaucoup plus...

— Et Mohammed ?

— Mohammed est un frère musulman. Il est sans doute retourné en Syrie pour quelque temps. Il ne me dit pas tout. »

Je me suis tu. Il ne me disait pas tout lui non plus. Hassan a dû s'apercevoir de mon malaise. Peut-être qu'il a regretté d'en avoir trop dit. Il a changé de sujet abruptement, il m'a demandé des nouvelles de Geoffroy.

Après quelques instants de conversation volontairement anodine, on s'est souhaité au revoir et à plus tard, dans quelques jours, pour la répétition du jeudi soir. Mais je n'y suis pas allé, parce que c'est ce jour-là que les policiers Pagliaro et Lortie sont revenus frapper à ma porte.

5

Le sergent-détective Pagliaro et l'enquêteur Lortie étaient reconnaissables à travers les grandes vitres de la porte d'entrée malgré l'image de leurs silhouettes déformée par le biseautage du verre. Louis Collard leur ouvrit. Il jeta sans gêne un coup d'œil préoccupé par-dessus les épaules des policiers avant de les laisser entrer.

« Quelque chose ne va pas ? s'enquit Pagliaro qui se retourna d'instinct vers la rue.

— Quand vous êtes venus, l'autre jour, vous êtes arrivés avec les flics de Québec à bord de deux véhicules. Un clairement identifié aux couleurs du SPVQ, l'autre banalisé.

— Oui, et alors ? Qu'est-ce que…

— Dans ma rue, tout le monde stationne son véhicule dans l'espace prévu à côté de la maison.

— Je ne vois pas… »

Collard respira bruyamment, comme pour prendre patience avant d'expliquer quelque chose d'évident à deux abrutis.

« S'il y a une voiture sur la voie publique, c'est forcément celle d'un invité ou d'un livreur.

— On est pas vraiment ni un ni l'autre, avança Martin Lortie.

— Non, pas vraiment. Savez-vous qu'il ne faut pas grand-chose à des voisins bien-pensants pour imaginer ce que ça représente, *deux* voitures bien évidentes de flics devant chez moi ? C'est menaçant !

— Menaçant ?

— C'est de l'intimidation.

— Je vois, dit Pagliaro d'une voix qui se voulait conciliante. Si ça peut vous rassurer…

— C'est bon, Francis, coupa Martin Lortie, j'ai compris, je vais stationner la bagnole dans le parking de monsieur. »

Il sortit aussitôt, clés en main.

Pagliaro songea que l'entretien commençait sur un ton assez agressif. Un peu parano. Qu'est-ce que cela cachait ? Il ne décida pas tout de suite de la tactique à utiliser avec Louis Collard, le combat ou la ruse. L'attitude *bon cop bad cop* était dépassée, selon lui. La patience obtenait souvent de meilleurs résultats.

« Ça ne sera pas très long, monsieur Collard, reprit Pagliaro. Nous sommes ici pour parler de Mohammed Lebbar.

— J'ai une répétition ce soir. Je ne peux pas vous accorder beaucoup de temps…

— Très bien, alors ne le perdons pas. Vous avez certainement quelques minutes, non ? Nous voulons que vous examiniez à nouveau les photos que nous vous avons montrées l'autre jour. »

Martin Lortie revint au salon où les deux autres s'étaient installés à l'invitation résignée de Collard. Le sergent-détective déposa les photos sur la table basse. Collard reconnut évidemment Mohammed Lebbar, mais il insista pour dire qu'il ne connaissait pas l'homme chauve à l'air slave.

« Qui est cet homme ? demanda Collard, et qu'est-ce qu'il fait dans le dossier de ma femme ?

— Il s'appelle Zachary Avdeïev. C'est un Russe. Il a été vu avec des gens qui connaissent votre ami Mohammed.

— Et alors ?

— Avdeïev est en lien avec des gens qui sont en lien avec Mohammed qui est en lien avec vous…

— Donc avec ma femme! Vous étirez l'élastique pas mal, je trouve.

— Ne soyez pas de mauvaise foi, monsieur Collard. C'est le travail de la police d'établir ces relations jusqu'à ce qu'on comprenne ce qu'elles veulent dire. C'est ce qu'on fait patiemment depuis le jour de la mort de votre épouse. On a interviewé des dizaines de personnes. On n'a pas beaucoup d'autre chose, pour être franc. Je vais vous montrer maintenant d'autres photos des individus qui sont installés à la terrasse de la Grande Allée avec Mohammed Lebbar. Je veux que vous les regardiez pour me dire si vous les connaissez. »

Collard examina une à une les photos que Pagliaro sortit de sa mallette.

« Je ne les connais pas. Aucun d'entre eux. Ce sont des amis de Mohammed ?

— On le pense. Ou des coreligionnaires. Peut-être des agents de radicalisation.

— Je ne vois pas le rapport avec Geneviève!

— Nous non plus. C'est ce que nous cherchons à établir. Par ailleurs, savez-vous où se trouve monsieur Lebbar ?

— Pas exactement. On pense qu'il est en Syrie. Il vient de là.

— Qui ça, *on* ?

— Hassan et moi, les autres musiciens, mais je vous répète ce que m'a dit mon beau-frère, je n'en sais rien personnellement, à vrai dire.

— Vous savez au moins qu'il appartient aux Frères musulmans ?

— C'est ce qu'on dit aussi, mais je ne suis pas au courant de ce que c'est.

— Vous ne savez pas qui sont les Frères musulmans ?

— Pas vraiment, non.

— C'est une organisation presque centenaire qui lutte contre l'influence occidentale dans les pays à majorité musulmane. Mais ils ne sont pas très bienvenus en Syrie.

— Ah bon…

— Fréquentez-vous monsieur Lebbar ? Est-il déjà venu ici, chez vous ?

— Non, on se rencontre au local de répétition, et je ne le connais que depuis un an.

— Savez-vous s'il a des amis ou des parents à Montréal ?

— Non.

— Connaissait-il votre femme ?

— Il l'a rencontrée peut-être deux ou trois fois quand elle est venue nous voir jouer en spectacle. Elle ne venait plus souvent.

— Je dois vous demander encore, et j'espère que vous ne vous offusquerez pas cette fois-ci, quelles sont vos croyances religieuses.

— Considérez que vous l'avez fait. Et si on vous le demande, vous direz que je n'ai pas répondu. »

Pagliaro remit ses photos dans sa mallette et la referma. Collard se leva, croyant que les enquêteurs étaient sur le point de partir. Mais Pagliaro avait une autre demande à faire.

« On achève, monsieur Collard. Quelques minutes encore. Peut-on voir vos photos souvenirs du Cirque du Soleil ? »

Collard parut agacé par cette nouvelle requête.

« Vous n'êtes pas censés avoir un mandat pour ça ?

— Pas pour vous le demander. Avec votre consentement amical, on est partis dans trente minutes. Je vous demande juste votre collaboration dans notre enquête sur la mort de votre femme. Je vous ai déjà dit qu'on cherche à découvrir s'il existe un *background* commun entre le meurtre de Geneviève et un autre. On se renseigne toujours sur les antécédents des suspects, mais aussi sur ceux des victimes. C'est souvent dans le passé des victimes qu'on retrouve le mobile du crime. On veut simplement s'assurer de quelque chose.

— De quoi ?

— C'est ce que vont nous montrer vos photos.

— Vous allez à la pêche.

— C'est le plus sûr moyen d'attraper un poisson. »

Collard soupira d'exaspération.

« Bon, après tout, je les ai montrées à tellement de monde. Deux de plus, deux de moins... Attendez-moi, je vais chercher ma boîte au sous-sol. »

Martin Lortie échangea un regard avec Pagliaro.

« Pas facile, le bonhomme...

— Il souffre, Martin, c'est évident, et il reporte son angoisse sur nous parce qu'on n'a que des questions à proposer. Aucune réponse qui pourrait l'apaiser.

— C'est la philo que tu étudies à l'université, Francis, ou la psychologie ? demanda Martin avec un sourire.

— *Qui aime la sagesse doit s'enquérir de l'âme*, nous dit souvent un de mes profs. Je pense aussi que Collard est un artiste et, comme beaucoup d'artistes, il se méfie de l'autorité, quelle qu'elle soit. C'est comme un réflexe. Nous représentons l'autorité pour la plupart des gens, même si c'est écrit *protéger et servir* sur nos autopatrouilles.

— C'est quoi, la suite ?

— Faut trouver un moyen de l'amadouer. »

Collard remonta cinq minutes plus tard. Le sergent-détective et son adjoint avaient changé de place et ils étaient maintenant assis côte à côte sur le divan, devant la table basse du salon. Collard se plaça de biais au bout de la table pour ne pas se retrouver seul en face des deux policiers. Il sortit une pile de photos de la boîte. Il devait y en avoir près d'une centaine, de différents formats, en noir et blanc et en couleurs.

« Allez-y ! »

Martin Lortie les rassembla d'abord dans une pile à peu près bien rangée. Pagliaro et lui commencèrent à examiner les photos une à une. Au bout de deux ou trois, leurs visages s'épanouirent simultanément. Quand même ! Des photos du clown Chocolat en tutu rose sur une mini-bicyclette munie de roues de quinze centimètres et de Ben la Barouette tenant vingt-quatre chaises empilées pêle-mêle en équilibre sur son menton, c'était dur à battre. Lortie se retourna vers Collard.

« J'ai vu ça ! J'avais neuf ans. J'ai tellement ri. C'était formidable !

— Mes photos font toujours le même effet, même à ceux qui n'ont jamais vu le spectacle. Pour moi, c'est autre chose, naturellement. Des souvenirs impérissables.

— Vous avez eu la chance de côtoyer des clowns et des athlètes exceptionnels, s'exclama Pagliaro, admiratif. Ce n'est pas donné à tout le monde.

— Non, c'est vrai. Le Cirque du Soleil, ça change pas le monde, comme on dit dans la publicité de Loto-Québec, mais ça a changé ma vie en tout cas.

— Vous faisiez quoi, exactement, au Cirque ?

— Je jouais du saxophone, mais on avait tous des personnages comiques à interpréter, nous les musiciens. Dans un des numéros, je jouais le rôle d'un grand concertiste qui arrive sur scène en queue-de-pie, chemise impeccable, boucle papillon noire et souliers vernis, mais qui a oublié de mettre son pantalon. La costumière m'avait choisi des sous-vêtements ultra-blancs. Ça irradiait sous l'éclairage fluorescent. Les adultes se tordaient de rire, mais les petits enfants étaient un peu honteux pour le pauvre monsieur qui avait oublié ses culottes. Sur le moment, je n'ai jamais pensé que de me montrer en bobettes soir après soir devant des milliers de personnes de tous âges aurait cet effet inattendu sur moi.

— C'est-à-dire ?

— Avec mes bouffonneries, j'ai pris confiance en moi-même à tel point qu'à partir de cet été-là je n'ai plus jamais eu peur d'affronter le public, ou mes groupes d'étudiants à l'université, ou de me faire prendre, comme on dit, les culottes à terre. Je disais à tout le monde : "Essayez ça une fois dans votre vie, vous allez voir que rien ne peut plus vous affecter".

— Je ne sais pas si j'irais jusque-là », ajouta Lortie. Les deux autres s'esclaffèrent.

Pagliaro prit alors quelques photos en main et demanda à Collard d'identifier des personnes sur celles-ci tandis que Lortie consignait les réponses dans son calepin. Le sergent-détective remit les photos dans la pile que son adjoint continua à faire tourner sur la table.

« Revoyez-vous ces gens de temps à autre ? demanda Pagliaro tout en examinant les clichés.

— Pas souvent. Mes anciens amis musiciens ont cessé de jouer ou ils ont été engagés au Cirque comme régisseurs ou autre chose. Plusieurs travaillent dans le cinéma. Ou bien ils sont en tournée aux quatre coins du monde, rarement au Québec. On s'est rassemblés pour certains anniversaires du Cirque, c'est tout.

— Et vous aviez des amis intimes parmi les artistes ?

— Pas juste parmi les artistes et les athlètes, les techniciens aussi. On était comme une famille. On a toujours du plaisir à se revoir, mais c'est pas fréquent, malheureusement.

— Est-ce que votre épouse connaissait ces personnes ?

— Je ne la connaissais pas à l'époque…

— Je sais, mais après, ou plus récemment, les a-t-elle rencontrées ? Ont-ils lié des amitiés ?

— Pas vraiment. Pour elle, mes amis étaient des connaissances, des gens qu'elle aimait, mais qu'elle n'aurait pas connus sans moi et qu'elle ne rencontrait pas sans moi. Son monde à elle était au théâtre…

— Stop ! »

Pagliaro leva la main. Il venait d'apercevoir quelque chose sur un cliché que Lortie était en train de remettre dans la pile des photographies déjà examinées. C'était manifestement la photo que Pagliaro attendait de voir depuis que Collard avait monté sa boîte de souvenirs de la cave.

On y découvrait un groupe d'une quarantaine de personnes composé à peu près moitié-moitié d'artistes et de techniciens. Les artistes en t-shirt jaune, les techniciens en rouge. Pagliaro désigna quelqu'un au visage émacié dans la première rangée du bas.

« Vous vous souvenez bien de lui, je présume. »

Louis prit la photo que lui tendait Pagliaro.

« Oui. C'est Roch Rancourt. Le trompettiste. Il jouait aussi de la guitare, mais pas au Cirque du Soleil. Je ne me souvenais pas qu'il était si maigre.

— Quelles étaient vos relations avec lui à ce moment-là ?

— Ça dépend de quelles sortes de relations vous voulez parlez. On jouait ensemble. C'était un des musiciens. Pas plus que ça. J'ai aussi joué plus tard avec lui, à quelques reprises.

— Il y avait pas mal de drogue au Cirque dans ce temps-là…

— Pas plus qu'ailleurs, enquêteur. Je savais comme tout le monde que Roch avait eu des problèmes. Il en avait déjà à cette époque. Avec la drogue, avec l'alcool, avec ses finances personnelles, avec nous, ses collègues musiciens. Il se chicanait avec son entourage pour n'importe quoi. Et puis, il y a eu aussi ces rumeurs sur ses relations extraconjugales avec des jeunes filles qui n'avaient certainement pas plus de seize ans. Sa femme l'a quitté pour cette raison.

— Est-ce que Rancourt *dealait*?

— Non.

— Vous l'avez revu, récemment?

— Non, et quand il jouait avec nous, il consommait peut-être, mais il n'en vendait pas.

— Il n'en vendait pas… Qui en vendait?

— Qui en vendait? Je ne sais pas, moi, qui en vendait! En 1984, vous dites? Voulez-vous bien m'expliquer pourquoi vous enquêtez si loin dans le temps sur le commerce de la dope alors que ma femme est morte il y a même pas deux semaines? D'abord, est-ce bien sur son meurtre que vous enquêtez? »

Le téléphone sonna à ce moment. Collard se leva et alla prendre la communication dans la cuisine. Trois minutes à peine plus tard, il revint au salon avec des bouteilles de bière et des verres. Il en proposa aux deux policiers qui déclinèrent son offre. Il haussa les épaules et ouvrit la sienne.

« C'était Hassan qui m'appelait pour me demander si j'avais oublié la répétition. C'est annulé. »

Collard se rassit à sa place.

La photo sur laquelle apparaissait Roch Rancourt était posée sur la table devant Pagliaro. Sans lever les yeux, l'enquêteur se mit à parler de Rancourt comme s'il parlait pour lui-même. De toute évidence, il connaissait bien l'oiseau.

« Monsieur Rancourt a eu des démêlés avec la justice. Il a disparu de nos radars il y a plusieurs années, mais nous n'avons jamais eu l'attestation de sa mort. Ça ne nous a pas pris bien de temps à découvrir qu'il avait joué avec vous à une certaine époque. Il est connu de nos services. Possession de drogue, possession en vue d'en faire le trafic, bris de conditions, vols dans des dépanneurs, sans violence pour commencer, mais ça s'est aggravé avec le temps. Vols qualifiés, possession d'arme à autorisation restreinte sans permis, attaque à main armée, appartenance à un groupe criminel organisé. Périodiquement, entre certains coups, il a vécu d'aide sociale, sans parler de ses séjours en désintox. Mais vous savez tout ça, n'est-ce pas, monsieur Collard ? »

Collard ne répondit pas.

« Peu importe, continua Pagliaro sans lever les yeux sur Collard. Roch Rancourt a disparu de la carte depuis un bout de temps. Certains pensent qu'il serait allé cracher dans sa trompette en France, mais je ne le crois pas, parce que nous avons des informations à l'effet qu'il a voyagé plutôt en Russie, après la chute du mur de Berlin. À plusieurs reprises, pour des passages prolongés. En Libye, aussi. Où qu'il soit en ce moment, c'est pour préparer encore une fois une importation de drogue ou d'armes. Enfin, s'il n'est pas tout simplement mort, en train de pourrir quelque part... »

Collard restait muet.

Pagliaro se leva, imité par Lortie. Quand ils parvinrent à l'entrée, Collard fit un signe au sergent-détective, qui s'était retourné sur le seuil de la porte pour le saluer.

« Oui ?

— Pourquoi me parlez-vous de Roch ? Je ne l'ai pas revu depuis plus de vingt ans. Et quel rapport peut-il avoir avec les deux meurtres ? »

L'enquêteur fit la grimace, la figure entière en signe de point d'interrogation. Soit il ne croyait pas Collard à propos de Rancourt, soit il mesurait mentalement ce qu'il allait lui répondre. Il se dit qu'il lui devait quand même la vérité.

« L'enquêteur Lortie et moi ne sommes pas les seuls à enquêter sur le meurtre de votre femme. D'autres policiers ont épluché toutes ses relations, professionnelles et autres, ces jours derniers. Et nous les vôtres, comme je vous l'ai dit tout à l'heure. Vous êtes dans l'entourage d'un individu qui a quitté le Canada récemment et dont on sait qu'il est membre d'un groupe militant dangereux. Le seul autre personnage de vos connaissances proches qui a un passé criminel et violent, c'est votre ami Roch Rancourt, dont l'existence a été ravivée à notre connaissance par la mort de votre femme. Les deux hommes se connaissent-ils ? Possible. Sont-ils impliqués, pour une raison qui nous échappe jusqu'à maintenant, dans la mort de Geneviève et de l'autre victime ? Possible. Votre épouse a été tuée par une balle d'un calibre rare. Cette balle, qui a été analysée au laboratoire de chimie judiciaire, est de fabrication européenne. C'est un type de munition qu'on ne retrouve jamais ici, au Québec. Pas en vente libre, en tout cas. La douille n'a pas été découverte sur les lieux du crime, ce qui nous amène à croire que c'est un travail de professionnel. »

Pagliaro fit une pause.

« Et c'est une balle identique, tirée très probablement par la même arme, qui a tué un de mes hommes lundi le 4 août, c'est-à-dire la veille de la mort de votre épouse. »

6

Coup de blues

« Revoyez-vous ces gens de temps à autre ? »

La question du policier Pagliaro me trotte dans la tête depuis qu'il me l'a posée il y a deux jours.

Je suis presque seul, à part pendant mes activités minimales à l'université. Depuis la cérémonie au columbarium, je vis comme un zombie. Je me contente de me rendre à la Faculté et d'en revenir, en laissant Geoffroy à des gardiens. J'évite mes collègues, qui se demandent sûrement ce que je fais en dehors de mes préparations de cours. Personne ne sait que je passe des heures à regarder par la fenêtre de mon bureau. À fixer l'étui de mon saxophone ouvert en attendant que les leçons reprennent. Ou à pleurer.

Geneviève me manque. Il y a des jours où cent pour cent de mes pensées sont tournées vers elle. J'arrive difficilement à fonctionner. Si je choisis un chaudron pour faire cuire le repas, je me mets à me demander quand Geneviève l'a pris pour la dernière fois et je le remets à sa place. Ou j'ouvre une armoire et je m'aperçois que tout ce qui s'y trouve a été choisi par elle, et que c'est elle qui a décidé de l'emplacement de chaque objet. J'ai peur de la trahir en changeant les choses de place. Mais ce ne sont que des verres et des tasses ! Je referme la porte et je m'effondre.

Je n'adresse la parole à presque personne une fois de retour à la maison, même pas à Geoffroy qui s'enferme dans sa tête et qui bricole ses petites choses insignifiantes dans le garage. Il me faut d'ailleurs toujours de gros efforts pour extraire Geoffroy de lui-même, et pour arriver à lui arracher quelques bribes d'informations banales sinon incohérentes. Geoffroy parle peu, presque pas, mais il prononce plus volontiers quelques mots à l'occasion des repas ou de ses collations. Comme s'il associait l'acte de parler avec celui de manger, la bouche servant d'organe unique pour des fonctions différentes, mais connectées dans son esprit, l'une entraînant bizarrement l'autre.

Nos seuls instants de joie sont les moments où nous dansons, Geoffroy et moi. Du vivant de Geneviève, on dansait tous les trois ensemble. C'était si simple d'être heureux. Depuis la mort de sa mère, la danse est quand même restée pour Geoffroy une activité quasi quotidienne. Il danse seul, maintenant, aussitôt qu'une musique l'interpelle, mais sur certains airs seulement. Sur quelle base choisit-il ? Je n'en sais absolument rien. Mais si, par hasard, je me trouve aussi dans la pièce au moment où l'envie de bouger le prend, il peut parfois se tourner vers moi, sourire aux lèvres, bras tendus. C'est assez rare, cependant, et cela me surprend à tout coup. Je ne refuse jamais, quel que soit mon état d'âme à ce moment-là, ou le travail qui m'occupe, ou encore la présence d'amis ou d'étrangers dans la maison. Je n'ai pas d'autres marques d'affection que celles de mon fils, si on peut appeler ça comme ça, car la forme d'autisme dont souffre Geoffroy fait obstacle à ce genre de sentiment. Peu importe ce manque d'affect dont parlait son psychiatre, finalement, je suis heureux de ces brefs contacts physiques qui me rappellent Geneviève.

L'odeur des cheveux de Geoffroy, en particulier, blonds comme ceux de sa mère, m'amène les larmes aux yeux.

Curieusement, dans les moments où il danse, Geoffroy paraît presque tout à fait normal. La musique terminée, il me laisse en plan, passe sans transition à une autre occupation et je me retrouve seul.

« Sors, Louis, vois des gens », m'a dit Hassan.

Facile à dire. Ce n'est pas lui qui va payer pour tous les gardiens et gardiennes que je devrai engager le jour pour aller à la Fac et le soir pour « sortir ».

Sortir ? Quelle horreur ! Pour voir qui ? Pour faire quoi ?

Une sacrée chance que Sophie vient à ma rescousse, sinon je n'y arriverais pas. Ma généreuse sœur ne désespère pas d'améliorer le sort de Geoffroy. De le faire *évoluer*, comme elle répète, contredisant l'opinion des médecins à son sujet. Elle est avec Geoffroy d'une affection, d'une délicatesse et d'une patience qui réchauffent le cœur. Je pense que sa ferveur à la tâche est aussi guidée par sa foi religieuse – je soupçonne que Sophie s'est convertie à la religion de son mari, elles finissent toutes par le faire, paraît-il –, mais qu'importe. Je présume aussi qu'elle vient à la maison pour jeter un coup d'œil sur son grand-frère. Elle s'inquiète pour moi.

Il y avait Maurbec, mais depuis la « disparition » de Mohammed, le groupe a pris un coup de cafard.

Hier, Jean-Pierre, le guitariste, a annoncé qu'il nous quittait pour des raisons familiales. Personne ne l'a cru vraiment et j'étais convaincu que les autres musiciens y songeaient probablement eux aussi. Ils avaient été interrogés par la police au sujet de Mohammed dans les jours précédents et ils vivaient inquiets depuis ce temps. Pour des Maghrébins arrivés au Québec depuis quelques années seulement, la police représente une menace très différente que

066 ─────────────────── RICHARD STE-MARIE

pour nous, les Québécois de souche. À preuve, un des percussionnistes, Simon Tremblay, a été simplement amusé des questions des mêmes policiers, qui se sont avérés être plutôt des agents du Service canadien du renseignement de sécurité. « On passe dans les ligues majeures, les gars. C'est plus la police de Québec, maintenant, c'est les fédéraux, le SCRS, les agents secrets... »

Ce matin, Hassan nous a tous téléphoné pour nous annoncer qu'il avait annulé le concert prévu pour la semaine d'après et on s'est tous sentis soulagés. Dans d'autres circonstances, ça aurait été très différent, on aurait trouvé un moyen pour jouer sans Mohammed et Jean-Pierre. Mais l'esprit n'y était plus.

En après-midi, Simon s'est rendu au local pour prendre sa batterie, car il était en spectacle à l'Auberge Saint-Antoine toute la fin de semaine. Il accompagnait Virginie Hamel, une merveilleuse chanteuse de jazz, avec trois autres musiciens. À peine quelques secondes après être entré dans le local de répétition, affolé, il a commencé à appeler tout le monde à la rescousse. On avait été cambriolés.

Ceux qui le pouvaient sont arrivés dans la demi-heure qui a suivi. J'étais en congé, on était samedi, je n'avais donc pas réservé de gardienne pour Geoffroy. J'ai décidé de l'emmener avec moi.

Tout était sens dessus dessous dans la salle. Les partitions avaient été disséminées dans tous les coins, apparemment par pure méchanceté. On avait dû les lancer comme des *frisbees*.

« C'est sans doute des jeunes... » a constaté Simon à haute voix.

Le contenu des armoires se trouvait par terre, les malfaiteurs avaient tout simplement vidé les tablettes à leurs pieds.

Hassan est arrivé en dernier avec Sophie. Il ne s'est pas agité comme les autres musiciens occupés à chercher leurs affaires. Il s'est planté au milieu de la pièce en silence et, pivotant sur lui-même, il a examiné calmement chaque angle du local. Sophie pleurait en ramassant les partitions pour les mettre en pile sur un bureau au fond de la salle. Geoffroy a passé un ongle sur une cymbale pour la faire grincer. J'ai essayé de détourner son attention, sans grand succès. Mon fils est souvent capable de répéter le même geste jusqu'à ce que je m'exaspère et que je l'entraîne vers un autre endroit où il s'occupe à autre chose. Mais là, je n'y suis pas arrivé. Geoffroy me tenait à distance sans grande force de son bras libre en se concentrant sur la cymbale vibrante, hypnotisé par le grincement du métal sous son doigt.

« J'ai toutes mes affaires ! s'est écrié Simon, soudain, y m'ont rien volé ! »

Hassan s'est tourné vers lui, incrédule.

« Et toi ? » il m'a demandé en m'apercevant derrière Simon.

« Moi ? Rien. J'ai rien ici. J'apporte toujours mes instruments chez moi après les répétitions, c'est juste un sac de sport plein... »

Le bassiste est venu nous retrouver au milieu de la pièce.

« Tout mon stock est intact.

— Moi aussi », a dit Jean-Pierre.

On s'est regardés, Hassan et moi. J'ai répété à mon beau-frère ce que l'enquêteur Marquis m'avait dit, le jour où Geneviève était morte : « Des cambrioleurs qui ne cambriolent pas. » Hassan a hoché la tête avec l'air de concéder que tout ça n'était pas normal.

« C'est qui, alors ? » a demandé Simon Tremblay.

Personne n'a répondu.

Puis Hassan a dit : « Quelqu'un qui cherche quelque chose qu'il ne trouve pas et qui a les moyens de ne rien voler. »

Simon est demeuré incrédule devant le chaos de la scène. Il a marmonné pour lui-même. Au bout d'un moment il a dit : « C'est peut-être la police... »

Tout le monde a soupiré.

« Ben quoi, ça s'est déjà vu... la GRC est déjà entrée par effraction au Parti québécois et a volé les listes de ses membres...

— On va les appeler pour leur demander », a suggéré Hassan.

Tout le monde a ri. L'atmosphère s'est détendue. On s'est remis au travail, chacun de son côté, et une heure plus tard tout était en place comme avant, ou à peu près.

Pendant que Simon emballait sa batterie dans ses boîtes de transport, on s'est regroupés autour de Hassan, qui a déclaré :

« Je crois qu'on devrait cesser nos activités pour un bout de temps. »

Sophie s'est retournée vers Hassan et l'a pris par le bras. J'ai compris à leur attitude qu'ils en avaient discuté ensemble. Sophie était tendue, mais on voyait qu'elle espérait une réponse positive de notre part sans qu'une discussion ne s'engage sur le bien-fondé de la décision de son mari. Elle était suspendue à nos regards, faisant bloc avec Hassan. Personne n'a rien dit, mais, après une hésitation, Jean-Pierre a commencé à ramasser ses guitares, ses fils, ses pédales et ses accessoires électroniques pour les empiler près de la porte. « Je m'en allais, de toute façon. » Le bassiste l'a imité quand il a compris ce que l'autre était en train de faire. Il a saisi un micro et l'a exhibé avant de le mettre dans sa boîte : « Un Neumann U47 à cinq mille piastres, batinsse... et ils l'ont même pas pris ! » Puis, il a rangé sa Rickenbacker dans son étui.

Je suis retourné chez moi avec Geoffroy. En garant mon auto, j'ai vu que la Chevrolet Impala faisait de même dans le stationnement du lave-auto. Si j'avais été tout seul, sans la présence de Geoffroy, plus furieux qu'autre chose je me serais sans doute précipité vers la voiture pour injurier les deux bozos.

« Des cambrioleurs qui ne cambriolent pas. »

Cette phrase me tournait sans cesse dans la tête. Qu'est-ce qu'ils cherchaient qu'ils ne trouvaient pas ? J'ai fait le tour de la maison, en fouillant chaque tiroir, chaque garde-robe. Rien de spécial. À n'y rien comprendre. Au bout de trois quarts d'heure, j'ai abandonné.

7

Mister Freeze

C'est comme ça qu'on l'appelait. Mister Freeze. C'est Guy Legault, l'un des percussionnistes du Cirque, qui avait trouvé le sobriquet. « Y fallait juste y penser, les gars : Roch suce des Monsieur Freeze toute la journée, c'est pour ça qu'il est toujours gelé ! » Roch Rancourt disait que les Monsieur Freeze l'aidaient à diminuer l'enflure de ses babines quand il jouait trop longtemps de sa trompette. Très juste. Je sais de quoi il parlait, ayant eu moi-même des problèmes de santé buccale à cause de mes embouchures. Les anches en bois de mes saxophones accumulaient des tas de bactéries, surtout pendant l'été quand on jouait à l'extérieur dans la poussière des rues ou le pollen des parcs. Les infections étaient fréquentes dans ces conditions. Quant à la dope de Roch... ça, c'était un autre combat.

Si je n'avais pas parlé du surnom de Roch Rancourt au policier Pagliaro, c'est que ça m'avait échappé lors de notre conversation. Tout m'est revenu en mémoire le soir du 17 août, alors que je prenais l'air sur la pelouse devant chez moi. Geoffroy était parti la veille au soir avec Sophie et Hassan, pour passer deux jours dans Charlevoix, question de changer d'air après le *cambriolage*. Ils avaient loué une cachette au bord du fleuve près du traversier de Saint-Siméon. Un endroit de rêve. Peu après s'être installés au chalet, ils avaient vu un paquebot tout illuminé passer au large. Inoubliable. Sophie m'avait appelé pour me dire qu'ils rentreraient en fin d'après-midi, lundi.

J'ai vu trois jeunes d'une douzaine d'années déambuler devant chez moi en direction du boulevard Laurier. Le plus petit des trois faisait le brave sur sa planche à roulettes et tournait autour des deux autres qui étaient à pied et qui essayaient de le faire chavirer au passage sans y parvenir. Les trois turbulents faisaient les bruits que les ados font d'habitude, tonitruants, et ils suçaient de gigantesques Monsieur Freeze.

Mister Freeze!

Je me suis demandé ce que Roch Rancourt était devenu, après toutes ces années. L'enquêteur Pagliaro n'avait pas été très respectueux à son égard. Sans doute Roch était-il mort, comme les deux nigauds de flics semblaient le supposer ; après tout, ça n'aurait pas été une grande surprise, le connaissant. Ni une grande perte. Je n'ai jamais eu de nouvelles de lui. Mais qui sait ? Roch avait séjourné en Russie ? en Libye ? Grand bien lui fasse. Mais fallait-il croire ces deux policiers de la *Sûreté-du-Québec-de-Montréal* ?

D'après mes souvenirs, au moment où on jouait ensemble au Cirque du Soleil en 1984, Roch devait avoir vingt-quatre ou vingt-cinq ans. Autour de cinquante-cinq maintenant. À l'époque, après une rupture amoureuse, il était retourné vivre chez sa mère, rue Durocher, dans la paroisse de Saint-Sauveur, dans la basse-ville de Québec. Ils demeuraient juste au pied du cap dans une petite maison ancestrale qui ressemblait à une maison de campagne en pleine ville. Plusieurs des habitations du quartier dataient du début du vingtième siècle, si ce n'est pas d'avant, au moment où une bonne partie de la basse-ville devait être encore plus ou moins rurale. La maison des Rancourt avait peut-être résisté à l'incendie du quartier Saint-Roch de 1845. Bref...

En cette fin d'après-midi de dimanche, j'ai songé que je ne savais pas trop quoi faire de mes dix doigts. Je n'avais même pas pensé sortir en profitant de l'absence de mon fils. Les cours n'avaient pas encore commencé à l'université. Je n'avais pas d'engagements en vue, sans doute plus de Maurbec, pas de jardin à bichonner à part le gazon qu'un jeune voisin entretenait pour quinze dollars la tonte. Personne qui me rendait visite à la maison.

Je flemmardais donc dehors quand j'ai vu s'éloigner les trois ados suçant leurs Monsieur Freeze. Par désœuvrement, je suis entré et j'ai allumé mon ordinateur. J'ai cherché la rue Durocher sur Google Maps, puis j'ai cliqué sur Google Street View. J'ai vite retrouvé la maison de Rancourt, c'était facile : la dernière de la rue, adossée au cap, numéro 889. J'y étais allé plusieurs fois rencontrer Roch, dans le temps, et boire des bières avec lui.

Sur Google, la bicoque paraissait la même que celle de mes souvenirs, mais on avait remplacé les fenêtres. Le recouvrement du toit également. Et la clôture en bois blanc sur le côté de la propriété avait disparu. En me déplaçant à l'aide des flèches de direction, j'ai remarqué, bien que je n'eusse qu'une vision partielle à partir de la rue, qu'on avait bâti une espèce de rallonge derrière la maisonnette. Un bâtiment au toit plat, plus carré, avec des fenêtres grillagées. Cette construction n'existait pas en 1984, je me le rappelais très bien parce que Roch et moi, on aimait boire nos bières dans la cour ombragée à l'arrière de la maison qui, à vue d'œil, avait été écrasée par cet ajout.

La mère de Roch était veuve et elle s'appelait Jeanne. Jeanne Dubuc. Une mère poule. Son nom m'est revenu quand je suis retourné en arrière sur l'image de Street View et que j'ai vu les lettres J et D, toujours clouées à la façade, à gauche de la porte d'entrée, au-dessus de la boîte aux lettres. C'étaient de grosses lettres vernies en relief, découpées à la scie à chantourner dans du contreplaqué très épais et qu'on achetait à l'unité dans des sacs en plastique à la quincaillerie, dans les années soixante-dix. On vendait aussi des chiffres. On en trouve toujours dans certaines coopératives. La dame vivait-elle encore ? Possible, elle n'aurait aujourd'hui que soixante-quinze ans, au plus. Roch ne parlait jamais de son père pour la bonne raison qu'il n'en avait rien gardé, à part le nom.

J'ai cherché dans Canada 411 sur Internet, mais je n'ai pas trouvé de Jeanne Dubuc. Cela ne voulait rien dire, elle pouvait avoir un numéro confidentiel. Je me suis senti un peu idiot à perdre mon temps à essayer de retrouver une vieille dame que je n'avais pas revue depuis une trentaine d'années. Quand même : le J et le D étaient toujours en place ! Si le domicile avait été vendu, les nouveaux propriétaires auraient eu tôt fait d'enlever ces lettres démodées.

Et si, sa mère décédée, Roch avait gardé la maison ?

Il n'y avait pas plus de Roch Rancourt domicilié rue Durocher. Ça ne m'a pas surpris : Pagliaro et son acolyte l'auraient appris avant moi et ils ne m'auraient pas déclaré que Roch avait disparu de leur radar. Quoique, avec eux, on ne sait jamais. Les clowns ont le droit de mentir, pas les honnêtes citoyens. Je perdais mon temps.

Puis, j'ai eu une intuition.

Je me suis dit qu'avec tous ses déboires, Roch aurait eu raison de vivre sous un faux nom.

J'ai inscrit « rue Durocher » dans la case « recherche par adresse » du site et j'ai obtenu la liste des gens qui y habitaient.

Trente-cinq résultats.

Dont un F. Reese, au numéro 889.

F. Reese. *Mister Freeze*.

Bingo !

Je me suis levé et je suis sorti.

Pas d'Impala brune en vue. J'ai pris le volant et j'ai foncé vers la basse-ville. Dix minutes plus tard, je stationnais l'auto dans la rue Arago. J'ai continué à pied, à l'envers du sens unique dans la rue Durocher. Là, je me suis instantanément retrouvé dans l'ambiance de 1984. Des hydrangées commençaient à fleurir dans presque tous les parterres. Quelques ménagères s'activaient dans leurs platebandes sous le soleil déclinant tandis que des enfants, certains en pyjamas, circulaient à bicyclette sans but apparent autre que de rouler sans trop s'éloigner de la maison. Des vieux étaient assis sur les marches des perrons et sirotaient du thé ou du café dans des tasses grosses comme leur poing. À l'intersection de la rue Jolliet, trois ou quatre voisins étaient pieusement rassemblés, bière à la main, autour d'une Ford Mustang flambant neuve, capot ouvert, et discutaient sans doute de cylindrée plus que de voyages. J'entendais quelqu'un clouer quelque chose derrière une maison. Des fenêtres ouvertes laissaient reconnaître des émissions de télévision ou de la musique de jeunes. Pendant une minute, je me suis demandé pourquoi j'habitais sur l'avenue De Montigny, à Sillery, là où personne ne s'adresse jamais la parole, là où tout est *clean*, où il n'y a pas d'hydrangées en fleurs, où il n'y a jamais de bruit à part celui des moteurs de BMW ou de Mercedes. Autant dire le silence.

Je me suis senti tout à coup chez moi, et j'ai eu les larmes aux yeux. J'ai retrouvé l'espace d'un instant mon enfance abandonnée à Limoilou, juste un peu plus loin de l'autre côté de la rivière Saint-Charles. Ma jeunesse laissée volontairement de côté pour cause d'un emploi de professeur d'université bien payé, d'une situation de musicien qui a déjà joué sur deux continents, mais qui ne joue plus et qui, au surplus, n'a jamais été célèbre.

Les hydrangées m'ont rappelé ma mère qui les aimait tant, assise au troisième étage sur le balcon – Balconville, comme disait mon père – et qui écoutait avec moi du Chopin provenant du *pick-up* haute-fidélité du salon de notre logement de la rue Royal-Roussillon. J'ai revécu l'odeur de l'essence gaspillée et de la poussière de la rue, les bruits des enfants et des mères qui crient « Rentrez ! Y est assez tard ! », les rires des hommes enivrés des désirs de mécaniques qu'ils ne posséderont jamais, l'air qui refroidit tout à coup et qui fait rentrer les vieux dans les maisons à la recherche d'une petite laine. Toute cette effervescence s'est comme immobilisée pendant une fraction de seconde devant moi. Au milieu de ces étrangers familiers, je me suis senti plus seul que jamais.

À part Geoffroy, je n'avais plus rien à perdre que je n'avais déjà perdu.

J'ai frappé à la porte du 889 Durocher et j'ai attendu. Personne n'est venu ouvrir. J'ai regardé discrètement par la fenêtre du salon, à droite, mais je n'ai rien vu. Tout était obscur à l'intérieur. Je suis revenu frapper encore, sans plus d'espoir ni de succès. La tête remplie de l'atmosphère de la rue, j'ai tourné machinalement la poignée de la porte, qui s'est ouverte.

Je suis entré.

J'ai failli trébucher sur le tas de courrier accumulé sur le plancher et mon cœur s'est resserré en découvrant que rien n'avait changé dans cette maison depuis la dernière fois que j'y avais mis les pieds, trente ans plus tôt. L'odeur était la même. Au fond du corridor, une pile de *Journal de Québec* débordait d'un bac bleu de récupération, seule nouveauté dans la place. En fouillant, j'y retrouverais peut-être un numéro de 1984. Les meubles du salon, en velours imprimé, étaient râpés et on avait mis des serviettes pliées pour cacher les endroits les plus usés. Au mur, au-dessus du sofa, la même reproduction d'une scène avec un chevreuil, le panache se découpant dans le soleil levant, pendait un peu de travers comme dans le temps.

J'ai crié : « Y a quelqu'un ? » « Roch ? » « Madame Jeanne ? »

Je me suis avancé dans la cuisine, tout au fond, et j'ai reconnu l'immense frigo Kelvinator, qui pouvait contenir des caisses de bière entières, la poignée toujours rafistolée avec du *Duck Tape*. La pièce était dans un désordre normal. Quelques bouteilles de bière vides étaient alignées sur le comptoir. Des assiettes sales et des verres avaient été déposés dans l'évier et on avait sorti le flacon de savon à vaisselle, mais on s'était arrêté là. La cafetière à moitié pleine était éteinte. Le café, froid. Le grille-pain, entouré de miettes. Au mur du fond, un calendrier affichant le mois d'août exhibait une beauté juvénile, un trousseau de clés suspendu au clou qui le tenait accroché. Sur la table au centre de la pièce, une tasse vide reposait à côté du dernier numéro de la revue *International Musician*, de l'American Federation of Musicians. J'étais bien chez Mister Freeze.

Au pied de l'escalier menant à l'étage, j'ai crié : « Roch ? »

Je ne suis pas monté, je suis revenu à la cuisine, curieux de voir la nouvelle construction derrière la maison. On y avait accès par l'ancienne porte de sortie arrière. C'était devenu une porte pare-feu en métal. Sans fenêtre. Solide. Elle était verrouillée. Je me suis retourné vers le calendrier et j'ai pris le trousseau de clés. J'ai trouvé la bonne. J'ai ouvert.

Une chaleur insupportable m'a sauté au visage et j'ai reculé d'un pas, instinctivement dégoûté par l'odeur légèrement sucrée qui est parvenue à mon nez. Je suis entré prudemment dans le local, qui devait mesurer vingt pieds sur trente. Les fenêtres étaient toutes fermées et j'ai vu en m'approchant qu'elles étaient conçues pour ne pas s'ouvrir. C'était sans doute là une sage décision, vu le matériel électronique hors de prix qui garnissait la pièce. Au fond du local, un énorme ventilateur sur pied brassait l'air sec et surchauffé de la pièce. Je suis retourné à la porte d'entrée du local et j'ai trouvé le thermostat : il était au max et le thermomètre indiquait 38 degrés. Ce n'était pas bon pour l'équipement, mais je n'y ai pas touché.

La sueur me coulait dans le dos et sur les tempes et je n'avais qu'un désir, sortir à l'air frais du dehors, mais j'ai quand même pris le temps d'examiner l'instrumentation de Roch. Contrairement à l'ameublement de la partie habitée qui n'avait jamais été changé et qui offrait un spectacle navrant – on aurait dit une misérable maison de pauvres –, l'installation électronique de Roch était impeccable et ultramoderne. Il s'agissait en fait d'un studio d'enregistrement *high-tech* qui devait valoir dans les trois cent mille dollars. Sans doute plus.

À gauche de la pièce, dans une cage de verre, on avait monté une batterie complète, avec des micros différents suspendus au-dessus des endroits appropriés. Des *chimes*, des bongos, des congas et d'autres accessoires de percussion complétaient l'attirail.

La plus grande partie de l'espace était occupée par de l'équipement d'enregistrement. Un mixeur analogique Midas Venice U à 32 entrées, un peu démodé mais encore très efficace, était posé sur une estrade d'un pied de haut. Curieusement, il n'avait pas été installé derrière une paroi de verre, dans une cabine à part, comme il est d'usage de le faire. Une vieille Ampex à ruban magnétique de vingt-quatre pistes, un peu à l'écart, était reliée à cette console, de même qu'une forêt de micros de toutes dimensions. Des dizaines de voyants lumineux scintillaient dans la pénombre du studio, toutes les machines étaient allumées, ce qui contribuait à la chaleur accablante du local.

Sur une espèce de crédence, Roch avait aligné ses instruments à vent : une trompette Henri Selmer, un Flugelhorn à quatre pistons. Devant un clavier Yamaha, plusieurs guitares électriques et acoustiques trônaient sur leur pied, dont une Les Paul datant probablement de la fin des années 50 et une Fender Stratocaster presque aussi vieille. Si ces guitares étaient *vintage,* avec leurs pièces et leur étui d'origine, elles devaient valoir plusieurs dizaines de milliers de dollars chacune.

Au fond du local, Rancourt avait aménagé une sorte de section bureau avec deux classeurs, deux grandes armoires métalliques, deux bibliothèques et une table de travail. Je me suis approché et j'ai vu un sac Ziploc renfermant une bonne quantité de poudre blanche. Il y avait aussi, à côté, un emballage rempli de dizaines de comprimés et de gélules de différentes couleurs.

La plus grande bibliothèque contenait des CD. J'ai sifflé entre mes dents malgré moi : leur nombre était impressionnant. À vue de nez, elle devait renfermer une collection d'au moins dix mille CD. Dans la plus petite bibliothèque, des catalogues d'équipement électronique étaient empilés, de même que les manuels d'opération et d'entretien de ces appareils, des albums photo, des boîtes de micro, quelques bibelots et des souvenirs de tournées.

Curieusement, alors que les tablettes débordaient littéralement d'objets divers accumulés depuis des lustres, la tablette centrale, celle dont la hauteur était le double de celle des autres, était complètement vide. Qu'est-ce qu'elle avait bien pu contenir ? Aucune idée, mais quelque chose d'autre clochait dans la pièce. L'endroit était bien rangé et on devinait que Roch traitait ses équipements avec ménagement et respect. Mais au fond du local, sous l'énorme ventilateur, on avait entassé pêle-mêle les housses en cuirette de la batterie portant le logo Ludwig. J'ai contourné cet empilage pour voir ce qu'il cachait et là, j'ai découvert d'où provenait l'odeur sucrée écœurante qui m'avait assailli quand j'étais entré dans le studio. Roch Rancourt gisait, les bras repliés sur sa poitrine, yeux ouverts sur le néant. Sa peau grise ressemblait à du cuir et il était d'une maigreur à faire peur. Aussi sec qu'un morceau de bois pétrifié. Comme une momie avec un trou noir au milieu du front.

8

Francis Pagliaro reçut l'appel du SPVQ à trois heures quinze à son domicile de Rosemère.

On avait retrouvé un corps dans un studio d'enregistrement de la basse-ville de Québec. Après les examens d'identification, on venait de découvrir qu'il s'agissait de Roch Rancourt, alias Fred Reese. Le policier au bout du fil s'excusa auprès du sergent-détective pour avoir interrompu sa nuit de sommeil, mais son patron, l'enquêteur Duquette, avait considéré que la situation l'imposait.

Pagliaro appela Lortie immédiatement pour le mettre au courant des événements. Il lui annonça qu'il passerait le prendre chez lui à Verdun dans les trente minutes. Trois heures plus tard, à six heures quarante-cinq, les deux enquêteurs se retrouvaient à la Centrale de police du parc Victoria à Québec, pour rejoindre Marquis et Duquette qui les attendaient. Après un bref briefing avec les deux policiers municipaux, Pagliaro et son adjoint se rendirent sur la scène du crime et ils commencèrent à interroger les voisins à la recherche d'éventuels témoins. Ils ne mirent pas bien longtemps à rappliquer chez Louis Collard.

Duquette était hors de lui-même, de plus méchante humeur que jamais.

« C'est vous, l'auteur de l'appel anonyme au 911 d'hier soir ? »

Collard, toujours en sous-vêtements à sa sortie du lit, ne répondit pas à l'invective de Duquette.

« Un voisin nous a confirmé qu'il a vu quelqu'un qui vous ressemble entrer chez Roch Rancourt hier soir, et ressortir vers neuf heures moins vingt, quelques secondes, en fait, après l'appel au 911 !

— Le 911 ? Qui me ressemble ?!

— On a de belles photos de vous en spectacle. C'est sur votre site Web, on n'a pas besoin de votre permission pour les montrer !

— Ah bon. »

Pagliaro prit la parole.

« Vous ne trouvez pas curieux, monsieur Collard, qu'on vienne ici regarder des photos il y a quoi… ? Quatre jours ? C'était…

— C'était le 14, dit Lortie.

— C'est ça, jeudi passé. Vous ne trouvez pas curieux qu'à ce moment on vienne vous parler de Roch Rancourt et que vous déclariez ne pas l'avoir revu depuis trente ans ? Puis qu'on vous voie entrer chez lui hier ? Hier ! Et que la police de Québec, à la suite d'un appel anonyme au 911, retrouve quelques minutes plus tard le corps de monsieur Rancourt, mort depuis une douzaine de jours sous un faux nom que vous connaissiez sûrement très bien et que vous avez omis de nous mentionner ?

— Son surnom ? Mister Freeze ? Ça m'a échappé.

— Mister Freeze ? Qui vous parle de Mister Freeze ? Je vous parle de Fred Reese.

— Reese ? Jamais entendu parler.

— C'est vous qui avez fait le 911 ! intervint Duquette, carrément hors de lui. On va comparer votre voix… »

Pagliaro eut un geste d'apaisement envers le policier et reprit son interrogatoire.

« Ça vous a échappé, monsieur Collard. Bien. Admettons. Savez-vous que votre ami Roch Rancourt a été tué par une balle très similaire à celle qui a tué votre femme et l'agent Turmel ?

— Similaire ?

— Les examens vont nous confirmer si elle provient de la même arme. »

Collard tressaillit. Il chercha un appui près de lui, mais il ne trouva que le bras de Lortie, tout le monde se tenant entassé dans le corridor d'entrée de la maison. Pagliaro remarqua que Collard avait blêmi.

« Comment pouvais-je savoir… dit Collard.

— Bien sûr, vous ne le pouviez pas. Par contre, vous devez savoir si Rancourt et votre beau-frère se connaissaient…

— Mon beau-frère ?!

— Oui, votre beau-frère, Hassan Choukri, qu'on recherche actuellement !

— Vous le recherchez ? Vous êtes malades ? Il est dans Charlevoix ! À Saint-Siméon ! Avec mon fils… et ma sœur ! Cessez de me niaiser, ils reviennent aujourd'hui !

— On veut juste lui parler. »

Collard se dirigea vers le salon où il s'assit.

Pagliaro le suivit et, sans s'occuper davantage de la réaction de Collard, il ouvrit un dossier sorti de sa mallette. Il consulta la première page en la laissant voir au musicien. Les photos de Sophie et de Hassan étaient agrafées au haut de la feuille, avec celle de Mohammed Lebbar, plus bas. Le dossier lui-même avait un bon pouce d'épaisseur.

« Il y a plusieurs choses que je voudrais tenter d'éclaircir avec vous, monsieur Collard. »

Il posa le dossier à côté de lui sur le fauteuil et regarda leur hôte avec un air affable.

« Mes collègues semblent douter de votre bonne foi, pourquoi en est-il ainsi ?

— Pour tout dire, je n'aime pas la police, répondit Collard en s'agitant sur son siège. C'est familial, je ne vous raconte pas parce que c'est trop long. Je n'aime pas vos manières. Vous, les flics, vous vous croyez tout permis, vous ne répondez jamais à nos interrogations, à nos inquiétudes, vous ne *découvrez* pas des choses, vous *décidez* des choses. Et vous vous en tenez à ça. »

Il porta son regard vers Marquis et Duquette, debout dans le vestibule.

« Vous deux, là, vous arrivez chez moi quelques minutes après la mort de ma femme et vous commencez déjà à insinuer des insanités... des cambrioleurs qui ne cambriolent pas, ceci, cela. Je suis une victime et vous me traitez comme un suspect. Et maintenant, vous, de la *Sûreté-du-Québec-de-Montréal*, vous soupçonnez mon beau-frère et pourquoi pas ma sœur, et mon fils, tant qu'à y être, un handicapé mental, d'avoir quelque chose à voir avec la mort de Geneviève. C'est complètement idiot. Cherchez ailleurs. Vous avez des œillères et vous ne voyez pas plus loin que le bout de votre nez, même si vous le fourrez partout. D'ailleurs vos deux espions dans l'Impala brune qui...

— Quelle Impala brune ? »

Duquette et Lortie s'étaient exclamés à l'unisson. Collard continua sa tirade sans se soucier d'eux.

« Peu importe. Et, sans vouloir vous vexer, je n'ai pas plus confiance en vous, monsieur Pagliaro, parce que vous semblez suivre les mêmes traces que Dupont et Dupond ici présents. Savez-vous ce que c'est que de perdre sa femme ? Savez-vous que les gens ont de la peine ? Que diriez-vous de rentrer chez vous ce soir, à Montréal-la-grande-ville, et de découvrir que votre femme a été assassinée ? Hein ? Posez-vous la question ! Qu'est-ce que vous cherchez ? Qu'est-ce que vous voulez ? Sortez de ma maison ! Foutez le camp! Allez jouer à la police ailleurs! À Montréal, par exemple, où il manque pas de méchants…»

Pagliaro se leva du fauteuil où il était assis. Il fit un signe discret à Martin Lortie et aux deux policiers du SPVQ.

«Excusez-moi, monsieur Collard. Vous avez raison. Je sais que vous avez de la peine. Et croyez-moi, je compatis. Je vous répète ce que je vous ai déjà dit la dernière fois que je vous ai vu: on cherche un lien et on croit que vous pouvez nous aider. Nous allons attendre que votre fils arrive avec votre sœur et son mari, j'ai des questions à poser à votre beau-frère. Je ne veux pas l'importuner. Vous non plus, je vais quand même vous demander de rester à notre disposition. J'aurai d'autres questions à vous poser plus tard. Mais le temps presse. N'oubliez pas que l'on cherche à découvrir et à arrêter celui ou ceux qui ont tué votre femme. On est du même côté, monsieur Collard.

— Du même côté… répéta Collard assommé. Vous ne serez jamais du même côté, monsieur Pagliaro.»

Pagliaro posa sa main sur l'épaule de Collard et fit une pause, puis il sortit rejoindre les trois autres policiers qui restaient à discuter près de leurs véhicules.

Le sergent-détective aperçut sa propre voiture et l'autopatrouille aux couleurs du SPVQ. Il se tourna vers la maison de Collard. Encore sous le choc de l'émotion, celui-ci les épiait de la fenêtre du salon. Au moins, pensa Pagliaro, les municipaux n'avaient pas eu l'indélicatesse d'actionner les gyrophares.

Une fois les policiers du SPVQ partis de leur côté en direction de la Centrale de police, Pagliaro et Lortie demeurèrent encore quelques instants à discuter dans la voiture de Pagliaro.

«Le gars est à bout de nerfs, dit Martin Lortie.

— Je le serais aussi à sa place. Pas toi?

— Je suppose que oui. Il nous cache quelque chose?

— On va vérifier son emploi du temps à l'époque de la mort de Rancourt, mais je ne pense pas. Il sait des choses sans en être conscient. Il joue dans un groupe dont au moins un des membres est très probablement un extrémiste. Un suspect qui en a contaminé d'autres, qui sait ? Rancourt, son ex-collègue musicien, a été assassiné à peu près au même moment que sa femme et Nicolas. C'est le pivot central de notre enquête pour le moment.

— Alors, on fait quoi ?

— On attend que le beau-frère revienne. On le questionne pour connaître quelles sont ses tendances. Ses intentions. Pour savoir s'il s'est radicalisé récemment. Quels rapports il avait avec la femme de son ami. On regarde les résultats de la balistique dès qu'on les aura entre les mains pour voir quelle filière suivre. Et on va interroger tout de suite les employés du lave-auto au coin de la rue pour apprendre ce qu'ils savent de cette Chevrolet Impala brune. J'ai oublié d'en parler avec les Bleus. »

9

Pagliaro rentra à Parthenais passé vingt et une heures, de retour de Québec après une deuxième journée d'enquête sur la mort de Roch Rancourt. Le rapport de la balistique était arrivé. Le sergent-détective l'avait trouvé sur son bureau en allumant sa lampe banquier à l'abat-jour jaune, cadeau de Lisa au moment où il avait été muté à Parthenais en décembre 1996, presque vingt ans plus tôt. Cette *lampe du sanctuaire*, comme l'avait appelée un jour Régis Duchesne, le fils d'une victime venu le rencontrer à Parthenais, avait valeur de symbole à ses yeux autant qu'elle avait une utilité[1]. *La lumière est allumée : je veille.* Pagliaro aimait travailler hors des heures normales de bureau, évitant ces périodes animées et bruyantes pendant lesquelles les policiers et le personnel civil étaient à l'ouvrage. Il préférait la quiétude du lieu, tôt le matin ou tard le soir. L'éclairage de la lampe, limité à sa table, l'aidait à se concentrer sur les dossiers en cours dès qu'il avait éteint celui du plafond aux néons surpuissants. Il poursuivait des études en philosophie à temps partiel – de plus en plus partiel, à son grand

---

[1] Voir *L'Inaveu*, Alire (Romans 146), 2012.

regret – à l'Université de Montréal, et il lui arrivait de terminer tranquillement sa soirée de travail au bureau par des réflexions sur les lectures qu'il était en train de faire dans le cadre de ses cours. Il rentrait alors chez lui à Rosemère, et dans son bureau du rez-de-chaussée, il mettait sur papier les idées et les pensées qu'il avait mûries à Parthenais. Puis, il montait rejoindre Lisa au lit. Il aimait de plus en plus ce temps de décompression.

Lisa lui avait demandé s'il voulait une lampe banquier semblable à celle de Parthenais pour son bureau de Rosemère, mais Francis avait répondu qu'il préférait qu'elle lui fasse la surprise d'un éclairage de son choix. C'est Lisa qui avait décidé de la couleur des murs, des tissus pour les tentures de même que de l'ameublement de la pièce de travail. Au mur du fond, elle avait fait installer par le peintre Andrew Garrison lui-même le grand tableau intitulé *Repentirs* que Francis avait choisi comme cadeau. C'était un présent hors de prix, offert par sa douce pour souligner la fin d'une enquête sur les meurtres d'un galeriste et d'un lieutenant du SPVM à la galerie Arts Visuels Actuels de Montréal[2]. La galerie de la rue du Parc avait fermé depuis. « Ce sera aussi ton cadeau d'anniversaire pour les trois prochaines années, avait ajouté Lisa, tout sourire, et même pour quelques Noëls à venir… »

Il prit place à son bureau et songea qu'il devrait sans doute retourner dans la capitale afin de terminer l'investigation des trois assassinats, celui de Geneviève Simon, de son collègue Nicolas Turmel et de Roch Rancourt, si le rapport de balistique qu'il avait maintenant devant les yeux confirmait que ces trois événements étaient reliés, comme il le craignait. Il se serait bien passé de ce séjour forcé à Québec, bien qu'il

---

2   Voir *Repentir(s)*, Alire (GF 30), 2014.

aimât la ville et l'équipe de la Sûreté, division Québec métro. Mais, comme il l'avait confié à Lisa, des années auparavant, au retour d'une mission de filature : « Au loin sans toi, je me sens comme un voyageur sans destination. »

L'enquêteur sourit en apercevant les feuillets explicatifs que l'expert en balistique du Laboratoire des sciences judiciaires et de médecine légale avait ajoutés à son intention. Se doutant bien que les policiers ne connaîtraient probablement pas l'arme du crime, un Tula-Korovin 6,35, le technicien avait eu cette initiative que Pagliaro apprécia. Il se promit de le rappeler au spécialiste la prochaine fois qu'il le rencontrerait.

Sergey Alexandrovich Korovin avait inventé ce pistolet en 1926 ; mais, fabriqué par la *Toulsky Oroujeïny Zavod*, l'usine d'armement de Toula, le 6,35 n'avait jamais été homologué par les militaires en raison de sa faible puissance. Pagliaro songea qu'il demeurait tout de même une arme efficace dans un tir à bout portant. Le pistolet avait cependant connu une vogue parmi les amateurs civils de tir sportif et les utilisateurs d'armes légères et qu'on peut facilement camoufler, tels le personnel des organisations paramilitaires et plusieurs membres du NKVD. L'État soviétique l'offrait également en cadeau ou en récompense pour services rendus. Fabriqué à plus de cinq cent mille exemplaires jusqu'en 1974, ce petit et peu coûteux pistolet, appelé familièrement le TK, était devenu l'une des armes préférées des mafias russes, au même titre que le Tokarev et le Zastava M57, plus encombrants et de plus fort calibre.

Le dernier paragraphe du rapport de balistique affirmait que, sans l'ombre d'un doute, la balle retrouvée dans le crâne de Roch Rancourt provenait de la même arme que celle qui avait servi pour tuer Geneviève Simon et Nicolas Turmel.

Pagliaro ouvrit le classeur qu'il gardait fermé à clé et sortit les dossiers des trois meurtres. Il trouva rapidement dans le dossier de Geneviève Simon la photo de Zachary Avdeïev, seul nom à consonance russe du document. Pistolet russe, citoyen russe, ce dernier en relation avec des amis de Mohammed Lebbar, lui-même collègue de Collard. Une ébauche de solution était en train de se dessiner.

Par deux fois, Collard n'avait pas réagi devant la photo d'Avdeïev. Il ne le connaissait probablement pas. Ou il était un excellent dissimulateur.

Le sergent-détective se dit qu'il devait interroger Duquette pour compléter les informations qu'il possédait sur cet Avdeïev. Il regarda l'heure à sa montre : vingt et une heures vingt-cinq. Un peu tard. Duquette lui avait dit qu'il était éreinté et qu'il rentrait chez lui tout de suite après l'avoir salué à son départ de Québec. Pagliaro décida qu'il téléphonerait à l'enquêteur municipal le lendemain. Pour l'instant, il lui envoya un courriel lui demandant de faire une recherche sur cette Impala brune dont Collard leur avait parlé la veille. Ce n'était pas un véhicule de la SQ, il l'avait vérifié en rentrant au bureau : personne, sans son accord préalable, n'avait commandé de surveillance du domicile de Louis Collard. Il n'y avait aucune raison de le faire. Ce n'était sûrement pas une voiture de la police de Québec non plus, vu la réaction de surprise de Duquette quand Collard avait laissé échapper l'information. À suivre.

L'enquêteur retourna à l'étude du dossier devant lui. Le nom d'Avdeïev lui rappelait quelque chose d'autre, sans qu'il n'arrive à se souvenir de quoi il s'agissait.

Le iPad qu'il avait posé sur son bureau en entrant émit à ce moment le son particulier indiquant que Lisa avait ajouté un événement à leur agenda personnel. En prenant la tablette, qui lui servait aussi à stocker la musique qu'il écoutait pendant ses trajets routiers, il lui vint à l'esprit que c'est le nom d'*Avdeïeva* qui lui était familier.

Avdeïev, Avdeïeva. Pourquoi connaissait-il ce nom ? Voilà ! Ioulianna Avdeïeva. La jeune pianiste qui avait remporté le premier prix au concours Chopin de Varsovie, quelques années auparavant.

Il tapa Ioulianna Avdeïeva dans Google et retrouva la page du *Monde* qui mentionnait le nom. Tout lui revint.

On pouvait lire dans l'article du 27 août 2011 que le label Deutsche Grammophon faisait paraître un disque d'Ingolf Wunder (*ça ne s'invente pas*, pensa-t-il), pianiste de vingt-cinq ans qui avait remporté le deuxième prix à ce même concours Chopin alors que tous les experts étaient unanimes pour dire qu'il aurait dû décrocher le premier, en lieu et place d'Ioulianna Avdeïeva. Le quotidien continuait en racontant qu'un sort identique était tombé sur Ivo Pogorelich, préféré du public lors du concours, des années auparavant, mais éjecté au deuxième tour. La grande Martha Argerich, membre du jury, avait claqué la porte de rage devant cette décision, faisant de Pogorelich une vedette internationale instantanée, mise immédiatement sous contrat chez Deutsche Grammophon.

Les deuxièmes seront les premiers, pensa l'enquêteur.

Pagliaro aimait par-dessus tout la musique pour piano de Schubert, mais il y avait eu un moment, deux ans plus tôt, où il s'était beaucoup intéressé à Chopin. Il avait alors acheté toutes les versions des deux concertos pour piano du compositeur qu'il pouvait trouver. D'où sa découverte de Pogorelich… et d'Ioulianna Avdeïeva.

Pagliaro ferma le iPad, s'installa plus confortablement dans son siège, enleva ses chaussures dessous son bureau et consulta à nouveau le dossier ouvert devant lui. Pas grand-chose sur Zachary Avdeïev, à part quelques notes d'un analyste civil travaillant au SPVQ qui indiquait que ce citoyen russe avait été vu à Québec en compagnie d'individus associés à la mafia russe montréalaise et à des islamistes soupçonnés d'être des agents de radicalisation auprès de jeunes Canadiens.

Pagliaro consulta sa montre, vingt et une heures quarante. Trop tard pour donner un coup de fil à Duquette à son domicile, mais pas pour appeler sa fille Karine. Il prit le téléphone et composa son numéro à Ottawa. C'est la petite Léa qui répondit.

« Allô, à qui tu veux parler ? »

Pagliaro eut un sourire et la fatigue qui s'était accumulée sur ses épaules depuis le matin diminua de moitié.

« Salut, c'est Papi.

— Allô Papi !

— T'es pas couchée à cette heure-ci ?

— Non parce qu'aujourd'hui papa a dit qu'on ferait un spécial. On a soupé tard.

— Qu'est-ce que vous avez mangé ?

— Mon mets préféré !

— Pas de la lasagne ?

— Oui. La lasagne de Luc ! Avec des épinards et du fromage rocotta.

— Ricotta.

— Oui, c'est ça. Ricotta. Et là, on vient juste de finir de regarder *Retour au bercail* à la télé.

— C'est un beau film, je l'ai déjà vu moi aussi.

— As-tu capturé des méchants aujourd'hui ?

— Non. J'en cherche un, mais il joue à la cachette avec moi. Il sait pas que je suis bon et que je vais le trouver quand même.

— Moi, je l'sais, hi ! hi ! Est-ce qu'y te reste des bonbons roses ?

— Oui, j'en prends un chaque midi pour mon dessert. Ça me fait penser à toi.

— C'est les meilleurs, hein?

— Oui, les roses, c'est les meilleurs. Ta maman est là?

— Non. Elle travaille. Elle a arrêté une méchante hier, *elle*.

— Ah bon, elle en a de la chance! Je vais l'appeler au bureau pour la féliciter, bonne nuit ma belle fille.

— Bonne nuit Papi. »

Pagliaro raccrocha, ouvrit le tiroir de son bureau et prit un bonbon rose dans le sac en cellophane à demi entamé. *Les roses, c'est les meilleurs*, pensa Pagliaro qui n'avait jamais goûté aux autres. Il composa le numéro de Karine.

« *RCMP, Sergeant Karine Fraser speaking.*

— Salut, c'est moi.

— Papa! Quelle belle surprise! Tu m'appelles au bureau à cette heure-ci, c'est pour les affaires?

— Pour l'instant, oui. C'est une affaire de trois meurtres avec la même arme et j'aimerais avoir ton avis là-dessus.

— J'écoute. »

Le ton professionnel de la sergente Karine Fraser reprit le dessus aussitôt. Pagliaro sourit pour lui-même et continua.

« J'ai trois victimes dont deux, Geneviève Simon et Roch Rancourt, connaissaient un certain Louis Collard, mais qui n'ont apparemment aucun rapport avec la troisième, Nicolas Turmel, un de mes agents. Les seuls liens qui relient les trois sont la musique et l'arme du crime, un Tula-Korovin 6,35…

— Un TK? La mafia russe.

— Oui, je sais, mais je ne comprends pas qu'un professionnel ne jette pas son arme après chaque meurtre. Presque tous les contrats sont exécutés avec une arme qui ne sert qu'une fois. C'est comme si notre tueur voulait laisser…

— Une signature.

— C'est ce qu'on pense nous aussi. Mais le message n'est pas pour nous, notre gars ne cherche pas à se faire attraper, même s'il est pour le moins inconscient.

— Non, tu as raison, le message est pour les autres. Pour les complices de ces trois victimes, si ça se trouve, leurs associés, les gens de la même organisation qu'eux. Ou pour ceux qui s'intéressent à leurs affaires de trop près et qui vont finir par savoir, d'une manière ou d'une autre, qu'il s'agit de la même arme. C'est un avertissement.

— Cette affaire n'a pas de sens : un de mes policiers tué chez lui, à Montréal, en écoutant de la musique ; une décoratrice de théâtre, femme d'un prof de musique tuée chez elle, à Québec ; un ancien ami du mari, musicien lui aussi, assassiné à Québec dans son studio d'enregistrement ; tous les trois avec le pistolet russe. Un suspect russe portant le même nom qu'une musicienne de grand talent. Une pianiste. Elle joue du Schubert et du Chopin…

— Tout pour te plaire…

— Oui. Enfin… Mais ça fait beaucoup de musique et beaucoup de Russes.

— Tu l'as, ton lien.

— Ouais, la musique et le russe, je sais, mais ça ne me fait pas avancer d'un poil. J'ai l'intention de contacter le SCRS, mais tu connais les gars, là-bas ?

— Oui. *Merci de votre généreuse collaboration, bien content de vous avoir parlé…*

— C'est un peu ça. Je sais que tu enquêtes sur des cas de trafic de personnes, notamment de jeunes danseuses russes, et tu travailles souvent à l'international, je me trompe ?

— Non. En fait, j'achève de traiter les cas de trafic de jeunes femmes sur lesquels j'enquêtais avant d'être promue ici. Pression de l'administration. Ici, à Ottawa, à la Division nationale, on est censés faire des enquêtes sur les menaces graves à l'intégrité politique, économique et sociale du Canada. On s'occupe aussi des visiteurs de marque, des dignitaires étrangers. Pour leur sécurité. Ça n'a rien à voir avec le trafic de prostituées. Mon patron est impatient et il me tanne pour que je ferme au plus tôt mes dossiers pour passer à autre chose. Le plus tôt sera le mieux. Comment s'appelle ton suspect russe ?

— Zachary Avdeïev. C'est le seul Russe au dossier.

— Je le connais. Zachary Avdeïev est justement une personne d'intérêt chez nous pour le trafic de femmes d'origine russe qu'il aurait réussi à faire entrer au Canada en vue de la prostitution. On sait qu'il a travaillé avec un compatriote du nom d'Anton Solomine. Avdeïev a été vu au Canada à deux ou trois reprises avec lui, c'est tout. Solomine réside ici. Il n'a jamais été arrêté pour quoi que ce soit, mais les présomptions contre lui sont fortes. On le surveille, on a eu des conversations avec lui, pas plus. On sait que c'est ce Solomine qui s'occupe des filles à leur arrivée au Canada, puis elles passent aux mains d'autres personnages plus sombres. Elles sont vendues à des gangs de rue.

— Lesquels ?

— Ceux associés à la mafia kurde de Montréal, en particulier. Les filles sont attirées ici pour danser, mais elles se retrouvent prostituées à Montréal, à Toronto, en Alberta ou à Vancouver. Après plusieurs mois, elles sont usées à la corde. Le sexe *hard*, la dope, la violence. Ils les renvoient chez elles ou elles disparaissent.

— Je vois. C'est quoi, le statut officiel d'Avdeïev ?

— Résident temporaire avec visa de visiteur.

— Autrement dit : un touriste.

— Un touriste.

— Ça lui prend un visa chaque fois qu'il vient au Canada ?

— Non, les visas sont délivrés pour une période de dix ans ou jusqu'à la fin de validité du passeport s'il reste moins de dix ans.

— Et s'il reste juste six mois à son passeport ?

— C'est le tampon dans le passeport qui marque le début des six mois. Et, pour répondre à ta question, il peut avoir un visa comportant de multiples entrées.

— Et sorties. Bienvenue dans la passoire. Son nom est dans le dossier d'enquête que la police de Québec m'a remis sur le meurtre de Geneviève Simon. Est-ce qu'Avdeïev est mêlé à des affaires de meurtre, selon toi ?

— Pas d'après nos renseignements. Il faudrait demander aux flics de Québec comment ils sont arrivés jusqu'à lui.

— Ils l'ont vu en compagnie de présumés islamistes.

— Je n'ai pas cette information. Ce que je sais, c'est qu'il se serait recyclé récemment dans le trafic d'armes entre les anciens pays de l'Union soviétique et l'Amérique. C'est juste une présomption. Des rumeurs. Tu sais, on a plein de bribes d'information éparses qui souvent ne mènent nulle part. Des analystes civils étudient ça, ici, ils les compilent en attendant que ça finisse par construire un dossier. Parfois, ça n'aboutit pas.

— Comme chez nous à la Sûreté.

— De toute façon, ton Tula-Korovin pourrait venir de là.

— Possible, mais si Avdeïev, résident ou de passage, fréquente ou fait partie de la mafia russe, il devrait s'équiper par son réseau, non ? Et pourquoi les Russes n'utilisent pas les armes américaines sur le territoire américain ? Y en a plein partout, et des meilleures…

— Ils le font. Soit ton suspect est un patriote indécrottable qui préfère les armes de chez lui...

— Ouais...

— ... soit il est de passage pour un contrat et il ne connaît pas encore les sources d'approvisionnement ici. Ou il n'en a pas besoin. En passant, Avdeïev n'est pas trop bienvenu dans la mafia russe de Montréal. Si mes souvenirs sont bons, d'après certaines vieilles écoutes électroniques, il était à couteaux tirés avec ses ex-compatriotes.

— Bon... Ça ne m'avance pas.

— Il n'a jamais été très actif au Canada. Deux ou trois fois avec Solomine. Tout ce qu'on a au dossier, ce sont des questions, des suppositions. Il n'a jamais été arrêté ici, non plus.

— Vous avez des photos de ce Solomine?

— On en a une seule, je pense, prise au téléobjectif. Pas très claire.

— Il a un dossier en Russie?

— En principe, non.

— En principe...

— Oui, en principe. Nos sources dans la police de là-bas sont souvent étranges. Les renseignements ne sont pas toujours fiables.

— Je sais...

— En plus, les opérations dans lesquelles il était un suspect important ont avorté.

— Avorté?

— Dans le sens qu'à la dernière minute Avdeïev et Solomine ont disparu subitement. Comme s'ils nous avaient repérés ou s'ils avaient été mis au courant de notre présence. Ça ne fait pas longtemps que je suis arrivée dans ce service, mais assez pour m'être mise en état de veille. Je travaille là-dessus. Enfin... Pour Avdeïev, je peux jeter un coup d'œil pour voir ce qu'on a précisément sur lui ici.

— Tu serais bien aimable. Vois s'il y a dans vos dossiers des mentions de relations d'Avdeïev avec mes trois victimes, l'agent Nicolas Turmel, Geneviève Simon et Roch Rancourt. En passant, je te signale que Rancourt a fait de nombreux séjours en Russie, tu devrais commencer par lui. Il est allé aussi au Proche-Orient et en Libye. Il faudrait aussi vérifier des relations possibles de Zachary Avdeïev avec Louis Collard, le mari de Geneviève Simon, Mohammed Lebbar, Hassan Choukri, ou avec toute autre personne reliée au monde de la musique.

— Comme on dit : si tu veux connaître le coupable...

— ... connais bien la victime. C'est ce que j'ai enseigné à l'École de police, la victimologie. On travaille là-dessus de notre côté aussi.

— Ok. Je te rappelle bientôt. Je suppose que c'est entre toi et moi ?

— Pour l'instant oui. Tu supposes bien.

— Je t'aime.

— Moi aussi je t'aime. »

Après avoir raccroché, Pagliaro garda la main posée sur le combiné encore quelques secondes en pensant que c'était la première fois de sa vie qu'il terminait un appel à une collègue par un « je t'aime. »

La vie est merveilleuse, songea-t-il, *et cela ne s'enseigne pas dans les écoles de police ni dans les facultés de philosophie.*

10

Hijab

Depuis le 18 août, je n'ai pas revu les enquêteurs Pagliaro et Lortie. Marquis et Duquette ne se sont pas pointés eux non plus. Les deux ombres de la Chevrolet Impala brune ont disparu du stationnement du lave-auto du boulevard Laurier. Les flics ont-ils abandonné leur suspicion à mon égard? Car c'est bien de ça qu'il s'agit: des soupçons fondés sur de fausses intuitions, des *a priori*, des préjugés. La police.

Le sergent-détective Pagliaro m'a appelé il y a deux jours, le 26, pour m'annoncer que l'enquête continuait. L'enquête continue! La belle affaire! On sait ce que ça veut dire: ça piétine. C'est ce qu'elles font toutes après quarante-huit heures: je regarde la télévision à Canal D comme tout le monde. Mais je n'ai pas osé me moquer ouvertement de l'enquêteur, qui a refusé par ailleurs de me parler du moindre aspect de son enquête. « J'aurai quelques questions à vous poser bientôt. » Mais il n'est pas venu m'interroger depuis.

Maurbec n'existe plus. Hassan a mis fin à ses activités et a annulé les quelques concerts qui restaient encore inscrits à l'agenda du groupe. J'ai convenu avec le doyen Jules Simard que je donnerais mes cours à la Faculté de musique comme il était prévu à ma répartition de tâche, sauf que je souhaitais ne plus participer à aucune des réunions professorales ni au comité de programme dont je suis membre. Le patron a compris que j'avais un deuil à faire, d'autant plus que je suis maintenant seul pour assurer la garde de mon fils handicapé. « On verra après Noël comment ajuster ta tâche, Louis. » C'est très bien.

Sophie vient régulièrement à la maison. Elle essaye toujours d'intéresser Geoffroy à d'autres activités que ses bricolages absurdes. Sans aucun succès.

En début de soirée, elle est arrivée chez moi voilée.

Elle est entrée, joyeuse comme à l'habitude et, désinvolte, elle a enlevé son hijab avant de m'embrasser.

« Mais, comment ?... Qu'est-ce que ?... » ai-je commencé, mais elle fonçait déjà vers la cuisine sans répondre à mon étonnement pour retrouver Geoffroy qui était en train de faire sécher un morceau de carton à l'aide du séchoir à cheveux.

Sophie s'est mise à parler d'un seul jet. Elle reprenait à peine son souffle au bout de ses phrases. Je l'ai suivie, hébété, ne saisissant pas de quoi elle parlait au juste. Ses propos confus m'ont semblé provoqués par le malaise qui s'était installé dès son apparition à la maison.

Elle ne m'a pas regardé un seul instant. Elle s'adressait plutôt à Geoffroy, qui ne l'avait pas vue arriver avec son hijab – qu'en aurait-il pensé, en tout état de cause ? – et qui, bras ballants, carton d'une main, séchoir de l'autre, écoutait ce moulin à paroles survolté.

Geoffroy a éteint le séchoir et a déposé ses affaires sur la table de la cuisine avant de se servir un verre de jus d'orange et un biscuit au chocolat qu'il a mangé, les fesses appuyées au comptoir, comme à son habitude. Il ne manquait pas une parole sortie en pétarade de la bouche de sa tante. Autiste, il ne comprenait pas la moitié des mots qu'elle prononçait, il ne s'est donc pas senti perturbé par eux. Il a deviné cependant immédiatement que quelque chose clochait dans les gestes et la voix de Sophie. Une contradiction. Il a explosé d'un rire nerveux, comme si Sophie avait lâché une blague scabreuse. Elle a stoppé net son monologue, que personne n'écoutait de toute façon. Après une seconde pendant laquelle elle est restée figée sur place, elle est retournée au salon sans un mot. Puis, dans le silence de la cuisine, on a entendu la porte d'entrée se fermer doucement.

J'ai pris Geoffroy dans mes bras et je l'ai serré fort, malgré ses réticences.

« Eh bien ! Je suis comme toi, mon beau, je n'y comprends rien du tout !

— Tout contre joue ? » a répondu Geoffroy, la bouche pleine de son biscuit au chocolat.

Il a commencé à chantonner la chanson d'Aznavour avec des mots inventés et il s'est mis à danser. J'ai dansé avec lui quelques secondes et je l'ai laissé à la cuisine. Je me suis réfugié au salon, encore sous le choc de l'apparition de ma sœur. J'ai tenté de chasser ça de mon esprit et de reprendre ma lecture d'une partition d'une pièce de Miles Davis que je voulais faire jouer à mes étudiants quand, à travers la fenêtre, j'ai vu Sophie assise dans la pénombre sur le banc de parc que j'avais installé sous les lilas défraîchis.

Elle avait remis son hijab et elle restait là, simplement, calmée en apparence, la tête légèrement penchée vers l'avant, contemplant ses mains jointes sur ses genoux. On aurait dit la Vierge Marie, version d'aujourd'hui. Je n'ai même pas souri à l'idée que l'image m'a suggérée. D'habitude, Sophie quittait la maison et reprenait sa voiture pour rentrer chez elle, mais là, j'ai compris qu'elle m'attendait. Je suis allé la rejoindre, non sans un pincement au cœur.

Son visage s'est épanoui quand elle m'a vu arriver et elle s'est déplacée légèrement sur le banc pour me faire de la place.

« Comme ça, tu as finalement choisi de te convertir ? »

Elle s'est tournée vers moi et elle a mis sa main sur la mienne dans un geste affectueux.

« Il y a longtemps, grand frère, que je suis convertie, mais je porte le hijab depuis hier seulement. »

Elle était tout à coup radieuse. Le fait de me l'avoir avoué – et montré – a sans doute eu sur elle un effet libérateur. Je ne peux pas en dire autant de moi-même.

J'aime ma sœur. Depuis la mort de Geneviève, il n'y a pas de femme plus dévouée qu'elle envers Geoffroy. Qu'elle se soit convertie à l'islam ne change rien dans son amour pour nous. Sophie a une affection particulière pour Geoffroy, qu'elle exprime à présent de manière plus manifeste, plus tendre. Comme si, du vivant de Geneviève, elle gardait une réserve ou, plutôt, une pudeur. Une retenue qui lui interdisait de franchir une certaine limite de notre intimité. Avait-elle eu peur que son amour pour nous et pour Geoffroy en particulier puisse être interprété comme une sorte d'intrusion ou d'ingérence affective ? On ne peut pas être plus fidèle et plus respectueuse que ça.

Sophie ne travaille plus à l'extérieur de la maison depuis quelques années. Le salaire de Hassan suffit, semble-t-il. Auparavant, elle a œuvré dans des mouvements de défense des droits des locataires – elle a une formation en service social – et elle a été particulièrement engagée auprès des femmes seules ou vieilles. Toujours pauvres.

Elle a eu de nombreux obstacles à surmonter et elle a performé, à en juger par les prix et les nominations reçus en son nom propre ou au nom des organismes pour lesquels elle a travaillé.

Pour moi, toute dévouée que ma sœur ait pu être pendant toutes ces années, on aurait dit maintenant qu'elle n'avait plus de défi personnel à affronter. Plus de bataille à elle. En fait, et je venais de le deviner tout à coup : plus de cause du tout, à part celle de Hassan, dont elle était solidaire et dont Allah semblait être l'épicentre. Cela m'a laissé absolument perplexe.

Devant l'évidence de la conversion de ma sœur, j'ai osé lui en demander la raison. Tout ce que j'ai réussi à obtenir d'elle a été : « Allah est grand. C'est le plus grand. Il n'a pas besoin de nous ni de notre avis. Nous sommes ici pour le servir. »

Allahou akbar.

Je suis resté bouche bée.

Quand même, je ne pouvais pas ne pas voir que la présence de ma sœur chez moi – qui plus est, voilée – n'était pas une pure coïncidence. Surtout pas après les confidences de Hassan sur la migration militantiste de Maurbec et son projet de fonder un parti politique. Islamiste. Sophie était pour ainsi dire en mission diplomatique. Dépêchée par Hassan.

J'ai regardé Sophie avec insistance. Elle souriait. J'avoue qu'elle était sereine. Resplendissante. Elle a serré sa main toujours posée sur la mienne.

« Je t'aime, elle a dit.

— Je t'aime aussi. Je ne t'ai jamais autant aimée qu'aujourd'hui.

— On va peut-être partir pour quelque temps, Hassan et moi.

— Quand ça ?

— Avant Noël.

— Vous allez où ? »

Sophie n'a pas répondu. Elle m'a embrassé et elle a repris sa voiture, que j'ai suivie du regard jusqu'à ce qu'elle disparaisse au coin du boulevard Laurier en direction de Sainte-Foy.

Avant Noël.

J'ai songé que ce départ était sans doute prévu pour une durée prolongée. Il ne m'est pas venu à l'esprit qu'il ne s'agissait que d'une courte période de vacances. Pas avec l'air déterminé que Sophie portait sur les traits de son beau visage encadré par le hijab. À cet instant, cependant, ni moi ni ma sœur n'aurions pu imaginer que ce départ serait repoussé par l'épreuve qui se préparait sournoisement à notre insu.

11

Deux policiers en uniforme du SPVQ fumaient, le dos appuyé à la rambarde de la rampe pour handicapés de la Centrale de police de la ville de Québec, au 264, rue de la Maréchaussée. Comme tous leurs confrères en uniforme, les deux flics portaient un pantalon de camouflage et une casquette rouge pour protester contre la lenteur des négociations de travail et le plan gouvernemental de réforme de leur retraite. Ils jetèrent un coup d'œil peu amène à Pagliaro et à son collègue Lortie qui approchaient de l'édifice construit en 1964 et qui devait être rénové bientôt pour plus de quatre-vingt-cinq millions de dollars.

« On sait où va l'argent », dit Lortie à voix basse en évoquant le budget prévu.

Aucun des deux fumeurs ne sourit aux enquêteurs de la SQ à leur passage. Ils reprirent leur conversation tout en lâchant des bouffées et en suivant du regard Pagliaro et Lortie qui s'étaient arrêtés à l'accueil à l'intérieur.

« Francis, dis-moi une chose.

— Je t'écoute.

— Trouves-tu que je suis un vieux croulant ?

— Un vieux croulant? Pourquoi tu me demandes ça?

— Ben, je regardais les deux zoufs qui fument dehors…

— Et alors?

— Ben… les pantalons… les calottes rouges, les cigarettes…

— Quoi, les cigarettes? Les gens ont le droit de fumer.

— Oui, mais en uniforme, avec leurs culottes camouflage de forêt en pleine ville, en bloquant la rampe des handicapés: ça fait désordre. Moi, j'te jure, si j'avais eu le malheur de voir un des deux boucaneurs écraser son mégot par terre, je s'rais allé lui faire avaler tout de suite. En plus, tant qu'à porter des pantalons pour se distinguer, pourquoi ils se distinguent tous de la même maudite manière, veux-tu ben me dire?

— Ils ont de la difficulté à s'éloigner de l'uniforme même en se distinguant, comme tu dis. Ils y sont attachés plus qu'ils ne le pensent. Ils remplacent un uniforme imposé par le corps de police par un autre de leur choix, du moins c'est ce qu'ils croient, en oubliant que la directive vient de leur syndicat. Un ordre est un ordre, d'où qu'il vienne. En plus, il faut qu'ils gardent un minimum de signes ostentatoires, si tu me passes l'expression, qui montre qu'ils sont des policiers, pour le reste…

— Ostentatoires mon œil! Moi, j'vas te dire une chose, Francis: j'aime l'uniforme. Et je ferais jamais rien pour le dégrader. Je mettrais jamais, pour rencontrer un suspect, des jeans que je porterais même pas pour faire de la plomberie chez nous le samedi matin. Aux yeux des contribuables, on doit être irréprochables. Tu comprends? On devrait pas fumer en public, on devrait pas se déguiser le bas du corps en soldat ou le haut du corps en chasseur de canards.

On peut pas être un policier juste à moitié ! C'est une question de dignité.

— Ta profonde remarque me fait réfléchir...

— Les autopatrouilles, c'est pareil ! Pour moi, un char de police, c'est une voiture en uniforme. Ça devrait toujours être propre, sans *stickers*, sans rien d'autre que des affaires de police. C'est mon opinion. Qu'esse t'en penses ?

— J'en pense que la question demande réflexion. Mais si la tendance se maintient, Martin, tu vas être un vieux croulant bien avant moi, bien que je te donne raison sur le fond. »

Après avoir pris leur cocarde marquée « visiteur » à la réception, Pagliaro souriant et son adjoint encore sous tension suivirent l'enquêteur Duquette jusqu'à son bureau. Là, les attendaient le policier Marquis et la sergente Karine Fraser, de la GRC, tout juste arrivée d'Ottawa. Elle s'était levée à quatre heures du matin pour effectuer le long trajet de cinq heures en voiture afin d'assister à cette réunion. Après la rencontre d'information, elle devait rejoindre pour une autre affaire le détachement de la Gendarmerie, rue de l'Aéroport à L'Ancienne-Lorette.

L'ordre du jour ne comportait qu'un seul point : la mise en commun des quelques éléments recueillis sur Mohammed Lebbar et Hassan Choukri. Karine Fraser apportait avec elle un dossier rassemblant des documents d'enquêtes compilés par la GRC et le Service canadien du renseignement de sécurité sur les agissements d'individus soupçonnés d'appartenir à la filière islamiste terroriste. Du moins, ce qu'elle avait le droit de montrer à ses collègues des autres corps de police. Pour leur part, les enquêteurs municipaux avaient collecté des témoignages de personnes qui connaissaient Choukri et Lebbar.

Pagliaro embrassa sa fille et la présenta officiellement aux policiers du SPVQ. Il commença la réunion en avançant que si Lebbar et Choukri étaient des *personnes d'intérêt* pour la Sûreté du Québec, ce n'était que dans les cas des meurtres de Geneviève Simon et de Roch Rancourt. Aucun lien d'aucune sorte ne reliait Lebbar et Choukri à la mort de l'agent Nicolas Turmel pour l'instant. Ce sont ces relations qu'il espérait trouver ce matin, tout en essayant de comprendre les rapports pouvant exister entre musique québécoise, mouvance islamiste, Frères musulmans et mafia russe, opération que Lortie avait qualifiée de « salade orientale sauce tartare. »

« Il est démontré que c'est la même arme qui a servi dans les trois meurtres, dit Pagliaro, il faut trouver d'autres fils conducteurs aussi solides entre les trois affaires. Des liens humains. Des personnes. Des noms. Il faut relier l'arme à un nom.

— Nous autres à la GRC, poursuivit Karine Fraser, ce qu'on a sur Choukri et Lebbar, c'est que les deux individus ont travaillé ensemble au sein d'un groupe de musique traditionnelle et qu'ils ont fréquenté la même mosquée à quelques reprises. Celle qui est située sur le chemin Sainte-Foy.

— Rien de mal là-dedans, intervint Lortie.

— Non, répondit Karine, rien de mal là-dedans. Ces deux gars sont très pratiquants…

— Est-ce qu'ils sont sur la liste des quatre-vingts ou quatre-vingt-dix personnes sous surveillance par la GRC ?

— Non. Y a pas de raison. La seule chose, c'est qu'ils fréquentent des gens qui *eux* sont sur la liste. C'est la raison pour laquelle ils sont fichés dans le CRPQ.[3]

— Ils les fréquentent comment ?

— Ils se voient à la mosquée. Dans des cafés. Ils ont des activités sociales ou caritatives ensemble. Ils

---

3   Centre de renseignements policiers du Québec.

se visitent à domicile, pour certains. Autrement dit, ils font partie d'une communauté tissée très serré. Hassan Choukri est né ici de parents marocains. Il n'a pas voyagé dans des pays sur la liste des États soutenant le terrorisme. Au dire de son beau-frère, il est allé avant son mariage présenter sa future femme à sa famille éloignée. Et c'était au Maroc, alors... pas bien inquiétant comparé à certains autres territoires.

— Un bon gars, soupira Lortie en souriant.

— Oui, c'est quelqu'un de bien. Rien à se reprocher.

— Alors, vous autres, à la GRC, vous avez des dossiers sur des gens bien ?

— On consulte les dossiers du CRPQ avec les autorisations nécessaires. Tout ce qui est d'intérêt pour la police au sujet de certains individus : antécédents judiciaires, marques de véhicules utilisés, fréquentations louches, appartenance à des groupes suspects. Pas besoin d'être accusé de quoi que ce soit pour être fiché dans les dossiers du CRPQ. »

Karine se tourna vers son père.

« Si la Sûreté a des raisons de croire que Hassan Choukri a quelque chose à voir avec la mort de sa belle-sœur, à toi de le dire. Moi, je ne trouve rien à son sujet dans nos dossiers de sécurité, à part des fréquentations épisodiques avec des gens suspects, jugés potentiellement dangereux.

— Ouais, gloussa Duquette, comme certains élus et des fonctionnaires municipaux qui dînent et jouent au golf avec des grosses poches de la mafia italienne, on voit ça à la Commission Charbonneau.

— On voit *aussi* des journalistes célèbres de la télévision en compagnie de gens qui s'avèrent être des escrocs. Ça fait partie de leur travail. Moi-même, de la GRC, on me voit en train de parler à des voyous, et vous, on vous...

— On a interrogé Hassan Choukri, coupa Pagliaro. Rien à redire en principe. Il ne semble pas avoir des tendances extrémistes. Il s'exprime comme vous et moi. Le regard franc.

— Ou il cache bien son jeu, ajouta Lortie.

— Ou il cache bien son jeu, répéta Karine Fraser en souriant malicieusement à Lortie. On garde un œil sur lui et ses fréquentations.

— Pour ce qui est de Lebbar, qui est-il précisément ? demanda Pagliaro. C'est un immigrant reçu, je crois…

— On dit résident permanent, maintenant, répondit Karine Fraser.

— Ah bon…

— Il est résident permanent au Canada depuis juillet 2013. Donc depuis un peu plus d'un an. Il est d'origine syrienne. C'est un musicien professionnel qui voyage souvent à l'étranger. Pour son travail, en principe. Il a bougé beaucoup depuis son entrée ici.

— C'est légal ?

— Absolument. Le règlement de son visa prévoit qu'il doit être présent en terre canadienne au minimum 730 jours pendant les cinq premières années. Pas forcément consécutifs. Le reste du temps, il peut circuler comme il veut.

— Il l'a fait ?

— Oui. Cinq voyages entre juillet 2013 et le moment de sa disparition. Égypte, Libye, Maroc, deux fois en Syrie. C'est son pays natal, il a de la famille là-bas.

— Avez-vous accès, à la GRC, aux bases de données de Citoyenneté et Immigration ?

— Non, mais Citoyenneté et Immigration a une entente avec nous pour que l'on fasse des recherches sur les empreintes digitales de ressortissants de différents pays, dont la Syrie.

— Donc, Mohammed Lebbar, un Syrien, a ses empreintes digitales dans les dossiers de Citoyenneté et Immigration.

— S'il a demandé un visa, oui, absolument.

— Avez-vous accès au reste de son dossier à Citoyenneté et Immigration ?

— Pas à toutes les sections, ça prend un certificat et il faut leur donner les raisons de nos recherches, par exemple la sécurité nationale ou la grande criminalité, autrement, ils ne nous laissent pas fouiller dans leurs dossiers, ni le SCRS d'ailleurs.

— Ah bon. Bienvenue la collégialité. Et si Mohammed Lebbar revient ici, qu'est-ce qui se passe ?

— Il n'a qu'à présenter son passeport syrien avec sa carte RP et c'est tout.

— S'il a sa résidence permanente, ça veut dire qu'il n'a pas de dossier judiciaire ?

— Exact. Le problème, c'est que, selon nos renseignements, à partir de la Libye ou de la Syrie, il a pu voyager partout au Moyen ou au Proche-Orient sans qu'on soit en mesure de suivre sa trace. C'est un présumé Frère musulman. On a des informations indiquant qu'il aurait été vu dans des régions où il y a de l'agitation politique. Où il y a des conflits entre chiites et sunnites, les printemps arabes, les dictatures à faire tomber, ces sortes de choses.

— Je vois.

— On s'apprêtait à l'interroger. Il aurait pu être déclaré interdit de territoire sitôt qu'on aurait découvert quelque chose.

— Mais il n'est plus là.

— C'est ça.

— Donc, dit Pagliaro, rien de neuf par rapport à ce dont on a déjà parlé à propos de Lebbar et Choukri ?

— Pas vraiment. La seule chose d'importance, c'est la disparition inopinée de Lebbar.

— Inopinée, ça veut dire subite, intervint Lortie. Imprévue à nos yeux, je veux dire. Pas imprévue pour son entourage !

— C'est pas évident, Martin, intervint l'enquêteur Duquette. On a interrogé les musiciens qui jouent avec lui et ils ont semblé aussi surpris que nous de sa disparition soudaine. Ils ont certifié que Lebbar ne faisait pas de prosélytisme. Les Arabes du groupe sont *clean*. Ils sont inquiets parce qu'ils n'aiment pas que la police s'intéresse à eux de près. Je comprends ça parfaitement si on considère ce que certains ont vécu avant de venir s'installer ici. On fait pas exprès pour les ennuyer davantage. Ce sont des gens honnêtes. En tout cas, Lebbar est louche, mais il n'est plus là pour répondre à nos questions. Aussitôt qu'il remet les pieds ici, il sera interrogé. Mais on n'en est pas là. Monsieur Pagliaro, parlez-nous donc plutôt de Nicolas Turmel. »

Pagliaro sortit un dossier de sa mallette et l'ouvrit. Il ne comportait que quelques pages. Un C.V. du policier, sa fiche de service, l'historique de ses affectations depuis son entrée à la Sûreté du Québec en 2002. La liste des nombreux cours de perfectionnement qu'il avait suivis. Des copies des mémos sur la sécurité informatique qu'il avait écrits à l'intention des collègues et des rapports techniques décrivant les méthodes d'hameçonnage et de vols d'identité via Internet.

La photo de Nicolas Turmel en uniforme était accompagnée d'un feuillet contenant son adresse, son numéro de téléphone, la marque et le modèle de sa voiture personnelle, une Toyota 4Runner 2003, avec son numéro de plaque d'immatriculation. Jamais l'enquêteur Turmel n'avait été affecté à des enquêtes sur des présumés terroristes ni sur la mafia russe. Il ne s'occupait que de crimes informatiques et de l'analyse des contenus des ordinateurs saisis par des collègues aux fins d'enquête. Dossier vierge, cela ne surprenait personne, discipline irréprochable.

« J'ai interrogé Martine, sa femme, intervint Lortie. J'ai appris ce qu'ils faisaient de leurs loisirs. Beaucoup de plein air, des activités familiales, les courses, la piscine…

— Pas de pratique religieuse connue, ajouta Pagliaro.

— Ils sont catholiques, mais ils ne pratiquent pas. Les enfants ne sont pas baptisés.

— Est-ce que l'agent Turmel a enquêté sur des sectes religieuses? demanda Duquette. Des islamistes radicaux?

— Non», répondit Pagliaro.

Duquette se tourna vers Martin Lortie.

« Nicolas avait-il des amis que sa femme ne connaissait pas?

— Non. Martine connaît tous ses amis personnellement et elle les voyait souvent. La plupart sont des policiers ou des anciens de l'université. Il a obtenu un baccalauréat en informatique tout en étant à la Sûreté. Ça prend du travail…

— Tu peux le dire», coupa Pagliaro.

Et du courage, pensa-t-il.

« Ils avaient une vie rangée, poursuivit Lortie. Martine dit que quand il n'était pas à Parthenais en train de travailler, il était à la maison avec les enfants ou dans son bureau où il écoutait sa musique. "C'est pas écoutable, a dit Martine, c'est comme du bruit." »

Pagliaro sourit en se souvenant des CD étalés sur le bureau de Turmel au moment de sa mort. Du *noise* ou quelque chose du genre.

« Quand il était enfermé dans son bureau, il avait ses écouteurs vissés sur la tête la plupart du temps. Il n'a pas entendu le tireur s'approcher.

— Donc, reprit Pagliaro à la suite de son adjoint, à part la particularité de l'arme utilisée, on a rien d'autre. Nicolas était un flic de bureau, il ne rencontrait jamais de victimes ou de suspects. J'ai interrogé tous ceux, chez nous à Parthenais, qui l'ont côtoyé ou qui ont eu besoin de ses services. Même chose avec les scientifiques du Laboratoire des sciences judiciaires et de médecine légale à qui il avait affaire. Rien. C'était un gentleman qui n'avait rien à se reprocher. Personne n'a même osé penser qu'il pouvait cacher quoi que ce soit. »

Pagliaro rangea son dossier sur Turmel et se tourna vers les policiers municipaux.

« Du nouveau sur Roch Rancourt ? leur demanda-t-il.

— Pas grand-chose, répondit Duquette en ouvrant à son tour un dossier devant lui. J'ai préparé des copies pour vous », ajouta-t-il.

Il fit la distribution et se rassit à sa place.

« À part ce qu'on sait tous sur ses démêlés avec la justice ici au Québec, je peux vous dire que Rancourt a voyagé un peu partout dans le monde, comme musicien mais aussi pour des soi-disant vacances. Union soviétique, Moyen-Orient, Amérique du Sud, États-Unis. D'après nos renseignements recueillis auprès des gens qui l'ont connu, Rancourt n'était pas vraiment une vedette dans le milieu. Il n'a jamais endisqué solo. Un bon musicien, tout juste. Il jouait de la trompette, mais aussi un peu de guitare, de la batterie, des claviers. Il se débrouillait, à ce qu'on dit. Durant les dernières années, il a fait des commerciaux pour la radio et la télé dans son studio. Il touchait à un peu de tout.

— Mais pas sous son nom.

— Ça, c'est intéressant. À partir du moment où il a travaillé aux États-Unis...

— Il travaillait à quel endroit ? demanda Pagliaro.

— Au Cirque du Soleil, à Las Vegas.

— Donc, il a travaillé au Cirque ici et à Las Vegas.

— C'est ça. À partir du moment où il était aux États, on n'a plus entendu parler de lui. Apparemment, il est revenu au Canada et il a coupé toute relation avec ses anciens amis et collègues. Il ne reste plus personne de son ancien groupe à Québec.

— Sauf Louis Collard, coupa Pagliaro.

— Sauf Louis Collard, qui dit ne pas l'avoir revu depuis 1984. Rancourt a ouvert un studio d'enregistrement discret et il a travaillé sous le nom de Fred Reese. C'est sous ce nom-là qu'on le connaît dans le quartier.

— Même s'il vivait dans la maison de sa mère depuis des années ?

— Les voisins immédiats ne sont plus les mêmes et ceux qui l'ont connu dans la rue avant n'ont rien dit aux policiers qui sont allés les interroger, ils ne savaient pas qu'il se faisait passer pour Fred Reese. Pour eux, c'était un étranger familier, quelqu'un qu'on voit tous les jours, qu'on salue parfois, de loin, mais à qui on n'a jamais parlé. On ne connaît souvent même pas son nom. D'autre part, sa petite entreprise n'avait même pas de raison sociale, pas d'enseigne. On disait dans le milieu : on enregistre chez Fred. Il travaillait seul. Il n'engageait pas de musiciens, à part quand il y était vraiment obligé et c'était assez rare. Il prenait alors des jeunes, nouveaux dans le métier. »

Pagliaro sortit le rapport d'autopsie du dossier de Rancourt et trouva la page qui l'intéressait.

« Rancourt a été découvert le 17 août, mais le rapport d'autopsie dit qu'il était mort depuis à peu près douze jours. Ce qui nous met vers le 5 ou le 6 août, plus ou moins au même moment où Nicolas Turmel et Geneviève Simon ont été tués. Si on tient compte du chauffage monté à bloc dans le studio, de l'équipement en état de marche et du soleil à travers les grandes fenêtres, il devait faire plus de quarante-cinq degrés dans cette pièce à certains moments de la journée. Rancourt était maigre comme un clou. Il a séché sur place, comme une momie. Mais vous, au SPVQ, avez-vous autre chose ? ADN, empreintes digitales, empreintes de pas sur place ?

— On a trouvé de l'ADN sur une des housses de batterie qui couvraient le corps, répondit l'enquêteur Duquette. De la salive. On a craché ou bavé sur le mort. Aucun *match* dans les banques de données.

— À part ça ?

— De la dope sur une table dans le fond du studio. Des cachets aussi, des amphets et des médicaments vendus sous ordonnance, tout ça mélangé dans un sac Ziploc. Dans sa chambre à l'étage, il y avait une valise faite et un billet d'avion pour un vol aller-retour Montréal-Londres avec départ prévu le 6 août au soir. Il a donc été tué le ou avant le 6 août. Son agenda ne comportait rien entre le 6 et le 13. Aucune activité n'est inscrite ni à Londres ni ailleurs pour cette période.

— Et Louis Collard dans tout ça ? demanda Karine Fraser.

— Il a un alibi, répondit Martin Lortie à l'attention de la policière.

— Pas tout à fait, répliqua l'enquêteur Duquette, mais tout de suite après la visite chez lui, le lendemain de la découverte du corps de Rancourt, on a vérifié son emploi du temps. Il préparait ses cours pour le prochain trimestre à l'Université Laval, il a eu des activités le 3 et le 4 août au soir à Québec, des répétitions. Il a des témoins. Le 5, sa femme était assassinée. Il n'aurait pas eu le temps de tuer Nicolas à Montréal le 4. Il est *clean*.

— C'est quelle sorte de gars ? demanda la sergente Karine Fraser.

— Pas bavard, répondit Duquette. Il enseigne à l'université, il joue de temps en temps avec d'autres musiciens, il accompagne des spectacles, mais tout ça, il le fait au ralenti. De moins en moins. Depuis la mort de sa femme, il est pratiquement inactif. Il s'occupe de son fils handicapé. On dirait un gars au bord de la dépression.

— Il a quel âge ?

— Cinquante-six ans. Il enseigne depuis vingt-neuf ans à l'Université Laval. »

Le ton de la voix de Duquette indiqua qu'il n'avait rien à ajouter.

« Et l'Impala brune dont nous a parlé Louis Collard, demanda Pagliaro, où en êtes-vous à ce sujet ?

— Ce n'est pas une voiture à nous. Si Collard se sent surveillé, ça peut être pour bien des raisons, dont celle qui inciterait les cambrioleurs à revenir chercher ce qu'ils n'ont pas trouvé la première fois. Mais c'est peu probable. C'est trop risqué. L'assassin qui revient sur les lieux de son crime, c'est bon pour les romans policiers.

— Il est peut-être simplement parano, risqua Lortie.

— C'est possible. À tout hasard, j'ai demandé des patrouilles intermittentes dans son quartier. Discrètes. Ça fait plus de dix jours et on n'a rien remarqué. »

Le cellulaire de Karine Fraser vibrant à sa hanche, la sergente s'excusa et se tint un peu à l'écart des autres policiers pour y répondre. Pagliaro la regarda du coin de l'œil. Elle lui ressemblait de plus en plus. Ses yeux, en particulier, de la même couleur que les siens avaient souvent la même expression d'étonnement ou de gaieté. Lisa lui en avait fait la remarque à plusieurs reprises. Elle avait aussi le même calme au travail. « Elle est cool comme toi, Francis, avait ajouté Lisa, et quand elle sourit, il y a une fraction de seconde, juste avant, où elle semble s'amuser pour elle-même. Comme si son sourire se faisait en deux temps. Comme toi ! »

Karine ferma son portable et se tourna vers ses collègues.

« Changement de programme. Je dois partir maintenant, y a un jeune homme troublé que je dois rencontrer avec ses parents à Saint-Jean-sur-Richelieu. »

12

Requiem

Au milieu de septembre, Geoffroy a montré les premiers symptômes de maladie. Il avait souffert de plusieurs rhumes répétés durant l'été. Rien de très grave. Par contre, il avait perdu beaucoup d'appétit, et forcément de poids. J'ai d'abord attribué ces transformations à la mort de Geneviève et aux changements dans la routine de mon fils que la disparition de sa mère avait causés. Cela restait difficile à évaluer, bien entendu. Il m'était par ailleurs impossible de le convaincre de manger, car, à cause de son handicap intellectuel, j'étais incapable de le raisonner. J'avais beau inventer des menus selon ses préférences culinaires – son menu était immuable, en fait – ça ne changeait rien. Sa maigreur était triste à voir. Son moral était resté le même, cependant, et il passait ses journées à bricoler ses petites choses au garage.

À vingt-cinq ans, Geoffroy n'avait jamais souffert de quoi que ce soit, c'est pourquoi sa toux persistante et sa difficulté occasionnelle à respirer ou à déglutir m'ont inquiété. Il s'est plaint de fatigue à deux ou trois reprises, lui qui ne se lamentait jamais, ainsi que de maux de dos. Ce jour-là, je l'ai amené chez le médecin, qui l'a ausculté et qui a ordonné une batterie de tests.

Je n'étais pas du tout préparé pour les résultats.

Quand, dix jours plus tard, assis seul dans un minuscule cabinet du centre médical, j'ai entendu le docteur me parler d'atteinte pleurale évidente, de carcinomes bronchiques microcellulaires, de métastases et de pronostic incertain, et que, dans les brumes de mon refus de comprendre, je me suis surpris à marmonner après lui tel un automate des mots comme sursis, acharnement et palliatif, j'ai cru revivre pendant quelques instants la scène du vieux policier dans mon bureau de la faculté, sept semaines plus tôt, quand j'avais appris la mort de ma femme.

« Elle n'a pas souffert. »

J'ai abandonné ma voiture dans le stationnement de la clinique. Je suis rentré à pied. La gardienne de Geoffroy m'a dit par la suite que j'étais arrivé chez moi plus de trois heures plus tard. Mais je ne me souviens de rien. J'ai vaguement conscience que, même au moment où j'ai ouvert la porte de la maison après cette longue marche, même après que Geoffroy a été couché ce soir-là, à la même heure que tous les autres soirs, après son habituelle tartine à la confiture, en laissant, comme toujours, son couteau dans l'assiette et l'assiette dans l'évier, comme je lui avais montré ; même après le téléjournal que j'ai regardé sans le voir et que j'ai écouté sans l'entendre, même au petit-déjeuner du lendemain, après une nuit sans sommeil, je n'avais pas encore assimilé l'idée que j'allais perdre mon petit garçon. Mon homme.

Au matin, j'ai cherché Geoffroy dans sa chambre, il n'y était pas. Ni au salon ni dans la cour. Je l'ai trouvé au garage en train d'essayer de coller une boîte de métal sur une planche pour en faire je ne sais trop quoi. Geoffroy s'est retourné vers moi et il a toussé.

J'ai alors été secoué comme si j'avais été frappé moi-même en pleine poitrine et j'ai pris conscience de la réalité dans toute sa cruelle simplicité et son injustice. J'ai couru, épouvanté, à la cuisine. Je me suis assis à la table et j'ai pleuré. J'ai pleuré jusqu'à ce que Sophie arrive à mon secours. J'ai pleuré en lui racontant tout. J'ai pleuré tout l'après-midi et jusqu'au soir. Ce n'est que quand Hassan est venu rejoindre Sophie et qu'il m'a serré dans ses bras que je suis revenu à moi.

Le médecin avait dit : « Vous savez, à cet âge-là, parfois les choses vont très vite. »

Tu parles!

Geoffroy est mort le 16 octobre.

De tout ce mois de souffrance, il ne me reste qu'un sentiment d'impuissance, d'incompétence et d'engourdissement. Déjà, à la mort de Geneviève, je m'étais fait prendre les culottes baissées, comme on dit vulgairement. En train d'attendre mon prochain étudiant dans mon cubicule de la Faculté, comme un idiot inconscient alors qu'un drame épouvantable se tramait dans mon dos : on assassinait ma femme à cinq minutes de là. Mais ce scénario se répétait. Encore une fois, avec le décès de Geoffroy, je n'ai pas eu le temps de comprendre ni d'admettre ce qui me tombait dessus comme une chape.

Les communications intelligentes avec Geoffroy étaient réduites au minimum, c'est le moins qu'on puisse dire. Entre le moment où j'ai appris que mon fils allait mourir et le moment de sa mort, vingt et un jours plus tard, on a échangé à peine quelques dizaines de phrases. Des paroles simples : « As-tu soif? La musique est-elle trop forte? Veux-tu que j'éteigne la lumière? »

Je suis demeuré au chevet de Geoffroy dès l'instant où il n'a plus été capable de se lever de son lit. Je me suis occupé de son hygiène corporelle, je lui ai prodigué les soins jusqu'à l'ultime dose de morphine. Jusqu'au moment où il a cessé de respirer.

Il y a eu beaucoup d'amour entre nous deux. Un amour et un plaisir qui existaient, justement, au-delà des mots et de la raison. La mort m'a volé même ça, et c'est pourquoi je garde tant de rancœur.

Difficile à dire, d'ailleurs, si c'est à la vie ou à la mort que j'en veux le plus. J'ai honte, en tout cas, de n'avoir pas eu – pas pris – le temps d'apprécier pleinement la vision étrange du monde que Geoffroy m'a offerte. Pendant les dernières semaines de sa vie, ce regard singulier m'a aidé à trouver un sens à la mienne en m'obligeant à faire le tri entre les choses importantes et celles qui ne sont finalement que des petits bricolages insignifiants. Dieu sait que j'aurais besoin de cette sagesse dans les semaines qui allaient suivre.

Le 23 octobre, sept jours après son décès, l'entrepreneur des pompes funèbres est venu m'apporter l'urne de carton contenant les cendres de Geoffroy. Je suis allé au garage et j'ai pris le dernier bricolage de Geoffroy, composé d'une boîte de métal maladroitement collée sur une planche. Le récipient était trop petit pour enfermer toutes les cendres. J'en ai cherché un autre, plus grand, que j'aurais pu fixer à côté, sur la latte, mais j'ai abandonné l'idée. J'ai plutôt trouvé un assemblage qui convenait au surplus des restes, et j'ai déposé en sanglotant le contenu de l'urne de carton dans ces deux réceptacles. En guise de couvercles, j'ai collé d'étroites plaques de tôle que j'ai dénichées sur l'établi, au fond du garage, et que j'ai repliées sommairement avec des pinces autour du rebord des boîtes de métal. J'ai fermé les joints défectueux avec le ruban gommé que Geoffroy y avait abandonné. Puis j'ai attaché les deux bricolages ensemble avec un bout de corde. J'ai contemplé le tout à travers mes larmes : c'était un bricolage boiteux et fragile du plus pur style de Geoffroy, mais l'essentiel manquait. Car pour la première fois, il avait une utilité.

13

Solo

Je ne suis pas rentré à la Faculté depuis la mort de Geoffroy. J'ai étiré le congé que j'ai obtenu pour rester au chevet de mon fils pendant les derniers jours de sa vie. Sa courte vie. Geoffroy n'aura jamais vingt-six ans.

Je me sens complètement vidé, et revenir à la vie normale m'apparaît comme une montagne insurmontable. Le malheur a quelque chose d'étrange et de sournois, il fait en sorte qu'on s'installe petit à petit dans une torpeur qui finit par être soutenable, vivable, à force d'être persistante. On a l'impression de savoir pourquoi on est là, à faire ce qu'on a à faire, alors que la situation est désespérée. La mort survient et nous voilà dépossédés. J'imagine sans arrêt voir surgir Geoffroy à mes côtés ou je crois l'entendre remuer ses affaires dans le garage. Je finis infailliblement par me laisser choir dans mon fauteuil au salon, toutes lumières éteintes.

À devenir fou.

Sophie a tenu le coup avec moi jusqu'aux derniers moments, mais maintenant je dois affronter seul ce que la vie me réserve. Je suis libre, dorénavant, mais cette liberté est due à la mort de mon fils : elle est donc équivoque. Suspecte. Je n'arrive pas à éprouver ce sentiment de délivrance nouvellement acquise autrement que comme de la culpabilité.

J'ai commencé à nettoyer la maison en ne gardant que ce qui m'appartient. Autant dire : en jetant ce qui a été à Geoffroy. Je n'ai pas touché à l'atelier de Geneviève, même si je devrais, mais c'est au-dessus de mes forces pour le moment. Ce grand ménage de la propriété est un acte beaucoup plus libérateur que ménager, et c'est mon esprit qui se sent le plus dégagé, le plus soulagé. L'idée m'a effleuré l'esprit à quelques reprises que jamais, lors de ce grand ménage, je n'ai trouvé d'objet suspect ou inconnu qui aurait pu de façon évidente intéresser ceux qui étaient venus chez nous assassiner ma femme. Comme je l'ai fait après que des cambrioleurs nous ont rendu visite au local de répétition le 16 août, j'ai retourné chaque tiroir. J'ai fouillé chaque garde-robe, mais cette fois je me suis débarrassé de ces innombrables choses qu'on accumule partout, à la cave, au garage ou au grenier « au cas où… » et qui ne servent finalement jamais. Tant pis pour Marquis et Duquette ! En pensant aux deux nigauds, je me suis rappelé que ça faisait un bon bout de temps que l'Impala brune ne stationnait plus dans le parking du lave-auto. Je suis allé vérifier par la fenêtre du salon. Je me suis moqué de moi-même : elle n'y était pas. Quand l'avais-je vue pour la dernière fois ? En septembre ?

Je ne suis pas heureux dans ma nouvelle vie, mais je suis en paix avec moi-même. Du moins, j'essaie.

Je passe mes journées à lire ou à regarder la télévision. Maurbec n'existe plus, et je ne m'en plains pas. Le désir de jouer de la musique s'estompe peu à peu en moi.

Je suis fatigué.

Ce soir, Hassan est venu à la maison. Il était anxieux. Il a refusé le café que je lui ai offert. Il ne m'a posé des questions que pour la forme. Il ne semblait pas écouter mes réponses avec grand intérêt. On aurait dit qu'il voulait me confier quelque chose et que ses interrogations vagues n'étaient qu'un préambule. Mais il n'osait pas. J'ai essayé de parler musique avec lui, sans succès. Non, Hassan n'avait pas de projets musicaux à court terme. Oui, on lui a offert un emploi au ministère de la Culture et des Communications, section musique. C'est un poste qu'il convoitait depuis longtemps, mais il n'a pas montré tellement d'enthousiasme en me faisant part de cette nouvelle.

« C'est formidable ! Je suis heureux pour toi…

— Oui, mais, enfin… on va partir quelque temps, Sophie et moi.

— Je sais, elle m'en a parlé.

— Alors, tu vois… Si on me l'avait offert plus tôt, je ne dis pas… »

Je n'ai pas insisté, j'ai assez de problèmes et de peine sans m'occuper de ceux des autres, même si je les aime beaucoup. Hassan est parti subitement en m'adressant un au revoir maladroit et je suis retourné un peu remué au salon.

Avant les événements, j'étais très occupé à l'université et je ne m'inquiétais pas outre mesure des légers changements que j'aurais pu observer à la longue dans l'attitude de ma sœur et de mon beau-frère. On change, dans la vie. On vieillit. Seul Geoffroy semblait inébranlable à mes yeux dans la rigidité de la routine que lui imposait sa maladie mentale.

À la réflexion, sans apparaître condescendants, acerbes, ni blessants, Sophie et Hassan s'étaient montrés tout de même plus souvent critiques à mon endroit durant la dernière année. J'avais senti qu'ils désapprouvaient certaines de nos décisions, à Geneviève et à moi. J'avais quelquefois interprété certains silences comme une marque polie de désaccord. Par exemple, ma sœur, qui est la discrétion même, m'avait entrepris, un jour du printemps passé, sur ma consommation d'alcool. J'ai d'abord pensé qu'elle s'inquiétait pour ma santé.

« Tu vis avec un musulman non buveur, Sophie, c'est sûr que c'est incomparable ! »

Elle m'avait alors simplement regardé avec insistance. Un peu triste. Sans rien ajouter.

Mal à l'aise, malgré ma conviction de n'être coupable de rien du tout, j'avais réalisé tout à coup qu'il y avait une dimension dans l'attitude de ma sœur qui m'échappait.

Une autre fois, au milieu de l'été, on était tous réunis en famille pour un pique-nique sur les plaines d'Abraham. Geneviève et Sophie s'étaient dirigées vers les vieux canons avec Geoffroy tandis que j'étais resté avec Hassan pour finir de préparer le lunch. Avec l'air sérieux qu'il adoptait de plus en plus, et sans précautions préalables, Hassan m'avait demandé pourquoi on ne se mariait pas, Geneviève et moi. En clair, il parlait de *régulariser notre situation*.

« Vous semblez si heureux !

— Je n'en sais rien, j'avais répondu, un peu interloqué. J'ai adopté son fils légalement, si c'est ce qui te tracasse, et nous avons fait nos testaments en conséquence, mais pour le mariage, nous n'y avons jamais pensé. Y a-t-il urgence ? Comme tu dis, nous sommes si heureux : ne réparons pas ce qui n'est pas brisé ! »

Hassan s'était attendu cependant à une réponse plus sérieuse et je l'avais déçu, tant par ma réplique, qui se voulait comique, que par ce qu'il considérait comme une inconséquence totale de notre part. C'est du moins ce que j'avais supposé à ce moment par le haussement d'épaules irrité de mon ami. Hassan n'était pas revenu là-dessus et nous avions passé un après-midi très gai sur les plaines en famille.

De retour à la maison, j'en avais même glissé un mot à Geneviève. Elle avait paru surprise de mon ignorance.

« Tu ne sais pas que Hassan passe ses soirées à la mosquée ? Sophie m'a confié qu'il est très fervent et qu'il s'attriste de nous voir si païens. Il trouve que ça nous marginalise de plus en plus. Il dit que la plupart des croyants sont convaincus que les athées sont sans morale. Il serait plus tranquille de nous savoir plus pratiquants.

— Ça va être difficile avec moi ! Non, mais tu me vois à la mosquée, aligné avec tous les autres, à quatre pattes, à sentir les p'tits pieds de la rangée d'en avant ? Quelle horreur !

— Tu es comme un frère pour lui, Louis. C'est sans doute pourquoi il souffre. Il a de la peine parce que tu es un mécréant et que ça offense ses convictions.

— Et les miennes ?

— Tu ne devrais pas te moquer de ceux qui croient...

— Il y a une mosquée à Québec ? » j'avais demandé pour en finir.

Geneviève avait alors posé sur la table le petit chandelier qu'elle était en train de décaper et, les bras ballants, elle m'avait regardé affectueusement.

« Sors des limbes, Louis ! Il y a une mosquée sur le chemin Sainte-Foy au coin de la rue de l'Église, et au moins cinq autres à Québec ! Soixante à Montréal.

— Sainte-Foy et de l'Église, y a comme une conspiration ! »

Sur quoi, elle m'avait embrassé en me serrant fort dans ses bras, faisant mine de me consoler.

Elle savait tant de choses que j'ignorais. Des choses qu'on apprend en vivant et en regardant les autres vivre autour de soi. Voilà pourquoi je l'ai tant aimée.

« *On va peut-être partir quelque temps.* »

Sophie me l'avait dit, il y avait à peu près deux mois, et voilà que Hassan me l'avait répété ce soir. Cette phrase a pris un tout autre sens, confrontée aux souvenirs du vivant de Geneviève. Le militantisme *musical* de mon ami et sa ferveur religieuse : un plus un, ça a toujours fait deux ! Seigneur ! Dans ce cas-ci, la somme correspondait à un départ *pour quelque temps*. Comment n'ai-je rien vu venir ?

Tout ça me dépasse. Si j'avais un an de plus, je pourrais prendre ma retraite immédiatement, après trente années de service. Je dois patienter. J'y suis presque. Je me trouve maintenant en congé prolongé jusqu'à Noël, quitte à mettre mes collègues et mes étudiants dans l'embarras à cause de mes problèmes personnels.

Je vais faire quoi de cette inaction ?

Je n'en sais rien.

Marquis et Duquette sont invisibles depuis septembre. Je leur ai donné un coup de fil une fois de temps en temps, sans grande conviction, pour voir où ils en étaient. C'est probablement aussi une façon de les narguer. Ils n'ont pas de suspect sérieux et je suppose qu'ils enquêtent encore sur Roch Rancourt et Mohammed Lebbar. Autant dire sur des fantômes. Pagliaro et Lortie ne se sont pas pointés depuis... depuis quand ? La découverte du cadavre de Roch ? Plus de deux mois...

◆

Le lendemain de la visite de Hassan, Sophie est arrivée chez moi sans s'être annoncée. Elle avait pleuré. Elle a enlevé son hijab et elle a préféré rester debout dans le vestibule avec moi plutôt que de passer au salon.

« Qu'est-ce qui ne va pas ? »

Elle m'a souri timidement et elle a baissé les yeux. Puis elle a éclaté en sanglots.

« Nous partons ce soir.

— Ce soir ?!...

— Au Maroc...

— Mais... comment ? Ce soir ?! »

J'ai compris au ton de sa voix qu'ils ne partaient pas pour de simples vacances. Avait-elle dit *Maroc* pour ne pas m'effrayer davantage ? Je ne savais que lui répliquer. Elle a repris du cran et a semblé plus déterminée qu'au moment où elle était entrée, deux minutes plus tôt. Elle m'a souri et m'a embrassé. Puis elle m'a serré dans ses bras. Comme jamais. Elle m'a dit au revoir et elle est sortie sans se retourner. À l'instant où j'ai refermé la porte derrière elle, j'ai eu un pressentiment étrange, sans rapport avec l'énormité de la nouvelle que Sophie venait de m'annoncer. Je ne me l'explique pas, tellement le présage m'est apparu évident : je ne retournerai jamais à la fac.

14

La salle du Palais de justice de Montréal était pleine à craquer. Les journalistes de tous les grands médias étaient présents : les représentations sur sentence de l'ex-policier Jacques Richer débutaient ce matin. La joute s'annonçait serrée entre la procureure de la Couronne, maître Jessica Darveau, jeune avocate très brillante et habile à obtenir ce qu'elle voulait, et l'avocat de la défense, maître Gérard Métivier, vieux renard aguerri et retors.

Menaces de mort, tentative de meurtre du chauffeur et garde du corps du ministre de la Sécurité publique du Gouvernement du Québec, voies de fait à répétition sur des clients du bar où il travaillait comme gorille depuis quatre ans, complicité dans l'agression sauvage d'un criminaliste célèbre de la Métropole, le dossier était chargé. Richer était conscient du fait qu'il passerait des années en prison, et ce seraient des années pénibles, vu son état d'ancien flic ayant mis à l'ombre plusieurs de ses futurs codétenus. Malgré toutes les précautions promises d'office par le système carcéral dans ces cas-là, rien n'était garanti pour la sécurité de Jacques Richer à l'intérieur des murs. Il ne le savait que trop bien.

C'est donc à la surprise générale que Jacques Richer avait plaidé coupable, d'où ces représentations des avocats en cour pour décider de son sort.

Le prisonnier fit son apparition, menotté à un gardien. Toute la salle était tournée vers lui. Richer ne regarda que Pagliaro, assis au banc de la Couronne à côté de la procureure. Il n'y avait pas de haine à proprement parler dans les yeux de Richer, plutôt une espèce d'appel à la compassion qui surprit Pagliaro, qui s'attendait à de l'arrogance. Les mois passés en prévention avaient accompli leur travail.

Quelques jours plus tôt, Pagliaro avait interrogé une nouvelle fois Richer à l'Établissement Rivière-des-Prairies, où l'ex-policier attendait sa sentence. Il voulait en savoir plus sur les liens de Richer avec la mafia kurde, propriétaire du bar où il travaillait. Richer était-il impliqué dans le trafic de jeunes femmes d'origine russe ou autre ? Connaissait-il Zachary Avdeïev ? Anton Solomine ? Pouvait-il fournir des renseignements sur ce sujet ou sur l'importation d'héroïne ? d'armes ? Mais l'ex-policier n'avait aucunement collaboré. À peine avait-il laissé tomber, à la toute fin :

« Tu m'as déjà dit, Francis, qu'il n'y avait pas qu'un seul flic pourri dans la force.

— Et alors ?

— Tu devrais chercher de ce côté-là. »

À la pause, Pagliaro quitta la salle d'audience.

À l'extérieur du Palais de justice, le temps était aussi maussade qu'en dedans. Pagliaro ne se sentait pas particulièrement fier. Arrêter un ancien ripou ternissait toute la profession. Mettre un escroc derrière les barreaux pendant qu'un meurtrier de policier et de deux autres citoyens s'en tirait depuis deux mois, voilà de quoi ne pas être fier non plus. L'enquête sur les meurtres de Nicolas Turmel, de Geneviève Simon et de Roch Rancourt ne piétinait plus, elle n'était pas refroidie, elle était complètement gelée. La piste de

Zachary Avdeïev s'était arrêtée quand Karine avait rappelé son père pour lui dire que le Russe n'avait pas été vu au Canada depuis des lustres. Son nom n'avait pas été prononcé dans les enregistrements récents d'écoute électronique de la GRC. Les policiers de la Sûreté n'avaient par ailleurs aucune indication sur la provenance possible du Tula-Korovin 6,35 utilisé pour les trois meurtres. Leurs informations sur la mafia russe ne comportaient pas d'éléments concernant ce sujet, ou les informations dont ils disposaient étaient périmées.

La vie personnelle de Geneviève Simon avait été examinée sous toutes ses coutures par l'équipe de Pagliaro. C'était une femme bien qui n'avait pas d'ennemis. Dans le milieu théâtral, sa compétence faisait l'unanimité. De même son entrain et sa convivialité. C'était une travailleuse acharnée qui livrait la marchandise et tous les metteurs en scène interrogés, aussi bien que les directeurs de théâtres, s'accordaient à dire qu'elle avait un talent exceptionnel. On déplorait sa perte qu'on ne pouvait expliquer.

Son mari était un saxophoniste au casier vierge. Certains policiers auraient bien voulu trouver des accointances louches avec le milieu de la drogue, « après tout, un musicien est un musicien… » Mais Pagliaro avait remis ces hommes à leur place. Les préjugés et les positions bornées sont les pires obstacles à la découverte de la vérité.

L'enquête interne menée sur l'agent Nicolas Turmel avait été abandonnée et rien de plus n'avait été apporté au dossier depuis la dernière réunion des enquêteurs à la Centrale de police de la ville de Québec le 29 août. Deux mois plus tôt ! Rien non plus sur l'épouse du policier : pas d'amant, pas d'instance de divorce ou de séparation. Aucune querelle conjugale connue de sa famille ou de ses amis. Rien.

Pagliaro s'était rendu à plusieurs reprises au studio de Roch Rancourt dans la basse-ville de Québec. Il y avait médité seul pendant des heures, suivant son principe à propos des lieux de crimes : les maisons parlent. L'enquêteur ne connaissait rien en matière d'instruments de musique, encore moins sur les studios d'enregistrement. L'expert de la police qu'il avait fait venir pour inspecter les installations de Rancourt n'avait rien vu de suspect ni d'extraordinaire. Il avait simplement noté qu'il manquait des bandes magnétiques pour accompagner un appareil d'enregistrement de marque Ampex, ancienne machine à ruban magnétique de vingt-quatre pistes. « Ça va avec, sergent-détective, comme les balles dans le chargeur d'un pistolet. »

Où étaient allées ces bandes et que contenaient-elles ? Encore une piste qui s'avérerait infructueuse ?

« Et la tablette vide, dans la bibliothèque près du bureau, est-ce qu'elle aurait pu contenir ces bandes ? »

L'expert avait mesuré la hauteur entre les deux tablettes et s'était retourné vers le sergent-détective.

« Oui, tout comme une rangée d'encyclopédies, de dictionnaires ou d'annuaires téléphoniques. »

Pagliaro retrouva sa voiture en stationnement près du Palais de justice et se dirigea vers Parthenais avec une idée en tête : revoir Louis Collard.

DEUXIÈME PARTIE

CHORUS

15

Lisa était déjà levée quand Francis s'éveilla. Il était rentré de Parthenais passé minuit, après avoir revu tous les dossiers concernant les meurtres de Turmel, Simon et Rancourt, question de faire le point avant de se rendre à Québec. Il descendit à la cuisine et embrassa Lisa qui, assise à la table de la salle à manger, finissait de lire *La Presse+* sur sa tablette. Il se servit un café et prit place à côté d'elle. Il l'embrassa de nouveau tendrement.

« Excuse-moi pour hier soir, dit-il. Je n'avais pas beaucoup le choix, si je voulais partir à temps et préparer ce matin.

— Tu fais beaucoup d'*overtime* ces temps-ci, Francis. Est-ce que tu négliges tes études ? »

Ils rirent tous les deux. Elle avait pris le ton d'une mère qui gronde son cégépien travaillant trop au dépanneur pour payer des études qu'il fait à temps de plus en plus partiel.

« Je fais de la philo en méditant sur les crimes qui m'absorbent ces temps-ci. Genre de philosophie de terrain. J'examine l'impact méthodologique, théorique et pratique des démarches qui arriment la réflexion sur les normes à une relation structurante aux situations vécues, comme on dit en philosophie normative.

— Ah bon... »

Il y eut un silence et ils éclatèrent de rire à nouveau.

« Je ne t'ai même pas entendu rentrer cette nuit. C'est pas grave, c'est ton travail, quand il le faut, il le faut... Ah! Avant que j'oublie, Miss Pimpante a perdu une dent hier soir, ajouta Lisa avec un sourire en quittant sa tablette des yeux. Tu devrais l'appeler.

— Elle n'a pas d'école aujourd'hui?

— Non, c'est une journée pédagogique.

— En plein mardi? Ç'aurait été mieux hier, non? Elle aurait eu une fin de semaine de trois jours.

— Les dirigeants des commissions scolaires ne pensent pas comme les grands-pères, Francis. »

Pagliaro consulta l'heure à son poignet, sept heures trente-deux. Il composa le numéro de Karine à Ottawa, c'est Léa qui répondit à la deuxième sonnerie.

« À qui tu veux parler? »

Francis entendit la voix de Karine en arrière-plan qui disait: « On dit allô et on attend que la personne se nomme, Léa!...

— Bonjour, c'est Papi.

— Allô Papi!

— Tu as perdu une dent hier soir, il paraît, est-ce que la fée des dents est passée?

— Ça existe pas, Papi, la fée des dents, tsé!

— Dommage, dans mon temps, il y avait cinq cennes sous mon oreiller, le matin...

— Maman a mis un deux dollars.

— Dis à Karine qu'elle participe à l'inflation. »

Léa baissa le téléphone et cria à sa mère: « Papi dit que tu participes à l'infection.

— À quoi?! »

Pagliaro rit et dit à Léa de laisser tomber. La petite lui demanda s'il était en congé lui aussi.

« Non, je vais à Québec aujourd'hui.

— Chanceux ! Moi, j'suis jamais allée à Québec.

— On pourrait y aller ensemble l'été prochain pendant les vacances. On irait au Festival d'été. On verrait des clowns dans la rue.

— J'ai peur des clowns.

— Oui, moi aussi en fait. On aurait juste à fermer les yeux si on en voit un.

— Ben non, Papi ! Il faut *jamais jamais jamais* fermer les yeux devant ceux qui nous font peur ! »

Pagliaro sourit intérieurement. Sa petite Léa avait de quoi faire un bon flic. À six ans. Digne fille de sa mère digne fille de son père…

« Ben, bon voyage Papi ! Veux-tu parler à maman ?

— Non, je voulais te parler à toi, Miss Pimpante. Embrasse Karine pour moi, et embrasse Luc aussi.

— Ok. Becs aussi à toi Papi.

— Salut, ma belle !

— Bye Papi, je t'aime.

— Je t'aime moi aussi. »

Après le petit-déjeuner et une douche prolongée, Pagliaro s'habilla et descendit au rez-de-chaussée pour embrasser Lisa. « Je serai de retour autour de l'heure du souper, lui dit-il, et ce soir je suis tout à toi. » Elle l'embrassa à son tour.

Il ramassa ses affaires et s'installa au volant de l'autopatrouille banalisée qu'il avait empruntée la veille dans le stationnement de la SQ à Parthenais. Après avoir branché sa tablette sur le système audio de la voiture, il enclencha la lecture du deuxième concerto pour piano de Chopin, interprété par Ioulianna Avdeïeva. Suivraient des œuvres pour piano de Schubert, jouées par Krystian Zimerman, le pianiste au son le plus cristallin de la planète. Et quelques lieder. Trois heures de pur plaisir en perspective.

Il y a quand même des avantages marginaux à travailler dans la police, pensa Pagliaro.

À onze heures quarante-cinq, il sonnait à la porte de Louis Collard sur l'avenue De Montigny à Québec. Il avait prévenu Collard de sa visite la veille.

Le musicien lui ouvrit et, d'un air neutre, il invita le policier à entrer. Ils s'installèrent au salon.

« Vous avez fait bon voyage ?

— J'ai écouté de la musique pendant tout le trajet.

— Du rock ? Du jazz ? De la chanson…

— Schubert et Chopin.

— Ah bon. Et pour la route, je suppose qu'en tant que policier vous roulez au-dessus de la limite permise ?

— Non, c'est interdit. Il faudrait que je donne de bonnes explications à mes patrons. Et je payerais l'amende.

— Ah bon, je croyais…

— Non… À propos de voiture, est-ce que l'Impala brune dont vous nous avez déjà parlé a fait une réapparition ?

— L'Impala brune ? Mon Dieu, non, ça fait longtemps… Non, je ne l'ai pas vue depuis septembre. Pourquoi me demandez-vous ça ?

— On a enquêté sur cette voiture et on a fait surveiller votre quartier régulièrement. Rappelez immédiatement l'enquêteur Duquette si vous l'apercevez à nouveau.

— Ah ! C'est donc pas une voiture de police ? Dois-je m'inquiéter ?

— Non. Je ne crois pas. C'est juste un conseil de précaution.

— Très bien. Donc, avec ce qu'on entend à la télé, des enquêteurs à cent vingt kilomètres-heure en pleine ville… »

Pagliaro adressa un regard courroucé à Collard.

« Tout le monde croit ça. Je serais réprimandé. »

Collard fixa Pagliaro en retour d'un air arrogant : *et pour le reste de ton travail, sergent-détective, tu es aussi réprimandé ?*

Pagliaro sentit l'agressivité dans l'œil de Collard et décida de laisser passer.

« Je serais aussi réprimandé pour mon inaction dans un dossier. Mais ce n'est pas le cas.

— Même dans celui du meurtre de Geneviève ? »

L'enquêteur ne releva pas la vanne, il était habitué à ce genre de sarcasme venant des proches des victimes quand une affaire traînait.

« On fait tout ce qui est en notre pouvoir. Mais j'avoue que, jusqu'à maintenant, on n'a pas grand succès. Pour vous dire la vérité, monsieur Collard, le dossier est figé. Toutes nos pistes se sont avérées froides. Il faudrait un événement extérieur, un témoignage nouveau, un indice, quelque chose de neuf pour redémarrer l'enquête dans la bonne direction. Je suis ici justement pour ça.

— Ça fait plus de deux mois ! Vous avez donc cessé…

— Non, le dossier est toujours ouvert et il le restera toujours, mais c'est vrai que nous avons d'autres cas dont il faut aussi s'occuper. On continue à tuer, à violer et à voler ici comme partout ailleurs.

— La mort de Geneviève…

— Si vous m'en parliez, justement, monsieur Collard. »

Collard parut surpris. Méfiant. Il se rebiffa et se leva de son siège.

« Vous n'allez pas me faire le coup de : *parlez-moi de votre enfance*, non ? »

Pagliaro lui sourit. Il se détendit dans le fauteuil dans lequel il avait pris place à l'invitation de Collard.

« Monsieur Collard…

— Appelez-moi Louis. Tout le monde m'appelle Louis. Mes amis, mes étudiants…

— Alors, Louis, appelez-moi Francis.

— Voulez-vous boire quelque chose, Francis, café, bière ?

— Une bière ? Non merci, c'est un peu tôt pour moi. »

Collard se rassit en face de Pagliaro. Il regardait maintenant l'enquêteur avec des points d'interrogation dans les yeux. Pagliaro fixait Collard. Il se voulait convaincant.

« Je vous le répète, je suis, nous sommes, dans l'impasse dans cette affaire. J'ai besoin d'un indice qui pourrait faire rebondir ma recherche. Je suis venu expressément pour voir si vous n'auriez pas cet indice nouveau. »

L'attitude de Louis changea. Il y eut un léger relâchement. Pagliaro s'en réjouit.

« Il arrive souvent, dans nos enquêtes, qu'on interroge un témoin et qu'on s'aperçoive que la personne qui est devant nous connaît des choses sans savoir qu'elle les connaît. Nous, de notre côté, nous ne savons rien en partant. Nous sommes dans une espèce de brume. Le témoin n'a pas de réponses aux questions qu'on lui pose, parce que ce ne sont pas les bonnes. Mais il a des réponses à celles que nous ne lui posons pas parce qu'elles ne nous viennent pas à l'esprit, ni à nous ni à lui.

— Je vois…

— Parlez-moi de Geneviève. »

Collard se leva d'un bond et disparut en direction de la cuisine. Pagliaro ne savait qu'en penser. L'avait-il brusqué ? insulté ? Allait-il trop vite ? Collard avait-il décidé de mettre fin à l'entretien sans plus de manières ? Devait-il poursuivre le musicien à la cuisine ou l'attendre ?

Collard revint, il avait repris son air neutre. Il apportait une bouteille de Chivas et deux verres.

« Si vous voulez que je parle de Geneviève, il va me falloir quelque chose pour me donner du courage. Je n'ai pas eu l'occasion de parler d'elle. Je peux même dire que j'ai plutôt refusé de me confier à qui que ce soit. Même pas à ma sœur à qui j'ai dit des choses, mais enfin, pas l'essentiel. Rien de très intime. Ma sœur est partie vendredi passé, il y a quatre jours... Avec Hassan.

— Je sais. On m'a appris ça. »

Collard ne parut pas surpris, il n'eut aucune réaction.

« Mon fils est parti, lui aussi, il y a deux jeudis, et ma femme, le 5 août. Et Roch... Ça fait beaucoup de départs, vous ne trouvez pas ?

— Oui. Je suis désolé pour vous. »

Collard haussa les épaules, genre : je me fous que vous soyez désolé, et il déboucha la bouteille de scotch.

« J'ai acheté cette bouteille le 6 août, le lendemain de la mort de Geneviève. Je n'y ai pas touché encore. Il est toujours trop tôt pour prendre un verre avec moi ou vous avez changé d'idée ? »

Par réflexe, Pagliaro leva la main pour décliner l'offre, mais il se ravisa rapidement et pointa son index vers la bouteille en faisant oui de la tête. Il devait s'arranger pour que la distance qui les séparait soit moins grande. Un petit verre de scotch diplomatique.

« Un verre, alors, un petit. Je ne voudrais pas être réprimandé... »

Collard lui sourit tristement. Il versa deux portions généreuses sans se préoccuper de la réaction de son visiteur. Ils trinquèrent.

« À ce qui reste de ma vie », dit Collard.

Ils burent.

« À la mort de Geneviève, sur le coup, j'ai été incapable d'exprimer ce que j'ai ressenti. Je n'ai jamais réalisé ce qui m'arrivait. Tout s'est éteint dans un grand silence.

— Je vois.

— Plus tard, quand j'ai enfin repris un minimum de lucidité, j'ai eu le sentiment d'avoir été trahi et de me réveiller au bord d'un gouffre sans savoir ce qui m'y avait mené. J'ai compris les expressions que les

gens utilisent dans ces moments-là : je suis dévasté,
je suis effondré, démoli, abattu. Dans mon cas, j'ai
été assommé.

— Anéanti.

— Oui, c'est exactement ça. Anéanti. Encore aujour-
d'hui, vous savez, c'est juste avec de grands efforts de
volonté que je suis capable de me rappeler certains
gestes que j'ai faits dans les jours qui ont suivi le
drame. Et encore... Je ne sais même pas ce que j'ai
pensé. Je ne pensais pas, autrement dit. Au moment
de la tragédie, mon cerveau a simplement refusé de
se mettre d'accord avec la réalité et il a décidé de ne
rien faire. Il n'a rien enregistré.

— Et maintenant ?

— J'essaie maintenant de reconstituer à partir de
bribes de souvenirs les événements qui se sont produits
du moment de la mort de Geneviève jusqu'à aujour-
d'hui. J'essaie de les remettre dans un ordre qui va
me permettre de leur trouver un sens. C'est sûrement
une invention stupide de mon cerveau malheureux
qui tente de se guérir lui-même.

— C'est normal. La mémoire est une construction.
Ce n'est pas une photo fidèle de ce que nous avons
vécu. Dites-moi, à propos de ces bribes de souvenirs...

— Je sais que je dois faire mon deuil. Il paraît que
ça prend au moins un an. Avec la mort de Geoffroy,
j'ai pleuré. Mon Dieu ! Il me semble que je pleurais
sans cesse. Tout le monde l'a dit...

— Et ces bribes de souvenirs ? »

Collard regarda Pagliaro comme dans un rêve.

« Des fois, le silence de la maison me revient. Des
images fugaces surgissent aussi, toujours à propos
de rien. Je me revois avec elle, tout à coup, debout
dans son atelier. Je l'imagine avec son tournevis préféré dans la main. Ou je m'aperçois figé devant la
penderie de l'entrée, en train de caresser la manche
de son manteau.

— Vous souvenez-vous de conversations avec des gens ? des coups de téléphone d'étrangers, de choses qui sur le coup vous ont paru bizarres ? Avant les événements ou après. Ou qui vous paraissent bizarres aujourd'hui ?

— Avec des étrangers ?

— Aux funérailles, par exemple, avez-vous vu des gens que vous ne connaissiez pas ?

— Que je ne connaissais pas ? Vous voulez dire…

— Des gens dont vous auriez pu croire qu'ils étaient des connaissances qui accompagnaient vos amis, mais que vous ne connaissiez pas, vous, personnellement…

— Je vois. Non. Au salon mortuaire, je peux dire que je connaissais tout le monde. Enfin… je pense.

— Continuez.

— J'ai des flashes. Je me rappelle Geoffroy qui mange tout seul à la table de la cuisine. La télévision est restée allumée au salon, à cinq heures du matin ! C'est la première fois que j'en parle. Je sais que certains de mes amis pensent que je suis insensible. Ou que je l'ai été, parce que je n'en parle jamais. Je suis comme le grand blessé qui a eu un bras arraché et qui ne sent plus rien. Moi, c'est ma femme qu'ils m'ont arrachée !

— C'est d'autant plus douloureux que vous ignorez pourquoi…

— C'est vous, Francis, qui devez trouver pourquoi ! C'est votre travail, pas le mien !

— Mais je n'y arriverai pas tout seul. J'ai besoin de votre aide.

— Que voulez-vous que je fasse ? Tout ce que je peux vous dire, c'est que je vous en parle aujourd'hui et je me rends compte qu'il y eu comme un avant et un après. Il n'y a jamais eu de pendant. Je l'ai nié de toutes mes forces. J'ai été complètement sonné, comme un estropié qui tombe dans le coma tellement sa souffrance est insupportable. Moi ? Mon âme s'est endormie. Même aujourd'hui... Ça ne vous aidera pas...

— Et Geoffroy ?

— Geoffroy était handicapé. Il est mort de maladie, c'est autre chose.

— Je sais. »

Pagliaro regardait Collard en silence. Il prolongea ce silence volontairement jusqu'à ce que Collard reprenne la parole.

« Il avait treize ans quand j'ai connu Geneviève, qui l'avait eu d'un premier mariage. Il n'a vécu auprès de moi qu'une douzaine d'années... Une étoile filante...

— Vous y étiez très attaché...

— Plus que tout au monde, et j'ai cru qu'il serait avec moi toute la vie. C'est fou comme on peut se tromper.

— Il souffrait de quoi ?

— D'une sorte d'autisme. Il avait toujours besoin d'encadrement, on ne pouvait jamais le laisser tout seul. À cause de son handicap, il n'a pas été capable d'aller à l'école comme tout le monde. Sa capacité de communiquer avec les autres était très limitée. Elle l'est toujours restée. Il vivait pour ainsi dire enfermé en lui-même.

— Hum...

— Il était intelligent, cependant, mais il était doué d'une intelligence pratique. Comme s'il avait possédé dans sa déficience une sorte de savoir-faire primitif. Une clairvoyance mystérieuse composée de liens insaisissables entre les objets et les matières qu'il manipulait. Des rapports invisibles pour le sain d'esprit que je suis. Même chose pour la danse.

— Il dansait bien ?

— Oh oui ! Il établissait une corrélation entre la musique et les mouvements de son corps. Mais je pense maintenant que lorsqu'il dansait, il ne s'amusait pas comme nous on peut le faire. Il répondait plutôt à une sorte de nécessité. Mais ça ne marchait qu'avec certaines musiques. Allez savoir pourquoi. On aurait dit que, dans l'incohérence de l'esprit de mon fils, il existait un ordre caché, accessible à lui seul, que je ne comprendrai jamais. »

Collard remit du Chivas dans les deux verres. Il s'aperçut que la bouteille était presque à moitié vide. Il sourit comme s'il avait réalisé un exploit. Pagliaro regarda son verre plein sur la table devant lui. Son interrogatoire n'avançait pas. Il perdait son temps. Visiblement, Collard n'avait vu que ce qui se passait tout près de lui et de son fils, il n'avait pas d'antenne pour percevoir autre chose qui aurait pu apporter un angle inédit à l'affaire.

« Vous avez dit, tout à l'heure, que vous essayiez de reconstituer les événements qui se sont produits après la mort de Geneviève jusqu'à aujourd'hui. De les remettre dans un ordre qui va vous permettre de leur trouver un sens. De quels événements parlez-vous ?

— J'ai dit ça ? Je ne sais pas…

— Que s'est-il passé entre la mort de Geneviève et celle de Geoffroy ?

— Ah, mon Dieu… Tellement de choses.

— La mort de Roch Rancourt, pour commencer.

— Non, avant, il y a eu le départ de Mohammed. Puis, le cambriolage de notre studio de pratique, enfin, le faux cambriolage…

— Le faux cambriolage ?! Quel faux cambriolage ? Vous ne m'avez pas parlé de ça. Vous l'avez déclaré à la police ?

— Pourquoi ? Ils n'ont rien volé. À peine saccagé.

— Des cambrioleurs qui ne cambriolent pas, ça n'a pas allumé une lumière d'alarme ?

— Oui, mais connaissant l'attitude des flics de Québec, on a laissé passer. De toute façon, le groupe s'est désagrégé après ça, ça n'avait plus d'importance.

— Bon. Continuez.

— Après le saccage, il y a eu la mort de Mister Freeze. La fin de Maurbec. La conversion de ma sœur. La mort de Geoffroy.

— C'est tout ? »

Collard parut offusqué.

« Je ne doute pas de ce que vous me dites, et c'est beaucoup, plus que bien des gens ont enduré dans un temps aussi court, mais peut-être avez-vous oublié quelque chose.

— C'est mes souvenirs, dans l'ordre.

— Alors, reprenons-les, si vous voulez. Ce que vous me racontez, c'est l'ordre chronologique dont vous vous souvenez. Vous avez dit être en train de *les remettre* dans un ordre... Quel autre ordre cherchez-vous ?

— Un autre ordre ?

— L'ordre d'importance des événements par exemple, pas leur chronologie. La plupart du temps, on trouve la cause *après* avoir découvert l'effet. Dans mon métier, c'est toujours comme ça. La police découvre le crime, elle cherche qui aurait eu un motif pour le commettre et ensuite, parmi les suspects, celui qui a eu l'occasion de le faire avec les outils qu'il faut. C'est exactement l'inverse pour le criminel, qui a eu d'abord le désir ou qui a pris la décision, qui a cherché ensuite l'occasion propice, choisi son outil, et qui est finalement passé à l'acte. Que savez-vous aujourd'hui qui pourrait éclairer ce qui s'est passé depuis le mois d'août ? »

Collard réfléchissait. Pagliaro espérait qu'il ne boive pas plus qu'il n'avait déjà bu, et que sa conscience demeure éveillée, et ses souvenirs distincts. Il décida de le bousculer un peu.

« Parlez-moi de la conversion de votre sœur, par exemple.

— Vous et vos collègues municipaux ! Seigneur ! Vous croyez à la conspiration islamiste, c'est ça ? Vous êtes incapables d'en sortir, hein ?!

— Vous êtes entouré de musulmans, Louis !

— Y a rien de mal à ça ! Faut être borné…»

Le ton avait monté et Pagliaro regretta sa précipitation.

« Non, y a rien de mal. Je vous l'accorde. Musulman ne veut pas dire islamiste, je le sais. Mais votre beau-frère est un musulman pratiquant. Vous jouez avec des Arabes, dont un Syrien, Frère musulman, qui a disparu et qui est fiché à la GRC. Votre sœur s'est convertie à l'islam et elle est partie avec son mari. Récemment. De façon pour le moins précipitée.

— Oui, au Maroc. Et c'était prévu pour avant Noël. Ils ont attendu que Geoffroy soit mort. Vous n'y êtes pas du tout.

— Au Maroc ? Eh bien, ils vous ont menti, ils ont débarqué en Libye samedi matin.

— En Libye ?! C'est toujours la même chose avec la police. Vous avez le droit de me cacher des choses, de me les sortir quand ça vous arrange, de me mentir, de ne pas répondre à mes questions… La transparence, ça se joue à deux !

— Vous n'aimez pas la police, c'est évident. Vous vous méfiez. Vous me l'avez dit la troisième fois qu'on s'est vus. Vous m'avez expliqué que c'était pour des raisons familiales trop longues à raconter. Qu'est-ce que vous vouliez dire ? »

Collard prit un air sérieux.

« Il y a d'abord l'histoire de grand-papa. C'était en 1957. Il était mineur en Gaspésie et il venait tout juste d'obtenir son congé de l'hôpital de Chandler où il avait été soigné pour des blessures graves qu'il avait reçues pendant la grève de Murdochville.

— La célèbre grève de Murdoch.

— Oui. Le dimanche, ma grand-mère l'a entraîné à l'église Saint-Paul pour que les gens voient les stigmates évidents de son supplice. Elle voulait *démontrer les résultats de la trahison du gouvernement de Duplessis et de sa police, vendus aux intérêts du patronat en général et à ceux de la Gaspé Copper Mines en particulier.* C'est ce qu'elle a dit textuellement.

— Toute une grand-mère !

— Oui. Ce dimanche-là, elle n'était pas allée à l'église pour prier, mais pour témoigner, et ce n'est pas tout. Là, au beau milieu de la nef, grand-papa a reconnu dans leurs vêtements civils plusieurs constables de la Police provinciale. Les mêmes qui l'avaient tabassé au point de l'envoyer à l'hôpital ! Ils étaient tous bien peignés et endimanchés, agenouillés, entourés des policiers municipaux avec leurs femmes et leurs enfants. Les enfants de chienne chantaient même dans la chorale ! Mon grand-père s'est levé, hors de lui, il est sorti de l'église suivi de grand-maman. Ils n'ont plus jamais remis les pieds à l'église et ils n'ont plus jamais adressé la parole à un policier.

— Sombre histoire, je vous l'accorde.

— Ensuite, mon père a été travailleur de la construction toute sa vie. Et délégué syndical à la FTQ pendant la Crise d'octobre. Il a mangé pas mal de volées à ce moment-là. Je n'ai pas besoin de vous faire un dessin…

— Il a été arrêté ?

— Oui, et emprisonné. Quand il est revenu, il lui manquait des dents et il avait des côtes cassées. Il avait *résisté*, ben voyons…

— Et vous, Louis ?

— Moi ? Je suis prof à l'université, comme vous savez, et j'ai vu comment vous avez répondu à mes étudiants qui ont eu l'audace de porter le carré rouge. Je ne pense pas que ça vous ait empêché de dormir ou d'aller à la messe le dimanche. À propos, Francis, vous qui êtes de la *sainte* police, vous croyez en Dieu?

— Moi?! Dieu sait que non! »

Collard sourit malgré lui.

« Je suis non croyant, continua Pagliaro, et les fervents pratiquants m'ont toujours paru comme des handicapés qui ont besoin d'une béquille pour trouver un sens à ce monde qui n'en a évidemment pas, sauf celui qu'on y apporte. Je pense être bien placé pour le dire. Évidemment, si j'avais la foi, ma vie serait transformée de façon radicale. Pas vous? »

Collard sourit, mais il ne répondit pas.

« Malheureusement pour moi, mon cher Louis, je n'ai pas la croyance d'une existence après la mort. Vous savez: une vie éternelle dans laquelle l'âme des défunts est perpétuellement récompensée ou punie, selon qu'ils ont accompli des bonnes ou des mauvaises actions de leur vivant. Sérieusement, je pense que la foi devrait être une affaire de tout ou rien pour les pratiquants. Mais quand je regarde autour de moi, je constate qu'on peut être à la fois croyant et voleur. Curé et agresseur d'enfants. Si vous voulez le fond de ma pensée, Louis, si j'avais la conviction que Dieu existe et qu'il est responsable de tout ce qui arrive sur cette planète, je pense que je n'aurais aucune difficulté à obtenir un mandat pour son arrestation.

— Amen! »

Pagliaro se mit à rire.

« Excusez-moi d'avoir été si dogmatique. Je m'emporte à l'occasion. Mais vous, vous êtes évidemment non croyant, il va sans dire, et je n'ose pas imaginer ce que votre père penserait de votre sœur voilée.

— Oh! Je sais très bien ce que papa penserait de ma sœur voilée! De son vivant, il racontait souvent qu'il existait des femmes voilées au Québec à l'époque de sa naissance. Il les appelait les bonnes sœurs ou les nonnes, quelquefois même les pisseuses. Il disait "Des femmes qui prennent le voile ! De toutes les couleurs ! Comme des oiseaux ! Des grises ! Des brunes ! Des noires ! Des bleues et blanches ! À la fin des années soixante, y ont ôté leurs voiles. Y se sont habillées en monde. Et là, y'ont découvert le maquillage, le parfum, les bijoux. T'aurais dû voir la quincaillerie, toi ! Rona au grand complet !"

» Pour mon père, les bonnes sœurs étaient nos femmes voilées "à nous autres", pas à *eux*, aux "mahométans". Le fait qu'elles étaient catholiques leur accordait une circonstance atténuante. Comment papa aurait réagi en voyant le hijab de sa fille, à peine cinquante ans après la disparition des costumes de bonnes sœurs ? Il aurait explosé de colère !

— Et vous, qu'en pensez-vous ?

— Moi, la conversion de Sophie m'a jeté à terre. Ma sœur combattante est rentrée dans le rang des milliers d'autres Québécoises prosternées. Et vous me dites qu'elle est partie pour la Libye…

— Croyez-vous que Hassan soit à ce point militant qu'il mette la sécurité de votre sœur en danger ? Ou qu'il ait compromis celle de votre femme ? Assez militant pour passer à des actes…

— Il est militant en musique.

— En musique ?

— Oui. Il m'a avoué, avant que Maurbec cesse d'exister, qu'il voulait que nos chansons soient plus politiques. En arabe ! Combien de Québécois auraient compris les paroles ? Mystère…

— Donc…

— Donc, non, Hassan est un idéaliste. C'est un musicien avant tout et on sait ce que les extrémistes de là-bas pensent de la musique. J'ignore ce qu'il cherche. Il risque d'être déçu. Si ça se trouve, il est plus intéressé par la croisade pour défendre son dieu qu'à se faire sauter à la dynamite ou à décapiter des gens.

— Donc, prendre les armes...

— C'est exclu dans mon esprit. Hassan est un musicien, vous ne le connaissez pas. La seule chose sur laquelle il frappe, ce sont ses tambours. »

Pagliaro rit de bon cœur.

« Et il le fait bien, selon vous...

— C'est le meilleur.

— Vous savez qu'ils ont mis toutes leurs affaires dans un entrepôt avant de partir du Québec et que leur maison est à vendre par un courtier ? »

Collard s'effondra sur son siège. Visiblement, il l'ignorait. Pagliaro savait que l'émotion n'était pas feinte.

« Je suis désolé », dit Pagliaro.

Collard se redressa et déclara : « Je pense que je vais prendre un autre verre de scotch.

— J'ai une autre idée, répliqua Pagliaro. J'appelle plutôt un taxi et on se rend examiner le studio de Roch Rancourt ensemble. Je veux avoir votre avis sur ce qu'on peut y trouver. Ou pas. Le studio va peut-être vous parler.

— On peut prendre ma voiture.

— Pas avec ce qu'on a bu. »

16

Impro

Deux jours après la visite de l'enquêteur Pagliaro, je cherchais un stationnement près de la salle Albert-Rousseau, à Sainte-Foy. Dans le but de me changer les idées, de *sortir un peu*, comme m'avait suggéré Hassan, j'allais rencontrer Jean-Julien Francœur, mon ami pianiste qui accompagnait un spectacle de marionnettes.

« Ça fait des siècles, Louis ! Quel plaisir ! m'avait dit Jean-Julien au téléphone, la veille. Viens me voir demain après-midi à la répétition, on fait une pause à quatre heures. On pourrait souper ensemble au Momento avant le show, si tu veux. »

Plus j'approchais du théâtre, cependant, plus l'angoisse m'étreignait. Trop de souvenirs se sont rués sur moi juste aux abords du bâtiment où j'étais allé tant de fois retrouver Geneviève. Cela m'a mis dans un tel état dépressif que j'ai failli virer de bord. J'ai fini par me calmer et entrer dans l'édifice, mais cela a été pour moi la chose la plus difficile à faire depuis la mort de ma femme.

À l'époque où nous nous sommes rencontrés, je ne connaissais rien au théâtre. J'étais loin d'être un amateur. J'avais une énorme difficulté à faire opérer la convention théâtrale, comme disent les gens du milieu. Par exemple, un soir de 1985, bien avant de fréquenter Geneviève, j'avais vu Jean Besré se rouler par terre sur scène dans *Une journée particulière*, d'Ettore Scola, montée par la troupe du Rideau vert. L'idée toute simple qui m'était alors venue spontanément à l'esprit était que l'acteur allait se salir. Dans une autre production, j'avais trouvé inconcevable qu'Élise Guilbault chuchote en toute confidence avec une voix qui portait jusqu'à la rangée U. Autant le dire : j'étais un très mauvais spectateur. Même s'ils étaient très beaux et inventés par la femme que j'aimais, ses décors n'étaient que des trompe-l'œil en carton-pâte. N'empêche, pendant toutes les années passées avec elle, je n'ai pas manqué une seule première des productions dont elle a été la décoratrice. Qu'est-ce que je donnerais, aujourd'hui, juste pour la retrouver assise dans la première rangée pendant une répétition ! Elle se retournerait vers moi à mon approche et me sourirait. C'est tout. Comme avant.

Il y avait un autre but à ma visite à la salle Albert-Rousseau. J'étais aussi en mission, j'avais accepté d'aider le sergent-détective Pagliaro dans la recherche de nouveaux éléments pour débloquer l'enquête qui était à son point mort. Enfin, de l'aider, point barre.

La police, je me suis dit en entrant dans la salle, *je collabore avec la police*.

Quand même, ce policier était plutôt sympathique. Amateur de musique, *classique*… Mais la musique est la musique, après tout.

Quand on était arrivés lui et moi au studio de Mister Freeze, deux jours plus tôt, j'avais été surpris de constater que tout était encore en place, deux mois après la mort de Roch.

« Les héritiers ont des projets pour la propriété, a dit Pagliaro, la démolir et construire un bloc neuf. Des condos, probablement. Ils m'ont laissé une clé, ils savent que je viens souvent y réfléchir, chaque fois que je viens à Québec. »

Puis, Pagliaro a ajouté : « Vous savez, vous êtes le premier musicien à qui je parle. Je parle avec des avocats, des juges, des policiers, des experts, des témoins et des suspects de tous les métiers, mais c'est la première fois que je m'adresse à un musicien. En vrai, je veux dire, parce que je connais un autre saxophoniste, comme vous, à qui je n'ai parlé qu'au téléphone pour une affaire. C'est un détective de Rochester qui joue du blues. Il doit venir à Québec éventuellement pour jouer au Festival de jazz.

— Comment s'appelle-t-il ?

— Raymond Mazerolle. Ray. Il est sergent au Rochester Police Department.

— Connais pas.

— On ira l'écouter ensemble. »

Vraiment sympathique ce flic. Dans le studio de Mister Freeze, on a discuté technique devant tout cet appareillage compliqué, mais aussi de composition et d'improvisation. Schubert et Bach étaient de fameux improvisateurs, m'a rappelé Pagliaro. Tout comme Mozart. J'ai surpris Pagliaro en lui répondant que de nombreux musiciens classiques sont incapables de jouer sans leur partition et qu'ils sont complètement paralysés à l'idée même de jouer sans savoir d'avance les notes qu'il faut jouer.

« Vous-même, m'a demandé Pagliaro, pourquoi avez-vous choisi le jazz ?

— Pour la simple raison qu'en improvisant, je peux m'évader de la mélodie standard. Je peux créer dans l'instant un monde qui m'appartient. Je construis une autre mélodie, la mienne, c'est mon invention. Et je n'imite rien ni personne à ce moment-là. J'ai l'impression de suivre mon être intérieur, si vous voulez. Je l'avoue sans aucune prétention. Je ne sais pas comment le dire autrement. »

Pagliaro s'est retourné vers moi, et il m'a regardé pendant de longues secondes, en réfléchissant à ce qu'il venait d'entendre. Je me suis demandé si j'avais lâché une énormité sans m'en rendre compte. « C'est très intéressant, a dit Pagliaro. Vraiment intéressant. Schopenhauer et Platon seraient absolument d'accord avec vous ! Pour eux, la musique ne doit pas être l'imitation de quelque chose, elle doit être l'expression du jeu sans fin de la volonté. La musique est essence, non pas phénomène. Enfin, c'est difficile à expliquer. Platon le dit d'une façon plus comique. Selon lui, les musiciens ne devraient pas imiter les hennissements des chevaux, les mugissements des taureaux, le bruit des essieux et des poulies et les voix de chiens...

— Ha ! Ha ! Elle est bonne ! Platon devrait revenir sur terre pour donner une *Master Class* à l'université. J'en connais quelques-uns qui descendraient de leur piédestal ! Je ne vous dirai pas qui, je ne suis pas un délateur... »

Pagliaro s'est esclaffé.

« Vous avez joué au Cirque du Soleil. Pourquoi l'avez-vous quitté ? Tout le monde rêve de jouer au Cirque, non ? Les voyages, le succès, l'argent...

— Oui, mais voyez-vous, la musique du Cirque est spéciale. C'est une musique appliquée, comme on dit *les arts appliqués*. Les arts qui procèdent d'une commande, comme la musique de ballet ou de cinéma. J'ai aimé le cirque, mais mon plaisir d'improviser a été mis en veilleuse tout le temps que j'y ai joué. On ne peut quand même pas jouer *ad lib* et obliger l'acrobate à rester sur sa corde raide aussi longtemps qu'on en a le caprice. Il faut une synchronicité entre la musique et la gymnastique.

— C'est curieux que vous employiez le mot synchronicité. Jung parle comme vous de synchronicité.

Il en a fait un principe qui pourrait bien nous aider à résoudre notre affaire.

— C'est-à-dire ?

— Jung parle d'événements qui se produisent dans la vie, sans liens évidents entre eux, mais que la personne qui en est témoin associe dans son esprit, même si ces faits sont éloignés dans le temps ou dans l'espace.

— Comme le meurtre de votre policier à Montréal, celui de Geneviève à Québec le lendemain et celui de Roch on ne sait pas exactement quand ?

— On cherche justement les liens de causalité entre ces meurtres.

— Il faudrait aussi ajouter le départ de Mohammed, puis celui de Sophie et Hassan ?

— Oui, sans aucun doute. Ce que je veux dire, c'est que le fait que ces événements se sont produits en même temps, ou à peu près, devrait nous aider à trouver la cause commune. Quand on aura découvert la raison du synchronisme, on pourra chercher à qui il a profité, ou qui l'a mis en branle. Autrement dit, je suis policier, pas psychanalyste.

— Vous me perdez un peu.

— C'est une de mes lubies d'utiliser la philosophie et la psycho dans mes enquêtes. Je dois avouer que je me perds dans mes propres divagations, parfois… »

C'est à ce moment que j'ai décidé d'accepter d'aider Pagliaro. J'ai aimé l'homme. Je pense que c'est un policier atypique, enfin, je n'en sais trop rien. Il m'a plu à ce moment.

Mon ami Jean-Julien Francœur est lui aussi l'antithèse du musicien classique conventionnel. Il se dit *claviériste à tout faire*, capable de jouer dans n'importe quel style, du honky tonk à Ravel, du jazz progressiste au rock à cheveux. On a joué ensemble pendant plusieurs mois, au Cirque du Soleil.

Je savais que Jean-Julien et Roch avaient continué dans un groupe pendant quelques années après leur engagement au Cirque. Je voulais rencontrer mon ami pour lui parler de Roch et tâcher d'en savoir plus sur ce qui s'était passé depuis tout ce temps.

Comme d'habitude quand des musiciens se rencontrent, on a étiré le repas au Momento en se racontant toutes les mêmes vieilles histoires de « T'en rappelles-tu la fois que... », « Ça me fait penser à... » Geneviève se moquait souvent de nos soupers et des récits d'aventures qu'elle pouvait répéter elle-même tant elle les avait entendus.

Jean-Julien devait retourner au théâtre avant dix-neuf heures pour son spectacle et j'ai essayé de ramener la conversation le plus possible sur Roch et ses frasques pour ne pas gaspiller ces moments précieux. J'ai raconté rapidement à mon ami que j'étais allé au studio de Mister Freeze, deux jours auparavant, à la demande de l'enquêteur Pagliaro. Que là, j'avais vu une vieille Ampex, modèle ATR-124, qui utilisait des bandes de deux pouces de largeur. Les bobines de l'Ampex avaient à peu près le diamètre d'une petite pizza, dix pouces et demi. Le policier Pagliaro m'avait confié l'hypothèse que ces bobines étaient manquantes dans le studio.

« Il m'a demandé si elles auraient pu être rangées sur une tablette vide de la bibliothèque. La seule tablette vide...

— Dans le studio ? En principe, on garde ça plutôt au froid et au sec, autrement leur durée de vie est écourtée.

— C'est ce que j'ai répondu à Pagliaro, mais c'est possible que Roch les ait laissées dans le studio parce que c'était du vieux stock, non ? La police pense qu'elles ont été volées. Ils ne les ont pas trouvées ailleurs ni dans la maison ni...

— Il avait peut-être un entrepôt...

— Pas d'après les flics. Ils se demandent ce que ces bandes avaient de si important pour justifier le meurtre. »

Jean-Julien a haussé les épaules. Il n'en savait rien lui non plus. Il ignorait que Roch Rancourt possédait un tel équipement. On est retournés à la salle Albert-Rousseau à pied. C'était à deux pas du Momento et j'avais laissé mon auto dans le stationnement du cégep Sainte-Foy. Juste avant d'arriver, mon ami m'a demandé si j'avais revu Roch pendant toutes ces années.

« Jamais. Pas depuis le Cirque. Apparemment, il est mort comme il a vécu. Il se cachait autant de la police que de ses fournisseurs, tu sais. Il vivait sous un faux nom.

— C'était pas vraiment un très bon musicien, a dit Jean-Julien après quelques pas en silence. Disons qu'il n'a jamais connu la gloire, pas de son vivant, en tout cas.

— Sûrement pas comme trompettiste.

— Non. Comme trompettiste, je dirais qu'il était correct. Il faisait sa job, et il était toujours disponible pour des remplacements à la dernière minute. C'était un sacré numéro ! Drôle. Un patenteux toujours fourré dans quelque affaire bizarre… Qu'est-ce qu'il pouvait bien faire avec une Ampex ATR-124 ?

— Son métier, il avait un studio d'enregistrement.

— Te rappelles-tu qu'avec son vieux Walkman à cassettes, il essayait de pirater des concerts en enregistrant à partir de la salle ? C'était pourri !

— Tellement ! On entendait les gens tousser et crier autour de lui plus que la musique… »

Souvenirs.

On est arrivés à l'entrée de la salle Albert-Rousseau. Jean-Julien m'a tendu la main et il m'a dit qu'on devrait se revoir plus souvent « pour parler du bon vieux temps ».

Je n'avais pas appris grand-chose sur Mister Freeze. Tant pis.

Le régisseur est sorti de la salle de spectacle, écouteurs sur la tête, bloc-notes en main, et il a fait signe à Francœur : « On attend que toi pour une dernière balance de son. »

Jean-Julien s'est retourné vers moi, le sourire aux lèvres : le jeune homme venait de raviver un souvenir en lui. Il lui a fait signe d'attendre.

« Te souviens-tu, Louis, que Roch se tenait souvent avec un technicien de son dans le temps ?

— Un techno ? Pas vraiment. Non, ça me rappelle rien.

— Un patenteux dans son genre... Méchant crosseur, ça, oui, j'peux te l'dire. Je l'ai revu dans d'autres spectacles, et il a travaillé au Cirque, lui aussi, plus tard, un peu au Québec, mais surtout à Las Vegas.

— Quand j'y étais ?

— C'était après toi. Je ne pense pas que tu l'aies vraiment connu, finalement. Il a ouvert un studio d'enregistrement là-bas. Il en saurait peut-être plus sur les bandes en question.

— Te souviens-tu de son nom ?

— Dugas. Bill Dugas. Je crois que sa boîte à Vegas s'appelle Bill's Multitrack Recordings, ou Bill's Digital Recordings ou quelque chose du genre. »

◆

En rentrant chez moi, j'ai songé à ce que je venais d'entendre et à ce que j'avais vu au studio de Roch en compagnie du policier Pagliaro. Et aussi, à la réflexion, à ce que j'avais vécu depuis des mois.

Remettre les événements dans un ordre pour leur donner un sens.

Celui ou ceux qui avaient assassiné Mister Freeze dans son studio étaient-ils les mêmes qui avaient visité notre local de répétition et qui n'avaient rien pris ? Qu'y avait-il dans mon passé ou dans celui de Roch qui aurait pu intéresser des voyous ? Qu'est-ce qu'ils cherchaient qu'ils ne trouvaient pas ? Cherchaient-ils précisément ces boîtes de bobines chez moi aussi, le jour où ils avaient tué Geneviève ? Possible.

Mais pourquoi ?

Si les bandes étaient la clé du mystère, comme le supposait la police, étant donné la largeur de la tablette vide à l'atelier de Roch, il devait y avoir pour des centaines d'heures d'écoute de matériel ! Que pouvaient bien contenir toutes ces bobines ? Le seul qui pouvait me renseigner était un certain Bill Dugas, que je ne connaissais pas, et qui habitait maintenant à Las Vegas, à quatre mille cinq cents kilomètres de chez moi.

17

Sin City

Le Bill's Digital Recordings se trouvait au 5201 West Charleston Boulevard, au coin de Brush Street, entre une école de coiffure et un magasin d'accessoires de spas. Le quartier où il était situé n'avait rien du glamour de Las Vegas comme on se l'imagine ou tel qu'il est montré à la télévision. Je me serais cru plutôt à L'Ancienne-Lorette : même architecture commerciale basse, mêmes Walmart, mêmes Home Depot. S'il n'y avait pas eu à l'horizon ces montagnes grises, et les quarante-deux degrés au soleil – aucune ombre sous les quelques palmiers chétifs en bordure des trottoirs –, j'aurais oublié que j'étais à *Sin City*.

En arrivant à Las Vegas, la veille, je m'étais imaginé entrer tout bonnement dans le studio de Bill Dugas et lui parler de Roch Rancourt. La réalité était tout autre. En ce lundi après-midi du 3 novembre, la place était achalandée. À travers la vitrine, j'ai vu cinq employées se démener au téléphone ou avec des clients dans une effervescence professionnelle digne des grands studios que j'avais visités à Memphis ou à Montréal. Des gens entraient et sortaient avec des étuis d'instruments de musique, des guitares, pour la plupart. Deux livreurs, une jeune femme assez sexy malgré son uniforme brun de chez UPS et un chauffeur plus âgé de FedEx, sont passés porter des colis à dix minutes d'intervalle. Un livreur de pizza est arrivé en trombe, il a planqué son véhicule de travers en stationnement interdit et il a pris par la portière du passager une pile de boîtes de pizza de plus d'un pied et demi de hauteur. Il a disparu à son tour dans le studio en sifflotant. Deux jeunes gens très efféminés sont sortis fumer une cigarette sur le trottoir en s'étirant et ils ont été aussitôt chassés plus loin par une vieille femme aux cheveux roses qui se rendait à l'école de coiffure.

Je surveillais tout depuis la voiture de location que j'avais prise à l'aéroport. Je l'avais stationnée assez près de l'entrée du Bill's Digital Recordings, moteur en marche, clim au max.

Il me fallait un plan.

J'ai décidé de retourner à l'hôtel, le chic Desert Paradise Resort, un motel qui n'a rien de paradisiaque où j'avais réservé une chambre pour la semaine. J'ai pensé qu'il serait préférable, finalement, de téléphoner à Bill Dugas et de prendre rendez-vous. Mais avant, j'irais dès le lendemain matin au Cirque du Soleil pour voir si je ne rencontrerais pas des anciens avec qui j'aurais pu avoir travaillé dans le temps, au Cirque ou ailleurs. Ils pourraient peut-être m'introduire auprès de Dugas.

En attendant, j'ai passé la soirée à revisiter le site Internet du Bill's Digital Recordings pour me faire une meilleure idée de ce qu'on y fabriquait.

L'activité principale du studio était la production de publicité pour la radio ou la télévision. À part l'enregistrement de *singles* ou de CD pour différents groupes, il s'employait aussi à la sonorisation de films. Il se vantait – pas qu'un peu – d'avoir produit les trames sonores de plusieurs succès de Hollywood dont j'ignorais complètement l'existence. Il avait également gagné des prix d'excellence décernés par des magazines de musique comme le très réputé *DownBeat Magazine* et par la Las Vegas Metro Chamber of Commerce. Par contre, le Bill's Digital Recordings ne réalisait pas de vidéos. Que du son.

Le lendemain matin, mardi, je me suis rendu au site du Cirque du Soleil, enfin, à l'un des sites, celui de Kà, car le Cirque domine l'industrie du show-business avec pas moins de huit spectacles différents à Vegas. *Végusse*, comme le prononcent les initiés. Sur le Strip, les plus grandes productions émanent du Cirque du Soleil.

L'appareil de sécurité est très étanche, je l'ai remarqué tout de suite en arrivant tôt le matin. Il est impossible de franchir les entrées de Kà sans posséder un laissez-passer ou sans qu'un employé, prévenu de votre visite, vienne vous chercher et vous affuble d'une cocarde marquée *Visitor*.

Par discrétion, j'ai laissé ma voiture dans le stationnement derrière le McDonald's un peu plus loin et j'ai continué jusqu'au MGM Grand à pied. J'ai attendu patiemment près de l'accès qu'un visage connu apparaisse. Il faisait déjà chaud à huit heures du matin et je suais à grosses gouttes. Je n'ai pas eu à patienter bien longtemps. Hervé Laguitton, un Français qui vit en Amérique depuis une trentaine d'années, s'est pointé avec sa vieille mallette en cuir couleur caramel sur laquelle il a apposé des autocollants des plus importantes productions auxquelles il a participé. Je l'ai reconnu d'abord à cette mallette, ce qui m'a réjoui, puis le visage du Français m'est revenu tout de suite, même engraissé, quand il s'est retourné dans ma direction. J'ai travaillé avec ce concepteur d'éclairage fabuleux pour un show de Diane Dufresne, un été dans les années 90.

Je marchais à quelques pas derrière Hervé. Je me suis mis à siffler *Ne tuons pas la beauté du monde*, un numéro dans lequel Hervé s'était surpassé comme concepteur de lumière. Je savais qu'Hervé ne pouvait pas ne pas s'en souvenir.

Hervé a stoppé net, et il s'est retourné, souriant. Il m'a reconnu.

« Louis ! Mon vieux Louis ! il a dit après une seconde. Il a posé sa mallette par terre et m'a fait l'accolade. T'es à Vegas, mon pote ? Je ne savais pas... Tu bosses dans une production ici ?

— Non, je suis là pour quelques jours seulement. Je viens pour me changer les idées. Je passais pour voir s'il restait des survivants...

— Juste les plus forts, il a dit en se pointant lui-même des deux pouces. T'as d'la veine de me trouver, mec, c'est plein de jeunots ici, maintenant, tu ne reconnaîtrais plus personne... »

Il a regardé sa montre rapidement et il s'est mis à rire.

« Louis ! Ah ! Louis ! Quelle surprise ! Il m'a serré de nouveau dans ses bras. Viens ! On commence à dix heures, il n'est que huit heures trente. Je vais te trouver un badge. On a le temps de jaser. Je vais te faire visiter. As-tu pris ton petit-déj ?

— Oui, oui, c'est déjà fait. »

Après les formalités de l'identification, on s'est rendus directement voir sa console d'éclairage dans la salle immense.

« Tu joues toujours ? il m'a demandé en allumant ses machines.

— Non, pas depuis des mois. J'ai perdu ma femme en août passé et mon fils il y a deux semaines. Je suis... »

Le visage de Laguitton s'est effondré. Sa peine a emporté tout signe de joie qu'il affichait depuis notre rencontre dans le stationnement.

« Ah ! Merde ! Mon pauvre vieux ! Je ne le savais pas... Putain ! Désolé pour toi, mec.

— ... je suis en congé de l'université. »

— Ils sont morts comment ?

— Geneviève a été tuée par des cambrioleurs et mon fils est mort du cancer.

— Un cambriolage ? Du cancer ? Mais… il avait quel âge ?

— Vingt-cinq ans.

— Ah la vache ! Vingt-cinq ans. Merde… T'as pas de chance…

— Non, c'est vrai. »

J'ai fait un signe rassurant de la main à mon ami : ça va, c'est du passé. Je ne suis pas sûr de l'avoir convaincu, cependant.

« Et qu'est-ce qui t'amène à Vegas ? C'est pas vraiment une place pour un homme en deuil… Y a du bruit, bien sûr, de l'agitation, des bons shows, mais…

— Je cherche quelque chose.

— Si tu cherches un *gig*, on a toujours besoin d'un bon saxophoniste. Je peux te présenter des potes…

— Non, c'est pas ça. C'est autre chose. As-tu connu Roch Rancourt ?

— Rancourt ? Ça me dit quelque chose, attends, il joue de la trompette, si je me souviens bien. Il a pas un surnom ?… Mister…

— Mister Freeze.

— Ah oui, hé ! hé ! Mister Freeze ! Il a joué au Cirque, je l'ai déjà vu ici, à Vegas, il y a bien long-temps, puis il a disparu de la circulation.

— Depuis combien de temps ?

— Dix ou douze ans, je dirais. Qu'est ce qu'il fait maintenant ?

— Il est mort. Assassiné, en août dernier lui aussi. La police l'a trouvé quasi momifié dans son studio chauffé à bloc.

— Merde !

— Ils disent qu'il a été tué avec la même arme que celle qui a tué Geneviève.

— Mince ! Mais voyons… comment… La même arme ? Qu'est-ce que tu me racontes ? Tu déconnes ou quoi ? Ben, ça alors… Comment tu prends ça ?

— Ça me donne les bleus. Au début, ils ont mis deux nigauds sur l'affaire. Rien n'a bougé. Ils m'ont soupçonné un bout de temps sans me le dire carrément. Je ne savais pas quoi faire.

— Putain, mec !

— Puis, ils ont affecté des gars de la Sûreté du Québec. L'un des deux s'appelle Pagliaro.

— Comme Pag ?

— Oui, mais ça n'a rien à voir. C'est un philosophe et un mélomane.

— Du jazz ?

— Non, du classique.

— Ah, bon. *Nobody's perfect* ! »

On a ri.

« Et qu'est-ce que tu cherches, ici, exactement ? »

Pendant un instant, je me suis demandé si je ne faisais pas fausse route en lui révélant ce que je cherchais. Peut-être que j'étais complètement à côté de la plaque en suivant cette piste qui n'en était sans doute pas une. Tout ça m'est apparu subitement vain. Dans quoi je m'étais fourré ? Je me suis senti comme un amateur. Un incompétent. J'ai plongé quand même. Après tout, j'avais parcouru tout ce chemin…

« Quand les voleurs ont débarqué chez moi, le 5 août, ils ont cherché dans la maison quelque chose qu'ils n'ont pas trouvé.

— C'était quoi ?

— Je ne sais pas. Enfin… je n'en suis pas sûr. Quelque chose que je n'avais pas, en tout cas. Puis, le 16 août, notre local de répétition a été visité et les voleurs n'ont rien pris là non plus.

— Il s'en passe des choses chez vous, mec !

— Ouais… Ils devaient chercher là aussi quelque chose qu'ils n'ont pas trouvé. Puis quand je suis retourné

au studio de Mister Freeze avec la police la semaine
dernière...

— Retourné?...»

Je me suis arrêté. Je m'étais juré que personne ne
saurait que c'était moi qui avais trouvé Roch Rancourt
mort dans son studio. Mais, à des milliers de kilomètres de chez moi, en compagnie d'un homme que
je connaissais peu, à vrai dire, mais en qui j'avais
confiance, enfin, confiance en son humanité, je me
suis dit que je jouerais le tout pour le tout. Hervé n'a
rien dit, il m'a regardé simplement en ami.

« ... C'est moi qui ai découvert le corps au mois
d'août. Mais je n'ai rien dit à la police.

— Tu as... tu débloques, mec?

— La première fois que j'y suis allé, c'était le
17 août, j'ai trouvé Roch mort, caché sous une pile
de housses de batterie. J'ai composé le 911 et j'ai
foutu le camp.

— J'aurais fait de même.

— La semaine dernière, je suis retourné avec le
flic qui enquête sur le meurtre de Roch. Le sergent-
détective Pagliaro. J'ai bien vu qu'il y avait une vieille
Ampex ATR-124, et l'enquêteur m'a confirmé que les
bandes étaient manquantes. Je ne l'avais pas remarqué
à ma première visite. Deux jours plus tard, j'ai vu
Jean-Julien Francœur...

— Le pianiste?

— Oui, le pianiste. C'est un ami. Là, Jean-Julien m'a
rappelé que Roch faisait parfois des enregistrements
pirates pendant des spectacles.

— Ouais, mais pas avec une ATR-124, c'est gros
comme un lave-vaisselle.

— Je sais, mais c'est la seule piste que la police
possède. Je veux dire que la police ne possède pas:
les bandes qui vont avec ont disparu. Il y avait une
tablette vide, dans sa bibliothèque, ça, je me rappelle,
c'est tout.

— Et qu'est-ce que Jean-Julien t'a raconté d'autre à propos de Roch?

— Qu'il se tenait souvent, à l'époque du Cirque, avec un ingénieur de son un peu… un peu tordu.

— Un technicien tordu?…

— Il s'appelle Bill Dugas.

— Oh mon Dieu! Bill Dugas! Et tu es venu à Vegas pour rencontrer Bill Dugas! Merde! Tu sais dans quoi tu t'embarques? Tordu, tu dis? Bill Dugas est un sacré gangster. Ce n'est plus le petit techno que tu as connu.

— Je ne l'ai pas connu.

— Enfin… Son studio sert de passe pour la drogue, tout le monde sait ça. Il est comme deux doigts de la main avec la mafia, italienne, chinoise ou russe, c'est kif-kif, et eux, leur doigt, c'est le majeur, si tu vois ce que je veux dire. »

Il a joint le geste obscène à sa phrase.

Hervé a semblé de plus en plus accablé. Il m'a regardé longuement sans rien dire. Puis il a soufflé: « N'y va pas, Louis! Le mec est dangereux.

— Je suis venu pour ça. »

Hervé s'est levé et il a fait quelques pas pour se dégourdir. Il a regardé l'heure. Il était de plus en plus nerveux. Plusieurs techniciens étaient arrivés et ils nous ont lorgnés avec curiosité. Il était neuf heures et demie passées.

« Ah putain! Écoute, mon vieux, ne fais pas ça…

— J'ai besoin de ton aide.

— Sûr et certain que t'as besoin de mon aide! Putain de merde! Non, mais! T'es cinglé ou quoi? Je peux peut-être t'arranger quelque chose si tu y tiens. C'est sûr. Mais faut que j'y pense. Merde! Reviens demain matin, ou mieux… non, donne-moi plutôt ton numéro de portable.

— Je n'en ai pas.

— Donne-moi celui de l'hôtel.

— C'est au Desert Paradise Resort. Chambre 148.

— Je connais. Je t'appelle ce soir, tard. Passé minuit. Ça te va ?

— Ça me va. »

◆

J'ai passé le reste de la journée à me promener en voiture un peu partout en ville. J'y étais au frais, clim au max, et j'avais allumé la radio. J'aime savoir ce que les locaux écoutent quand je voyage à l'étranger. J'ai même mangé au volant après avoir commandé au service à l'auto d'un *fast food*. Je me suis trouvé un peu comme chez moi, en somme, dans l'habitacle. La voiture m'a toujours semblé une pièce supplémentaire de la maison, qui peut s'en détacher et se déplacer.

Je ne suis entré dans aucun casino, je déteste le jeu, et voir des bozos se faire plumer me donne la nausée. Un jour, j'étais passé avec Geneviève devant le Casino de Charlevoix, à Pointe-au-Pic. On était entrés, par curiosité, et on avait découvert toutes ces femmes âgées aux cheveux roses, mauves ou bleus avec chacune son pot de yogourt rempli de pièces de un dollar. Par amusement, Geneviève avait placé un dollar dans la fente d'une des rares machines à sous libre et elle avait actionné le levier. Elle avait perdu son dollar.

« Je viens de comprendre le principe », elle avait dit.

On était ressortis en pouffant de rire tous les deux.

Je me demandais ce qu'Hervé pourrait bien inventer pour me prêter main-forte comme il avait promis. Si ça ne fonctionnait pas, au pire, je téléphonerais à Bill Dugas pour carrément prendre un rendez-vous. Et advienne que pourra, malgré les inquiétudes de mon ami.

Je suis rentré à l'hôtel vers les vingt heures et je me suis servi un verre de Diurachs' Own, un single malt de l'île de Jura âgé de seize ans à 74,95 $ la bouteille, acheté une heure plus tôt au Lee's Discount Liquor sur Las Vegas Boulevard. J'ai levé mon verre à la santé de Francis Pagliaro, avec qui j'avais pris un scotch ou deux, ou trois, quelques jours auparavant. Pagliaro ignorait que j'étais à Las Vegas. Je l'appellerais à mon retour avec l'espoir d'avoir quelque chose de neuf à lui apporter. Sinon, qu'est-ce que j'avais à perdre ici que je n'avais pas déjà perdu? Des pensées sombres me sont venues, et pour essayer de les combattre, j'ai allumé la télévision en souhaitant tomber sur quelque chose d'intéressant.

Rien à faire, mon esprit revenait sans cesse à mes deuils. Entre le 5 août et le 24 octobre, soit exactement quatre-vingts jours bien comptés, j'avais perdu ma femme, mon fils et finalement ma sœur. Vivante, certes, mais perdue. Et Hassan, mon ami. Que dire de mon emploi, puisque j'avais plus ou moins décidé de ne pas retourner à l'université? Quels amis me restait-il? Quels collègues valaient la peine d'un coup de fil amical?

Mon amour pour la musique? Quand avais-je mis un CD la dernière fois dans ma chaîne Hi-Fi à quinze mille dollars? Quand avais-je sorti mon saxophone de son étui?

Tout ce que je savais faire dans la vie, c'était jouer de la musique. Pour ça, j'étais assez doué, disait-on. Et pour l'enseigner? Pas mal non plus, on me payait, en tout cas. Mais je n'en avais plus envie. C'était clair. Pour le reste, j'étais un véritable handicapé.

Pourquoi aller si loin de chez moi pour m'apercevoir du vide de mon existence? Est-ce que je risquais d'être blessé en me rendant voir ce Bill Dugas? Ou pire encore?

J'ai pris un deuxième verre et je me suis endormi sur un épisode en reprise de *CSI : Miami*. J'aurais préféré *Les Experts Las Vegas*, mais c'est ainsi.

La sonnerie du téléphone m'a réveillé. Il était une heure moins dix du matin au cadran lumineux posé sur la table à côté du lit.

« Louis ? »

J'ai reconnu la voix de mon ami Hervé dans la brumaille de mon cerveau encore alcoolisé.

« Oui, c'est moi.

— Bill accepte de te rencontrer.

— Ah... Bon... Qu'est-ce que tu lui as dit à mon sujet ?

— Je lui ai dit que tu étais à la recherche de souvenirs de toi et de Mister Freeze.

— C'est tout ?

— C'est tout.

— Et il a accepté avec ça ?

— Disons... disons qu'il m'en devait une, depuis le temps.

— Il t'en *devait une* ?

— On bosse dans le même business, après tout. Il est arrivé que j'accueille de ses gars qui voulaient faire un stage d'éclairage avec moi. Gratos. Et quand j'avais ma propre entreprise et qu'il y avait beaucoup de boulot en ville, Bill manquait de personnel flottant. Je lui ai fourni de mes employés au tarif normal sur des productions qui n'étaient pas les miennes... Je ne lui ai jamais rien réclamé en retour jusqu'à maintenant. Mais là, aujourd'hui, je l'ai fait. J'ai le trac. Au moins, Bill sait que je sais que tu vas le rencontrer, c'est un bon point. C'est comme une police d'assurance. Mais fais gaffe à tes fesses. Bill est un enfoiré. Un enfoiré *très* dangereux. J'aimerais que tu m'appelles dès que tu sortiras de chez lui. Impératif ! À n'importe quelle heure. Tu comprends ? À n'importe quelle heure. Je te donne mon numéro. »

Je l'ai pris en note.

« J'y vais quand ?

— Maintenant.

— Maintenant ?!

— Il vient de fermer, il sera seul dans la place. Méfie-toi, c'est le Prince des Ténèbres. J'espère que je ne me trompe pas en t'envoyant chez lui. Merde, Louis ! Fais gaffe !

— T'es sérieux ? Tu commences à me donner la chienne ! Tu veux pas venir avec moi ?

— T'es fou ? Jamais de la vie ! C'est *ton* problème, maintenant. Mais déconne pas, Louis, Bill est *dange-reux*. Et ses ténèbres à lui sont un domaine que je ne veux même pas approcher. »

18

Le diable de Vegas

« Ben sûr que j'me rappelle de Mister Freeze. Y a travaillé ici, y a longtemps. »

Bill Dugas me regardait avec un sourire torve après m'avoir accueilli et conduit jusqu'à son bureau à l'étage par un dédale compliqué dont je ne me souviendrais jamais.

Les murs de l'immense pièce étaient recouverts à l'ancienne de boiseries foncées et la pièce était éclairée par plusieurs petites lampes très faibles de couleur ambrée posées un peu partout. Bill Dugas semblait parfaitement à l'aise. Frais et dispos à une heure trente de la nuit.

Hervé avait tout à fait bien décrit le personnage en l'appelant *Prince des Ténèbres*. L'obscurité régnait dans certains coins de son antre malgré le nombre de lampes allumées. L'ambiance sombre imposait le respect. Plutôt la crainte, à bien y penser, malgré la musique qui jouait en douce. *The Look of Love*, chanté par Diana Krall.

Mais Bill lui-même était complètement différent de l'image mentale que je m'étais forgée de lui. Il était petit, très bien habillé, chauve, maigre, avec de petites mains qui semblaient effleurer les choses plutôt que les toucher. J'avais supposé que j'affronterais un géant en t-shirt, jeune et chevelu. Une espèce d'extroverti s'exprimant avec une voix forte. La voix de Bill Dugas était cassée, comme celle d'un vieillard ; pourtant, il ne devait pas dépasser beaucoup la moitié de la cinquantaine. Un Monsieur Scrooge de mes pires cauchemars d'enfance, avec des yeux absolument effrayants. Terrifiants. Dans ce bureau insonorisé, il aurait pu se passer n'importe quoi.

Dugas buvait une liqueur ambrée dans un verre de cristal qui miroitait sous l'éclairage jaune de la pièce et qui envoyait des reflets lumineux dansants au plafond. Il a indiqué d'un doigt rachitique une table près de lui où étaient posés plusieurs carafes, un bol de glaçons et des verres identiques au sien et il a dit :

« Sers-toi. »

J'ai obéi plus que je n'ai accepté.

« Mais j'me souviens pas de toi. »

Sa phrase a sonné comme une condamnation, avec le ton, comme dans les films, de « cette conversation est terminée ».

J'ai osé : « C'était à Montréal dans les années 80, je jouais avec Roch...

— Ok ! Arrête ! »

J'ai cru que mon compte était bon.

Des secondes se sont écoulées.

« Laisse-moi me souvenir. Oui, oui, je vois, je vois même très bien. Tu jouais pas de la guitare... ?

— Du saxophone.

— Ah ! Du saxophone. Tiens donc. Alors, non, je te connais pas, ou si je t'ai connu, t'as changé, finalement. »

Il a souri dédaigneusement et il a bu une gorgée, fier de son humour ambigu.

« Ah oui, et ton ami dont Hervé m'a parlé, là-dedans ?

— Roch ? Il jouait de la trompette.

— Ça, je l'sais. J'connais Roch. Il a travaillé ici, comme j't'ai dit.

— Il faisait quoi?

— Il voulait apprendre à mixer le son. Il avait été mis à la porte du Cirque, j'sais pas exactement pour quelle raison, enfin... probablement la même que pour moi. Il cherchait une job. Il est venu me voir. Il a commencé comme bobineur, faut commencer par le commencement, puis je lui ai montré à mixer. Il aimait bien Vegas, avec toutes les belles jeunes femmes qu'il y a ici... Il aimait bien les poupounes. Très jeunes, si possible. Qu'est-ce qu'il fait, maintenant?

— Il est mort.

— Mort de quoi?

— Assassiné. »

Bill s'est levé. Il a versé du cognac dans son verre, il en a ajouté dans le mien, d'autorité, et il s'est rassis en faisant la moue et en regardant le glaçon danser dans le cristal. Après cinq secondes, il l'a porté à hauteur de ses yeux menaçants en me fixant.

« À son âme. »

Puis il a posé son verre sans avoir bu sur la table à côté de lui.

« C'était ton ami?

— Oui et non. On a joué ensemble. Il avait un drôle de caractère...

— Tu peux le dire.

— On pense qu'il avait des enregistrements...

— Stop! »

Bill a soulevé seulement la main gauche du sofa et il a poursuivi comme si je n'avais rien dit.

« Ton *chum* est devenu un très bon technicien en travaillant pour moi, tu sais. Un ingénieur de son qui est *aussi* musicien, c'est différent, t'es bien placé pour le savoir, hein? Ça m'a plu. Il parlait français, en plus. J'sais pas si t'as remarqué, mais on parle pas mal français, *backstage,* ici à Vegas. Les meilleurs techniciens sont québécois. »

Il n'a pas attendu de réponse. Son iPhone a sonné dans la poche de sa chemise. Il a répondu en anglais et a discuté brièvement à voix basse en termes sibyllins. Sa dernière phrase a été prononcée dans une langue que je ne connais pas. Il a raccroché sec, sans formule de politesse, et il a repris son monologue.

« Je lui ai donné ma vieille Ampex quand il a quitté le studio. Il l'a ramenée à Québec avec lui.

— Je l'ai vue, chez lui, justement. Mais pas les bandes qui vont avec. »

Bill Dugas a jeté un regard circulaire dans la pièce. Il avait l'air blasé, tout à coup. Dégoûté. Je l'ennuyais. Le peu d'intérêt qu'il avait manifesté en parlant de Roch s'était éteint.

« C'était ton ami ou *c'était pas* ton ami ? »

Où voulait-il en venir ?

« Oui, c'était un ami, mais pas intime. On a joué ensemble, c'est vrai, on faisait de la bonne musique, mais...

— Mais ?

— Mais, il y a eu la dope, ses ennuis... enfin, vous savez, ses problèmes avec...

— ... avec les *forces de l'ordre* ? »

Bill s'est mis à ricaner pour lui-même. Il se foutait éperdument que je sois imperméable à son humour. Il avait dit *les forces de l'ordre* avec un mépris qui m'a glacé le sang.

« C'est ça. »

Dugas m'a regardé longtemps avant d'ajouter :

« Et toi, t'as pas d'ennuis avec la police, *toi* ? Quels sont tes goûts en matière de poupounes, *toi* ? »

Pendant une fraction de seconde, j'ai cru qu'il savait déjà pour la mort de Roch. Et pour les policiers qui enquêtaient à Québec.

Et pour Geneviève ?

Cette pensée m'a glacé davantage. C'était complètement insensé. Comment aurait-il pu être au courant de la mort de Geneviève ?

Je voulais partir. Quitter ce bureau. Mais, malgré ma peur, j'étais déterminé à poser une dernière question. J'étais venu pour ça, après tout. Qu'est-ce que j'avais à perdre ? Bill Dugas n'allait quand même pas me tuer pour une question, non ?

« Est-ce que Roch a quitté le studio avec son cadeau et les bobines aussi ? »

Bill m'a lancé un autre de ses regards glacials.

« Pousse pas ta *luck*, *man*. »

Dugas a vidé son verre et l'a remis en place sur la table.

« Roch manquait pas de *guts*, comme ils disent ici. C'est c'que j'ai aimé de lui. C'était un bon soldat. Il m'a rendu un service. Un *grand* service. Je lui ai fait un *très beau* cadeau quand il est parti. Très beau. L'Ampex et d'autres affaires. Je sais être reconnaissant. Toi, j'te connais pas. »

Il s'est levé et a fait un signe en direction de la porte. Il m'a raccompagné jusqu'à l'entrée du studio en silence. Je suis sorti sur le trottoir, il faisait encore vingt-huit degrés à deux heures du matin à Las Vegas, la chaleur m'a secoué après l'air conditionné de l'enfer.

« Si jamais tu trouves c'que tu cherches, ça m'intéresse. J'discute même pas de prix. »

Puis, il a ajouté, avant de s'enfermer dans le studio :

« C'est quand ton avion de retour ?

— Dimanche.

— À ta place, j'partirais tout de suite. Et je r'mettrais plus jamais les pieds ici. »

◆

J'ai repris l'auto de location et j'ai filé au Desert Paradise Resort, j'y étais en sept minutes. J'ai payé ma chambre sans même demander de rabais pour départ anticipé, j'ai pris mes affaires et je me suis précipité à l'aéroport McCarran. Là, vingt minutes à peine plus tard, j'ai laissé la voiture chez Avis.

J'ai regardé ma montre, il était trois heures moins vingt.

Le jeune préposé de nuit de chez Avis a insisté pour me créditer les journées de location inutilisées. Par contre, l'employée de la United Airlines ne pouvait pas m'offrir un autre vol de retour que celui que j'avais déjà payé qui n'était prévu que dimanche. Je me suis dirigé vers Delta Air Lines où une vieille dame noire faisait le ménage de son guichet en chantonnant *Can't Take My Eyes Off of You*. Elle m'a souri en me voyant arriver et elle a dit: « *You seem like in a hurry, Honey!* » Je lui ai adressé un sourire gauche en retour et j'ai répondu: « *I got to go. The sooner the better…*

— *What's your destination?*

— Montréal.

— *One way trip?*

— *Yes.*

— *Let me see… We don't have a direct flight to Montreal. Air Canada does, but you would have to wait until eleven o'clock this morning.*

— *I'd rather leave now, if you know what I mean.* »

Elle a pianoté sur son ordi tout en marmonnant « *Looking for a flight for a po' man in a hurry to get back home…* »

Elle a souri et elle a lu à voix haute sans lever les yeux de son écran:

« *Well, today, november 4, our flight 1932 to Detroit is at 6:15 a.m. You have a fifty-three minute stop there, then you take flight Delta 5237 at 2 o'clock, local time, to Pierre-Elliott-Trudeau Montreal International Airport, arriving at 3:50 p.m. Montreal local*

time. This is the best I can do for you. Is that soon enough?
— *Ok, I'll take it.*
— *T'will be one hundred and ninety one dollars. Cash or credit card?* »
J'ai payé avec ma carte Visa et je suis allé m'asseoir dans la salle d'attente. J'ai appelé Hervé d'une cabine téléphonique et je lui ai raconté ma visite chez Bill en lui disant qu'il ne s'était rien passé. Puis, j'ai regardé l'heure à ma montre. Trois heures dix. Six heures dix à Québec. Avec un peu de chance, je serais chez moi vers dix-neuf heures en tenant compte du décalage horaire et du trajet vers Québec en voiture. Dans un peu plus de douze heures.

19

Evgeni Souvorov ne s'attendait pas à de la visite au studio ce mardi matin. Il avait laissé la porte déverrouillée, au rez-de-chaussée du 1140 de la rue Galt, pour permettre à son nouvel assistant Alekseï d'entrer : l'idiot oubliait toujours sa clé. Souvorov devait terminer en catastrophe la production de trois cents copies contrefaites de cinq films américains, avant même qu'ils ne sortent dans les cinémas, en plus d'imprimer à la hâte sur une imprimante laser couleur les pochettes qui iraient avec les disques. Une commande d'un gang de Vancouver qui voulait écouler la marchandise sur le marché de l'ouest.

L'idée de battre les Chinois sur leur propre terrain amusait Evgeni Souvorov. Il n'était payé que pour fabriquer les faux, assez bien d'ailleurs, mais ce n'est pas lui qui aurait à faire face à la colère des Triades de la Province du Soleil Couchant.

Souvorov entendit un bruit discret provenant de l'entrée, à l'étage plus bas. Il regarda l'heure à sa montre et se dit qu'Alekseï arrivait avec un peu d'avance, *pour une fois*, ce qui n'était pas plus mal.

« Barre la porte derrière toi et apporte une boîte vide en montant », cria-t-il en russe en direction de l'escalier.

Il n'eut pas de réponse. Le bruit cessa net. Souvorov haussa les épaules, résigné, Alekseï était un idiot et un paresseux.

Un froissement de vêtement juste derrière lui le fit sursauter. Il se retourna d'un coup sec et reconnut l'homme chauve qui était passé au studio quelques jours auparavant. *Un Russe de Russie*, pensa-t-il comme les Québécois disent *un Français de France*.

« C'est fermé, dit Souvorov en russe.

— C'est bien pour ça que je suis là. »

Souvorov recula d'un pas.

« Je vous ai expliqué que je ne pouvais pas faire vos transferts sur DVD...

— Ça prendrait combien de temps ?

— Vous ne comprenez pas, nous n'avons pas les machines qu'il faut...

— C'est toi qui ne comprends pas, je te répète que j'ai trouvé la machine. Tu viens avec moi. Maintenant !

— Vous êtes malade ou quoi ? Pour qui vous prenez-vous ? Je n'ai pas le temps...

— Tu vas le prendre, le temps, camarade. Tu sais de qui l'ordre vient ? »

Le ton cassant du chauve ne laissait pas beaucoup de place à la négociation ; le passé de violence de Souvorov reprit le dessus. Il éleva la voix.

« J'ai pas d'ordre à recevoir de qui que ce soit. Russe ou pas Russe. Et je n'ai pas l'intention de vous suivre... »

Le chauve frappa Souvorov du revers de la main avec tant de brutalité qu'il perdit pied sous l'impact et dut s'appuyer sur une table pour ne pas tomber. Le sang jailli de son nez coulait sur son menton et dégoulinait sur sa chemise. Souvorov ne prit même pas le temps de l'essuyer. Sa main trouva sur la table un objet qu'il saisit d'instinct.

Un tournevis.

Il pivota vers l'homme chauve et le menaça de son arme improvisée. Il le regretta tout de suite quand il s'aperçut que l'autre tenait un petit pistolet. Ce genre de pistolet qu'il avait vu tant de fois dans l'ancienne Union soviétique aux poings de gens effrayants. Il en avait déjà possédé un, du temps où il était lui-même un homme redoutable.

Il n'eut pas le temps de lâcher son tournevis. Le chauve tira sans attendre et la balle de petit calibre traversa la main de Souvorov, qui échappa son outil, elle poursuivit son chemin sans grande force, en obliquant, et elle pénétra l'abdomen de Souvorov pour s'arrêter sous la peau à quelques millimètres de l'intestin.

Souvorov saignait abondamment. La brûlure était intense dans son ventre. Son nez et sa bouche élançaient tandis qu'il ne sentait plus sa main droite.

« Tu vas guérir, camarade, dit le chauve en se penchant pour ramasser la douille vide sur le plancher. Et je vais revenir. »

Il descendit l'escalier et disparut.

Suffoquant, Souvorov se laissa tomber sur la première chaise qu'il trouva. Il tenait son bide de sa main valide, mais le sang affluait de façon inquiétante. Il tenta d'arrêter tout ce flot avec un bout de sa chemise qu'il pressa sur la blessure. Sans aucun succès.

Le souffle court, il revécut les passages à tabac qu'il avait endurés, dans les cellules humides des sous-sols du « bureau » de Koursk. Il se rappela les sévices qu'il avait lui-même infligés, plus tard, à ses adversaires des gangs criminels de Moscou. Des jours, des jours et des nuits de souffrance. Avait-il fui toute cette merde pour venir ici mourir tout seul dans cet atelier clandestin aux mains d'un inconnu ?

Le sang qui coulait de son ventre souillait maintenant son entrejambe et sa cuisse gauche. *La vie s'échappe de moi de partout*, pensa-t-il en regardant sa main ensanglantée. Il ramassa ses forces pour se lever. Il n'y parvint pas. *Et cet idiot d'Alekseï qui n'arrive pas!* Au bout de deux minutes, il abdiqua. De sa main poisseuse, avec une grande difficulté, Evgeni Souvorov chercha son iPhone dans la poche de son pantalon, il s'en saisit de façon maladroite, mais il put composer le 911.

◆

À huit heures vingt-neuf, l'enquêteur Réjean Fisette arriva sur les lieux au moment où les premiers répondants plaçaient la civière dans l'ambulance. Souvorov, blême sous son masque à oxygène, gardait ses yeux affolés ouverts. Il marmonnait sans arrêt quelque chose d'incompréhensible et Fisette s'approcha de lui pour en saisir davantage. Un brancardier dit au blessé : « Ne parlez pas, monsieur, vous êtes en sécurité, tout est sous contrôle, on vous amène à l'hôpital, essayez de rester calme. »

Le Russe se démenait dangereusement sur sa civière.

Fisette fit signe au secouriste : « Je peux lui parler ? »

L'autre, qui reconnut le policier, consulta son collègue du regard.

« Trente secondes. »

Fisette souleva le masque à oxygène d'à peine un centimètre pour permettre au Russe de se faire entendre.

« Qu'est-ce qu'il y a, mon gars ? »

— Main ! Ma main ! Moi guitariste… Ma main ? »

Fisette replaça le masque en haussant les épaules.

« J'suis pas médecin, mon gars, j'suis policier. On se revoit à l'hôpital dans quelques minutes. »

Fisette salua les ambulanciers d'un signe de tête et les quitta pour monter au studio examiner la scène du crime.

L'enquêteur ne mit pas longtemps à comprendre ce qu'on faisait dans cet atelier. Les deux policiers qui avaient répondu au répartiteur du Centre de communications opérationnelles du SPVM et qui étaient arrivés les premiers sur place trois minutes plus tard n'avaient touché à rien. Ils avaient attendu l'ambulance, l'un appliquant une pression sur la blessure de Souvorov en s'assurant qu'il respire bien, l'autre vérifiant la sécurité des lieux. Quand ils virent l'enquêteur Fisette, ils désignèrent du doigt à son intention l'équipement informatique sur la grande table située au milieu de la pièce.

Des boîtes de carton, sous la table, contenaient des piles de DVD divers, la plupart sans pochette. Des emballages de DVD vierges étaient posés non ouverts au bout du plan de travail. Fisette fit le tour de la pièce et remarqua, épinglé au mur, un calendrier sur lequel on avait inscrit dans certaines cases des mots en caractères étrangers.

« Du russe », dit-il aux flics en uniforme.

Il prit le calendrier et le mit dans une pochette en plastique.

« Bon pour le laboratoire », ajouta-t-il. Puis, il posa la pochette sur la table, bien en vue : l'équipe technique allait arriver d'une minute à l'autre.

Il continua son inspection sans toucher à quoi que ce soit. À côté de l'imprimante laser couleur, l'enquêteur découvrit des piles d'imprimés de qualité très convaincante. Il aurait aimé avoir sous les yeux les originaux aux fins de comparaison. Sans doute se trouvaient-ils dans l'ordinateur raccordé à l'imprimante. C'est comme ça qu'on procédait aujourd'hui.

Une tentative de meurtre dans un atelier de faussaires opéré par des Russes dont certains n'avaient probablement pas le bon statut. Du pain sur la planche.

Fisette soupira et se laissa tomber sur un siège pour réfléchir à la situation. Il prit son téléphone portable et composa le numéro de Francis Pagliaro à la Sûreté du Québec. Ce dernier répondit à la deuxième sonnerie.

« Francis, j'ai quelque chose pour toi. Un gars qui se dit guitariste et qui fabrique des faux DVD vient d'être blessé par balle. Un Russe...

— Un Russe ?

— Da, et à première vue, on n'a rien volé ici. Ça te rappelle des souvenirs ?

— Oh que oui ! Le Russe a dit quelque chose ?

— La même chose que Jean Leloup : « Je joue de la guitare. » Il a une main abîmée. Il s'inquiète. Les ambulanciers m'ont indiqué qu'il était couvert de cicatrices et de tatouages. Il n'a pas l'air de se préoccuper pour sa vie, juste pour sa main.

— Rien dit d'autre ?

— Non. C'est tout. Retrouve-moi à l'hôpital, c'est à l'Hôtel-Dieu. Après on pourra revenir ici ensemble si tu veux. »

◆

Francis Pagliaro et Martin Lortie se tenaient de part et d'autre du lit du blessé tandis que l'enquêteur Réjean Fisette s'informait au téléphone auprès d'un technicien de scène de crime du SPVM toujours sur les lieux de la tentative de meurtre.

Evgeni Souvorov reposait dans un état stable, mais on ne craignait pas pour sa vie, selon l'expression d'usage utilisée par l'infirmière de garde. La main droite du faussaire était prisonnière de bandages. Il serait empêché de nuire pour un bon bout de temps. Son torse dénudé laissait apparaître toutes les marques de torture dont il avait été victime. Anciennes brûlures de cigarettes, disséminées un peu partout sur l'abdomen. Marbrures de strangulation au cou. Cicatrices de coupures au couteau mal rapiécées. Un dur de dur, puisqu'il avait survécu. Sans parler des tatouages. Probablement rituels.

Pagliaro avait parlé à la chirurgienne qui avait examiné Souvorov à son arrivée à l'urgence et qui avait opéré la main de la victime quelques minutes plus tard en équipe avec un orthopédiste.

« Il a plusieurs os cassés dans la main ; ça va se réparer, mais ça va prendre un certain temps. On devra peut-être l'opérer à nouveau. Après, il aura besoin de physio.

— Et la balle qu'il a dans le ventre ?

— Je n'y touche pas. Elle est bien où elle est.

— Vous pourriez l'enlever plus tard ?

— Je ne pense pas. À moins que l'ogive ne provoque des complications pour le patient.

— Des complications ?

— Si la balle le gêne là où elle est placée. C'est sous-cutané. Sans danger. Mais parfois, au bout de quelques années, des tissus se sont formés autour de la balle et ça agace le patient dans ses mouvements. Il la sent, et ça l'incommode. On verra à ce moment-là. On va le garder en observation un moment.

— Donc, il n'y a pas d'obligation médicale d'enlever le projectile.

— Non. Ni légale non plus. Et je préfère m'en tenir à ce que j'ai appris depuis le temps que je m'occupe de ces cas-là : si j'interviens, je peux causer plus de tort que de bien. Et, sans vouloir vous vexer, inspecteur…

— Sergent-détective.

— Sergent-détective, je n'ai jamais prélevé une balle pour faire plaisir à la police.

— Je vois. On peut connaître le calibre de la balle, docteur ?

— Sur les radiographies, on voit que c'est un petit calibre.

— Quel genre ?

— D'après mon expérience, je dirais un .25ACP.

— Vous vous y connaissez en balistique ?

— J'ai fait un stage en blessures par arme à feu à Atlanta. Un an. J'en ai examiné des centaines, dans toutes les parties du corps. Je voyais chaque jour des blessés arriver à l'hôpital. À pied, parfois. Avec une balle dans le bras, dans la cuisse, dans le gras du bide. Ils attendaient avec leur blonde et les autres patients à l'urgence. La vie quotidienne à Atlanta... C'est là, à Atlanta, qu'on fabrique les Glock américains, vous savez ?

— Oui. En effet, à Smyrna, en banlieue.

— J'ai vu un jour arriver un gars à l'hôpital. Il se chicanait avec sa blonde parce qu'elle voulait retirer le poignard qu'il avait dans le dos et lui ne voulait pas. Je pense qu'il avait un peu peur d'elle, des fois qu'elle aurait voulu lui en donner un autre coup. On l'a transporté en salle d'op et quand il a vu la seringue que j'avais préparée pour l'anesthésie locale, il a perdu connaissance. Il avait peur des piqûres ! »

Pagliaro se présenta à Souvorov. Le patient grommela quelques mots difficiles à comprendre à cause de son accent et des drogues qu'on lui avait données pour calmer sa douleur. Quand il saisit dans sa semi-conscience qu'il parlait à un policier, son visage se referma.

Pagliaro reconnut tout de suite le comportement de dur à cuire. Il décida alors de jouer cartes sur table, sans rien attendre de son interlocuteur. Il patienta pendant que Souvorov se réveillait un peu plus.

« Vous m'entendez, monsieur Souvorov ?

— *Da*.

— Ça va ?

— *Da*.

— Il y a trois autres personnes à part vous qui ont été touchées par une arme à feu. Probablement par la même arme. Le savez-vous ? »

Souvorov réagit en fronçant les sourcils, ce qui amplifia son air de méfiance.

« Autres que moi ?!…

— Ils ont eu moins de chance que vous… »

Souvorov ne répondit pas.

« Une des trois personnes est un policier. Un policier qui s'occupait de crimes informatiques… de fabrication de faux : fausses cartes de crédit, vol d'identité… »

Souvorov s'agita sous les couvertures. Pagliaro tenta quelque chose :

« … de fabrication de DVD pirates… »

Le blessé se figea. Il attendait la suite. Pagliaro continua comme s'il n'avait pas remarqué la réaction du Russe.

« Les deux autres viennent du monde de la musique, la femme d'un professeur de saxophone et un trompettiste…

— … Ah.

— Le suspect recherche quelque chose qu'il n'a pas trouvé chez eux. »

Pagliaro se tut. Il attendait en regardant son carnet de notes. Après quelques secondes, Souvorov ne tint plus.

« Cherche quoi ?

— Des bandes magnétiques. Des anciennes bandes de deux pouces de largeur.

— Chez nous : tout numérique ! »

Souvorov avait répondu vite, comme s'il donnait une excuse. *Ça ne peut pas être moi : je travaille en numérique !*

Pagliaro lui sourit.

« Je ne vous accuse pas, monsieur Souvorov, vous êtes la quatrième victime…

— … quatrième vic…

— Oui, la quatrième victime, celle qui a survécu. Pour l'instant, disons. Parce que je pense que votre agresseur n'a pas trouvé ce qu'il cherchait chez vous non plus. Et il cherche toujours… »

Evgeni Souvorov bougea dans son lit. Son visage, qui s'était ouvert le temps de s'adresser à Pagliaro, se ferma aussitôt.

« Je veux protection !

— Mais vous êtes en sécurité ici, à l'hôpital, monsieur Souvorov.

— Lui va revenir…

— Vous le connaissez ?

— Non, connais pas son nom. Lui Russe.

— Il vous a parlé en russe ?

— *Da*. »

Pagliaro sourit à l'attention de Souvorov, il ferma son carnet de notes, le mit dans la poche de sa veste et alla rejoindre l'enquêteur Fisette qui était toujours au téléphone, cette fois-ci avec un policier du SPVM. Fisette raccrocha après une brève formule de salutation quand il vit Pagliaro s'approcher de lui.

« Réjean, as-tu des renseignements sur notre victime ? Il a un dossier ?

— C'est ce que je vérifiais. Parfait inconnu chez nous. Son statut est Ok. Il est résident permanent. Mais là, avec ce qu'il fait dans la vie…

— Commission d'une infraction à une loi fédérale punissable d'au moins dix ans de prison, il pourrait être interdit de territoire pour cause de grande criminalité.

— Exact !

— C'est bon, merci, Réjean. »

Pagliaro retourna près du patient.

« Vous connaissez Geneviève Simon ?

— Non.

— Et son mari, Louis Collard, un saxophoniste ?

— Non.

— Roch Rancourt, Mister Freeze ?

— Mister Freeze ? Non… Drôle de nom.

— Et le policier Nicolas Turmel ?

— Connais pas policier. Veux protection ! »

Pagliaro balaya la requête de Souvorov de la main.

« Et l'arme avec laquelle votre agresseur a tiré sur vous, monsieur Souvorov, vous avez déjà vu ce genre d'arme ?

— TK.

— TK ? Tula…

— Tula-Korovin. *Da*. Arme KGB. »

Souvorov s'attendait à une réplique du policier, mais Pagliaro fit signe à Martin Lortie, et les deux enquêteurs quittèrent la chambre après un au revoir informel lancé en direction de Souvorov, qui ne cessait de répéter « veux protection, veux protection… »

« *Veux protection* moi aussi, dit Pagliaro à Réjean Fisette, une fois rendu dans le corridor. Tu peux me mettre un gars devant sa porte vingt-quatre sur vingt-quatre ?

— Protection tu auras, camarade Pagliarovitch. *Da* ! »

20

Retours

À sept heures trente, je me suis réveillé pour de bon, incapable de me rendormir.

J'étais rentré chez moi un peu après vingt heures. Les vols entre Las Vegas, Détroit, puis Montréal étaient à l'heure et le voyage s'était effectué sans encombre, mais la privation de sommeil et la fatigue accumulée pendant les soixante-douze dernières heures avaient eu raison de moi. Sans compter le stress. J'ai dû m'arrêter à plusieurs reprises entre l'aéroport Pierre-Elliott-Trudeau et mon domicile de Sillery. Pour uriner, pour prendre de l'essence et pour manger, pour me dégourdir et m'empêcher de dormir au volant. Pour respirer un peu.

Arrivé éreinté chez moi, j'ai avalé trois Tylenol extrafortes avec deux lampées de scotch que j'ai bu à même la bouteille de Chivas et je me suis mis au lit sans défaire mes bagages. Je me suis vite endormi, mais je me suis réveillé en sursaut à trois ou quatre reprises, le cœur battant, émergeant chaque fois d'un songe peuplé de personnages effrayants. Le scotch n'avait pas été une bonne idée. Ni le voyage à Las Vegas. Je revenais bredouille.

Je me suis étiré et j'ai regardé de nouveau l'heure sur le réveil de ma table de chevet. Sept heures trente-trois. Allais-je flemmarder au lit quelques minutes encore ou me lever et *affronter le jour*, comme je me le répétais de plus en plus chaque matin ?

Fais que ton rêve soit plus long que la nuit, a écrit Vangelis. Facile à dire quand tes nuits et tes jours ne sont pas remplis de cauchemars. J'ai essayé de repenser à ma conversation avec Bill Dugas. Tout m'est revenu en tête. Le luxe de son bureau ; l'assurance tranquille de l'ex-ingénieur de son devenu propriétaire d'une boîte imposante ; ses manières de gangster ; son refus de répondre à la moindre question. Les menaces à peine voilées.

J'étais allé à Las Vegas sans en parler d'abord au sergent-détective Pagliaro. J'ai décidé de l'appeler tout de suite après mon petit-déjeuner et de lui confirmer l'importance des fameuses bandes magnétiques. Le « Pousse pas ta *luck, man* » de Bill Dugas m'en avait convaincu. Dugas voulait ravoir ces bandes, point à la ligne, et elles avaient un prix qui n'était même pas à discuter, elles valaient en outre le silence dont il tenait à les entourer. C'est tout ce que j'avais appris à Vegas.

Je me suis levé. Enveloppé de ma robe de chambre, je me suis rendu à la cuisine, mais au passage du salon, mon regard a été attiré par un mouvement de l'autre côté de la fenêtre panoramique. J'ai stoppé net et j'ai reconnu Sophie à travers les rideaux. Un homme aux cheveux gris la suivait et l'aidait à porter des bagages. Derrière eux, une voiture de la compagnie Taxi Coop. Je suis accouru à la rencontre de ma sœur. Elle n'a pu retenir ses larmes en me voyant ouvrir.

« J'ai vu ta voiture… enfin ! Je suis contente, tu peux pas savoir… j'ai retrouvé ta clé dans mes affaires… »

Elle m'a montré la clé de la maison qu'elle tenait dans le creux de sa main.

« Sophie ! Ma Sophie !… »

Elle est entrée en laissant sur le perron les deux valises qu'elle tenait et elle a fouillé dans son sac à main encore ouvert en sanglotant.

« Je suis contente… Mon Dieu… Je suis contente… »

Trop agitée, trop énervée pour réussir à ouvrir son
portefeuille, elle l'a échappé par terre. Elle tremblait.
Elle m'a regardé, impuissante, puis elle a essayé d'essuyer ses larmes du revers de sa main.

« Laisse, Sophie ! »

J'ai fait signe au chauffeur d'attendre et j'ai ouvert
le garde-robe d'entrée pour chercher de l'argent dans la
poche de mon manteau. J'ai payé la course et j'ai rentré
les valises de Sophie dans la maison. Le chauffeur m'a
remercié et il a dit : « Il reste une grosse malle dans le
coffre, monsieur, je vous l'apporte. »

Sophie était assise dans le salon quand j'ai refermé
la porte. J'ai rejoint ma sœur.

« Veux-tu bien me dire ce qui t'arrive ? »

Sophie s'est effondrée.

J'ai vu que je ne tirerais rien d'elle pour l'instant. J'ai
regretté ma brusquerie. Je l'ai serrée dans mes bras
et elle s'est laissée aller à sa peine. L'étreinte a duré de
longues secondes pendant lesquelles ni un ni l'autre
n'avons parlé.

« J'ai soif… » elle a fini par dire en se dégageant.
Elle a pris un kleenex dans la poche de son manteau
et s'est mouchée.

« Attends… »

Je suis allé lui chercher un verre d'eau, qu'elle a bu
d'un trait.

« Quand êtes-vous arrivés ?

— Lundi. Je… je suis toute seule…

— Et Hassan ?

— Hassan est… »

Elle a éclaté en sanglots. Elle s'est levée, elle a
tâché de prendre de l'air, elle a fait quelques pas et
s'est retournée vers moi.

« Hassan est mort.

— Hein ?! Mort ? Comment ça *mort* ? Quand ça ?

— Je sais pas.

— Qu'est-ce qui s'est passé ?

— On est arrivés à Casablanca, puis on est repartis pour Tripoli…

— En Libye ? Donc c'est vrai ! mais tu m'avais dit…

— Attends, attends, laisse-moi parler ! On est arrivés à Casablanca le samedi matin comme prévu, le 25 octobre, mais on est repartis pour Tripoli. On était là vers minuit moins quart, le soir. Le lendemain matin, Hassan est parti sans rien me dire. C'est la dernière fois que je l'ai vu. C'était le 26.

— Il est parti pour aller où ?

— Je sais pas.

— Mais comment ça, tu sais pas ?!

— Il m'avait rien dit avant de partir d'ici. En arrivant au Maroc, j'ai pensé qu'on verrait sa parenté, que quelqu'un viendrait à l'aéroport pour nous accueillir. Mais non. Personne. Hassan m'a annoncé qu'on irait en Libye le soir même. Il fallait qu'on se prépare. Et vite.

— Il a eu un accident ou quoi ?

— Non. Je sais pas, j'te dis !

— Tu ne sais pas ? Sophie !!…

— Je l'ai attendu toute la journée…

— Vous étiez où ? À l'hôtel ?

— Non, on était chez des amis à lui. Des gens que je ne connaissais pas. Je ne crois pas qu'il les connaissait tous lui non plus, à bien y penser…

— Ben là, à Tripoli ? C'est incroyable…

— Je l'sais. Mais c'est comme ça.

— Vous n'aviez jamais parlé d'aller en Libye avant ?

— Avant de partir ? Non. Il m'a annoncé ça quand on a été rendus là-bas. Tu sais, Hassan avait changé avant qu'on parte. Beaucoup. Même avant la fin de Maurbec, en fait. Après le faux cambriolage du local de répétition en août, il sortait plus souvent. Pour aller prier, en principe. C'est ce qu'il me disait. Il travaillait moins.

— Je me suis aperçu de rien.

— C'est normal, Louis, tu avais ta peine à endurer, ton deuil. Après ça, il y a eu la maladie de Geoffroy, sa mort. Pareil pour moi…

— T'as pas vu d'autres signes de sa… de sa transformation?

— Non, à part qu'il parlait souvent au téléphone.

— Avec qui?

— Avec Mohammed surtout. Toujours en arabe.

— Donc tu ne sais pas de quoi ils parlaient.

— Non.

— Est-ce qu'ils se voyaient?

— Peut-être un peu plus que pendant l'année passée.

— Ils se rencontraient souvent en dehors de nos répétitions?

— Oui.

— Chez vous?

— Non. À la mosquée. Et chez Mohammed, je crois. Quand il revenait d'une de leurs rencontres, il s'enfermait pour prier. Après le départ de Mohammed, et surtout après le cambriolage du studio, il est devenu anxieux. Il n'écoutait plus aucune musique. Il restait branché surtout sur TV5 et Al Jazeera, à cause des nouvelles internationales. CNN le mettait en colère : il se levait de son fauteuil et sortait de la maison en claquant les portes. Autrement, il était sur Internet toute la journée. Il parlait tout seul en regardant l'écran. Peut-être qu'il priait, encore une fois. J'en sais rien. Il était comme habité. Je ne l'avais jamais vu comme ça auparavant. En arrivant au Maroc, il est devenu plus sombre que jamais. Il me parlait comme jamais il m'avait parlé.

— C'est-à-dire?

— Il me parlait comme s'il avait autorité sur moi. Il était brusque. Je lui ai dit que je comprenais pas son attitude. Je le reconnaissais plus. Mais il m'a pas répondu. J'ai mis ça sur le dos de l'inquiétude face à l'avenir.

— Vous aviez décidé de partir pour de bon, c'est ça?»

Sophie a baissé la tête. Elle regardait par terre devant elle, désespérée. Elle a soupiré.

« À vrai dire, c'est lui qui a décidé. Je l'ai suivi. J'ai gardé l'espoir qu'on revienne quand même un jour, que ça ne serait qu'une passade. Je me suis trompée.

— Le policier enquêteur Francis Pagliaro m'a appris que votre maison était à vendre. Je le savais pas.

— Excuse-moi. C'est ma faute. Hassan voulait pas que j'en parle.»

Sophie a éclaté en sanglots. Elle s'est rassise près de moi dans la causeuse.

« Il me l'avait interdit.

— Interdit?

— Excuse-moi. Je voulais pas te faire de peine. Je sais pas quoi dire...»

Je lui ai lui pris la main affectueusement.

« Calme-toi, on est ensemble, continue, ça va aller, explique-moi ce qui s'est passé.

— Le soir de son départ de Tripoli, j'ai commencé à m'inquiéter. Pas à peu près, j'peux te le dire. Hassan rentrait pas. Il y avait plein de bruits dans la grande maison que je connaissais pas. J'ai pas dormi de la nuit. Le lendemain, j'ai demandé à tout le monde, enfin, à ceux qui parlaient un peu français, où était Hassan. Qu'est-ce qu'il faisait.

— Et?

— Ils m'ont pas répondu. Ils me faisaient des sourires, ils m'apportaient du thé, des biscuits et ils me laissaient seule dans une espèce de grand salon. Il y avait une banquette en cuir le long des quatre murs. On aurait pu asseoir vingt personnes. Un vieux monsieur venait toujours s'installer là, tout seul dans son coin, dans sa djellaba, avec ses babouches pointues en cuir jaune citron. Il me regardait jamais. Il tournait son chapelet arabe entre ses doigts et récitait le dhikr.

— Le quoi ?

— Le dhikr, c'est la répétition des quatre-vingt-dix-neuf noms d'Allah. Un genre de prière si tu veux.

— Et à part le vieux ?

— J'ai pas vu de jeunes hommes. Seulement des femmes. Des fois, des petits enfants venaient jeter un coup d'œil à la porte du salon. Ils repartaient à la course en ricanant aussitôt que je leur adressais la parole. J'allais aussi dans ma chambre, mais il y avait toujours quelqu'un à proximité. Des femmes qui chuchotaient entre elles. Plusieurs sont venues s'occuper de moi. Elles m'ont peignée. La plus jeune m'a fait une manucure. Elle m'a parfumée. Elles étaient très gentilles, mais elles disaient rien. Quand je posais des questions, elles répétaient « pas parler, pas parler ». Je me demande si elles savaient ce que ça voulait dire : « pas parler ». Je pouvais pas sortir de la maison, les femmes me faisaient des signes : « Trop dangereux ! » Elles m'ont même empêchée d'essayer, une fois. De toute façon, la cour était clôturée.

— Ça n'a pas de sens !

— Je pleurais tout le temps.

— Tu aurais pu m'appeler, Sophie !

— Comment j'aurais pu le faire ? Mon cellulaire fonctionnait pas là-bas et j'ai jamais eu accès à un téléphone. J'avais pas d'argent, à part peut-être cent dollars canadiens. Même pas. Tu sais, les billets d'avion Casablanca-Tripoli ont coûté près de deux mille euros. Aller seulement. Je les ai retrouvés dans mon sac et je sais pas comment, d'ailleurs, parce que Hassan me les avait cachés. Il a dû se tromper de sac en les rangeant dans l'avion.

— Et comment t'as su qu'il était mort ? En es-tu certaine ?

— Samedi dernier, deux hommes que j'avais jamais vus sont venus à la maison où j'étais… où j'étais…

— Où t'étais gardée.

— C'est ça, où j'étais gardée. L'un des deux parlait très bien anglais. J'veux dire : c'était sa langue maternelle. Avec un accent britannique. Il m'a annoncé que Hassan était parti.

— Parti ?

— Parti. *Gone*. Comme mort. Il a commencé par dire qu'il était arrivé un accident, *while he was on training*, puis il a ajouté que c'était un sacrifice nécessaire, mais l'autre l'a empêché de continuer. Ils se sont engueulés en arabe. Ils ont failli se battre. Ils répétaient souvent un mot qui sonnait comme *Souréyen* ou *Sourya*. Je l'avais entendu à la télévision arabe quand ça parlait de la Syrie. Ils m'ont donné le sac de Hassan. C'était bien le sien. Sauf que les vêtements à l'intérieur l'étaient pas. Mais j'ai tout de suite reconnu sa montre. »

Sophie a levé son bras gauche et elle a montré la montre en or de Hassan. Celle qu'il enlevait toujours et qu'il mettait dans la poche de son pantalon avant de jouer des percussions. Je l'ai reconnue.

« Samedi dernier, Sophie ?! Ça fait combien de jours entre le 26 octobre et samedi dernier ?

— Je les ai comptés : six jours.

— Comment t'es revenue ?

— Après m'avoir parlé, les hommes m'ont tout de suite embarquée dans une camionnette avec mes affaires et ils m'ont amenée à l'aéroport. Ils m'ont redonné mon passeport.

— Redonné ?

— C'est Hassan qui l'avait gardé avec lui. Ils m'ont donné mille dollars américains. En *cash*. J'ai payé le reste avec ma carte de crédit. J'aurais pu aller à la police ou à l'ambassade, mais là, à l'aéroport, toute seule, si près de la sortie pour revenir en sécurité ici…

J'ai flanché. Il n'y avait pas de vol pour l'Amérique avant le lendemain matin, j'ai attendu.

— T'as bien fait. Tu es donc arrivée...

— Dimanche. T'étais pas là ! »

Sophie a éclaté en sanglots, elle a caché sa figure dans ses mains.

« T'étais pas là !

— Non, je suis parti pour Las Vegas dimanche.

— Las Vegas ? ... Mon Dieu, pourquoi ? Je suis venue tous les jours. J'étais à l'hôtel en attendant de réintégrer la maison avec nos meubles. Ça coûte cher, l'hôtel. Puis je me suis souvenue que j'avais peut-être gardé ta clé.

— Ta place est ici avec moi entre-temps. J'ai tout repeint, comme tu vois.

— J'ai vu, oui. »

Elle m'a souri. Je l'ai prise dans mes bras et je l'ai serrée contre moi. Sophie pleurait doucement maintenant. Ce n'étaient plus des larmes de détresse, j'aime penser que c'étaient celles de la délivrance.

« Je vais m'occuper de ma petite sœur. Tu peux rester aussi longtemps que tu voudras. Je vais t'installer dans la chambre d'amis ou dans celle de Geoffroy. À ton choix. Après, on va appeler la police.

— Laquelle ?

— Bonne question. Je crois que le mieux serait d'appeler le sergent-détective Francis Pagliaro. C'est un chic type. »

◆

La sergente Karine Fraser reposa le combiné du téléphone sur son socle et se cala dans son siège, dans son bureau de la GRC au 155 de l'avenue McArthur, à Ottawa.

Le coup de fil de son père l'avait un peu surprise, elle ne s'attendait pas à devoir communiquer avec le

SCRS à sa demande pour une affaire qui ne la concernait pas. Elle finalisait en ce moment de nombreux dossiers de traite de jeunes filles russes; la plupart avaient autour de dix-sept ans. Karine avait réussi à en questionner quelques-unes au sujet de leur entrée au Canada et du travail de *danseuses* qu'elles exerçaient depuis leur arrivée.

Il était clair que les filles étaient sous l'emprise de gangs organisés, des *bratvas*, des confréries criminelles de la mafia russe. Elles avaient toutes reçu des menaces : on leur avait d'abord retiré leur passeport; on les avait droguées et on leur avait *promis* de tuer ou de maltraiter leur famille demeurée en Russie si elles ouvraient la bouche. Karine Fraser avait quand même réussi à amadouer une des jeunes, qui semblait sur le point de craquer. La policière avait discuté avec ses patrons à la GRC, de même qu'avec un procureur fédéral pour savoir si elle pouvait inventer une excuse pour arrêter la jeune femme et la mettre ainsi sous la protection de la police sans son consentement. L'opération était délicate et pouvait s'avérer désastreuse. Karine n'avait pas eu l'autorisation de procéder. Le refus de ses patrons lui avait semblé un peu précipité. Son instinct lui dictait qu'ils savaient des choses qu'ils ne voulaient pas lui transmettre. Lui cacher? Pourquoi ce culte du secret? « Laissez-moi au moins essayer de la convaincre de se placer sous notre protection… » Sa supplique était restée sans suite.

Elle travaillait à ce dossier quand Francis l'avait appelée de Parthenais. Elle avait autre chose en tête que la disparition d'un citoyen canadien en Syrie, disparition qui avait toutes les apparences d'une conséquence de geste volontaire, d'après le récit qu'en fit son père au téléphone.

« On n'a rien sur lui, ici à la Sûreté, dit Pagliaro, pas plus que tu en avais quand on s'est vus à Québec. Ça nous a pris par surprise. J'ai contacté notre service de lutte contre le terrorisme. C'est un inconnu. On se demande comment il en est arrivé là. Il s'est radicalisé à vitesse grand V sous notre nez. Sa femme n'a rien vu venir, elle non plus.

— Elle est crédible?

— Je le pense, oui. Tu dois avoir des collègues à la GRC qui enquêtent sur des Canadiens qu'on soupçonne de se préparer à quitter le pays pour commettre des actes criminels ou terroristes à l'étranger. Ou qui se préparent à agir ici même au Canada. Qui tentent de joindre les rangs de l'État islamique ou de n'importe quelle mouvance du genre? Des fois que sa radicalisation aurait été suspectée par eux. Ce n'est pas mon domaine. Peux-tu me mettre en contact? Ça irait plus vite que par les voies officielles.

— Je connais quelqu'un ici à la GRC et aussi au SCRS. Je m'en occupe. Je suppose que cette affaire est reliée à ton enquête sur la mort du policier Turmel, de Geneviève Simon et de Roch Rancourt?

— Oui. Sinon, je ne t'aurais pas dérangée avec ça. Et on a une quatrième victime, Evgeni Souvorov, blessé très probablement par la même arme qui a tué les trois autres. On privilégie la filière russe pour l'instant. Mais les disparitions d'un premier musicien arabe, Mohammed Lebbar, puis de celle de son collègue Hassan Choukri soulèvent des questions. Beaucoup de personnages dans la même salade: des musiciens, un Russe, des Arabes disparus, des morts, un blessé, un présumé mort, un policier tué. Y a juste Nicolas qui *fitte* pas avec le reste…

— Hassan Choukri n'a pas été déclaré officiellement mort?

— Non. Pas encore. Sa femme vient d'arriver de Libye. Elle a des preuves indirectes. Les déclarations d'hommes dont elle ignore le nom, quelques affaires personnelles de son mari. C'est tout. Durant la période du 26 au 31 octobre, pendant laquelle Hassan aurait été présent en Syrie, il y a eu plusieurs opérations militaires près de Kobané. J'ai vérifié. Ça coïncide avec sa disparition.

— Mais rien n'est revendiqué ou rien ne l'identifie formellement? Ni mort ni vivant?

— Non. Ni revendiqué ni affirmé de manière officielle par qui que ce soit. Selon toute vraisemblance, Hassan Choukri s'est préparé en secret et il a rejoint l'État islamique de son plein gré pour combattre en Syrie sans que personne ne le sache, pas même son épouse.

— Mais tu sais que c'est une tactique répandue dans l'État islamique de se faire passer pour mort. On réapparaît plus tard, ailleurs, sous un faux nom. Pas même nous, la GRC, avec tous nos enquêteurs sur le terrain, tous nos indicateurs, nos analystes, le SCRS, on ne voit venir ça. Pas plus cette fois-ci. On a merdé.

— Et Hassan est présumé mort.

— Sa femme devrait faire une déclaration de disparition à la GRC immédiatement.

— C'est ce que je lui ai demandé de faire, et de tout leur raconter.

— Je vois de mon côté ce que je peux découvrir avec mes contacts et aussi avec Citoyenneté et Immigration Canada et les Services frontaliers. Je vais déblayer le terrain pour toi. Je te rappelle.

— Merci. »

Karine allait raccrocher quand elle entendit Francis au bout du fil:

« Oh!... Karine?... Es-tu encore là?

— Oui.

— Embrasse Miss Pimpante pour moi. Je t'aime.

— J'y manquerai pas. Je t'aime aussi, papa. »

21

L'enquête sur la disparition de Hassan Choukri relevait des autorités fédérales, mais Karine s'était engagée à transmettre à son père les renseignements auxquels elle aurait accès. Pagliaro espérait un appel de sa part dans le courant de la journée. Restait à savoir comment le SCRS ou la GRC traiteraient le cas. L'enquêteur pouvait cependant s'occuper de l'autre information importante que Louis Collard lui avait confiée la veille au téléphone en même temps qu'il lui avait raconté *les malheurs de Sophie*.

L'expression le fit sourire malgré lui, les formules de tristesse prenaient parfois une tournure sarcastique involontaire.

Pendant que Louis lui répétait ce que Bill Dugas lui avait dit au sujet de Roch Rancourt, Pagliaro avait pris des notes, mais en les relisant le matin à son bureau, il constata qu'elles manquaient de précisions. Il appela Collard à son domicile de Sillery. Louis répondit à la première sonnerie : il s'était arrangé pour être déjà debout quand Sophie s'éveillerait. Dans les circonstances, il ne voulait pas laisser sa sœur seule. Il serait présent à ses côtés autant qu'il le pourrait.

« Francis ! Vous avez déjà des nouvelles ? s'enquit Collard plein d'espoir en entendant la voix de Pagliaro au bout du fil.

— Non. Désolé. C'est un peu tôt. Je vous tiendrai au courant, n'ayez crainte. J'ai transmis l'information. De votre côté, Louis ? Votre sœur a fait sa déclaration à la GRC ?

— Oui. Aussitôt après qu'on s'est parlé, vous et moi, elle a communiqué avec eux. Deux officiers sont venus à la maison. Ils ont posé plein de questions sur tout ce qui a précédé le départ de Sophie et de Hassan du Canada. Ils ont demandé à voir l'ordinateur de Hassan, mais il était rangé dans un garde-meubles à Beauport. Sophie est allée avec eux le récupérer. Elle leur a raconté ce qui s'est passé là-bas, du moins le peu qu'elle en sait. Ils nous ont montré des photos de gens soupçonnés de préparer des actes terroristes ici au pays. On n'a reconnu personne... Ils ont demandé si Hassan avait rejoint Mohammed Lebbar en Syrie.

— Ça pourrait être le cas.

— Oui, ça se peut. Sophie ne le sait pas. Ces policiers sont très corrects, vous savez. Je leur ai dit que je vous connaissais. Je dois avouer que je suis en train de perdre un peu de mes préjugés.

— C'est bien, Louis, vous m'en voyez ravi. Ils vont s'occuper de l'affaire. De mon côté, je ne veux pas vous déranger trop longtemps à cette heure, mais j'ai besoin de détails sur Bill Dugas avant de me lancer dans des recherches sur le personnage.

— Allez-y.

— Vous m'avez parlé d'un service que Rancourt aurait rendu à Dugas. Savez-vous exactement de quoi il s'agit ?

— Non. Il a juste dit que Roch était un bon soldat. Quelque chose comme : "Roch m'a rendu un *grand* service. Je lui ai donné un *très beau* cadeau. L'Ampex et d'autres affaires. Je sais être reconnaissant."

— C'est tout ?

— Il a ajouté que Roch avait emporté l'Ampex avec lui en quittant Las Vegas.

— C'était à quelle époque ?

— Bill ne l'a pas précisé et j'ai pas osé lui demander.

— Pas grave. Roch est donc retourné à Québec…

— C'est ce que Bill a déclaré, oui. Mais il ne voulait pas me dire s'il avait pris les bandes. Il veut les ravoir, maintenant qu'il sait que Roch est mort. Le prix n'est même pas à discuter.

— Elles doivent contenir quelque chose de précieux. Qu'est-ce que ça pourrait être, selon vous ?

— Difficile à deviner. Des enregistrements en studio, il y en a de toutes sortes. Des pubs, des trames sonores…

— Des trames sonores de films ?

— Oui.

— Mais ça pourrait être aussi des trames sonores de documentaires, non ?

— Bien sûr.

— Avec l'enregistrement d'un narrateur en voix *off*.

— Évidemment, mais il peut aussi s'agir de messages destinés à la clientèle des centres commerciaux, des voyageurs du métro ; des démos…

— Est-ce qu'elles peuvent renfermer autre chose que du son ?

— Comme quoi ?

— Je ne sais pas, des informations, des données…

— Hum, aucune idée. Je dirais que non, en principe. C'est fait pour enregistrer du son.

— En tout cas, elles semblent aussi précieuses pour celui ou ceux qui ont assassiné Roch Rancourt. Précieuses au point de le tuer. Mais, si elles étaient si inestimables, pourquoi Rancourt les gardait-il d'une façon aussi négligente ? Il les laissait simplement sur une tablette de la bibliothèque !

— Si c'est bien ce qu'il y avait sur cette tablette. On le suppose, on ne le sait pas.

— C'est vrai. Croyez-vous que c'est aussi ce qu'on cherchait chez vous ? Vous êtes musicien, après tout.

— Je n'en ai jamais eu à la maison. Les musiciens ne manipulent pas ce genre de matériel, ce sont les techniciens qui le font. Ça sert en studio et il faut avoir la machine et il faut aussi savoir comment s'en servir.

— Vous avez de l'expérience là-dedans, vous ?

— Aucune.

— Ça vaut combien, une Ampex ?

— Aujourd'hui, je ne sais pas. Vous trouverez sûrement sur eBay. Dans le temps, c'était très cher. Beaucoup plus qu'un an de salaire d'un musicien professionnel ou d'un prof d'université.

— Mais le contenu des bandes a généralement plus de valeur encore...

— Tout dépend du genre de travail que fait le studio qui les a enregistrées. Il y en a sans doute pour des dizaines d'heures d'écoute, et il peut y avoir un enregistrement qu'on ne reconnaît pas sur le coup, un trésor qui passe inaperçu à nos oreilles. Des niaiseries, aussi.

— Ouais, bon, merci, Louis. Vous avez été très utile. Dites-moi, en terminant, vous avez revu l'Impala brune récemment ?

— Non.

— On en a déjà parlé ensemble. Ce n'est pas une voiture à nous ni à la police de Québec, personne n'a demandé une surveillance de votre domicile à l'époque où vous nous avez avisés. J'ai vérifié. Mais je vais demander de placer une autopatrouille devant chez vous pendant un certain temps.

— Devant chez moi ?!...

— Je sais que ça vous indispose, mais c'est pour votre sécurité.

— Quel est le danger?

— Je dois vous dire qu'il y a eu une quatrième victime, avant-hier, à Montréal. Le type n'est pas mort, juste blessé. On est pas mal certains que l'assaillant a utilisé la même arme que celle qui a tué Geneviève.

— Bon, dans mon stationnement, ça peut aller?

— Comme vous voudrez, Louis, mais il faut qu'elle soit voyante, c'est le principe de l'opération. Soyez prudents dans vos sorties, Sophie et vous. Essayez de les restreindre jusqu'à nouvel ordre.

— ... Ok... Je comprends, mais je me demande comment je vais faire pour en parler à Sophie...

— Dites-lui que ce n'est qu'une précaution. C'est d'ailleurs la vérité. Tenez bon, restez à l'abri, c'est pour une courte période seulement.

— Merci, Francis.»

Pagliaro raccrocha, morose, il savait ce que signifiait *un bon soldat*, dans les milieux interlopes. Il avait le dossier de Roch Rancourt devant les yeux.

Possession de drogue, possession en vue d'en faire le trafic, non-respect de conditions, vols dans des dépanneurs. Vols qualifiés, possession d'arme à autorisation restreinte sans permis, attaque à main armée, appartenance à un groupe criminel organisé. Il avait été incarcéré au Québec.

Rancourt avait séjourné aux États-Unis dans les années 90. Il y avait travaillé pour un gangster connu, selon Collard. Y avait-il également purgé une peine de prison?

Pagliaro fouilla dans son carnet d'adresses et retrouva le numéro du sergent Raymond Mazerolle, aux bureaux de la police de Rochester, NY. Il avait eu à enquêter avec lui en 2002 sur une affaire de plusieurs disparitions et de meurtres, dont celui d'un citoyen américain et d'un Scandinave[4]. Il se dit qu'il gagnerait

---

4   Voir *Un ménage rouge*, Alire (Romans 148), 2013.

du temps en s'adressant directement à un policier américain, sans passer par toute la paperasse administrative
internationale pour trouver les renseignements qu'il
cherchait. Il composa le numéro.

« Ray ? Ici Francis Pagliaro, de la Sûreté du
Québec...

— Oh ! Francis ! *My God* ! Ça a été un long temps,
répondit le policier dans son français américain
d'Acadie. T'as *some luck* de tomber sur moi, *man*,
c'est mon avant-dernier jour ici à Rochester !

— Tu prends ta retraite, détective ?

— Ha ! Ha ! Non, *my friend*. Demain soir, je pars
pour Thibodaux, *Louisiana*. Je vais être appointé
Sheriff of Lafourche Parish.

— Shérif ? Ben dis donc !

— *Yes sir* ! J'ai travaillé sur ça ces derniers mois
et j'ai été élu !

— T'aurais dû te présenter à New Iberia...

— Oui, mais la job est déjà prise. Tu sais que je
suis né à Thibodaux ? Mes parents ont quitté Saint-
André de *Mad'waska, New-Brunswick*, et ils sont allés
s'installer chez les Cajuns de la Louisiane dans les
années 60. Ils ont fait le voyage à l'envers, *if you will*,
mon père disait toujours qu'il était assez grand pour
se déporter soi-même, *so*... ils m'ont eu là-bas. *Here
I am : born and raised in Louisiana, and now, back
home to become the goddamn Sheriff of Lafourche
Parish !*

— Ici...

— Y a des *sheriffs* au Canada ?

— Oui, mais ce sont des fonctionnaires, comme
des huissiers, si tu veux. Au pénal, ils surveillent les
jurys pendant les procès. Mais, dis-moi, en Louisiane,
tu te rapproches de tes racines musicales, non ? Tu
joues toujours du saxophone ?

— *Oh yes !*

— Thibodaux, c'est où exactement ?

— C'est le siège de la paroisse de Lafourche, à l'est de la paroisse de Terrebonne, au bord du *Gulf of Mexico*.

— On a ça en commun, Ray. J'habite à Rosemère, c'est à côté de Terrebonne.

— *No kidding ?*

— Tu es près de la Nouvelle-Orléans ?

— *New Orleans ?* Une heure et quart en voiture. *I'll be playing blues over there every Saturday night, man. Nothing but the blues !*

— Je suis heureux pour toi. Ray. Un shérif saxophoniste, c'est peu banal.

— *Right on !* Merci, Francis. Tu m'appelles pour le business ?

— Oui, j'enquête sur trois meurtres qui sont reliés entre eux. J'aurais besoin de connaître les relations entre une des victimes, un musicien québécois du nom de Roch Rancourt, et Bill Dugas, qui vit actuellement à Las Vegas où il opère un studio d'enregistrement, le Bill's Digital Recordings. Rancourt a fait de la prison, ici au Canada, et j'aimerais savoir s'il en a fait aussi aux États, et pour quel motif. Je veux savoir si Dugas et Rancourt étaient partenaires…

— *Crime partners, kind of ?*

— Oui, c'est ça.

— C'est tout ?

— C'est tout.

— C'est comme si c'était fait, *my friend*. Je te *call back* sitôt que possible. Prends soin !

— Et toi, Shérif, tâche de ne pas te faire manger par les *cocodris*, à Thibodaux, *Lafourche Parish, Louisiana !* »

Après avoir raccroché, Pagliaro se dirigea en souriant vers le bureau de Marc Pelletier. Une conversation avec Ray Mazerolle le rendait toujours joyeux. Un shérif saxophoniste… Pagliaro se demanda s'il aurait pu lui-même être un sergent-détective pianiste. Jouant du Schubert et du Chopin… Non, à cinquante-trois ans, il était un peu tard pour commencer. Quoique… Quand même, un de ces jours, il pourrait aller rendre visite à Ray en Louisiane. Avec Lisa, pourquoi pas ?

Marc Pelletier, un analyste civil de la Sûreté à Parthenais, avait envoyé le matin même un courriel à Pagliaro lui demandant de venir le retrouver. Il avait des informations récentes sur un appartement de la 3e avenue à Verdun où se réunissaient des membres d'une *bratva* montréalaise.

« C'est hors de l'ordinaire, dit Pelletier quand Pagliaro s'assit devant lui de l'autre côté de son bureau. L'endroit est sous surveillance depuis un certain temps, mais à vrai dire, il n'y a jamais beaucoup d'activité. Soudainement, à partir du 30 octobre et jusqu'à avant-hier, il y a eu pas mal de va-et-vient. L'équipe qui s'occupe de l'écoute électronique a intercepté des conversations en russe et j'ai eu la traduction hier soir. Tous les interlocuteurs sont énervés parce qu'un certain Zachary Avdeïev a été vu en ville.

— Zachary Avdeïev ! Intéressant ! Ils sont énervés de quelle manière ?

— Ils sont en beau maudit. Ils ont l'air de savoir qui il est, ils l'ont déjà vu, mais ils se demandent ce qu'il vient foutre ici. Apparemment, il a rôdé autour de l'appartement à deux ou trois reprises, accompagné d'une jeune femme.

— Une jeune femme ?

— Dans la vingtaine, une blonde. Une inconnue. C'est la première fois qu'ils la voient, ils la connaissent pas.

— Continue…

— Ils se méfient de lui. C'est un *outsider*. Une des voix enregistrées parle d'un Russe de Russie qui vient ici jouer dans leurs platebandes.

— Qui sont ?

— La traite des *travailleuses* étrangères surtout.

— Est-ce que tes interlocuteurs pensent qu'Avdeïev est venu pour les voler ?

— Les voler ? Non. Pourquoi ?

— Est-ce qu'ils parlent de bobines, de bandes magnétiques, d'Ampex, d'enregistrements ?

— Aucune de ces réponses. Le traducteur m'a dit que, d'après le ton des conversations et certaines expressions codées, il ne serait pas surpris qu'il y ait un contrat sur la tête d'Avdeïev.

— Est-ce qu'il y a des indications qui nous permettraient de le retrouver ?

— Dans les transcriptions, non, je n'ai rien entendu à ce sujet. C'est juste qu'il est ici en ce moment, je voulais te prévenir.

— Merci, Marc.

— Pas de quoi, Francis. »

Restait à espérer pour Pagliaro qu'Avdeïev retourne rôder autour de l'appart. Il prit des dispositions pour mettre des policiers en planque à cet endroit.

◆

À onze heures, Francis Pagliaro et Martin Lortie retournèrent voir Evgeni Souvorov à l'hôpital. L'homme semblait moins nerveux et moins souffrant qu'à leur dernière visite. La dureté de son regard n'avait cependant pas changé. À sa première visite, Pagliaro avait constaté sur le corps de l'individu les marques de tortures qu'il avait subies à de multiples occasions auparavant. Il y avait aussi des tatouages rituels des membres de la mafia russe. À l'évidence, ce n'était pas ses petites questions de sergent-détective de la Sûreté du Québec qui allaient ébranler le mutisme du colosse.

Martin Lortie était du même avis : « Après le fer rouge, à quoi sert la bienséance, Francis, peux-tu me le dire ? On perd notre temps !

— Mais qui te parle de poser des questions ? »

Pagliaro retira de sa mallette un dossier dont il extirpa la photo de Zachary Avdeïev et celle d'une bobine de bande magnétique de deux pouces de largeur sortie de sa boîte. Il avait demandé au photographe de la Sûreté d'aller prendre ce cliché dans un studio d'enregistrement en ville qui possédait ce genre d'équipement afin que ses hommes puissent reconnaître *de visu* ce qu'ils recherchaient. De plus, la photo avait tout à fait l'air de ce qu'elle était, un document de police et non pas une image tirée d'Internet, ce qui aurait assurément plus de poids aux yeux de Souvorov. Observant le Russe, Pagliaro posa les photographies sur la table d'appoint devant lui. Une simple crispation des lèvres et un bref éclair dans le regard de Souvorov convainquirent Pagliaro qu'il avait frappé juste.

« Monsieur Souvorov, cet homme est venu avant-hier à votre atelier et il vous a blessé d'une balle d'un Tula-Korovin, un TK, mais il ne vous a pas tué. Pourquoi ?

— …

— Parce qu'il ne le voulait pas. »

Pagliaro désigna la photo de la bobine.

« Soit il cherche des bandes magnétiques identiques à celle-ci qu'il pensait trouver chez vous, soit il les possède déjà. En voyant ce que vous fabriquez dans cet atelier, il n'est pas difficile de comprendre ce qu'il attend de vous. »

Il remit les photos dans son dossier et il sourit au blessé en refermant sa mallette.

« Je suis content de vous retrouver dans une meilleure forme que mardi. Le médecin qui s'occupe de vous m'a confié que vous allez sortir de l'hôpital d'ici un jour ou deux. Peut-être demain… C'est une bonne nouvelle ! Et demain, je vais demander aux policiers qui gardent la porte de votre chambre 24 heures sur 24 de rentrer chez eux.

» Ah ! Je vous informe aussi que l'atelier où vous travailliez a été mis sous scellés par la police, avec tout son contenu. Vous comprenez « sous scellés » ?

— Pas retourner, oui, interdit.

— Très bien. Je vous souhaite un prompt rétablissement et une bonne réorientation de carrière, monsieur Souvorov. La police de Montréal a de grandes ambitions et elle va s'occuper de votre avenir. Très bien, même. »

La porte de la chambre ne s'était pas encore refermée derrière eux quand Pagliaro et Lortie entendirent le Russe crier : « Attendez !

— Tu vois, Martin, murmura Pagliaro, avec les vrais durs, même pas besoin de questions. »

Ils revinrent au chevet de Souvorov.

« Lui s'appelle Avdeïev. Zachary Avdeïev.

— Nous savons ça déjà.

— Lui a tiré sur moi. Va revenir. A promis à moi. »

Pagliaro tira la chaise des visiteurs plus près du lit, il s'y installa à son aise et ouvrit son carnet de notes.

« Racontez-moi ça, monsieur Souvorov. »

◆

Pagliaro et Lortie rentrèrent à Parthenais passé quatorze heures, après un lunch rapide au Thaï Express de la rue Saint-Denis.

Martin Lortie se dirigea vers son bureau pour commencer à organiser le plan que Pagliaro avait esquissé avec lui pendant le dîner. Lortie devait s'assurer de la collaboration du SPVM et de ses collègues de la Sûreté. Il en aurait pour le reste de l'après-midi à discuter avec les responsables de la mise sous scellés et à retourner inspecter l'atelier de contrefaçon du Russe en compagnie de l'équipe conjointe de policiers.

Pagliaro s'installa à son bureau, il alluma sa lampe banquier et vit que Jocelyne, la réceptionniste, avait laissé deux messages à côté du téléphone, à son intention.

APPEL DE :
    Karine / jeudi 6 nov. / 11 h 59
    GRC / Ottawa
S.V.P. : RAPPELER

APPEL DE :
    Detective Raymond Mazerolle / jeudi 6 nov. / 13 h 37
    Major Crimes / Missing Persons / RPD
    585 428-7157 ext. 2064
S.V.P. : RAPPELER

Le sergent-détective prit le téléphone et composa le numéro de Karine à son bureau de la GRC. Il le connaissait par cœur. Elle répondit à l'instant même et Pagliaro entendit en arrière-plan le bruit d'une discussion assez animée.

« Je ne te dérange pas, j'espère ? demanda-t-il. Vous êtes en réunion ?

— Non, en fait, on est en train d'avoir un débat sur l'excès d'entraînement.

— L'excès d'entraînement ? On ne s'entraîne jamais trop, à mon avis…

— Oui, mais le tiers sinon la moitié des gars ici se sont déjà blessés à l'exercice. Des luxations, des tendinites, des écorchures, des foulures, des chutes, des fractures, des commotions. Certains – ceux qui se mettent le moins en condition, je dois te le préciser – prétendent que l'excès d'entraînement compromet notre qualité d'intervention. On en est là…

— Ah bon, je vois que c'est partout pareil. Tu m'as appelé ?

— Oui, je n'ai pas de renseignements nouveaux sur ton Hassan Choukri. Enfin… Mon contact au SCRS m'a referée au CIET, le Centre intégré d'évaluation du terrorisme qui collige des informations de toutes sortes de sources, du SCRS, de l'Agence des services frontaliers, de Transports Canada et de la GRC, entre autres. Sa mission est de prévenir les attentats terroristes et d'en limiter les conséquences pour les Canadiens et les intérêts canadiens, tant au pays qu'à l'étranger. Pour le CIET, Choukri est un citoyen ordinaire qui a eu des fréquentations louches depuis plus d'un an. C'est tout.

— Rien à lui reprocher?

— À lui? Non. C'est juste que le SCRS suivait à la trace certains individus pour des raisons de sécurité et que, par la bande, ils ont vu Choukri à quelques reprises en leur compagnie. Ils ont fait suivre ces infos aux analystes du CIET...

— Ils l'ont vu souvent avec ces individus?

— Pas vraiment, mais quand même assez pour s'intéresser à lui. Ils ont aussi reconnu sa voix dans des communications téléphoniques. L'an passé, il y a eu d'abord le musicien Mohammed Lebbar, dont nous avons déjà parlé, toi et moi. Ils discutent surtout de musique.

— Et après le 16 août?

— Pourquoi après le 16 août?

— Son local de répétition a été cambriolé, enfin, c'est long à raconter, mais d'après son beau-frère Louis Collard, il semble qu'après cette date il soit devenu plus pieux, et qu'il communiquait plus souvent avec Mohammed Lebbar au téléphone.

— Je n'ai pas d'infos sur ces conversations téléphoniques. Je vais vérifier.

— Dans ce que vous avez, est-ce que certaines expressions ou certains mots pourraient être des codes?

— On ne le sait pas.

— Est-ce qu'on lui connaît un mentor quelconque?

— Non. D'ailleurs, il n'avait pas le profil pour rejoindre l'État islamique ou un autre groupe extrémiste. Il a passé l'âge de ceux qu'on recrute. Ce n'est pas un exclu de la société, apparemment on lui avait offert un emploi dans un ministère à Québec, bien rémunéré.

— C'est vrai, son beau-frère me l'a dit.

— Il gagne donc bien sa vie. Il est apprécié de son entourage. Il a beaucoup de liens avec le milieu culturel, ce n'est pas quelqu'un qui s'isole dans son coin.

— Sauf ces derniers mois, pendant lesquels il aurait pu avoir une crise d'identité subite, une quête de sens, une frustration quelconque. Mais personne n'a rien vu de tout ça. Est-ce que Choukri aurait pu être allé rejoindre Lebbar en Syrie ?

— Ça, c'est bien possible. Et c'est intéressant parce que mon contact au SCRS a appris par des informateurs à l'étranger qu'un accident s'est produit en Syrie, probablement lors d'une opération ou d'une séance d'entraînement de l'État islamique ; c'était pendant la semaine du 26 octobre. L'État islamique ne s'en vante pas, mais ça s'est su.

— Ça confirme ce que je te disais hier, Choukri venait d'arriver en Syrie. Tu pourras annoncer à tes collègues que certaines formes d'entraînement, ailleurs dans le monde, peuvent mener à la mort. Ça devrait finir de les convaincre de ne pas en abuser…

— Tu es méchant…

— Non. Je suis excédé. Tout ça confirme également ce que la femme de Choukri nous a révélé. Il n'avait pas d'expérience dans le maniement d'armes ou d'explosifs ici, c'est un musicien. Il aurait été mis à l'entraînement dès son arrivée en Syrie et il aurait pu mourir dans cet accident. D'ailleurs, comme tu dis, il était un peu vieux pour débuter dans cette aventure. Quarante-quatre ans !

— Il n'est plus très jeune, pas dans sa prime jeunesse, en tout cas. Mais il faut dire qu'en Syrie, le plus gros du contingent belligérant étranger est d'origine française. Choukri parle français, anglais, arabe, il aurait pu servir d'interprète, de traducteur ou d'agent de liaison. Pour l'État islamique, Hassan a vécu en Amérique, ça a du poids à leurs yeux. Il est éduqué, cultivé, il a l'expérience du public, il ferait un meilleur chef qu'un bon combattant.

— Autre sujet, Karine, la mafia russe, les *bratvas*. Qu'est-ce que tu peux me dire là-dessus ?

— Les *bratvas* d'ici, c'est pas comme en Russie où la mafia s'occupe de racket, d'enlèvements, d'extorsion ou de corruption. Au Canada, c'est plutôt la contrefaçon et la traite des femmes. C'est pour ça qu'ils sont sous surveillance. C'est la contrebande des choses et des personnes qui les intéresse.

— Leur organisation ressemble à la mafia italienne ?

— Non. Elle est très différente. Il n'y a pas de structure hiérarchique de haut en bas, comme dans la mafia ou la 'Ndrangheta. Les *bratvas* sont plutôt des petites fraternités qui sont organisées avec chacun son parrain qu'ils appellent *premier fidèle*. Ils sont méfiants les uns envers les autres, pour que personne ne prenne le dessus de la confrérie.

— Donc, prostitution…

— … prostitution, oui, mais surtout pornographie, passage de clandestins, contrefaçon.

— Contrefaçon de DVD ?

— Ça aussi. Anciennement, ils faisaient des CD, mais même les légaux se vendent moins. Par contre, ils opèrent des sites Web où on peut acheter de la musique piratée sans que les artistes ne reçoivent un seul sou de droits d'auteur. Des livres numérisés également. Un écrivain canadien et son éditeur nous ont contactés pour porter plainte : un de ses bouquins est devenu un best-seller en Colombie, traduit en espagnol.

Or jamais l'éditeur n'a signé de contrat à cet effet avec qui que ce soit. Il paraît que la traduction était mauvaise d'ailleurs. La mafia russe fabrique des copies d'objets de luxe, des valises, des bijoux, des montres. On peut reconnaître facilement les membres des *bratvas* par leurs tatouages, qui indiquent leur appartenance à tel groupe ou à tel autre. Ils aiment les rituels, un peu comme les mafias asiatiques. Les tatouages, même certaines scarifications, en font partie. Si tu veux, je peux t'envoyer les principaux tatouages avec ce qu'ils représentent.

— Oui, je pourrai les comparer avec ceux de Souvorov, ma quatrième victime. Dernière chose : est-ce que la GRC a pu établir des relations entre Zachary Avdeïev et les *bratvas* d'ici ?

— Ils se surveillent mutuellement, mais ce ne sont pas des frères à proprement parler.

— Ici, à la Sûreté, on craint même qu'il y ait un contrat sur sa personne.

— C'est possible, même s'ils n'opèrent pas dans les mêmes sphères. C'est tout ce qu'on sait. Je t'envoie à l'instant le dossier qu'on a sur lui.

— Merci, ma belle. C'est très intéressant. J'aime travailler avec toi. Merci, et dis à tes collègues de laisser tomber les argumentations extrêmes, ils pourraient se mordre la langue par accident, je les entends jusqu'ici…

— Bye, papa. »

Pagliaro mit fin à la conversation en appuyant sur le bouton *end* de son téléphone pendant deux secondes. Il composa ensuite le numéro de Ray Mazerolle. Comme toujours, le détective était heureux de son appel.

« Francis, *my friend*, j'ai des informations pour toi. Ton Roch Rancourt, *a.k.a. Mister Freeze – God knows why, by the way –* a fait de la prison ici aux *States* !

— Je m'en doutais.

— T'as eu une belle intuition, mon ami. Il a été condamné à quatorze ans de prison au Nevada pour subornation de témoin et pour menaces envers un deuxième témoin qui a décidé de ne plus témoigner après un arrêt cardiaque. Il s'est rétracté et il est parti dans l'Est se refaire une santé avec l'argent qu'il a gagné au Black Jack, selon ses dires. *Life is good, after all*!

— Et Rancourt?

— *Well*, Rancourt a fait sept sur ses quatorze. *Good conduct and everything*, tu sais, cette sorte de choses.

— Et ces témoins, ils avaient été témoins de quoi?

— Oh, *le* témoin, tu veux dire, le premier est mort avant le procès.

— Mort?

— Accident d'auto. *Hit and run...* Vraiment pas de chance, *poor guy...*

— Donc, témoin de quoi?

— Il y a eu un super party dans un hôtel de Vegas, *stars*, *booze, drugs, anything you ask for. And girls*.

— Des filles?

— Mineures.

— Oh...

— *You got it*! Une des filles, seize ans, belle comme... comme une fille de seize ans, finalement, a été vue morte par nos deux témoins. Dans la suite personnelle de monsieur Bill Dugas. Ils ont cru à une overdose.

— Tu me perds.

— Oui, elle a été d'abord vue dans la suite de mister Dugas par les deux témoins. À moitié *stoned*, *mind you*, mais elle a été retrouvée plus tard dans un des *dumpsters* de l'hôtel, dix-sept étages plus bas. Droguée, étranglée et violée, mais pas d'overdose...

— Un conteneur à déchets... oui.

— *Dumpster, conteneur, same difference!*

— T'as raison, Ray, mes excuses.

— Je parle français une fois par année et c'est avec toi, *detective!* Je perds mon idiome, mais je veux pas perdre mon ami. *No offense.*

— *Cool.* Alors, la suite?

— Après avoir entendu les deux témoins, le LVPD a tout de suite arrêté Bill Dugas, mais tu connais la suite. Roch Rancourt est intervenu : un témoin est mort accidenté, l'autre a eu une attaque et il est devenu riche.

— Et Rancourt est allé en prison?

— Oui, parce qu'on l'a trouvé coupable de complicité après le fait. Il a déplacé le corps et a fait entrave au travail de la police dans une enquête criminelle. Il a détruit les preuves du viol et du meurtre de la jeune fille sur la scène du crime du 17e étage. Il n'a jamais nié. Mais il n'a jamais impliqué Bill Dugas. Pour la Justice américaine, c'est comme deux crimes séparés, tu vois.

— Je vois très bien. Comment sais-tu tout ça?

— *Police work, man!*

— Bon travail, Ray!

— Non, sérieusement, Francis, j'ai téléphoné au LVPD et j'ai trouvé un vieux flic qui a été sur l'enquête dans le temps. Ils sont tous persuadés, là-bas, que Roch Rancourt a servi de *scapegoat*, de bouc émissaire, comme vous dites chez vous. J'aime bien cette expression : *bouc émissaire*, c'est très français à mes oreilles de Cajun, même si ça ne fait pas de sens pour moi. Bouc. Émissaire. *Anyway…* Il a payé sept ans de sa vie pour son ami Bill Dugas.

— C'est un grand service de sa part.

— Un *très grand* service. Il a servi sa sentence à l'Ely State Prison, reconnue pour *malpractice* médicale : un prisonnier diabétique privé d'insuline pendant trois ans, des malades souffrant de fibromyalgie, d'arthrite et de syphilis laissés sans soins. Des prisonniers mal nourris placés en cellule avec des fous dangereux. Il y a eu deux émeutes, en 2010 et 2011.

— Merci, Ray.

— Pas de quoi, mon ami. *Take care* !»

Pagliaro raccrocha et il se tourna vers l'écran de son ordinateur. Il vit que sa boîte de courriel contenait un message fraîchement arrivé. Sans doute le dossier de Zachary Avdeïev envoyé par Karine. Il l'ouvrit et sursauta en jetant un coup d'œil sur le premier paragraphe du document pdf.

22

MONTRÉAL, SAMEDI 8 NOVEMBRE

À sa deuxième journée, la surveillance de l'appartement de la 3e Avenue à Verdun ne donnait toujours rien. Personne ne s'était présenté. Le logement demeurait inoccupé. Zachary Avdeïev et la jeune femme blonde n'avaient pas été aperçus rôdant aux alentours. Le sergent-détective avait requis des agents en planque dans une voiture banalisée à proximité du logement. Pour la forme, car il n'attendait pas grand résultat de ce guet. Par contre, il misait sur son plan concernant l'atelier d'Evgeni Souvorov, plan qu'il avait appelé « Opération TK ».

Sur son lit d'hôpital, le faussaire Souvorov avait avoué aux enquêteurs Pagliaro et Lortie qu'Avdeïev voulait l'emmener *ailleurs* effectuer des transferts sur DVD du contenu de bandes magnétiques qu'il disait avoir en sa possession.

« Il en a combien de ces bobines ? lui avait demandé Pagliaro.

— Sais pas. Lui dire deux boîtes pleines.

— Et vous savez comment faire ce qu'il attend de vous ?

— Non. Mais lui pas vouloir comprendre.

— À quel endroit précis veut-il vous emmener ? C'est à Montréal ?

— Sais pas. Non. Pas dire.

— Comment avez-vous connu Avdeïev ?

— Connais pas. Lui, Russe, accent Moscou, pas Canadien. »

À la demande de Pagliaro, Souvorov retourna s'activer dans son local à sa sortie de l'hôpital, ce samedi matin. Une équipe de la Sûreté le suivit et le protégea dans ses déplacements jusqu'à ce qu'il rentre à son atelier. Malgré sa main toujours enveloppée de bandages, il s'y occupa à du ménage après que la police eut tout déplacé dans la pièce et emporté tous les DVD suspects de même que les ordinateurs.

Trop essoufflé après à peine une demi-heure de travail, Souvorov s'installa devant sa télé et se choisit un vieux film sur Netflix. *Red October*. Il portait un *body pack*, un micro dissimulé sur lui. Dès le jeudi précédent, les techniciens de la Sûreté avaient placé des caméras de surveillance aux endroits stratégiques pour couvrir l'ensemble de l'espace du local. Deux agents demeuraient cachés sur les lieux, prêts à intervenir aussitôt que Zachary Avdeïev se pointerait et semblerait menaçant au point de mettre la sécurité de Souvorov en péril. En principe, ils ne devaient agir qu'à cette condition. Autrement, ils resteraient à l'affût, sans plus. Une camionnette blanche anonyme contenant l'équipement d'enregistrement des conversations captées par le *body pack* se trouvait à quelques maisons de l'atelier. Trois véhicules banalisés de la Sûreté, dont une occupée par Pagliaro et Lortie, se tenaient parés à engager la filature au moment où Souvorov et Avdeïev se mettraient en chemin. Au besoin, un hélicoptère était également prêt à prendre la relève du haut des airs, sur commande.

« Pourquoi on l'arrête pas aussitôt qu'y se pointe à la *shop* ? demanda un agent de la Sûreté qui participait à l'opération.

— Parce que si Avdeïev n'est pas fou, il va pas se promener avec les bobines si précieuses partout en ville, répondit le sergent-détective Pagliaro.

— La seule place où on est sûrs et certains de prendre Avdeïev *avec* les bandes, ajouta Martin Lortie, c'est l'endroit où il va emmener Souvorov pour faire les transferts.»

C'était le plan. Suivre les deux Russes jusqu'au lieu choisi par Avdeïev, les laisser entrer et foncer avec la cavalerie.

Avec l'aide de son équipe, Pagliaro avait dressé l'inventaire de tous les studios capables d'effectuer ces transferts dans la région de Montréal. Il s'agissait d'entreprises connues et à la réputation honnête. Plusieurs de ces maisons de production, petites et grandes, avaient enregistré des artistes reconnus ou elles œuvraient dans le domaine de la publicité. Cependant, Pagliaro croyait que, pour des raisons évidentes, Avdeïev choisirait un studio inconnu du milieu professionnel.

◆

Vers seize heures trente, sous une pluie froide, une Hyundai Sonata grise apparut au coin de la rue Galt en provenance du boulevard Champlain. Le chauffeur ralentit en s'arrêtant presque devant l'atelier de Souvorov situé au 1140, puis il repartit. Il n'y avait aucune place de stationnement disponible. La voiture disparut en tournant à droite à l'intersection de l'avenue Bannantyne. Trois minutes plus tard, elle était de retour et, cette fois, il fut évident que le conducteur qui roulait au pas cherchait à se garer. Pagliaro ouvrit son *walkie-talkie* :

« Ici Francis, Mobile 1. Tout le monde est en place ?

— Mobile 2 prêt.

— Mobile 3 prêt. On bouge ?

— Pas tout de suite, Éva.

— Vous voyez le numéro de plaque, quelqu'un ?

— Oui, dit l'agent Claude Fradette, du Mobile 2 : F264289. C'est une voiture de location. On cherche dans l'ordinateur...

— Et le visage du chauffeur ?

— Il fait trop sombre, y a trop de pluie.

— Et l'immatriculation, Claude ?

— Rien sur l'ordi, Francis, la voiture n'est pas rapportée volée. Attendez, il approche. C'est lui, Avdeïev. Affirmatif. Je le reconnais d'après sa photo. Il est avec une fille blonde, dans la vingtaine. »

La Hyundai avançait maintenant très lentement dans la rue Galt, devant l'école secondaire Monseigneur-Richard, à la recherche d'un stationnement vacant. Pagliaro attendit que la Hyundai soit à quatre voitures de distance de Mobile 3.

« Go Mobile 3 ! »

Le vieux pick-up tout bosselé stationné juste devant le 1140 démarra et laissa sa place libre. La Hyundai s'approcha pour la prendre. L'enquêteur Louis Spagna et l'agente Éva Saint-Pierre, installés dans l'habitacle de la camionnette, se dirigèrent vers leur destination, rue de l'Église, où ils abandonnèrent leur véhicule. Ils montèrent tout de suite à bord de l'autopatrouille banalisée de la Sûreté stationnée là à leur intention près de l'intersection de l'avenue Bannantyne.

« Mobile 3 en position », dit Éva Saint-Pierre.

Devant le 1140 rue Galt, un homme chauve sortit de la Hyundai et referma la portière en laissant le moteur de la voiture tourner. La jeune femme blonde ne quitta pas son siège.

« C'est bien notre homme, dit Pagliaro, personne ne bouge. »

Avdeïev prit son temps pour jeter un coup d'œil autour de lui, méprisant la pluie qui inondait son visage. Martin Lortie prit des photos de lui en rafale au téléobjectif. Le Russe monta les quelques marches qui menaient à la porte d'entrée et ouvrit celle-ci sans se surprendre qu'elle ne fût pas fermée à clé.

« Il monte, avertit Pagliaro dans son émetteur à l'intention des hommes postés dans l'atelier. Silence radio ! »

Arrivé à l'étage, Avdeïev se dirigea vers Souvorov assis devant son appareil de télévision cinquante pouces. Souvorov n'avait pas entendu venir le Russe, les oreilles couvertes des écouteurs Bose qu'il portait en permanence dans son studio. Il se leva d'un bond quand Avdeïev se posta face à lui, sourire aux lèvres.

« Bonjour, camarade », dit Avdeïev sur un ton de dérision.

La suite de la brève conversation se poursuivit en russe. Pagliaro aurait la traduction de l'échange plus tard. Pour l'instant, il était préoccupé par l'intonation des interlocuteurs. Rien, à l'écoute, ne lui sembla agressif dans leur face-à-face.

Comme prévu, Souvorov ne résista pas à l'invitation plus que pressante d'accompagner Avdeïev. Il s'habilla prestement et suivit son ex-compatriote. Il prit place à gauche sur la banquette arrière de la voiture après un rapide coup d'œil méfiant à la jeune femme assise à l'avant. Elle ne se retourna pas.

L'auto démarra et s'engagea avec lenteur dans la rue Galt. Le véhicule continua en direction de la ruelle Mcdougall et vira à gauche sur l'avenue Bannantyne. Déjà, l'autopatrouille Mobile 1, avec Pagliaro et Lortie à son bord, suivait la Hyundai à distance, pas trop près derrière.

« TK arrive sur vous, Éva », annonça Pagliaro.

Le policier et sa collègue de Mobile 3 virent approcher la Hyundai grise dont le feu de signalisation clignotait à gauche pour marquer son intention de tourner dans la rue de l'Église. Les agents s'empressèrent de devancer les Russes dans cette rue, tandis que Mobile 2 contournait le pâté de maisons par la droite pour se positionner à l'intersection du boulevard Champlain au cas où Avdeïev aurait décidé de l'emprunter. Pagliaro et Lortie, à bord de Mobile 1, suivaient toujours de loin.

« Je vais les laisser me doubler bientôt, annonça Mobile 3.

— Attendez qu'on se positionne, répondit Pagliaro, on a TK en vue. »

Lortie filmait la scène sans discontinuer. La Hyundai traversa le canal de l'aqueduc en demeurant dans la rue de l'Église.

« Mobile 2, prenez la direction de la rue de l'Église.

— C'est parti, Francis, je vous rejoins. »

Un peu après l'intersection de la rue Laurendeau, Mobile 3 ralentit et laissa Avdeïev les doubler. Pagliaro et Lortie prirent la suite de la filature. Dans son rétroviseur, Pagliaro vit arriver Mobile 2, loin derrière, en provenance du boulevard Champlain. Quand les Russes prirent la direction sud dans la rue Saint-Patrick longeant le canal de l'aqueduc, Pagliaro s'immobilisa sur le côté de la voie.

« À vous, Mobile 2. »

Mobile 2 tourna à gauche dans Saint-Patrick à la suite de TK.

« Il y a un bon bout sans intersection devant vous. Poursuivez, Mobile 2. »

Les policiers de Mobile 2 laissèrent deux voitures les dépasser pour mettre de la distance entre eux et Avdeïev. Pagliaro reprit place dans le cortège, plusieurs voitures à l'arrière. Pas très loin à sa suite, l'enquêteur Spagna et l'agente Éva Saint-Pierre de Mobile 3 se rapprochèrent à leur tour, prêts à assurer la relève.

À l'approche de la rue Léger, Avdeïev ralentit et signala son intention de tourner à gauche.

« Ici Mobile 2, j'abandonne ici, ils vont tourner dans Léger.

— Ici Éva, on prend la relève.

— *Va bene* », dit Pagliaro.

La filature se poursuivit encore pendant trois minutes. Les policiers suivaient la Hyundai qui continua dans la rue Léger. Puis, à six cents mètres plus loin, sans avertissement, la voiture d'Avdeïev emprunta l'entrée du Super C à sa droite et fonça vers les boutiques au fond de l'immense stationnement. La Sonata zigzaguait sur l'asphalte mouillé entre les rangées clairsemées de voitures. Éva Saint-Pierre ralentit au moment où elle décida de suivre Avdeïev sur ce terrain.

« Francis, on est dans le parking. Tu nous vois?

— Parfaitement. On arrive. Laisse-lui de la corde pour qu'on ait le temps de se placer. Compris, les autres?

— Compris, Francis. »

Les trois voitures de police étaient maintenant dans le stationnement. Du coin de l'œil, Pagliaro vit arriver la camionnette de communications qui suivait depuis le début, invisible, à distance respectable. Mobile 3 se dirigea rapidement vers la sortie du boulevard Newman, à gauche, pour la bloquer, les deux autres tentant de rejoindre la Hyundai Sonata qui était presque rendue au bâtiment.

Avdeïev bifurqua soudainement et s'engouffra dans un passage étroit et couvert entre l'Aubainerie et un petit commerce adjacent portant une enseigne annonçant Bruit Blanc Sono.

« Il va au studio qui est à gauche de l'entrée de la ruelle », dit Pagliaro.

Mobile 3 quitta sa position à la sortie de stationnement du boulevard Newman et fonça vers l'arrière de l'édifice pour bloquer l'issue du passage dans lequel la voiture d'Avdeïev était maintenant arrêtée et dont les policiers ne voyaient que les feux de stop brillants dans l'obscurité de l'espace restreint.

« On attend qu'ils entrent dans le studio, annonça Pagliaro. Où en êtes-vous, Mobile 3?

— On arrive de l'autre côté, répondit Éva Saint-Pierre, mais y a pas mal de camions de livraison qui barrent le chemin dans tous les sens. C'est l'arrière de l'édifice, ici, y a que des entrées de service, on n'a pas encore la sortie de la ruelle en vue. »

Pagliaro et Lortie approchèrent lentement leur voiture du studio Bruit Blanc Sono pour être prêts à intervenir par la gauche. Mobile 2 se plaça dans un espace de stationnement de l'autre côté de la ruelle. La Hyundai ne bougeait toujours pas, les feux de position allumés, le pot d'échappement laissant échapper ses vapeurs dans l'air humide.

À peine sorties de l'Aubainerie, une mère et sa fillette vinrent s'abriter de la pluie dans le passage à proximité de la Hyundai. Ils furent rapidement rejoints par un homme qui portait de grands sacs de magasinage. Après quelques paroles échangées, le trio courut vers sa voiture dans le stationnement. À l'arrière du bâtiment, Mobile 3 contourna plusieurs camionnettes de livraison et parvint à la sortie de la ruelle au moment même où deux jeunes hommes entraient dans le passage.

« Deux individus dans votre direction, dit la policière de Mobile 3. Blousons foncés et casquettes.

— Bien reçu », répondit Pagliaro.

Les deux jeunes ressortirent au bout de l'allée et se dirigèrent d'un pas pressé vers l'Aubainerie.

Les policiers de Mobile 3 jetèrent un coup d'œil rapide à la voiture d'Avdeïev, au centre du passage, mais ils ne virent que de vagues silhouettes à travers le pare-brise embué. Ils positionnèrent leur véhicule de sorte que la Hyundai ne puisse passer. Éva, la policière assise du côté passager, ouvrit un journal qu'elle plaça devant elle, faisant mine de le consulter.

« Mobile 3 en position. La porte est fermée, annonça-t-elle.

— C'est bien, dit Pagliaro. Ils sont toujours dans leur véhicule ?

— Affirmatif. Mais je vois juste deux têtes. Souvorov est peut-être couché sur la banquette?

— J'aime pas ça. »

Le moteur de la Hyundai tournait toujours. Pagliaro descendit de sa voiture et s'approcha avec prudence du commerce de sonorisation. L'intérieur du local était sombre. Le sergent-détective saisit la poignée de la porte d'entrée. Elle était verrouillée. Il mit ses mains en visière et examina les lieux à travers la vitre comme le ferait un client inattendu. Rien ne bougeait à l'intérieur. De toute évidence, l'établissement était fermé. Il revint à sa voiture.

« Qu'est-ce qu'ils font? demanda-t-il à Lortie en reprenant sa place côté passager.

— Rien. Ils attendent.

— Ça fait six minutes. Mobile 3, de votre côté, ça bouge?

— Non.

— Ok. Déplacez-vous pour qu'ils ne vous voient plus, et Éva: traverse de notre côté avec ton journal sur la tête pour faire croire que tu te protèges de la pluie. Jette un coup d'œil dans l'auto en passant. Et garde ta main près de ton pistolet.

— J'y vais. »

Le chauffeur de Mobile 3 déplaça son véhicule et la policière descendit pour entrer dans le passage, coiffée de son journal. Puis elle le replia et ébouriffa ses cheveux comme pour les débarrasser de la pluie. Arrivée à la hauteur de la Hyundai, elle regarda à l'intérieur sans ralentir. Au même moment, le moteur de la voiture s'éteignit.

Éva s'éloigna du véhicule et se dépêcha de sortir de la ruelle.

« Le chauve a disparu! *Deux* personnes à bord! annonça-t-elle essoufflée dans son micro. Deux personnes à bord!

— Go! » ordonna Pagliaro.

Le chauffeur de Mobile 3 recula son véhicule dans un crissement de pneus pour bloquer la sortie de la ruelle et il descendit de l'autopatrouille, arme au poing. À l'autre bout de l'impasse, Mobile 2 barrait l'entrée de la même manière, tandis que Pagliaro et Lortie fonçaient à pied sur la voiture d'Avdeïev. Avant même qu'ils aient atteint la Hyundai, la portière arrière gauche s'ouvrit et Souvorov sortit, les mains bien en vue. La jeune fille blonde resta assise, côté passager à l'avant. Elle pleurait.

« Où il est ? cria Pagliaro à Souvorov.

— Parti. Avdeïev entrer ici et tout de suite courir l'autre côté.»

Le Russe désigna la voiture Mobile 2 avec mépris.

« Avdeïev dire : voiture *bratva*. Pas confiance.»

Pagliaro consulta sa montre : neuf minutes de passées. Il prit la communication dans Mobile 1 et donna des instructions pour que des voitures de patrouille rappliquent afin de quadriller les environs à la recherche d'Avdeïev, dont la description était sur tous les écrans des ordinateurs de bord des véhicules de police. Mais en son for intérieur, le sergent-détective savait qu'Avdeïev était déjà loin. Neuf minutes. Une éternité.

Martin Lortie, déçu, s'approcha de son chef et de Souvorov en replaçant son arme dans son étui.

« Éva a fouillé la blonde. Elle est *clean*. C'est elle qui a éteint le moteur.

— On va l'emmener à Parthenais avec monsieur ici, répondit Pagliaro en désignant Souvorov. On a des choses à se dire.»

Éva Saint-Pierre fit asseoir la jeune femme à l'arrière de Mobile 2 tandis qu'un autre agent plaçait Evgeni Souvorov sous bonne garde dans Mobile 3.

Pagliaro prit les clés toujours en place sur le contact de la Hyundai et ouvrit le coffre de l'auto. Bien en évidence, deux boîtes contenaient ce qu'ils cherchaient depuis longtemps. Vingt-quatre bobines de bandes magnétiques dans leurs emballages de carton. Dans un grand sac de chez Canadian Tire, à côté des boîtes, Pagliaro trouva des outils de cambriolage. Deux paires de gants, une en cuir, l'autre en latex. Un tube de colle. Un disque dur.

Tout n'était pas perdu.

23

MONTRÉAL, DIMANCHE 9 NOVEMBRE

Juchée en mezzanine, entièrement lambrissée de chêne sur ses trois mètres de hauteur et couronnée d'une verrière qui assurait un éclairage naturel, la magnifique salle de contrôle principale des Studios Son Montréal offrait par une fenêtre panoramique une vue plongeante sur le studio de trois cents mètres carrés s'étalant à ses pieds. Deux autres studios beaucoup moins spacieux se situaient derrière, sur le même étage, chacun équipé de sa propre salle de contrôle tout aussi *high-tech*.

Gilles Dubois et Patrice Laflèche, les copropriétaires des lieux, avaient tenu à faire visiter leurs installations à Francis Pagliaro et à son adjoint. Partout dans l'édifice, la climatisation silencieuse, l'humidité contrôlée et l'éclairage discret assuraient un confort et un bien-être incomparables au personnel et aux clients qui y travaillaient.

« Luxe, confort et efficacité », dit Martin Lortie à la fin de la visite.

Dans la spacieuse salle de contrôle, Pagliaro et Lortie ne comprirent rien des explications de Gilles Dubois au sujet de la compression du son, de la console Neve 8048, du mixage automatique Necam, du Solid

State Logic 4000, de l'Api 512C ou du préampli Telefunken à tubes.

Du chinois.

Quand Dubois prononça les mots enregistrements analogiques sur Studer ou sur Ampex 24 pistes, Pagliaro lui sourit. Enfin il tenait une prise pour son entrée en matière sans offusquer la générosité ni brusquer l'enthousiasme démonstratif du propriétaire, musicien-compositeur et ingénieur de son.

« Merci de nous recevoir un dimanche, monsieur Dubois...

— Appelez-moi Gilles. Mon Dieu ! Ici, à SSM, nous travaillons 24 sur 24, 7 sur 7, y a pas de spécial. Vous avez de la chance, en passant ; on devait commencer aujourd'hui l'enregistrement du dernier disque d'un chanteur rock, mais il a été interpellé par la police cette nuit avec deux fois .08 et il a résisté à son arrestation. Alors... Mais je vois que vous avez apporté les bandes, écoutons ça ! »

Martin Lortie ouvrit la première caisse. Patrice Laflèche s'approcha et saisit une des boîtes de bobines de dix pouces et demi de diamètre. Elle portait l'inscription BD 83-6 inscrite au feutre noir sur la surface défraîchie du couvercle. Laflèche sortit de la boîte la bobine métallique qui affichait la même identification et l'inspecta avec soin. Puis, il essaya de dégager quelques centimètres de la bande avant de la montrer à son collègue en faisant la moue.

« Ouais, fit Dubois, c'est bien ce que je craignais...

— Y a un problème ? s'enquit Pagliaro.

— C'est un vieux *tape*.

— Il date des années 80...

— C'est ce que je dis, et je reconnais son âge à son étiquette. Le problème, c'est que toutes les couches de la bande sont probablement collées les unes sur les autres. On le voit dès le début. Regardez... »

Dubois montra aux policiers les quelques centimètres déroulés de la bande magnétique. En tirant un peu sur l'extrémité, on observait clairement l'adhérence de la pellicule à la couche inférieure.

« Pas génial. On peut pas la jouer, ça fait trop longtemps. Ça va déchirer. Un *tape* comme ça, c'est bon pour vingt ans, vous savez. Dans les meilleures conditions, et encore... Là, ça fait plus de trente ans.

— Rien à faire, alors ?

— Oh non ! Il reste une solution, mais ça marche juste une fois. Quand ça marche. On chauffe la bobine dans un four quelques minutes et on tente le coup.

— Mais si c'est efficace pour un seul essai...

— Si ça fonctionne, on enregistre une copie numérique en même temps qu'on l'auditionne, au moins on peut récupérer le contenu, mais pour la qualité, ça, c'est une autre affaire. J'espère que vous n'êtes pas trop difficiles. »

Entre-temps, Martin Lortie avait sorti les vingt-trois autres bobines des deux cartons et les avait disposées sur une table en quatre piles selon leur ordre d'identification :

BD 80-1 à BD 80-6
BD 81-1 à BD 81-4
BD 82-1 à BD 82-6
BD 83-1 à BD 83-8

Il se tourna vers Pagliaro.

« Par où on commence, Francis ?

— Bonne question. Je suppose que BD signifie Bill Dugas. Je n'ai pas d'autre explication pour le moment.

— Moi non plus. Et 80, 81...

— 1980, bobine 1 à 6 ; 1981, 1982...

— Ça doit être ça. Logique.

— Alors, commençons par le commencement.

— C'est Patrice qui va s'en occuper, dit Gilles Dubois, c'est lui le maître bobineur. »

Ils se déplacèrent tous les quatre vers la cuisinette du casse-croûte à côté de la réception et Patrice Laflèche alluma le four à convection à basse température. Quand la température désirée fut atteinte, il déposa la bobine BD 80-1 sur une des grilles et ferma la porte du four. Quelques brèves minutes plus tard, un léger tintement de clochette se fit entendre.

« La pizza est prête », dit Laflèche.

De retour dans la salle de contrôle, Laflèche installa la bobine sur l'Ampex MM 1100 24 pistes.

« Ça dure combien de temps, une bobine comme ça ? demanda Lortie.

— Ça dépend si l'enregistrement a été fait à 15ips ou à 30.

— 15ips ?

— Quinze *inches per second*, quinze pouces par seconde. Ou trente. Trente, c'est mieux. En gros, ça devrait faire une couple de tounes.

— Plus c'est long, plus c'est meilleur, c'est comme dans la vie, si je comprends bien, ajouta Lortie.

— Sans blague… » compléta Pagliaro.

Gilles Dubois sourit à l'attention de Lortie et il regarda sa montre.

« Il est dix heures et dix, on a vingt-quatre bobines. Si on doit toutes les chauffer quelques minutes avant de les écouter, on devrait avoir fini vers huit heures ce soir. Si tout va bien.

— Prêt ? demanda Laflèche à son collègue installé pour l'enregistrement numérique.

— Prêt. »

Laflèche enclencha le processus. Après quelques secondes à vide, une voix de dessins animés se fit entendre, en français. La phrase fut reprise plusieurs fois de suite, avec des variantes dans l'intonation. Puis, une autre voix répondit à la première. La qualité sonore laissait à désirer. Laflèche et Dubois se consultaient du regard, mais leurs grimaces indiquaient qu'il n'y avait pas grand espoir de réussite.

« Si je comprends bien, dit Pagliaro, ce qu'on entend, c'est la trame sonore d'un dessin animé, mais la partie avec l'image est ailleurs ?

— Oui, répondit Laflèche. Sur un autre support. Le montage de la voix avec l'image se fait dans un autre logiciel, un logiciel de cinéma. Nous, ici, on ne s'occupe que du son. Les bandes que vous avez apportées sont des bandes de son uniquement. »

Les voix enfantines poursuivirent leur conversation pendant quelques minutes. Après une brève interruption de son, on entendit une pub pour une bière qui était très populaire en 1980. Les hommes se regardèrent en souriant, ils se la rappelaient tous, même Martin Lortie, qui n'avait que neuf ans à l'époque.

Le reste de la bande contenait d'autres pubs, rien d'autre.

Laflèche retourna seul à la cuisinette pour faire chauffer la bobine BD 80-2. Il revint quelques minutes plus tard et plaça la bande en position, à gauche, sur l'Ampex. Après quelques secondes de mise en marche, la pellicule se déchira. Laflèche reprit le bout valide et le rembobina avec soin sur la bobine de droite.

« À la grâce de Dieu », dit-il.

Mais la bande cassa de nouveau.

« Ça sert à rien d'insister, dit Dubois, ça va être comme ça d'un bout à l'autre, si vous voulez mon avis. Vous dépensez de l'argent pour rien.

— Je vous fais confiance, dit Pagliaro.

— Alors, c'est quoi la suite ? On arrête ?

— On continue quand même avec les autres. Il faut qu'on soit en mesure de dire aux procureurs qu'on a tout essayé.

— C'est vous le client, répondit Laflèche. Si vous voulez, on peut procéder, mais vous n'avez pas besoin de gaspiller votre journée. On vous appelle quand on aura fini et on vous donne tout ce qu'on a gardé de bon. S'il y en a.

— Je dois laisser quelqu'un sur place avec les bandes, il faut garder la chaîne de possession de la preuve.

— Je peux rester si tu veux, dit Lortie.

— Bonne idée, Martin, je vais te faire remplacer par un gars en uniforme. Ça ne devrait pas être trop long. »

Pagliaro se tourna vers Gilles Dubois et lui demanda de remettre les bandes magnétiques au policier qui viendrait monter la garde quand il aurait fini ses opérations de transfert. Il salua ensuite les experts et rentra à Parthenais. Il était onze heures vingt.

◆

Quelques minutes plus tard, assis à son bureau, il appuya sur une touche de son ordinateur pour quitter l'état de veille. L'icône du dossier de Zachary Avdeïev apparut à gauche de l'écran parmi d'autres.

« Pourquoi pas ? » murmura l'enquêteur en l'apercevant, se rappelant sa surprise quand il avait ouvert ce document pour la première fois. Il l'ouvrit et il lut, sous la photo de passeport du Russe :

Закари Авдеев

Zachary Avdeïev.

L'alphabet cyrillique ressemblait au grec que Pagliaro connaissait plus ou moins en raison de ses études des philosophes hellènes de l'Antiquité. Il comportait bon nombre de signes inexistants en français. Le З, pour Z, dans le prénom d'Avdeïev le fit sursauter. Il l'avait vu récemment, ce З, mélangé à des lettres : le mot de passe supposé de l'ordinateur de Nicolas Turmel. Il chercha dans le dossier du policier décédé et trouva immédiatement АЗYBMKI. Quelle raison y avait-il pour que Nicolas choisisse un mot de passe tapé dans l'ordre exact des touches du clavier, de gauche à droite ? Aucune. Le corps de Turmel ne portait aucune autre blessure que la balle dans la tête, à part les doigts collés. L'assassin l'avait-il seulement menacé pour connaître le code avant de le tuer ?

Absurde.

Les doigts avaient été collés par le tueur. Pas de doute. Le suspect russe. Par intuition, Pagliaro essaya de prononcer à mi-voix ce qu'il avait devant les yeux, en remplaçant le 3 par un Z : azibmki. Mais il n'y avait pas plus de raison, si son flair se révélait bon, qu'un mot russe s'écrive tout bonnement dans l'ordre des lettres sur un clavier. Et dans quel ordre se trouvaient les lettres sur un clavier cyrillique ? Aucune idée. Ni qwerty ni azerty, c'était certain.

Absurde.

Son esprit tournait en rond. Il se moqua de lui-même et de ses niaiseries. Était-il en train de perdre son temps en élaborant ces théories fumeuses en attendant les résultats du travail de Dubois et Laflèche ? Mécontent de lui, Pagliaro reposa le dossier de Turmel sur son bureau.

Martin Lortie passa dans le corridor quelques minutes plus tard, de retour des Studios Son Montréal.

« Des nouvelles d'Avdeïev ? demanda Pagliaro.

— Non. On a cinq équipes qui le cherchent partout. As-tu besoin de quelque chose ? Je m'en vais aux archives. Tu peux me joindre là si t'as besoin de moi. »

Les archives ! Et la belle Svetlana, la belle employée civile d'origine ukrainienne aux archives, la grande blonde que tout le monde appelait Svet !

Pagliaro saisit son téléphone et composa le numéro des archives. Il demanda à parler à Svetlana, qui ne tarda pas à lui répondre.

« Svet ? Tu es Ukrainienne, mais parles-tu aussi le russe ?

— Oui. Je m'appelle Svetlana parce que ma mère est Russe. C'est Svitlana, mon nom en ukrainien, avec un i. Quand vous m'appelez Svet, ça veut dire *monde* en russe. Salut, Svet ! *Salut, monde !*

— Tu peux donc lire le russe.

— C'est presque le même alphabet que l'ukrainien.

— Peux-tu m'aider avec un mot qui me semble être du russe ?

— Quel mot ?

— Je ne sais pas, A-3-Y-B-M-K-I. Ce sont des lettres françaises et un chiffre mélangés, mais fais comme si c'étaient des lettres en alphabet cyrillique.

— Est-ce que ce sont toutes des lettres majuscules ?

— Euh… oui. »

Pagliaro réalisa que sur les claviers d'ordinateurs, toutes les lettres étaient des majuscules. Un détail quand même important quand il s'agissait de découvrir un mot de passe avec majuscules et minuscules intercalées. Mais son intuition le portait ailleurs.

« Quand vous dites mélangées, monsieur Pagliaro, vous voulez dire mélangées comme au scrabble ?

— Comme au scrabble.

— Ok ! »

Pagliaro raccrocha.

Il aurait dû rentrer chez lui auprès de sa femme, voilà ce qu'il aurait dû faire en ce beau dimanche après-midi au lieu de courir après des chimères. Des rubans magnétiques passés au four. Des majuscules et des 3 qui deviennent des Z. Des claviers cyrilliques. Et puis quoi, encore ?

Écouter du Schubert au salon à côté de Lisa, voilà ce qui lui changerait les idées. Donner un coup de fil à sa petite Léa à Ottawa. Miss Pimpante. L'entendre lui raconter sa semaine à l'école. Lui demander si la neige qu'elle attendait tant était arrivée chez elle. Lui dire qu'il lui restait encore quelques bonbons roses dans le tiroir de son bureau. *Les roses, c'est les meilleurs.* Au lieu de ça…

Il avait pensé si souvent, ces dernières années, à faire autre chose dans la vie que de chercher des réponses à des comportements qu'il ne comprenait tout simplement pas. Des agissements aberrants qui le dépassaient. Il serait plus utile à ses concitoyens à réfléchir à des questions plus fondamentales. Des questions qui pourraient amener les gens à trouver un sens à leur vie, pas à mettre sous les verrous d'autres concitoyens hostiles et dangereux, une fois que le mal était commis.

La veille, il avait failli arrêter Zachary Avdeïev. Il avait récupéré les fameuses bandes. Ces précieuses bandes. Probablement inutilisables. Dans la voiture d'Avdeïev, il avait retrouvé ce qui pourrait bien être le disque dur de l'ordinateur de Nicolas Turmel. Il ne tarderait pas à le savoir.

Pagliaro avait consulté sa fille Karine, à la GRC, et elle était d'accord avec lui pour conclure qu'Avdeïev n'était qu'un maillon d'une chaîne. Un maillon du bas de l'échelle, un exécutant. Sans jeu de mots.

« Tu sais comme moi que quand tu sauras qui est le véritable commanditaire de l'opération, tu pourras comprendre ce qui est en jeu dans l'affaire, avait-elle répété à son père. J'ai demandé au SCRS de regarder ça de plus près. Ils devraient me donner des nouvelles bientôt.

— Bientôt ?

— Ça peut prendre du temps, des semaines… Ils ne me disent pas tout. Mon patron non plus d'ailleurs. Quel con !

— C'est qui, au fait, ton patron à la GRC ?

— L'inspecteur Roland T. Webster.

— Ah, mon Dieu ! Je l'ai connu quand il était ici à la Sûreté. Un politicien.

— C'est une fouine. Toujours le nez fourré partout mais le bec fermé. Des fois, j'aimerais être mutée à nouveau. Au lieu de nous aider, il nous met des bâtons dans les roues. Pas de budget... Pas d'autonomie de travail. Pas de partage avec les autres services. Il faut justifier tout ce qu'on fait. On se croirait à l'École de police. Mais dis-moi, sur un autre sujet, qui est la blonde que vous avez arrêtée hier ?

— C'est la fille d'Avdeïev. Natalya Avdeïeva. Rien à voir avec Ioulianna Avdeïeva, la pianiste. On l'a cuisinée au sujet de son père, mais à l'évidence elle est en dehors du coup. Elle n'est pas au courant de ses activités. Je lui ai dit que son visa était toujours valide. Qu'elle pouvait circuler librement au pays, que je n'avais rien à retenir contre elle. J'ai ajouté que si elle le désirait, un de mes agents l'accompagnerait au bureau des Services frontaliers. Elle pourrait faire une demande d'asile pour raisons humanitaires en bonne et due forme, ou pour devenir une personne à protéger, c'est le paragraphe 97(1) de la loi de l'immigration. Ou demander une prolongation de son visa.

— Qu'est-ce qu'elle a décidé, finalement ?

— Elle a immédiatement demandé l'asile. J'ai mandaté un gars de la Sûreté pour la conduire aux Services frontaliers à Dorval avec tous ses bagages.

— Bon. Zachary Avdeïev aura ainsi une parente proche pour lui rendre visite en prison quand vous allez le capturer.

— D'autre part, on a retrouvé ce qui est probablement le disque dur de l'ordinateur de Nicolas Turmel, et les fameuses bandes magnétiques qu'on cherchait. Mais pas l'arme du crime. Pas encore.

— Bonne chance.

— Merci, ma fille. »

Malgré ses trouvailles, le sergent-détective Francis Pagliaro demeurait sur son appétit.

Quels étaient les véritables liens entre un Russe de Russie assassinant des gens au Québec, dont un policier, pour des documents sonores vieux de trente ans ayant appartenu à un Québécois criminel de Las Vegas, mais retrouvés chez un Québécois vivant sous un faux nom dans la basse-ville de Québec? Et la femme du prof? Et ce Québécois, beau-frère de cette dernière, disparu en Syrie dans des circonstances nébuleuses? Y avait-il un rapport entre les Russes et les musiciens arabes? Quel était le sens de toute cette folie?

Autre absurdité : après avoir entendu les plaidoiries des avocats dans l'affaire Jacques Richer, le juge LeBlanc avait annoncé le 27 octobre qu'il prononcerait sa sentence le 7 novembre, onze jours plus tard seulement! Une décision sans précédent. Du jamais-vu. Mais le juge LeBlanc avait cette réputation d'homme vif et expéditif. Souvent imprévisible.

Deux jours plus tôt, le 7 novembre, Pagliaro s'était donc rendu en chambre criminelle pour assister au prononcé de la sentence de Richer, qui avait plaidé coupable à toutes les accusations portées contre lui. Il était arrivé au Palais de justice juste à temps. Des caméramen attendaient dans le corridor que les avocats sortent du prétoire pour enregistrer en direct leurs impressions aussitôt que la sentence serait prononcée.

Des années auparavant, Richer avait perdu son emploi de flic en raison de sa complicité dans une affaire de fraude sur laquelle il enquêtait. Aujourd'hui, Richer perdrait sa liberté. La foule et les médias s'en réjouissaient d'avance. Personne, dans la salle du tribunal, n'espérait autre chose que des peines maximales sur tous les chefs d'accusation. La justice a beau être équitable, la plèbe est vengeresse.

Dix ans de pénitencier pour la tentative de meurtre, quatre ans à ajouter à sa peine pour l'ensemble de son œuvre : menaces, voies de fait et complicité d'agression d'un distingué membre du barreau par ailleurs bien connu des policiers pour l'élasticité de son code d'éthique.

Les juges ne plaisantent pas quand on attaque les éminents membres de leur confrérie, avait pensé l'enquêteur. *Cher maître par-ci, votre honneur par là…* Gare à celui qui s'en prenait à ces seigneuries. Pagliaro avait quitté la salle l'humeur maussade après un discret salut sans méchanceté en direction de son ex-collègue et il avait murmuré *bonne chance* à son intention. Il était sincère. De la chance, il lui en faudrait en prison. Tiendrait-il un jour ? deux ? En dehors, la mémoire criminelle a une vie de six mois. En dedans, elle est éternelle.

En attendant des nouvelles de Dubois et de Laflèche, Pagliaro ouvrit le tiroir de son bureau, saisit un bonbon dans le sac transparent et le mit dans sa bouche en pensant à sa petite Léa. Puis, il fouilla dans sa mallette à la recherche du livre qu'il était en train de lire. *L'Instrument de musique, une étude philosophique*, de Bernard Sève, publié un peu plus d'un an auparavant. Une pause d'intelligence lui ferait du bien dans tout ce chaos déprimant de la bêtise, du crime et des criminels.

Une phrase du livre avait attiré son attention : *La musique est le seul art dont les instruments sont utilisés tout au long de la réalisation de l'œuvre. Une fois le tableau achevé, le peintre n'a plus besoin de son pinceau ; mais, la partition terminée, le musicien a plus que jamais besoin des instruments.*

Ses entretiens avec le peintre Andrew Garrison, lors d'une précédente affaire, avaient appris à Pagliaro comment l'artiste avait élaboré l'œuvre dans son esprit, mais aussi avec son corps. *Le pinceau, c'est moi !* avait proclamé Garrison. Ces conversations avaient complété la pensée de Sève dans l'esprit de l'enquêteur.

Tula-Korovin.

« Une autre sorte d'outil », murmura Pagliaro pour lui-même. Peut-être Zachary Avdeïev avait-il gardé le TK par-devers lui par amour pour son outil. Le Russe se prenait-il pour un artiste ? Un grand violoniste ne se sépare jamais de son Stradivarius, disait-on. Mais un tueur ?

Absurde.

Il l'apprendrait quand Avdeïev serait arrêté.

La sonnerie du téléphone sortit Pagliaro de ses considérations moroses. Il regarda l'heure à sa montre avant de répondre : quatorze heures vingt-six.

Gilles Dubois l'appelait des Studios Son Montréal. Trop tôt pour avoir de bonnes nouvelles à annoncer, songea-t-il.

« Vous avez déjà des résultats ? demanda-t-il à Dubois, méfiant.

— Oui, mais pas très encourageants. Soit les *tapes* déchirent ou cassent, soit, quand on réussit à les bobiner, le contenu est inaudible. Rien à en tirer. Je peux vous faire un CD de la bande des commerciaux que vous avez entendue au début, mais pour le reste…

— Aucune n'est bonne ?

— Aucune. Désolé.

— Tant pis. Vous pouvez confier le tout à l'agent présent et, oui, faites-moi une copie CD.

— Et pour la facture ?

— Vous avez mes coordonnées ici à Parthenais ? Envoyez-la-moi. Je vais m'en occuper.

— Désolé encore.

— Merci pour le trouble. »

Pagliaro raccrocha. Il pensa à Louis Collard, qui s'était donné tant de mal pour rechercher ces bobines. Au risque de sa sécurité. Il aurait été sans doute le mieux placé, dans les circonstances, pour évaluer leur contenu.

Encore un cul-de-sac.

Pagliaro pensa rentrer chez lui pour sauver ce qui restait de la journée. La finir en beauté en compagnie de sa femme. Lire un peu. Écouter du Schubert ou du Chopin en dégustant une Blanche de Chambly. Il prit plutôt le téléphone et appela Collard à Québec.

« Alors, c'est fini ? explosa Collard quand Pagliaro lui eut résumé les faits. C'est fini ? On passe à un autre appel ?

— Je comprends votre déception. C'est la mienne aussi.

— On ne sait toujours pas pourquoi il a tué ma femme ?!

— Non.

— Qu'est-ce que vous ignorez à part ça ? »

Le ton avait été cinglant.

« Écoutez, Louis, on travaille encore sur le dossier, on le recherche. On va le retrouver et l'arrêter, je vous en fais la promesse.

— Mais il vous manque plein d'éléments… vous… vous… »

Collard prit une grande respiration. Pagliaro comprit qu'il tentait de dominer sa colère.

« … en conclusion, à part le fait que vous croyez que c'est le Russe qui a tué, vous ne savez rien d'autre, n'est-ce pas ? Les bandes sont illisibles, le mobile est inconnu, le dossier reste ouvert…

— On travaille là-dessus.

— Oui, oui… vous travaillez là-dessus…

— On cherche son commanditaire. Ou son patron. Il doit être en Russie, alors, vous comprenez…

— Je comprends que vous avez foiré. Je comprends que vous ne pouvez même pas prouver que les bandes que vous avez récupérées sont celles qui se trouvaient chez Roch. Les bandes de Bill…

— À moins que Bill Dugas ne témoigne…

— Ne comptez pas là-dessus ! Il n'aidera jamais la police. Et pourquoi votre Avdeïev aurait-il volé des bandes inutilisables, voulez-vous bien me dire ?

— Parce qu'il n'y connaît rien. Il n'est qu'un homme de main, pas un ingénieur de son.

— Et pourquoi il aurait tué ma femme pour des bandes inexploitables qui ne se trouvaient même pas chez moi ?!

— Ce qu'il faut savoir, c'est *qui* voulait, veut, récupérer les bandes. Le commanditaire d'Avdeïev. Bill Dugas, par exemple, vous ne pensez pas ? Après tout, si quelqu'un sait ce qu'il y a sur ces bandes, c'est bien Bill Dugas, non ?

— Bill n'aurait jamais envoyé un Russe à Québec. Ridicule ! Il connaissait Roch, il était son ancien patron, son ami. Il serait venu les lui reprendre. Simplement. Et votre policier, Turmel, là-dedans. Qu'est-ce qu'il vient faire dans cette histoire ? Hein ?!

— On est en train de fouiller son ordinateur.

— C'est ça, c'est ça…

— Monsieur Collard…

— Monsieur Collard a son voyage !

— Louis…

— Louis vous dit… ahh… »

Collard éclata en sanglots. Pagliaro demeura silencieux au bout du fil, le temps que Collard se reprenne.

« Louis…

— Excusez-moi, monsieur Pagliaro.

— Francis.

— Excusez-moi, Francis. Qu'est-ce que je suis censé faire ? Hein ? Je suis malheureux. J'ai de la peine, vous comprenez ça, avoir de la peine ? Je pleure depuis le 5 août. Je bois. Ma sœur est revenue de la Libye complètement démolie. On est comme deux épaves qui vivent ensemble dans la même maison. Quand on se regarde, on voit chacun son échec écrit dans la face de l'autre. On va finir par se haïr. Elle me rappelle Hassan. Elle ne parle que de lui et ça me plonge dans une peine énorme. Peu importe ce qu'il a fait ou n'a pas fait, je n'en sais rien d'ailleurs, peu importe ce qu'il est devenu, je m'en fous, c'était quelqu'un de bien. Vous comprenez ? C'était mon ami. Ma femme et mon fils me manquent tous les jours. C'est surtout de ne pas savoir qui m'arrache le cœur. Je n'arrive pas à accepter que Geneviève soit morte pour des maudites bandes magnétiques inexploitables. Des fois, j'en arrive à souhaiter qu'elle soit disparue pour toutes sortes d'autres raisons. Des raisons que je ne peux pas répéter tellement elles sont épouvantables. J'ai honte. Mais au moins, je saurais pourquoi… Je serais prêt à accepter n'importe quoi. Je n'ai pas écouté de musique depuis des semaines. Je ne joue plus. Je ne vois plus personne. Vous m'appelez pour me dire que ça avance pas. Vous êtes impuissant. Je vais de déception en déception avec vous. J'essayerais bien de me rattacher à quelque chose, si seulement je savais à quoi…

— Je vous comprends. J'ai du chagrin pour vous, Louis. Je vous assure qu'on travaille toujours sur le dossier. Il ne sera pas fermé tant qu'on n'aura pas attaché toutes les ficelles. Vous pouvez compter sur moi. Je dois aller à Québec bientôt. Je vous donne un coup de fil. »

Il y eut un silence prolongé au bout du fil.

« D'accord, Francis. C'est bien. À bientôt alors. »

Collard raccrocha.

Attacher toutes les ficelles, comptez sur moi, on s'appelle et on déjeune. Vraiment !

La main toujours sur le combiné, Pagliaro n'était guère fier de lui. Il avait écourté la conversation par couardise, il fallait bien qu'il se l'avoue : *C'est poche*, comme aurait dit Lortie. *Protéger et servir, c'est ça mon gars ? Protéger et servir ?*

Pagliaro regretta d'avoir appelé Collard, qui lui avait mis le nez dans son caca. Il se leva de sa chaise. Il rentrait chez lui ! Mais sa journée ne finirait pas en beauté comme il l'imaginait quelques minutes plus tôt. Une chance, quand même, qu'il y avait Lisa qui l'attendait à Rosemère. On était dimanche, après tout. Elle saurait lui parler. Elle connaissait les mots. La compassion. Il l'aimait.

« Me consoler, reconnut-il tout bas. Elle va me consoler, c'est ce qu'elle va faire. »

Le téléphone sonna sur son bureau alors qu'il s'apprêtait à éteindre sa lampe banquier à l'abat-jour jaune.

« Monsieur Pagliaro, c'est Svet, aux archives.

— Oui, oui, bonjour, *Monde.* »

Elle rit d'un rire cristallin.

« C'est la première fois qu'on me le dit en français.

— C'est un beau nom.

— Je pense que j'ai trouvé votre mot.

— Ah oui ?

— Ç'a été un peu difficile. Il n'y a pas de i en russe.

— Pas de i ?

— Non, la lettre i a été éliminée en 1918. Le son i s'écrit comme un N avec la barre dans l'autre sens.

— Ah oui, j'ai déjà vu ça, je pense.

— Alors je trouvais rien, mais j'ai pensé qu'en russe il y a un signe pour notre Y, c'est comme un b minuscule collé à un i majuscule comme bI. Vous avez un B et un I dans votre mot. Alors j'ai essayé cette combinaison avec les autres lettres et j'ai trouvé.

— Dis-moi.

— Mouzyka.

— Musique ?

— Musique ! Je viens de vous envoyer un courriel avec les lettres françaises et leur traduction en caractères cyrilliques. »

Pagliaro demeura en ligne, s'assit à son bureau et prit le message de Svetlana dans son logiciel de courrier. Il ne contenait que quatre lignes :

А З Y B M K I
АЗУЫМК
МУЗЫКА
MUSIQUE

La belle Ukrainienne épela le mot en russe comme à l'école : em-ou-ze-y-ka-a, mouzika. Elle rit encore une fois de son rire en cascade cristalline. Sa gaieté fit sourire Pagliaro malgré lui.

« Merci, Monde, tu m'as fait un grand plaisir.

— De rien. Voulez-vous savoir combien vaut le mot au scrabble russe ?

— Oui.

— 19 points. »

24

Martin Lortie déjeunait, assis à son bureau de Parthenais à huit heures moins vingt. Il avait poussé de côté ses crayons, son téléphone et deux piles de dossiers d'enquêtes en cours pour se faire un peu de place. Il avait ensuite déroulé un bout de cinquante centimètres de papier essuie-tout pour improviser une espèce de napperon. Il y avait déposé une barquette en aluminium contenant des œufs brouillés, du bacon, des toasts et de la confiture rouge dans un minuscule récipient en papier ciré. Un grand verre de café Tim Hortons complétait son repas.

« Tu manges au bureau, maintenant ? demanda Pagliaro. C'est nouveau.

— Ma blonde est en train de repeinturer toutes les pièces de la maison, j'avais pas envie de manger mes toasts entre une boîte de Polyfilla, deux gallons de peinture au latex vert pomme et des rouleaux à peinture.

— Si j'avais su que tu étais là, je t'aurais accompagné.

— Demain, je mange encore ici, tu peux en être sûr ! »

Pagliaro alla chercher dans son bureau le café qu'il avait pris à la cafétéria et rejoignit son partenaire.

« J'ai pensé à quelque chose, hier soir, en regardant *Tout le monde en parle*.

— Batinsse ! Ça devait être bon pas à peu près !!

— J'ai décroché après Lisa LeBlanc. Ça m'arrive de regarder sans écouter, tu sais, je suis dans ma tête la plupart du temps.

— Bienvenue dans le club. À quoi tu pensais ?

— Je crois que Roch Rancourt ne pouvait pas ne pas savoir que ses bandes magnétiques prenaient de l'âge et qu'elles n'étaient pas éternelles.

— Gilles Dubois a confirmé qu'elles avaient plus de trente ans.

— Exact. Elles ont dépassé leur fin de parcours. Si Rancourt n'était pas un imbécile, il a dû faire des copies sur un autre support à un moment donné, tu penses pas ?

— Je pense oui.

— Et s'il a laissé les bandes se détériorer sur leur tablette sans plus de précautions, c'est qu'il savait qu'elles étaient foutues. Elles n'avaient plus de valeur. Il les a peut-être laissées là par négligence, va donc savoir, ou comme décoration. Par nostalgie. Je me suis dit que Rancourt avait forcément fait des copies.

— Sous quelle forme ?

— À vue de nez, je dirais sur CD ou DVD. Sinon, je ne sais pas… faudrait s'informer auprès de Dubois et de Laflèche.

— À quel endroit il aurait pu les planquer ? Quand la police de Québec a enquêté sur le bonhomme, elle n'a pas trouvé de coffret de sûreté à son nom ni une autre habitation, ni chalet ni *camp*, *whatever*…

— Alors, c'est toujours dans son studio.

— Ben là ! Francis ! Tu sais combien y a de CD dans son studio ?

— Des milliers.

— Des milliers ! »

Pagliaro consulta sa montre. Huit heures cinq. Il retourna à son bureau et décrocha le téléphone pour composer le numéro de Louis Collard.

Collard lui répondit à la deuxième sonnerie.

« Désolé pour hier, Louis.

— Ah… Y a pas d'offense. J'en avais gros sur le cœur.

— Cessez de vous inquiéter, ce n'est pas de votre faute. Aidez-moi plutôt.

— Vous aider ? Encore ?

— Encore. J'ai besoin de quelqu'un qui va pouvoir évaluer le contenu des bandes. Un musicien. Quelqu'un qui va reconnaître un chanteur, une chanteuse, un instrumentiste, je ne sais pas, moi, quelqu'un qui pourra nous dire si ce qu'il entend a de la valeur. Si ça lui semble inédit. Si c'est contrefait. Quelqu'un qui a connu Rancourt.

— Mais ! Y a plus de bandes, vous l'avez oublié ?

— Votre ami a pu faire des copies de sauvegarde.

— Ah…

— Qu'en pensez-vous ?

— Hum… bien sûr ! C'est logique. Si ces bandes sont un trésor, il aura fait des copies depuis longtemps. C'est évident. On aurait dû le supposer bien avant…

— On y songe maintenant. Travail de police. L'enquêteur Martin Lortie et moi, on devrait être à Québec vers l'heure du dîner. On sera accompagnés d'un technicien audio du Laboratoire des sciences judiciaires et de médecine légale. Pouvez-vous venir au studio de Roch Rancourt cet après-midi ?

— J'y serai.

— On va trouver ces copies, Louis. »

◆

Pagliaro, Lortie et Sylvain Richard, le techno, arrivèrent un peu passé midi quinze au 889 de la rue

Durocher. Pagliaro et le technicien descendirent de voiture et Martin Lortie repartit stationner l'autopatrouille à proximité, mais dans la rue Hermine, pour éviter les regards curieux autour du studio de Rancourt. Louis Collard apparut quelques minutes plus tard, l'air préoccupé.

Déjà mis au courant de l'existence des bandes magnétiques et de leur histoire récente, Sylvain Richard s'activa tout de suite. Il s'accroupit derrière l'Ampex et suivit les fils en spaghettis qui raccordaient la machine à une console Solid State Logic, modèle Matrix2, elle-même couplée à un Mac.

« Il y a tout ce qu'il faut ici pour des transferts d'enregistrements analogiques vers le numérique », dit-il à voix haute pour les autres en relevant la tête au-dessus des appareils.

Pagliaro s'approcha du technicien et fit un geste circulaire en direction de l'équipement meublant le local.

« Y a-t-il ici de l'équipement pour faire aussi du cinéma ? de la vidéo ? »

Sylvain Richard inspecta rapidement la pièce.

« Non. Aucun.

— Et dans l'ordi ?

— Attendez que j'y jette un coup d'œil. »

Il alluma l'ordinateur. Il ouvrit le dossier « Applications » et inspecta la liste. Il siffla entre ses dents.

« Le bonhomme était bien équipé. Le top dans tout.

— Et ?

— Mais rien pour la vidéo, monsieur. »

Pendant ce temps, Lortie et Collard contemplaient l'imposante discothèque de Rancourt.

« Ça sera pas de la tarte, soupira Martin Lortie, démoralisé par l'ampleur de la tâche.

— D'après vos souvenirs, Louis, qu'est-ce que Rancourt aimait le plus ? demanda Pagliaro.

— En musique, vous voulez dire, ou dans la vie en général ?

— Dans la vie.

— Le cul. »

Martin Lortie sourit.

« Les jeunes filles, continua Collard. Il a déjà eu des problèmes avec des filles qui n'étaient pas majeures. Enfin, il y a longtemps, elles doivent avoir quarante quelques années maintenant. La dope, aussi. »

Pagliaro examina les rangées de CD et de DVD. Il ne semblait pas y avoir d'organisation. Pas de rangement systématique par ordre alphabétique ni par genre musical. Il faudrait regarder chaque coffret, vérifier si c'était bien le disque d'origine qui se trouvait à l'intérieur. En écouter quelques-uns. Un travail de moine qui prendrait des heures. Des jours ?

« Commençons par regarder les disques sans pochette, vous et moi, dit l'enquêteur à Collard, ou avec des pochettes vierges. Des disques maison. Toi, Martin, tu pourrais chercher tout ce qui ressemble à une cachette de pornographie. La porno, c'est ce qu'on cache en premier, avec la drogue et les choses illicites.

— Je te ferai remarquer que de la dope, il y en avait sur son bureau, bien en évidence, avant que la police de Québec l'emporte au labo.

— Alors, il reste la porno, s'il y en a. Tu vas peut-être trouver les copies qu'on cherche si Rancourt les a dissimulées ailleurs que dans sa bibliothèque. »

Ils se mirent tous au travail. Une heure plus tard, après avoir soulevé tout ce qui pouvait être soulevé, ouvert tout ce qui pouvait être ouvert, déplacé tout ce qui pouvait être déplacé, Martin Lortie, déçu de n'avoir rien découvert, rejoignit Pagliaro et Collard pour ouvrir les boîtes de CD une à une. De temps à autre, un des trois hommes mettait un disque sans aucune identification dans le lecteur pour en vérifier le contenu pendant quelques secondes. Sans grand résultat. Les écouter tous ? Impensable.

« Je pense que j'ai quelque chose », dit Sylvain Richard, qui n'avait pas soufflé mot depuis qu'il avait allumé l'ordinateur couplé à la console SSL.

Les trois autres laissèrent tout en plan pour se regrouper aussitôt autour du technicien.

« Il y a des milliers de dossiers dans l'ordi. Toutes sortes d'affaires. Mais voici : c'est dans un sous-sous-sous-sous-sous-répertoire, lui-même enfoui dans un autre sous-sous-sous-sous-répertoire, la plupart avec des noms, mais certains avec des numéros seulement. J'ai trouvé un BD 80. Il y a aussi un BD 81, un BD 82 et un 83, avec encore d'autres sous-répertoires à n'en plus finir. Ça ressemble pas mal à vos numéros de bandes magnétiques, non ?

— C'est exactement ça. On peut écouter ? »

Sylvain Richard enleva ses écouteurs et, après quelques tâtonnements, il alluma la sonorisation. La première tentative d'écoute ne fonctionna pas.

« Excusez-moi, c'est pas mon système, se défendit le techno.

— Prenez votre temps », répondit Pagliaro.

La musique éclata tout à coup dans le studio, tous eurent un recul involontaire. Sylvain Richard réussit après quelques secondes à trouver le bon bouton pour baisser le son.

« C'est vraiment pas votre système », dit Lortie en enlevant ses mains de sur ses oreilles.

Pagliaro se tourna vers Collard. Louis n'eut pas de réaction. Il leva la main à hauteur de son visage. Silence ! Il écoutait.

« Ça dure combien de temps ? s'enquit Pagliaro avec discrétion auprès de Sylvain Richard.

— Douze minutes. »

La pièce musicale sonnait comme un air passé de mode, sorti de l'époque où les synthétiseurs étaient omniprésents. La batterie semblait un peu forte aux oreilles de Pagliaro, mais dans l'ensemble c'était une musique pop agréable. Quand le chanteur se lança, il accusa une hésitation dans la voix et on l'entendit crier aussitôt, « coupez ! » Puis, quelqu'un compta : une, deux, une-deux-trois-quatre et la chanson recommença.

Pagliaro regardait Collard avec insistance.

« Ça vous dit quelque chose ?

— Non. C'est québécois, en tout cas, mais je ne reconnais pas le groupe. Ça doit dater du début des années 80.

— Le titre du dossier est BD 80-1, dit Sylvain Richard, avec sept autres tounes dedans. Puis il y a cinq autres dossiers de BD 80-2 à BD 80-6 avec plusieurs pièces dans chacun. »

Les quatre hommes écoutèrent ainsi les sept autres pièces musicales, toutes du même groupe, avec chacune autant de départs avortés que de reprises. Certains essais ne duraient que quelques secondes.

Puis, Sylvain Richard ouvrit le dossier BD 80-2. Il contenait trente-deux documents d'une durée variant de dix-sept secondes à trois minutes cinquante-deux, selon les indications inscrites à côté de chaque entrée du répertoire. Après l'audition de trois ou quatre pistes, le style et l'ambiance changèrent subitement. Une qualité hautement supérieure à ce qu'ils avaient entendu jusque-là. Il y avait moins de musiciens sur le nouveau document. Et la voix de la chanteuse était reconnaissable entre toutes.

« C'est Pat Benatar qui chante *Heartbreaker*, dit Collard, le souffle coupé. Avec une guitare accord, une guitare solo, une basse et une batterie. »

Tous les regards étaient tournés vers lui. Le son coupa net pour une raison inconnue et la pièce reprit une autre fois après une très brève interruption.

« Ça sonne comme la musique de *Lance et compte*, dit Lortie.

— Absolument d'accord, répondit Collard, vous avez de l'oreille.

— Qu'est-ce qu'on écoute exactement ? demanda Pagliaro.

— Ce sont des prises de son en studio, on appelle ça des *takes* dans le métier, pendant l'enregistrement d'un disque.

— Ça a de la valeur ?

— Oh oui. Y a un marché pour tout. Il existe un disque complet des *takes* de Charlie Parker, des petits bouts de dix-neuf secondes, vingt-deux secondes, des *breaks*...

— Des *breaks* ?

— Des débuts de solos improvisés. Il y en a un célèbre où, en intro de l'improvisation, Parker joue un nombre incalculable de notes en quelques secondes seulement. C'est un des *takes* les plus célèbres de l'histoire du jazz. Charlie Parker n'a jamais pu faire mieux, mais le reste de la pièce a foiré, donc on n'a pas choisi cette prise pour le disque.

— On achète ça ? Je veux dire, ce qu'on entend ici n'est pas parfait à mon oreille...

— C'est loin d'être parfait, vous avez raison. Ce sont des *takes* qui n'ont pas été mixés. Tout est en vrac, si vous voulez, chaque instrument sur une piste séparée, la machine a 24 pistes. Il reste à balancer le son, augmenter la voix ici, baisser la batterie là, ajouter de la basse, des effets. Rien n'a été fait. Mais tels quels, oui, on achète ça.

— Qui achète ça ?

— Dans le cas de Charlie Parker, les vrais amateurs de jazz, les connaisseurs ou les jeunes qui étudient le saxophone...

— Des collectionneurs ?

— Oui. Imaginez combien vaudrait une prise, un *take* de Céline Dion qui foire…

— Ça se peut pas ! » dit Lortie.

Tout le monde éclata de rire sauf Lortie, offusqué de la réaction des autres.

« Céline, répondit Collard avec bienveillance, si bonne qu'elle soit, ne doit pas enregistrer tous ses disques en un seul *take*. Et très probablement, elle enregistre la voix toute seule en studio une fois que tout le reste est *en boîte* sur le *tape*.

— Les musiciens sont pas là ! s'indigna Lortie.

— Non. Un disque, c'est pas un concert. Un concert, c'est *live*, c'est vivant, c'est dans l'instant. Le public bouge autour de vous, la sono n'est pas toujours parfaite où vous êtes placé dans la salle ou dans un parc au grand air. Un disque, c'est la perfection. Tout est balancé, repris et repris. Plusieurs mois de travail, des fois, pour un disque avec douze pièces musicales. Imaginez, quand même ! Céline Dion qui enregistre et qui dit : « Stop ! On recommence ! » Les collectionneurs de Céline ne se feraient pas prier.

— On continue ? demanda Sylvain Richard.

— On en a pour combien de temps ? » ajouta Pagliaro.

Le technicien ouvrit chaque dossier et compta grosso modo les durées indiquées à côté de chaque document. Il consulta sa montre.

« Il est deux heures et vingt. Je ne sais pas exactement, mais faudra penser à commander un souper.

— Tant que ça ?

— Si on continue comme on a commencé, à tout écouter, probablement à répéter certains passages, à réfléchir à ce qu'on entend, à revenir en arrière, à discuter, oui, tant que ça. »

Pagliaro regarda Martin et Collard.

« Vous sentez-vous d'attaque ?

— Euh… oui. Puisqu'il le faut », répondit Louis.

L'enquêteur eut une autre idée.

« Sylvain, vous pourriez nous faire des copies des dossiers qu'on pourrait écouter dans mon bureau, ou ailleurs, demain ?

— Ce sont des sessions dans *Pro Tools*, monsieur, je doute que vous ayez ce logiciel. Vous ne voulez pas qu'on apporte carrément l'ordinateur au Laboratoire ? »

Après sa question, le techno se figea et regarda Pagliaro d'un air étonné.

« Au fait, monsieur Pagliaro, pourquoi l'ordi n'est pas *déjà* au laboratoire ?

— Parce que les municipaux l'ont *déjà* examiné. Un technicien de la police de Québec a travaillé dessus plus de dix heures et il n'a rien trouvé de suspect. Il n'était pas au courant des numéros BD-80, etc. D'après lui, l'ordi ne contenait que des dossiers professionnels. Et vu que l'ordi était connecté à une machine spécialisée, il a conclu que ça formait un tout. Ils ont pris l'autre ordinateur, celui qui était sur le bureau là, ajouta Pagliaro en montrant du doigt la table de travail près des bibliothèques. Un ordi avec des trucs plus personnels, si vous voulez.

— Et pourquoi l'assassin, lui, n'a pas emporté les deux ordinateurs, comme chez Nicolas Turmel ?

— Probablement parce qu'il pensait avoir tout en prenant les bobines. Il ne savait pas qu'elles étaient foutues. »

Sylvain Richard parut satisfait. Il haussa les épaules.

« De toute façon, continua Pagliaro, ça va prendre des copies pour nous et pour les procureurs, le cas échéant.

— Ok. Je vais sauvegarder des copies en format .wav que je vais transférer sur des CD, dit-il. Ça va prendre beaucoup de temps, mais je peux m'en occuper tout seul, vous n'avez pas besoin d'être là.

— Alors, procédons comme ça ! Martin et moi, nous avons affaire au quartier général de la Sûreté sur le boulevard Pierre-Bertrand. On va essayer de coordonner les recherches d'Avdeïev sur une base nouvelle. Appelez-nous quand vous aurez terminé. Nous passerons vous prendre.

— Même tard en soirée ?

— Même tard en soirée. N'ouvrez pas la porte à qui que ce soit. »

◆

Louis Collard quitta le studio le premier et il rentra chez lui. Pagliaro lui avait dit qu'il le rappellerait pour la suite des choses.

À vingt-trois heures, il regardait la reprise du 24/60 à RDI et il allait éteindre la télé en maugréant « Pète et répète, toujours les mêmes nouvelles, toute la journée… » quand le téléphone sonna. Il se dépêcha de répondre pour ne pas réveiller Sophie qui dormait dans sa chambre, un appareil à quelques centimètres de ses oreilles sur sa table de chevet.

« Désolé de vous déranger à une heure pareille, dit Pagliaro. J'ai repensé à mon affaire et j'ai demandé à Sylvain de faire des copies supplémentaires de tous les enregistrements.

— Ça fait combien au total ?

— Moins qu'on pensait. À peu près six heures d'écoute. J'ai des copies pour vous si vous êtes d'accord pour les écouter et me donner votre avis.

— Oh ! Oui, bien sûr, merci de votre confiance.

— Mais, je…

— Mais ?

— Enfin, non, excusez-moi. J'arrive. Nous montons actuellement la côte de la Pente-Douce en direction de chez vous, je serai là dans cinq minutes. On se parle de vive voix, ce sera mieux. »

Collard raccrocha, perplexe.

Il s'approcha de la porte d'entrée et alluma le luminaire extérieur pour accueillir les policiers. Il choisit un chandail de laine dans le garde-robe du vestibule, le revêtit et sortit sur le porche à l'air frais en les attendant. Ils arrivèrent six minutes plus tard. Pagliaro descendit seul de voiture en apportant les disques avec lui. L'enquêteur refusa l'invitation à suivre Collard dans la maison. L'équipe repartait pour Montréal à l'instant.

« Ça ne sera pas long. Je vous laisse ces CD. Ce que je voulais vous dire tout à l'heure, c'est d'être prudent en écoutant ces disques.

— Prudent ?

— Vous connaissez l'importance qu'on attache à ces documents, même si on ne connaît pas leur valeur réelle. Par contre, vous allez sans doute découvrir quelque chose de grave, quelque chose à quoi vous ne vous attendez peut-être pas.

— J'y ai pensé moi aussi. Et alors ?

— J'ai conscience que je vous laisse seul avec ces enregistrements et je m'en voudrais que votre collaboration devienne une épreuve pour vous. Vous avez assez souffert comme ça. Je me sentirais responsable si votre peine...

— Qu'est-ce que j'ai à perdre que je n'ai pas déjà perdu ? »

Pagliaro réfléchit un instant à la question de Collard.

« Votre équilibre intérieur, Louis, je ne sais pas, moi, votre quiétude, votre santé mentale. Je ne veux pas que l'enquête avance à vos dépens.

— Ne vous inquiétez pas pour moi.

— Quand même, je pense que, si vous êtes toujours d'accord pour nous aider, vous devriez les écouter en compagnie de quelqu'un de confiance. Quelqu'un de proche. Vous allez peut-être mettre au jour le mobile des meurtres. C'est ce que j'espère, même. C'est une chose que nous ne pouvons pas faire, semble-t-il, nous, de la police. C'est vous, la personne idéale pour ce travail.

— Je vois. Et je risque de découvrir pourquoi...

— ... pourquoi on a tué Geneviève. Oui, c'est ce dont je veux vous mettre en garde. Il faut vous y préparer.

— Je comprends. Mais ça se peut aussi que je ne remarque rien du tout.

— Oui, c'est possible. Dans ce cas, on aura fait tout ce qu'on a pu. »

Collard et Pagliaro échangèrent une poignée de main et le musicien adressa un court salut aux deux hommes demeurés dans la voiture de patrouille banalisée.

« Bon retour », dit Collard à Pagliaro. « Et bonne chance », murmura-t-il. Mais c'est à lui-même qu'il pensait. Il ferma la porte et éteignit la lumière.

25

Le policier de la réception du grand quartier général de la Sûreté du Québec au 1701 de la rue Parthenais avait un sourire dans la voix au téléphone.

« Y a quelqu'un pour vous en bas, monsieur Pagliaro.

— Quelqu'un ?

— Un Russe qui veut rencontrer celui qui est responsable de l'enquête sur le meurtre de Nicolas Turmel.

— Zachary Avdeïev !

— Ah ! dit le policier, déçu, vous le connaissez…

— Je descends le chercher tout de suite. Ne le laissez surtout pas repartir.

— Y en aura pas l'occasion, monsieur, il est entré avec une arme dans une boîte, ajouta l'agent, satisfait de son annonce à l'enquêteur. On le garde derrière le sas de sécurité. »

Pagliaro passa en vitesse au bureau de Martin Lortie et lui indiqua de le suivre. Deux minutes plus tard, ils surgissaient au rez-de-chaussée, à l'accueil de l'édifice.

Zachary Avdeïev était assis sur un des sièges réservés aux invités en attente de leur rendez-vous. Il était gardé par un policier en uniforme qui se tenait debout à un pas devant lui. Le Russe avait l'air fatigué.

Exténué, en fait. Et inquiet. Il eut un maigre sourire à l'attention des deux enquêteurs qui s'avançaient vers lui. Il se leva.

« Monsieur Avdeïev, dit Pagliaro en tendant la main vers l'homme chauve.

— C'est moi, répondit le Russe, sans surprise.

— Francis Pagliaro, sergent-détective. Et voici mon adjoint, l'enquêteur Martin Lortie. »

L'agent qui avait appelé Pagliaro à son bureau les rejoignit avec en main une boîte de la dimension d'une boîte à chaussures. Il la tendit à Pagliaro, qui la prit sans l'ouvrir.

« Venez avec nous », dit-il à Avdeïev en faisant signe à Martin Lortie de l'escorter.

Ils montèrent tous les trois en ascenseur jusqu'à l'étage où se trouvaient les salles vidéo pour les interrogatoires. Une fois Zachary Avdeïev installé sur sa chaise, Pagliaro ouvrit la boîte de carton et constata son contenu. Un pistolet dont la plaquette en bois foncé de la crosse arborait en relief les lettres TO3 stylisées, pour *Toulsky Oroujeïny Zavod*, l'usine d'armes de Toula. L'arme était en position ouverte de sorte qu'on puisse voir qu'elle n'était pas chargée. Le chargeur était placé à côté. Il contenait encore des balles. Le pistolet portait le numéro de série 75533 estampé de façon irrégulière sur la face gauche du canon.

Pagliaro confia la boîte à Martin Lortie, sans toucher à rien du contenu.

« Comme d'habitude, Martin, les empreintes d'abord, puis l'analyse balistique.

— C'est comme si c'était déjà fait, répliqua Martin en quittant la pièce.

— Monsieur Avdeïev...

— Je suis venu me livrer.

— ... l'arme que vous... »

Mais Pagliaro se ravisa. Il ne termina pas sa phrase et prit plutôt place sur la chaise face à Avdeïev. Il vérifia que le système vidéo était en ordre de fonctionner et il l'actionna, comme le voulait le protocole.

« Je suis le sergent-détective Francis Pagliaro. Service des enquêtes sur les crimes contre la personne, Sûreté du Québec. Nous sommes le mardi 11 novembre. Il est… il consulta sa montre… il est neuf heures vingt du matin. J'ai devant moi Zachary Avdeïev, citoyen russe avec le statut de résident temporaire au Canada. Vous avez un visa de visiteur, est-ce bien exact, monsieur Avdeïev ?

— Oui.

— Vous êtes venu ici au quartier général de votre plein gré, n'est-ce pas ?

— Oui. J'ai beaucoup réfléchi depuis samedi dernier, dit aussitôt Avdeïev dans un français parfait.

— Nous y arrivons, nous y arrivons… Nous allons procéder, mon adjoint Martin Lortie et moi, à votre interrogatoire. Vous n'êtes pas en état d'arrestation et vous êtes libre de répondre à nos questions.

— Je ne veux pas partir d'ici.

— Si vous désirez la présence d'un avocat, vous pouvez le demander maintenant ou à n'importe quel moment de l'interrogatoire. »

Avdeïev releva la tête et regarda Pagliaro dans les yeux. Il eut un sourire résigné.

« Avec ce que j'ai l'intention de vous raconter, je n'ai pas besoin d'un avocat.

— Comme vous voulez. »

Martin Lortie entra dans la pièce et referma la porte derrière lui. Il resta debout dans un coin de la pièce. Bras croisés, hors du champ de la caméra. Pagliaro s'adressa encore une fois au système vidéo.

« Pour les besoins de l'interrogatoire, l'enquêteur Martin Lortie est maintenant présent dans la pièce. »

Il se tourna vers Avdeïev.

« Voulez-vous quelque chose à boire ? à manger ?

— Non, merci. Vous… vous m'avez serré la main, tout à l'heure, en bas. La police, chez moi, ne fait jamais ça. »

Lortie regarda Pagliaro du coin de l'œil, lui aussi avait été un peu surpris du geste de son supérieur.

« Ici, répondit Pagliaro, nous bénéficions de la présomption d'innocence. C'est un principe auquel je crois et que j'applique. De plus, vous êtes venu nous rencontrer de votre plein gré, ce qui commande une attention spéciale. Vous n'avez rien à craindre. Pourquoi êtes-vous ici, ce matin ?

— J'ai beaucoup réfléchi. Quand j'ai vu les voitures me suivre, samedi dernier, j'ai cru que mon compte était bon. Je veux me constituer prisonnier. Je suis prêt à faire certaines déclarations, mais je voudrais d'abord avoir l'assurance que vous allez m'accorder une protection en retour. Je suis en danger. Est-ce que…

— Quelle sorte de protection ?

— Contre les *bratvas* d'ici. Vous connaissez les *bratvas* ?

— Oui. Vous avez des craintes pour votre sécurité ?

— Oh oui ! Et pas seulement de la mafia russe d'ici. Aussi celle de mon pays. Il est clair dans mon esprit que je ne peux plus retourner chez moi en toute sécurité. Il y a un contrat sur ma tête, c'est certain.

— Pour quelle raison ?

— Je n'ai pas réussi à faire ce pour quoi je suis venu ici au Canada.

— Qui est ?

— Récupérer des documents importants. Des documents qui mettraient la vie de certaines personnes en danger s'ils étaient découverts par des gens…

— Qui sont ces *gens* ?

— Cela fait partie des révélations pour lesquelles je veux une compensation.

— Une compensation ?

— Heu… je veux dire une garantie de protection, peut-être même une immunité.

— Si vous êtes impliqué dans un ou plusieurs meurtres, surtout celui d'un policier, ça va être difficile, quelle que soit l'importance de ces révélations. Je ne peux que vous promettre d'être juste à votre endroit et de vous écouter avec ouverture d'esprit. Mais je dois être tout à fait franc avec vous et vous dire que certaines de vos demandes ne dépendent pas de moi, ni de la police, mais des autorités judiciaires. Ce sont elles qu'il faudra convaincre. »

Avdeïev ne répondit pas. Réfléchissant à sa situation, il semblait peser le pour et le contre. Fallait-il faire confiance à ce policier ? Au point où il en était, quelle solution était-il prêt à accepter ? Jusqu'où pouvait-il diminuer ses attentes concernant sa sécurité ? Était-il encore raisonnable d'espérer une amnistie ? d'obtenir une nouvelle identité ? Ici, dans ce bureau, face à ces flics, la chose lui apparaissait tout à coup comme une chimère. Il ne connaissait rien du système judiciaire du Canada. À quoi avait-il pensé ! Ce qu'il savait valait-il ce qu'il avait escompté en tirer ?

Une chose était certaine, il était trop tard pour rebrousser chemin. Il avait apporté l'arme des crimes, on le confirmerait dans quelques minutes si ce n'était pas déjà fait. Les membres de la *bratva* montréalaise l'avaient peut-être suivi jusqu'à ce quartier général et ils l'attendaient dehors. Il ne pourrait en aucun cas retourner à son ancienne vie. Et sa fille était ici, au Canada, il ne l'avait pas revue depuis samedi. Elle était en danger elle aussi…

« Qu'avez-vous à nous raconter, monsieur Avdeïev ? »

Le Russe s'éclaircit la gorge et dit : « Finalement, j'aimerais bien un verre d'eau. »

Quelques minutes plus tard, Martin Lortie apporta deux verres d'eau. Un pour le sergent-détective et l'autre pour Avdeïev, qui le but d'un trait. Il le posa vide devant lui et joignit les mains sur la table. Les yeux baissés, il se mit à débiter son histoire, comme s'il l'avait apprise par cœur.

« Je suis arrivé à Montréal le 3 août dernier, en provenance de Moscou. Le lendemain, le 4, je suis allé dans une maison à Montréal en compagnie d'Anton Solomine. Je ne peux pas vous donner l'adresse, je ne la connais pas. C'était près d'un parc. Solomine...

— Qui est Solomine ? demanda Lortie.

— Je... J'aimerais que vous ne m'interrompiez pas. C'est assez difficile comme ça. Vous aurez tout le loisir de m'interroger après. Enfin, disons qu'Anton Solomine est un Russe qui habite ici, mais il n'est pas citoyen canadien, il connaissait l'adresse...

— Continuez, intervint Pagliaro, jetant un coup d'œil complice à Lortie.

— Donc, c'était prévu que Solomine m'accompagne pour aller récupérer des documents chez un policier expert en informatique. »

De l'autre côté de la table, Pagliaro s'approcha d'Avdeïev, envahissant son espace personnel. À peine quarante centimètres séparaient les visages des deux hommes. Le Russe se redressa sur sa chaise.

« Des documents dont je vous parlerai plus tard, si mon histoire vous intéresse, ajouta-t-il.

— Continuez. »

Mais Pagliaro n'avait pas bougé et il ne quittait pas le regard du Russe.

« Je devais fouiller son ordinateur et l'emporter si je trouvais ce que je cherchais. C'était une commande qui venait de très haut.

— De très haut... »

Ce n'était pas vraiment une question de la part de Pagliaro, mais Avdeïev se laissa prendre par la tactique.

« De Russie, oui. D'une fraternité de Moscou.

— Pourquoi aviez-vous besoin de Solomine ?

— Je travaille toujours avec un aide, autant que possible. C'est plus intimidant si on tombe sur quelqu'un. On peut plus facilement le neutraliser. Et j'ai souvent besoin d'un chauffeur dans une ville que je ne connais pas. Anton connaît le Québec. Montréal en particulier.

— Que s'est-il passé dans la maison du policier ?

— On est montés à l'étage. En principe, la maison devait être déserte. Il n'y avait aucun bruit. Quand nous sommes arrivés au bureau, on a vu que le flic était là, assis sur sa chaise. Il nous tournait le dos. Il avait les écouteurs sur la tête, c'est pour ça qu'on n'avait pas entendu sa musique. Lui non plus ne nous avait pas entendus monter. Solomine a sorti son arme. C'est celle que je vous ai apportée. Le Tula-Korovin. Le flic a dû sentir un mouvement derrière lui, car il s'est retourné et il a vu le pistolet pointé sur lui. Il s'est jeté sur son bureau pour prendre quelque chose devant lui. Solomine a tiré sans attendre. Il l'a atteint à la tête. Anton est incontrôlable. On ne devait pas tuer personne, juste récupérer les documents. Mais il a perdu les pédales. Il a dit : "Pas le temps de fouiller l'ordi, Zachary, on prend le disque dur et on sort d'ici !" Il a ouvert l'ordi, sorti le disque, et on est repartis.

— Et vous, vous étiez armé ?

— Non. »

Pagliaro laissa passer un temps après cette confession. Martin Lortie ne bougea pas, les yeux rivés sur le Russe.

« Mais avant de partir, vous avez fait autre chose, n'est-ce pas ? »

Surpris, Avdeïev sursauta. Il plissa les yeux, dubitatif, et affronta Pagliaro.

« Autre chose ?

— Oui, quelque chose de pas très élégant… »

Le regard du Russe s'assombrit. Il jonglait avec l'idée de ne rien dire, mais finalement il céda. Après tout, il était venu pour ça. Il espéra que sa franchise aurait du mérite auprès des policiers.

« Oui. Il y avait un tube de colle sur la table. Je crois que le policier venait de réparer un objet, une tasse ou je ne sais quoi…

— Et ?

— Solomine a mis son pistolet dans la poche de sa veste et il a pris le tube de colle sur la table. Il n'était plus pressé, tout à coup ! Puis… puis, mon Dieu ! Il a collé les doigts du policier un à un sur le clavier de l'ordinateur ! Après, il a empoché le tube de colle. Il rigolait. Je n'ai pas trop compris, mais il a dit quelque chose comme *"шутка"*.

— Ce qui veut dire ?

— Bonne blague…»

Avdeïev fit une pause. Il se tortilla sur sa chaise, mal à l'aise.

« Anton est un homme dangereux. C'est un fou. Il est prêt à tout. Il a même tué des enfants, en Russie, vous savez. Enfin, c'est ce qu'on dit. C'est surtout de lui que j'ai peur. Il n'hésiterait pas à me tuer. Il en a peut-être reçu le mandat à l'heure où on se parle. Il vous tuerait aussi ! Il n'a aucun scrupule, aucune crainte. C'est un monstre.

— Où est-il ?

— Je ne sais pas. Il a disparu après les autres meurtres.

— Les autres meurtres ?

— Oui.

— Racontez-moi. »

Avdeïev se replia sur lui-même. Il mit une minute avant de reprendre.

« Je voudrais un autre verre d'eau, s'il vous plaît. »

Pendant que Martin Lortie était sorti chercher de l'eau, Pagliaro se borna à fixer Avdeïev sans parler.

L'enquêteur avait pris un air détendu, sans montrer l'excitation qui montait en lui. Toujours silencieux, il changea sa chaise de place, en venant se positionner à gauche du Russe, ce qui le rapprochait encore plus de lui. Il voulait montrer à son visiteur qu'il s'intéressait particulièrement à ses révélations. Il n'avait pris aucune note depuis le début de l'entretien, car il préférait rester en alerte pour évaluer le langage corporel d'Avdeïev. Sa nouvelle position faisait aussi en sorte qu'Avdeïev se sente à l'étroit dans son coin. Sans porte de sortie, ni physique ni psychologique.

L'homme semblait quand même sincère et ce qu'il avait raconté jusqu'à maintenant concordait avec les éléments de l'affaire. Le Russe connaissait des détails dont personne d'autre n'était au courant à part ceux qui avaient été présents sur les lieux du crime. Naturellement, il se donnait le beau rôle, laissant Solomine porter le fardeau du meurtre. Tout ce qu'il disait serait évalué et vérifié.

Lortie revint avec une carafe d'eau et l'entretien recommença.

« Le lendemain, le 5 août, nous sommes allés, Anton et moi, à Québec, chez un musicien. Un saxophoniste. Encore une fois, c'est Anton qui connaissait l'adresse. Il était mon chauffeur.

— Mais le musicien n'était pas chez lui. »

Avdeïev parut étonné. Il mit du temps à reprendre son récit.

« Non, il n'y était pas.

— Mais sa femme y était.

— Oui.

— Qu'est-ce que vous cherchiez ?

— Pas la même chose que chez le policier.

— Pas la même chose ?

— Non. »

Devant l'air buté du Russe, Pagliaro tenta une autre approche.

« Revenons en arrière, si vous voulez. Racontez-moi : vous arrivez chez le musicien à quelle heure ?

— Un peu passé midi.

— Et là, qu'est-ce qui se passe ?

— Là non plus, d'après ce qu'avait appris Solomine, il n'y aurait personne.

— Mais...

— Mais nous avons aperçu un jeune homme qui bricolait dans le garage. Il avait l'air un peu dérangé. Anton a refermé la porte du garage discrètement et il l'a bloquée avec un râteau. Puis on est entrés dans la maison par la porte principale. Elle n'était pas fermée à clé. Une dame s'est pointée tout de suite. Anton a pris les devants, malgré mes directives, et il lui a dit de s'asseoir et de nous laisser faire notre travail. Elle s'est rebiffée, bien entendu, et Anton l'a giflée. Elle s'est affalée sur le sofa et elle est restée immobile. Elle tremblait, elle était morte de peur. J'ai fait un signe à Anton de se calmer et j'ai dit à la femme de ne pas bouger et que tout irait bien, on n'en aurait pas pour longtemps. Elle a demandé ce qu'on voulait, ce qu'on cherchait, et Anton lui a dit de la fermer.

— Que cherchiez-vous ? »

Avdeïev ne répondit pas. Pagliaro comprit pour sa part que le Russe négociait avec lui-même. Plus l'interrogatoire avançait, plus il perdait le contrôle de son récit. Les choses n'allaient pas du tout comme il l'avait prévu. Tôt ou tard, il devrait avouer l'essentiel. Autrement, il n'y aurait pas d'entente possible avec les autorités. Pagliaro décida qu'il fallait le ferrer maintenant, ne pas le laisser s'enfermer dans ses cachotteries.

« Vous cherchiez les bandes magnétiques qu'on a retrouvées dans votre voiture. »

Le Russe acquiesça, à regret. Il but une gorgée d'eau en prenant son temps. Il reposa son verre sans parler. Il jeta un coup d'œil circulaire dans la pièce, se déplaça sur sa chaise. Il ne regardait ni Pagliaro ni

Lortie. Il respirait à fond, pris de court par l'affirmation du policier et il tentait de reprendre une contenance.

« Ces bandes contiennent quoi, exactement ? »

Le Russe sortit de sa torpeur.

« Quelque chose qui fait partie de l'entente qu'on aura, la justice et moi...

— Il va falloir être plus précis avec moi d'abord, si vous voulez un *deal*... Ce serait pas des trames sonores, par hasard ?

— Des trames sonores ? Qu'est-ce que...

— Oui, des enregistrements de narration de documentaires, par exemple.

— De documentaires ? Non. Je ne vois pas...

— De la musique, alors ?

— De la musique ? ... Bien sûr, de la musique... Pourquoi pas ? »

Avdeïev sourit avec malice, ce qui exaspéra Pagliaro.

« Anton a fouillé partout, je lui avais dit de chercher les bandes. Je préférais rester avec la dame. Tenons-nous-en à ça pour l'instant, si vous voulez... »

Pagliaro changea de position et d'attitude sur sa chaise, son air de défi indiquait au Russe qu'il mettait en doute ce qu'il venait d'entendre. De flic compréhensif, il devenait hostile. Il se leva et d'un geste brusque il replaça sa chaise encore plus près d'Avdeïev. Il resta debout quelques secondes, imposant à côté du Russe tassé sur son siège, puis il s'assit. L'autre, déstabilisé, reprit son récit.

« Pendant que je restais auprès de la dame, Anton a fouillé la maison, le plus vite qu'il a pu. Il maugréait, il jetait tout autour de lui.

— Et la dame n'a pas tenté de s'échapper ?

— Non. Elle restait figée sur le sofa, elle n'osait même pas nous regarder. Elle jetait des regards en direction du garage, c'est tout, elle avait peut-être peur que son fils rapplique. Anton a fait un dernier tour de la maison et il est remonté du sous-sol. Je l'ai aidé à déplacer un meuble au salon, pour vérifier qu'il n'y avait rien derrière. Il était enragé. Il a demandé à la dame où étaient les bandes magnétiques. Elle a ouvert la bouche de surprise. Moi, j'étais calme, j'avais le contrôle de moi-même et j'ai compris dans son regard qu'elle ne savait pas de quoi parlait Solomine. J'étais prêt à partir, mais, comme je vous l'ai dit, Anton est un homme dur à contrôler. Il a frappé la dame du revers de la main et l'a menacée de son arme. Il croyait la convaincre de parler, avec son intimidation, mais ça n'a pas marché. Elle a dit "Quelles bandes magnétiques?" et elle s'est mise à pleurer. C'était clair qu'on n'obtiendrait rien d'elle. Mais Solomine ne dérageait pas. Il a continué à l'invectiver. Quel con! J'en ai eu assez et j'ai dit: "Ok, on s'en va, on a rien trouvé de toute façon", puis je me suis dirigé vers la porte et là, j'ai entendu le coup de feu dans mon dos. Anton a juré et il a dit: "Elle a vu nos visages, Zachary, elle nous a vus!" On est partis.»

Pagliaro avait envie d'une pause pour discuter de la suite de l'interrogatoire avec Martin Lortie, mais il savait qu'il ne devait pas lâcher le morceau. Il resterait dans la pièce sans discontinuer le temps qu'il fallait. Une fois l'entretien terminé, il le reprendrait à zéro. Et encore. Et encore. Jusqu'à ce que le portrait soit parfait, complet, et que chaque question ait obtenu sa réponse. Dans les moindres détails. Restait le meurtre de Roch Rancourt, dont Avdeïev n'avait toujours pas soufflé mot.

« Pourquoi n'êtes-vous pas allés directement chez Rancourt? »

Avdeïev sourit avec mépris.

« On était déjà allés chez Rancourt. Le matin.

— Pourquoi passer chez le musicien, alors, si vous aviez les bandes avec vous?

— Parce qu'on m'avait dit que le musicien aurait peut-être des copies. Ou d'autres bandes. C'étaient des amis. »

Le Russe se détendit. Pagliaro crut deviner dans le relâchement de tension d'Avdeïev qu'il pensait être presque arrivé à la fin de son récit, et qu'après, les flics lui ficheraient la paix. L'enquêteur ne voyait pas la chose de la même façon. L'aveu des crimes, s'il mettait tout sur le dos de son complice, ne suffisait pas à clore le dossier. Loin de là.

« Que s'est-il passé au studio de Rancourt ?

— Le bonhomme n'était pas facile.

— Comment l'avez-vous approché ?

— On s'est rendus au studio, Solomine conduisait.

— Il conduisait quelle sorte de voiture ? La sienne ?

— Non, la mienne.

— La Hyundai que vous avez louée.

— Oui.

— Est-ce que Solomine conduit une Impala brune ?

— Non, je ne crois pas. Il a une voiture sport.

— Alors, comment êtes-vous entrés chez Rancourt ?

— On a frappé, il nous a ouvert.

— Qui vous avait indiqué l'adresse ? »

Avdeïev arbora encore une fois son sourire narquois.

« Ça aussi, ça va faire partie du *deal*. »

Pagliaro ne risposta pas. Inutile de braquer le Russe. Il réussirait bien à le coincer avant la fin de la journée, ou le lendemain. Ou le surlendemain… Il était évident qu'Avdeïev ne repartirait pas de Parthenais en homme libre. Pagliaro resta de glace. Le Russe reprit son récit.

« Rancourt savait qu'il ne sortirait pas du studio avant que j'aie ce que je voulais.

— Mais vous aviez enfin les bandes magnétiques avec vous…

— Ça ne suffisait pas. Je ne pouvais pas retourner en Russie avec ces bandes encombrantes. Deux boîtes pleines. Je voulais des copies sur CD ou DVD. D'ailleurs, ça faisait partie du… »

Avdeïev regretta tout de suite sa phrase. Il se tut, essayant d'affecter l'attitude de celui qui a terminé son récit et qui attend la riposte de l'interlocuteur devant lui. Pagliaro lui sourit.

« Du… ? Du… Du contrat ? »

Le Russe ne bougeait pas d'un poil.

« Oublions le contrat pour l'instant. Donc, vous vouliez que Rancourt vous fasse des copies sur-le-champ ?

— Oui.

— Mais l'autre ne le voyait pas de la même façon.

— Voilà.

— Qu'avez-vous fait, alors ?

— Anton braquait son arme sur lui depuis le début, mais Rancourt n'était pas plus impressionné que ça. Il m'a dit : "J'ai connu une prison aux États-Unis où des petites frimes comme toi et ton gorille n'auraient pas survécu une heure. J'en ai vu d'autres. Prenez les bandes et foutez le camp." C'est pas une chose qu'on dit à Anton Solomine. Anton a frappé Rancourt avec la crosse de son TK. L'autre est tombé sur le plancher, à moitié assommé. Il s'est relevé en rigolant. Il a provoqué Anton. Il parlait très bien le russe, il a dit : "Viens m'essayer à mains nues, si t'es un homme, Anton." Anton y a réfléchi une seconde ou deux, faut pas trop lui en demander, vous savez, et il a frappé Rancourt à nouveau avec son pistolet. Je suis intervenu et j'ai séparé les deux hommes. J'ai dit à Rancourt qu'on pouvait sûrement s'arranger. Tout a son prix. Tout ce que je voulais, c'était une copie. Je lui ai dit que je ne partirais pas sans ça. Il est allé vers la bibliothèque où les bandes étaient alignées et il a pris une boîte. Je pensais qu'il avait décidé de faire les copies après tout, mais il a essayé de frapper Anton à la gorge avec. Anton a levé le bras, en l'esquivant, et il lui a mis une balle dans la tête, juste au milieu du front. »

Pagliaro se leva et replaça sa chaise en face d'Avdeïev.

« Et Evgeni Souvorov ? Pour quelle raison avez-vous tenté de tuer Evgeni Souvorov ?

— Je n'ai pas tenté de le tuer, comme vous dites. J'avais besoin de lui, mais il a refusé de collaborer. Il a voulu m'attaquer avec un tournevis. Je me suis défendu.

— Bien. »

Pagliaro s'installa sur sa chaise, puis il versa de l'eau dans les deux verres devant lui. Il sourit au Russe.

« Maintenant, monsieur Avdeïev, on va tout reprendre. Mais, cette fois-ci, je veux connaître tous vos déplacements et tout ce que vous avez fait depuis votre arrivée au Canada, le 3 août dernier, jusqu'au moment où vous êtes entré ici à Parthenais ce matin. »

26

Jam session

Je me suis levé tôt, excité par le travail que j'avais à accomplir. Installé dans mon bureau, j'ai écouté les CD du sergent-détective Pagliaro, tranquille et en toute discrétion, les écouteurs vissés sur la tête. Les premiers enregistrements n'ont rien apporté de neuf à ce que j'avais entendu la veille dans le studio de Mister Freeze. Je tenais cependant à reprendre le répertoire dès le début, dans l'ordre chronologique. J'ai installé un cahier et un stylo à ma droite, pour noter au fur et à mesure de l'écoute les éléments qui auraient de l'importance à mes oreilles. Avec des précisions sur le numéro de la plage, le minutage précis, le nom des musiciens, si je les identifiais, leur nombre, les circonstances de la session, si possible, etc.

Outre la chanson interprétée par Pat Benatar que j'avais reconnue la veille, j'ai découvert dans la première heure d'audition un enregistrement en studio de *Romeo and Juliet*, de Dire Straits, sur le disque BD 81-2. Plus loin, *Who Can It Be Now*, du groupe australien Men at Work m'a fait sourire en raison du solo de saxophone ténor de Greg Ham, assez minimal mais tellement efficace. Sans oublier l'intro de Ham au sax, reconnaissable entre toutes : *mi fa do fa mi - mi fa do fa mi*, qui annonçait la pièce et soulevait l'enthousiasme de la foule à tout coup.

Ces *takes* pouvaient-ils intéresser des collection-neurs ? Sans doute. À quel prix ? Difficile à dire. De là à tuer...

J'ai continué ma recherche et j'ai découvert quelques perles dont une discussion savoureuse en studio entre Annie Lennox et Dave Stewart, de Eurythmics, pendant l'enregistrement de 1982 de *Love Is a Stranger*. La pièce n'avait connu le succès qu'en 1983, lors de sa ressortie. Où diable Roch Rancourt avait-il pêché ça ? Ou était-ce bien plutôt Bill Dugas, le démon qui avait donné les bandes magnétiques à Mister Freeze ? Combien cela valait-il sur le marché ? Mystère.

J'ai fait une pause pour dîner avec Sophie, qui semblait reprendre un tant soit peu du poil de la bête. Au moins, elle ne passe plus ses jours à pleurer. Elle appelle des amies au téléphone, cherchant du réconfort. Elle a reçu la visite de l'une d'elles, il y a deux jours, ce qui lui a remonté le moral. Sa ferveur religieuse s'est-elle affadie ? Je ne peux pas le dire. Elle ne porte plus le voile, en tout cas. Même pour sortir de la maison, et elle ne prie pas devant moi.

La GRC a cessé de l'importuner avec des questions auxquelles elle n'a aucune réponse. Je demeure inquiet pour elle, cependant. Une fausse sérénité peut cacher de la détresse, je ne le sais que trop bien. J'ai pensé qu'après l'écoute des CD, je lui proposerais de sortir. Un souper au restaurant, peut-être. Pourquoi ne pas aller écouter de la musique en ville ?

Après le repas, j'ai repris mon ouvrage avec le disque BD 83-1 dans le lecteur. La première pièce musicale m'a cloué sur place. J'ai fait rejouer la plage à plusieurs reprises afin de me convaincre que je ne me trompais pas.

Toujours sous le choc, je me suis levé et je me suis rendu à la cuisine boire un verre d'eau. Sophie était assise à la table et elle mettait de l'ordre dans ses photos souvenirs. Elle s'est arrêtée en voyant la mine que j'avais.

« Ça va ? elle a demandé.

— Ça va. Rien de grave. Je viens juste d'entendre quelque chose… »

Je n'ai pas terminé ma phrase et suis retourné à mon bureau. J'ai saisi le téléphone et j'ai composé le numéro de mon ami Jean-Julien Francœur.

« Il faut que tu viennes.

— Que je…

— Viens ! J'ai quelque chose à te faire entendre. »

J'ai raccroché.

◆

Bien sûr que Jean-Julien s'en souvenait !

« On n'oublie pas quand on a joué avec Johnny Winter. Même trente et un ans plus tard. »

Comme moi, Jean-Julien avait juste laissé ce souvenir égaré dans un recoin de son cerveau, prêt à ressortir au bon moment, sous la bonne stimulation. Comme moi, tout lui est revenu d'un coup à la première écoute. J'ai souri en pensant à la phrase de l'enquêteur Pagliaro : « Vous savez des choses que vous ne savez pas savoir. »

Le souvenir remontait au samedi 16 juillet 1983. On jouait en première partie du spectacle de Johnny Winter à Montréal. Il y avait Jean-Julien au piano, Mister Freeze à la trompette, Fernand Patry à la basse, Ti-Guy Charbonneau à la batterie et moi-même au saxophone.

◆

La balance de son avait commencé un peu avant onze heures de l'avant-midi. Mais, selon toutes les apparences, le jeune technicien survolté n'avait jamais sonorisé d'instruments à vent de sa vie et il avait de la difficulté à choisir les bons micros. On avait beau lui dire quoi faire : « Prends un Shure 421 ! », il ne trouvait même pas l'emplacement indiqué pour poser les microphones recommandés et il s'entêtait en nous traitant de maudits suceux de trompette.

Vers une heure, après avoir fait la batterie, la basse et le piano, de peine et de misère, le techno a quitté les lieux en disant qu'il ramènerait de meilleurs micros et qu'un autre technicien allait arriver.

Il n'est pas venu.

On a glandé plusieurs minutes, ce qui nous semblait être le lot de tout musicien : attendre avant le test de son, attendre pendant le test de son, attendre après le test de son, attendre pour manger, attendre le car de tournée, attendre que le concierge de la salle de spectacle arrive avec sa clé, attendre le guitariste qui est encore au lit avec une fille, attendre le chèque, attendre la critique dans le journal, attendre...

Les musiciens de Johnny Winter ont débarqué. Un bassiste, un batteur, un claviériste et deux guitaristes. Je leur ai annoncé que le *sound check* était retardé. Ils avaient l'habitude. Ils ont commencé à déballer leurs affaires sans se presser. Roch avait apporté des bières, il en a offert à tout le monde. J'ai demandé si quelqu'un voulait manger quelque chose. Personne ne s'est manifesté. Je me suis rendu au dépanneur à pied pour m'acheter des sandwiches et des chips.

Accompagné du jeune incompétent qui s'est fait plutôt discret, sinon invisible, le deuxième technicien est arrivé sur les entrefaites. Il a été hors de lui quand il s'est aperçu que la balance de son était bâclée. Sa colère a monté d'un autre cran en apprenant de la bouche des technos de Johnny Winter qu'il y aurait un double système de prise de son parce que le producteur de Winter avait décidé à la dernière minute d'enregistrer son show *live* pour faire un disque. Les spécialistes américains arriveraient sous peu. Rien n'avait été prévu en ce sens. Là, les choses se sont compliquées. On ne serait jamais prêts à temps. En mon absence, Jean-Julien est allé voir le technicien en discussion avec le producteur. Il lui a proposé de laisser tomber notre première partie, il n'aurait ainsi qu'une seule balance à faire pour le clou du spectacle, le show de la vedette. Le techno l'a envoyé paître en disant qu'il était capable d'y arriver sans son aide. Pas pires amis. Le plus jeune technicien s'activait pour sa part à gauche et à droite comme une fouine sans que personne ne s'occupe de lui.

Jean-Julien est retourné auprès des gars et il a offert aux musiciens de Johnny Winter d'accorder leurs instruments avec le Steinway qui se trouvait sur la scène. Ils ont commencé un riff, question de se réchauffer, et quand je suis revenu du dépanneur, j'ai oublié mon dîner et aussitôt sorti mon sax ténor de son étui pour me joindre au groupe. Mister Freeze a suivi à la trompette.

C'était une suite d'accords de blues conventionnels, en *mi* bémol. Ce n'était pas la tonalité préférée de Johnny, qui avait déjà déclaré : « Toutes les tonalités me vont », mais jouer en *mi* bémol faisait en sorte que Roch et moi, on se retrouvait en *fa*, dans une gamme facile et qui sonne bien sur nos instruments transpositeurs. Je jouissais. Ça n'arrive qu'une fois dans la vie. Je me suis rappelé à cet instant le conseil de l'homonyme de Johnny, *Paul* Winter, mon professeur de maîtrise de Berklee : « Si tu veux jouer mieux, Louis, joue avec des meilleurs que toi. » C'était le cas, les gars de Johnny Winter étaient des champions et mon cœur voulait éclater dans ma poitrine.

Johnny Winter est arrivé, reconnaissable à sa tignasse blanche d'albinos. Il a fait un salut de loin dans notre direction, ce qui a redoublé notre énergie. Puis la star est allée au fond de la scène parler à son producteur. Nous avons continué à improviser, plus inspirés que jamais.

On a appris quelques minutes plus tard que la discussion entre Johnny et son producteur avait dégénéré rapidement. Le producteur tenait à faire un show *live* tout en gardant la qualité de son qu'on retrouve en studio. Le bluesman ne voulait rien savoir d'une double prise de son. L'expérience lui dictait que l'audition dans la salle serait perturbée à cause des conflits techniques entre les différentes machines, car il aurait fallu séparer en deux le signal de chaque instrument sur le plateau et avoir deux microphones distincts par chanteur et choriste. Une forêt de micros plantés sur une scène couverte de câbles.

L'enfer.

Johnny Winter avait déjà vécu ça. Il ne voulait pas recommencer. Ou bien le son du disque serait le même que celui du spectacle, ou bien il n'y aurait pas de disque. Il a quitté le producteur et le technicien, qui ont continué à argumenter chacun de son côté. Johnny Winter a branché sa guitare et nous a crié : « *Let's go guys! Let's have some fun!* »

On a joué pendant presque quinze minutes. Winter a improvisé des paroles, Roch et moi on a échangé des solos avec le guitariste, mais à un moment donné, le producteur est venu arrêter la récréation en annonçant qu'il débranchait tout l'équipement dédié à l'enregistrement du disque. Il y aurait le spectacle sur scène et c'est tout. L'incident était clos.

Johnny s'est alors réjoui. « *That's all, folks!* » Il a rangé sa guitare et il s'est présenté à nous comme si personne ne le connaissait déjà. Mister Freeze a demandé à Winter d'autographier sa trompette au marqueur, ce qui a fait rire tout le monde.

Tant de souvenirs !

◆

J'ai arrêté la pièce sur le lecteur de disques et j'ai attendu que Jean-Julien réagisse à ce qu'il venait d'entendre. Il m'a souri.

« Où as-tu eu ça ?

— Ç'a été fait par quelqu'un qui avait les vraies machines. Quelqu'un qui a laissé les micros ouverts et les amplis connectés pendant notre *jam*. Après tout, tout le stock était sur scène pour le disque de Johnny Winter. Lui, le pirate, il l'avait la bonne affaire pour un enregistrement de qualité, malgré ses soi-disant problèmes de micros. On n'était pas tout seuls à vouloir garder un souvenir de notre improvisation.

— Bien sûr ! C'était le jeune techno ! s'est écrié Jean-Julien. Celui qui savait pas quel micro mettre à la bonne place. Ça peut pas être autrement ! Tu parles ! Tu te souviens de lui ?

— Vaguement.

— Ben tu sais quoi ? Ça me revient. C'était la première fois que je le rencontrais, mais je l'ai revu quelques fois par la suite, j'ai même travaillé avec lui plus tard. Un méchant crosseur. Je t'en ai parlé l'autre jour, au théâtre, tu t'en souviens ? C'est Bill Dugas. »

Je suis resté de marbre. Pétrifié. Tout se mettait en place. J'avais donc rencontré Bill Dugas une fois dans ma vie avant de le voir à Las Vegas. Trente ans plus tôt ! Le 16 juillet 1983. Bill Dugas, ami de Mister Freeze, qui ne se souvenait pas de moi. Bill Dugas qui avait donné les bobines en cadeau à Roch. Pour service rendu. Bill Dugas qui voulait ravoir ces bandes après si longtemps. À n'importe quel prix.

Jean-Julien m'a sorti de ma réflexion.

« Tu pourrais m'en faire une copie, Louis ? C'est pas tous les jours qu'on joue avec Johnny Winter. Pauvre Johnny…

— Pauvre Johnny ?

— Tu ne savais pas ? Il est mort cet été. Le 16 juillet. Il avait soixante-dix ans. »

27

Contrepoint

« Gratis ?! Rien n'est gratis, mon *chum*, j'ai appris ça en venant au monde ! C'est comme dans la magie : même quand y a pas de truc, y a un truc ! C'est quoi l'attrape ?

— Y a pas d'attrape.

— Tu veux que j'aille à Québec récupérer mes bandes ? T'es malade ou quoi ? J'ai pas de temps pour les enfantillages, Louis.

— Pas vos bandes, Bill, elles sont foutues. Des copies sur CD.

— Des CD ? Pourquoi tu me les envoies pas à Vegas ?

— Parce que j'ai besoin de votre aide pour quelque chose.

— Tu peux pas venir, toi, à Vegas ?

— Non. Parce que je peux pas laisser ma sœur toute seule à Québec. Et c'est juste ici que ça peut se faire. Trois jours de votre temps, c'est tout c'que je demande. C'est le *deal*.

— C'est le *deal*, c'est le *deal* ! Trois jours ! Pour qui tu te prends ? T'es mieux de pas me fourrer, mon hostie !

— Y a pas de crossage, j'vous dis.

— J'espère pour toi. Ça pourrait te coûter cher.

— Je sais.

— Les tounes sont en bon état, au moins ?

— Oui.

— Y a tout ce que tu m'as dit ?

— Absolument.

— Ok. J'vas y penser. J'te rappelle. »

Bill Dugas a raccroché si fort que je l'ai reçu comme un coup de poing sur l'oreille. En replaçant le combiné sur le téléphone de mon bureau, je me suis aperçu que les jointures de mes mains étaient blanches et que j'étais en sueur. Je tremblais.

J'avais réussi. Malgré tout. Les dernières questions de Bill Dugas m'avaient convaincu que le voyou avait mordu à l'hameçon. J'ai consulté ma montre : midi. Neuf heures du matin à Las Vegas. « Il va rappeler, c'est sûr. »

Je suis descendu au sous-sol dans mon petit studio et je me suis remis aussitôt au travail. Assis devant mon clavier, j'ai réécouté le blues improvisé avec Johnny Winter pour la énième fois. Au fur et à mesure que la pièce jouait dans mes écouteurs, j'essayais de reprendre au piano les accords d'une composition en *mi* bémol que j'avais sous les yeux. La partition provenait de la bibliothèque de la Faculté de musique où je l'avais empruntée le matin même.

« Ça devrait marcher. Même tonalité, même ambiance. J'en connais un qui va flipper ! »

J'ai travaillé sur la pièce tout l'après-midi en recopiant sur du papier à musique quelques accords choisis dans la partition devant moi, ceux qui pouvaient se superposer à l'improvisation avec Winter, mais sans dissonance. Un travail difficile, pour lequel j'étais confiant. J'ai essayé de n'y apporter que de très légères modifications, pour que le tout s'harmonise parfaitement avec l'enregistrement du blues que j'entendais dans les écouteurs. L'ensemble devait quand même sonner plus contemporain : après tout, les accords que je voulais intégrer au blues du CD avaient été écrits en novembre 1827. Cent quatre-vingt-sept ans plus tôt, à quelques jours près.

Un peu avant dix-sept heures, je suis remonté au rez-de-chaussée et j'ai appelé Jules Simard, le doyen de la Faculté, comme j'avais prévu le faire au début de la journée.

« Je vois que tu as des projets, Louis ! a dit Jules quand j'ai essayé de lui expliquer ce que j'attendais de lui. C'est une bonne nouvelle, vraiment bonne, c'est excellent pour toi ! »

J'ai menti : « Ça va mieux, y a rien comme l'action.

— Tu as raison. Je suis content pour toi. Donc, de quoi as-tu besoin exactement ?

— J'aimerais que tu me trouves trois élèves, un violoniste, un violoncelliste et un pianiste pour un petit travail d'enregistrement privé. Il y en a pour deux ou trois heures max. Et est-ce que je pourrais le faire en studio à la fac demain ?

— Demain ? T'es vite en affaires...

— C'est urgent, je suis un peu coincé, je n'y peux rien.

— Demain, c'est jeudi. Je vais vérifier, d'après moi le studio est libre à partir de treize heures. Je pourrais demander au technicien de rester pour t'aider si tu veux.

— Oui, merci. Et les musiciens ?

— Ce sera des musiciennes, j'ai les trois en vue, des finissantes au bac. Elles sont très bonnes. Est-ce que c'est rémunéré ?

— Oui, cent dollars chacune. C'est juste quelques accords à jouer pendant qu'elles écoutent une bande sonore dans leurs écouteurs. Si tout va bien, on boucle le tout en deux heures, je te promets.

— Pas de problème. Je te confirme ça demain matin. Mais compte sur moi d'une façon ou d'une autre.

— Merci, Jules.»

J'ai soupé légèrement d'un sandwich vite fait accompagné de fromage, de cornichons et d'une bière et je suis retourné à mon projet au sous-sol. Après avoir joué à plusieurs reprises mes accords pour m'assurer de la justesse de l'harmonie, j'ai recopié ma partition. Je l'ai divisée cette fois en la transcrivant sur trois feuilles : une pour le violon, une pour le violoncelle et la dernière pour le piano.

À une heure du matin, fourbu mais heureux de ma trouvaille, je suis monté au rez-de-chaussée. J'ai pris un verre de jus d'orange que j'ai bu, les fesses appuyées au comptoir de la cuisine, en mangeant un biscuit au chocolat. Sophie, qui dormait très mal et qui demeurait toujours sur une espèce de qui-vive, sensible au moindre bruit, m'a entendu m'affairer dans la cuisine, malgré toutes mes précautions. Elle s'est levée et elle est entrée dans la pièce à ce moment. Elle est restée clouée sur place.

« Mon Dieu ! On dirait Geoffroy ! Même pose, même place !»

J'ai réalisé moi aussi l'étrangeté de ma situation. J'ai réprimé un sanglot. L'absence de mon fils m'a atteint en plein cœur. Comme un trou au milieu de la poitrine.

« Il va finir par me faire mourir à force d'être pas là.

— Louis…

— Dimanche, ça va être l'anniversaire de sa mort. Un mois.»

Elle n'a rien dit. Elle a eu un mouvement vers moi, mais elle s'est arrêtée en chemin, se repliant sur elle-même.

« Plus de trois mois pour Geneviève… et quinze jours pour Hassan…»

Je n'ai pas pu achever ma phrase. Je me suis enfui vers l'atelier de Geneviève.

Rien n'avait bougé dans la pièce depuis le 5 août. Aucun désordre. À peine un peu de poussière s'était déposé sur les outils de ma femme. Rien à voir avec la pagaille intérieure contre laquelle je luttais depuis des mois. Une tempête. Un état d'inquiétude permanent qui m'atteignait sur tous les plans de ma personne, tant physique que psychique, perturbant ma conscience, mon esprit, mes rêves, et s'immisçant dans les moindres gestes de mon quotidien.

J'avais cru que l'idée de retravailler le blues avec mes amis et Johnny Winter me sortirait de ma torpeur. Je pensais qu'en m'activant, j'allais me débarrasser du désarroi qui m'habitait. La puissance de la routine qui fonctionnait encore, il n'y avait pas si longtemps. Brave Geoffroy ! Depuis la veille, l'espoir était revenu, qui me réhabiliterait à mes propres yeux. Je croyais être redevenu musicien. J'en doutais à présent.

Encore un phare allumé dans la brume pour me conduire droit aux naufrageurs.

J'ai songé à ma journée de travail au sous-sol. Futile ! Qu'est-ce qu'il y avait d'important ou de pressant à annoncer à cet enquêteur Pagliaro ? Pourquoi enregistrer ce blues ? Pourquoi faire venir Bill Dugas à Québec, un gars dangereux, pour m'aider dans un projet auquel je ne croyais même plus, tout à coup ? Pendant combien de temps la moindre petite joie serait-elle aussitôt éteinte, écrasée comme une fourmi sous les souliers d'un passant indifférent ? Je suis retourné à la cuisine et j'ai déposé mon verre vide dans l'évier. Ce geste-là aussi, je l'avais vu faire des milliers de fois par Geoffroy. Tout autour de moi me ramenait au passé. Un passé qui m'avait échappé la plupart du temps.

En me dirigeant vers ma chambre, j'ai réalisé que le voyant lumineux du téléphone du salon clignotait. Il y avait un message dans la boîte vocale. Je n'avais même pas entendu la sonnerie, depuis l'atelier de

Geneviève, et Sophie n'avait pas daigné répondre. Ou elle dormait, enfin… Qui peut appeler à une heure du matin ?

J'ai écouté le message.

« C'est Bill. J'arrive à Québec demain soir. À six heures douze. Viens me chercher à l'aéroport. »

28

Les empreintes retrouvées sur le Tula-Korovin ne correspondaient pas à celles de Zachary Avdeïev, mais à celle, partielle, que les techniciens du Laboratoire de sciences judiciaires et de médecine légale avaient prélevée dans la colle sur le clavier d'ordinateur de l'agent Nicolas Turmel. Si Avdeïev disait vrai, c'étaient celles d'Anton Solomine. Mais il n'y avait pas de comparable dans la banque de données de la Sûreté du Québec pour le confirmer. Pagliaro prit une note pour demander un mandat afin de vérifier si Citoyenneté et Immigration Canada avait les empreintes du Russe, puisqu'il avait obtenu un visa auprès d'eux. Par ailleurs, Anton Solomine n'avait jamais été arrêté au Canada. Martin Lortie avait envoyé au Laboratoire un échantillon d'ADN prélevé dans la bouche d'Avdeïev, avec son consentement. Pagliaro et Lortie supposaient que l'ADN de la salive retrouvée sur les enveloppes souples de la batterie de Roch Rancourt concorderait aussi avec celui de Solomine, si Avdeïev disait toujours la vérité au sujet de la présence de Solomine dans le studio de Rancourt. Pour ce qui est de celle d'Avdeïev sur les lieux des crimes, elle était attestée par les aveux mêmes du Russe. Il faudrait attendre l'arrestation de Solomine pour confirmer le tout. Des équipes de policiers sillonnaient Montréal à sa recherche, munies de son signalement. La fille d'Avdeïev, Natalya Avdeïeva, n'avait pas été revue depuis son passage aux Services frontaliers de Dorval qui lui avaient assuré que son visa de touriste était toujours valide et qu'ils traiteraient sa demande d'asile pour raisons humanitaires. Elle devait leur communiquer une adresse où l'Agence pourrait la joindre à Montréal, ce qu'elle n'avait pas fait.

Pagliaro n'avait pas encore arrêté Avdeïev de façon formelle, malgré les motifs évidents pour y procéder. L'interrogatoire s'était poursuivi la veille jusqu'à tard dans la soirée. Plus de seize heures d'affilée. Avdeïev avait répété la même histoire, à quelques légères variations près. Le sergent-détective avait décidé de détenir Zachary Avdeïev à Parthenais pour la nuit au lieu de l'envoyer à l'Établissement de détention Rivière-des-Prairies, en garde préventive, car la seule évocation d'un transfert dans un autre édifice avait provoqué la panique chez le Russe. Il avait supplié Pagliaro de le garder à Parthenais jusqu'à ce qu'il obtienne une entente avec les autorités, ce qui avait ajouté à la méfiance grandissante de Pagliaro à son égard. Que cachait le Russe ?

Pagliaro demeurait en effet sur son appétit. Les aveux d'Avdeïev et ses allégations ne méritaient en aucun cas un arrangement avec la justice. À sa décharge, il avait très bien détaillé le déroulement des événements qui avaient mené à la mort des trois victimes. La chronologie des faits, la description des lieux et des personnes, tout cela semblait exact et conforme aux analyses des experts qui avaient examiné les scènes de crime. Cependant, les motifs invoqués par Avdeïev pour assassiner trois personnes étaient très minces, pour ne pas dire quasi inexistants, et ils ne convainquaient pas Pagliaro. À l'évidence, Avdeïev dissimulait des éléments que les enquêteurs avaient de la difficulté à lui faire dévoiler. Comme si Avdeïev était arrivé à un niveau d'information qu'il refusait de franchir. Le palier supérieur où tout s'éclairerait. Un changement de tactique s'imposait.

Une fois Avdeïev incarcéré dans une des cellules temporaires de Parthenais pour la nuit, Pagliaro et Lortie prirent un dernier café dans le bureau du sergent-détective et ils discutèrent des suites à donner à l'enquête. Il était minuit passé.

« Penses-tu vraiment, Martin, qu'on puisse faire venir un homme de main de Moscou pour tuer trois personnes ici, à Montréal et à Québec, pour des pièces musicales pirates ?

— Des petits bouts de pièces musicales, tu veux dire… des *takes*, des *breaks* ou *whatever*…

— Tous ces risques pour ça, c'est un peu fort, à moins d'être cinglé. Y a autre chose. C'est sûr. Quand on a questionné Avdeïev sur ce qu'il espérait trouver dans l'ordinateur de Nicolas Turmel, il a répondu : "Des compilations de chansons introuvables, même sur le Web."

— N'importe quoi ! On l'a analysé, l'ordi de Nicolas, depuis qu'on a retrouvé son disque dur dans l'auto d'Avdeïev. Y a rien de ça. Du vieux blues et de la musique… j'veux dire des bruits bizarres… mais rien qui ressemble à ce qu'il y a sur les bandes de Rancourt ou à des *chansons introuvables*, bla-bla-bla. »

En saisissant la voiture de location qu'Avdeïev conduisait, quatre jours plus tôt, Pagliaro et son équipe avaient récupéré le disque dur de l'ordinateur de Nicolas Turmel dans le coffre de la Hyundai. Les techniciens de la Sûreté l'avaient examiné immédiatement. Le disque contenait, entre autres choses, du blues très ancien. Des enregistrements datant du début du XXᵉ siècle, Ma Rainey, Blind Lemon Jefferson,

Robert Johnson, Bessie Smith. Plusieurs autres. Tout était légal.

Curieusement, à côté de cette musique noire, rurale, Turmel avait accumulé de la musique actuelle, ou plutôt de l'art audio, très axé sur l'utilisation de l'informatique et des technologies de l'information. À l'écoute, Martin s'était exclamé :

« Si ça c'est de la musique, mon ami, ben c'est de la musique qui donne mal aux dents ! »

La grande majorité des œuvres consistait en pièces de compositeurs absolument inconnus des policiers. Plusieurs téléchargements se révélaient être des créations partagées librement sur le Net. Encore une fois, rien d'illégal. Une œuvre intitulée *Earth Beat* avait apparemment attiré l'attention de Nicolas Turmel puisqu'il avait joint une note explicative dans un document TextEdit à propos de l'enregistrement. On avait disposé cinq microphones à autant d'endroits différents sur la planète : un premier à Times Square, à New York. Un autre sur la terrasse d'un bistro parisien ; un troisième dans le désert de Mojave, alimenté, celui-là, par des panneaux solaires. Un de plus, clandestin, dans un amphithéâtre de la London School of Economics, où se donnaient des cours d'économie internationale. Un dernier à la proue d'un navire qui naviguait en mer de Chine et qui s'arrêtait dans une dizaine de ports dans l'hémisphère Sud. Le résultat « musical » résidait dans l'amalgame de ces captations relayées par satellite en direct et en temps réel à un serveur en Allemagne, puis diffusées en *streaming* sur le Web.

Pagliaro avait fait jouer le *morceau* pendant quelques instants.

« L'idée est bonne, avait osé Martin Lortie, toujours éberlué, mais est-ce que c'est beau ?

— Question transcendantale, Martin. La question du Beau, du Vrai et du Bon ne se pose plus comme au temps d'Aristote. Je crois pouvoir répondre à ta question de l'autre jour : nous sommes, toi et moi, de vieux croulants. Tu en as la preuve devant toi.

— Et en quoi la collection de Nicolas peut-elle intéresser la mafia russe ?

— Je ne sais pas, Martin. Le blues, peut-être, mais le reste ?... »

Dans un autre répertoire du disque dur, les techniciens en informatique avaient découvert une série de liens Internet, la plupart dirigés vers des serveurs hébergés dans les pays de l'Est : Bulgarie, Bosnie, Roumanie, Russie. Des sites qui distribuaient ou vendaient des œuvres musicales.

« Mais attention, avait averti un techno, les adresses IP changent sans arrêt, on n'est jamais sûr de la provenance. »

En rapport avec ces liens Internet, Pagliaro avait examiné la liste du contenu du disque dur et il avait remarqué quelques documents, peu nombreux et récents, portant des noms aux consonances russophones. Il les avait vérifiés un à un, mais il n'avait pas retrouvé de Zachary Avdeïev, d'Anton Solomine ni d'Evgeni Souvorov. D'après les notes de l'agent Turmel, il s'agissait plutôt d'individus d'Europe de l'Est soupçonnés d'être mêlés à divers trafics illicites. Pagliaro avait montré sa trouvaille à Martin Lortie.

« Nicolas enquêtait sur eux, seul de son côté.

— On dirait. Les documents datent de juin et de juillet. Il n'a pas dû avoir le temps de se faire une idée avant de nous en parler...

— Ou de mourir. C'est ce que je pense aussi. S'il est remonté jusqu'à eux...

— ... ils ont pu remonter jusqu'à lui. C'est comme ça qu'ils l'ont retrouvé.

— Ils ont dû penser qu'il avait dans son ordi ce qu'ils cherchaient et ils ont envoyé Avdeïev.

— Oui. Pourtant, rien à voir avec la musique des bandes magnétiques de Rancourt!

— Non, rien à voir, mais ils ne le savaient pas.

— Nicolas serait mort pour ça?

— Autant dire pour rien.

— Ça tient pas.»

Pagliaro but la dernière gorgée de son café et jeta la tasse de carton dans la poubelle. Il se leva.

« Ça tient pas, répéta-t-il, ça tient pas... On va reprendre l'interrogatoire demain matin, très tôt.

— Dans quelques heures, autrement dit...

— Voilà. On va revoir les mobiles qui amèneraient les Russes à s'intéresser à chacune des trois victimes.

— Sans compter Souvorov, le blessé.

— Sans compter Souvorov, tu as raison. Il faut qu'Avdeïev ouvre son sac et qu'il soit plus convaincant.»

Pagliaro éteignit la lampe banquier à l'abat-jour jaune qui éclairait sa table de travail depuis presque dix-huit ans dans son bureau. Sa journée de travail se terminait à une heure du matin, encore une fois. Lisa était bien patiente avec son flic de mari. Elle dormirait sûrement à son retour à la maison. *Tout ça pour ça.*

En parlant d'Aristote, un peu plus tôt dans la journée, il avait eu un moment de vertige. Quand aurait-il vraiment le temps de s'occuper de ses études de philosophie? Ce temps devenait de plus en plus partiel. Devait-il *s'évader* de la police pour devenir philosophe? Il chassa sa culpabilité dans un recoin de son âme de policier et ferma la porte de son bureau.

« J'ai une idée qui me trotte dans la tête depuis quelques heures, dit-il à son adjoint dans l'ascenseur qui les ramenait au rez-de-chaussée. La mafia russe est impliquée dans l'hameçonnage, le trafic de cartes bancaires, le vol d'identité...

— Ouais...

— Imagine qu'Avdeïev aurait suspecté, ou aurait été averti par la mafia russe, que Nicolas travaillait sur des dossiers de crimes informatiques ? Hein ? Qu'en penses-tu ? Il savait que Nicolas était un expert en technologies, il nous l'a dit au début de son interrogatoire. Il ne pouvait quand même pas se présenter ici à Parthenais pour examiner l'ordinateur de Nicolas, mais chez lui, oui ! Tout le monde apporte du travail à la maison.

— Je l'fais moi aussi.

— Ce serait la vraie raison de sa visite chez Nic, non ?

— Ouais, ça serait un meilleur mobile que pour trouver des bouts de tounes piratées, tant qu'à moi, Francis. Mais ça colle pas avec les deux autres victimes. Un musicien et la femme d'un professeur… Là, ça chie. L'informatique d'un côté, la musique de l'autre, non.

— Oui mais non, rien n'empêche qu'il y ait plusieurs mobiles. Ça s'est déjà vu. Voilà ce qu'on va faire : à la première heure, demain matin…

— Tantôt, tu veux dire…

— Arrête de chialer, Martin. T'aimes ça autant que moi. À la première heure, *tantôt*, on va faire réexaminer l'ordinateur de Nicolas, celui de son bureau ici, pas juste pour éplucher toutes les enquêtes auxquelles il travaillait, mais tous les documents qui s'y trouvent. *Tous* les documents. On va peut-être trouver quelque chose que Nicolas n'a pas imprimé dans les dossiers qu'il a laissés à sa mort. Des renseignements orphelins. Je sais pas, moi. Des listes de noms de suspects, plus ou moins vérifiées. Des notes, des pensées, des mémos bizarres, des bribes d'analyse…

— Ouais… »

Pagliaro rentra à Rosemère vers deux heures moins quart. Il ouvrit sans faire de bruit. Il déposa son arme et son insigne dans le tiroir fermé à clé de la grande armoire du séjour. Il s'assit à la table devant une Blanche de Chambly et découvrit un petit message, griffonné sur un papier déchiré d'une tablette de liste d'épicerie que Lisa avait laissé à son intention.

« Si tu ne rentres pas trop tard, tu peux appeler Miss Pimpante à Ottawa. Ils vont probablement venir à Montréal en fin de semaine. Il y a deux journées pédagogiques à l'école, jeudi et vendredi (encore), et Karine a pris deux jours de congé. Bonne nuit. »

Pagliaro reposa le message sur la table. Il y avait une vie en dehors de son travail de police. Il n'avait plus soif, tout à coup. Il déposa son verre et monta se coucher auprès de Lisa.

◆

À huit heures du matin, Pagliaro et Lortie se retrouvèrent avec Zachary Avdeïev dans une salle d'interrogatoire vidéo de Parthenais. Le Russe avait visiblement mal dormi. Il semblait plus inquiet qu'au moment où les enquêteurs l'avaient laissé la veille au soir. Pagliaro s'en réjouit. Après l'entrée en matière d'usage pour l'enregistrement vidéo, le policier entreprit son interrogatoire de façon abrupte. Il s'était encore une fois installé sur une chaise très près d'Avdeïev, envahissant à dessein la bulle personnelle du Russe. Les yeux dans les yeux, il s'adressa à l'homme avec une voix autoritaire qui contrastait avec celle, plus bienveillante, qu'il avait adoptée pendant le long interrogatoire de la veille.

« Monsieur Avdeïev, je dois vous dire que je ne vois pas très bien où vous voulez en venir avec vos déclarations. »

Avdeïev se redressa sur son siège. Il s'était attendu à autre chose de la part du policier. Après avoir passé une bonne partie de la nuit à ruminer sur ses aveux, il avait cru finalement avoir réussi à convaincre ce flic. Mais la chose se présentait mal, à présent. Devant la réaction du Russe, Pagliaro pensa pour sa part qu'il avait misé juste. D'entrée de jeu, il déstabilisait Avdeïev. Il le laissa digérer quelques instants ce qu'il venait d'entendre. Le Russe regarda le policier, un peu hébété.

« Nous avons bien compris vos descriptions des trois meurtres. Un bon point pour vous, Zachary, je vous accorde un certain crédit là-dessus. Et vous ne vous contredisez pas dans vos déclarations. Deuxième bon point. Mais en écoutant certains passages de vos dires, j'ai vérifié sur l'enregistrement vidéo, je trouve que vous vous donnez le beau rôle. Un peu trop. Vous dites : *je* suis allé dans une maison à Montréal, *je* devais fouiller son ordinateur et l'emporter si *je* trouvais ce que *je* cherchais ; *je* travaille toujours avec un aide ; *j'ai* fait un signe à Anton de se calmer ; *je* suis intervenu et *j'ai* séparé les deux hommes. Rien de bien méchant. Pour ce qui est de Solomine, qui est censé n'être qu'un accessoire dans votre histoire, vous lui attribuez toute la malfaisance. *Il* a perdu les pédales, *il* a collé les doigts sur le clavier, *il* n'hésiterait pas à vous tuer, *il* a déjà tué des enfants, *il* a braqué son arme, *il* a giflé la dame, *il* a frappé Rancourt avec son pistolet, et c'est *lui* qui a fait feu sur les trois victimes.

» Le problème, c'est qu'il ressort de vos allégations que c'est *vous,* Zachary Avdeïev, l'instigateur des crimes. La raison de l'intrusion dans ces domiciles ou, si vous voulez, le mobile des meurtres : c'est le *vôtre.* Quant à l'arme du crime, il se pourrait fort bien que ce soit *vous* qui ayez fait feu. Vous ne pensez pas ? Vous avez pu nettoyer le Tula-Korovin après les meurtres et le remettre à Solomine, qui l'a manipulé. C'est ce que s'efforcerait de faire valoir tout bon avocat de la défense. D'ailleurs, pourquoi ce pistolet se retrouve-t-il dans *vos* mains, aujourd'hui ? J'espère pour vous que l'ADN prélevé dans le studio de Roch

Rancourt est bien celui de Solomine. Si c'est le cas, cependant, ça ne prouverait que sa présence sur les lieux à un moment donné qui n'est pas nécessairement celui du meurtre. Eh oui ! Vous voyez dans quelle situation vous vous êtes placé, Zachary ? »

Avdeïev était muet. Il semblait réfléchir à toute vitesse. Sans avancer d'un seul pas.

« Autrement dit, tout ce que vous avez à offrir pour échapper à la soi-disant menace de la mafia russe qui aurait mis un contrat sur votre tête, c'est d'accuser votre complice pour des crimes dont *vous* êtes le promoteur et auxquels *vous* avez participé. Soyons sérieux : aucun procureur ne va marcher là-dedans. Non. D'autre part, nous avons, à la Sûreté, une copie sur CD du contenu des fameuses bandes. Malheureusement pour vous, mon collègue et moi, nous ne croyons pas que toute cette histoire de musique piratée soit un motif valable pour commander autant de meurtres. Ça ne tient pas la route. »

Avdeïev sursauta. Il se doutait bien que les flics mettraient peu de temps à écouter les bandes magnétiques. Mais elles ne contenaient que de la musique ? Difficile à croire. Quand ce policier avait suggéré, la veille, en parlant du contenu des bandes : *Ça ne serait pas de la musique, par hasard ?* Il lui avait répondu, consterné : *… bien sûr, de la musique… Pourquoi pas ?* Il avait été fier de conforter l'enquêteur dans sa propre erreur. Mais les flics n'avaient vraiment rien trouvé d'autre que de la *musique* ?

« C'est impossible ! dit Avdeïev, complètement désemparé.

— Qu'est-ce qui est impossible, Zachary ? »

Le Russe ne répondit pas. Il était médusé.

Pagliaro s'aperçut du malaise du Russe et il sut à cet instant qu'il avait fait mouche. L'incompréhension d'Avdeïev transparaissait à l'œil nu. Au moment où Pagliaro avait prononcé les mots *musique piratée*, il avait vu l'attitude d'Avdeïev se transformer du tout au tout. Son visage affichait l'incrédulité la plus complète. Il s'était figé dans une position un peu comique, la bouche entrouverte et les sourcils en accents circonflexes. Il était devenu clair pour Pagliaro qu'il n'avait jamais été question de musique dans l'esprit du Russe. Il devait y avoir autre chose. Il y avait autre chose. Mais quoi?

Pagliaro ordonna une pause. Les deux enquêteurs se retirèrent dans le corridor, laissant Avdeïev seul avec ses tourments.

« C'est clair, Martin, que notre bonhomme cherchait les bandes magnétiques pour une autre raison que la musique. Il cherchait autre chose.

— Mais c'est tout ce qu'il y a sur ces maudites bandes. De la musique. On a tout écouté depuis lundi soir.

— On s'est fourvoyés, tout le monde. Avdeïev cherchait quelque chose qu'il croyait, comme nous, être sur les bandes. Ça ne l'est pas. Il vient de l'apprendre. Nous, on s'intéresse aux enregistrements pirates, mais on se trompe sur toute la ligne depuis le début!

— Pourquoi, alors, Solomine a collé les doigts de Nicolas sur le clavier en lui faisant écrire *mousika*?

— Parce qu'il est peut-être plus futé que l'autre. C'est une très bonne fausse piste. Je n'aurais pas fait mieux. »

Les deux policiers prirent le temps d'aller chercher un café à la cafétéria et ils remontèrent vers la salle d'interrogatoire vidéo. Quand ils ouvrirent la porte, ils constatèrent qu'Avdeïev s'était remis de ses émotions.

« Je vois que vous avez réfléchi, dit Pagliaro en s'installant sur sa chaise.

— Oui.

— Et je crois que vous avez quelque chose de neuf à nous proposer.

— Oui. Mais avant… Enfin, je ne sais pas comment vous demander… est-ce que vous pouvez arrêter l'enregistrement de notre conversation ?

— L'arrêter ? Pourquoi ?

— Ce que j'ai à vous révéler peut me valoir la mort.

— C'est ce que vous dites depuis le début, Zachary.

— Oui, mais… J'aimerais que vous arrêtiez l'enregistrement. Après, je vous dirai ce que je sais. On pourra ensuite discuter de ce que ça vaut pour moi. Une immunité… une protection…

— Hum…

— Si vous êtes satisfait, je reprendrai ensuite tout ce que je vous ai raconté, cette fois devant la caméra. En présence d'un procureur. Comme vous voudrez. Mais peut-être allez-vous juger, comme moi, que c'est une matière dangereuse qui doit rester secrète le plus longtemps possible.

— Je vois. »

Pagliaro coupa l'enregistrement et, devant le doute qu'affichait toujours le visage d'Avdeïev, il débrancha le micro et leva les mains au ciel.

« On vous écoute.

— J'ai votre parole que ce que je vous dirai restera secret le temps nécessaire pour assurer ma sécurité ?

— Vous avez ma parole, monsieur Avdeïev. Allez-y. »

Le Russe but quelques gorgées d'eau et sembla rassembler ses idées avant de parler. Pagliaro changea de position, plus à l'écart. Il se fabriqua une image conciliante pour donner à Avdeïev toute la liberté de s'exprimer ouvertement. Il lui montra qu'il était prêt à écouter ses déclarations avec bienveillance, sans promesses ni menaces, comme on dit dans le jargon de la cour criminelle.

Avdeïev était solennel pour la première fois depuis qu'il était entré à Parthenais, la veille au matin.

« Vous devez savoir qu'Anton Solomine a été suspecté de faire la traite des jeunes femmes russes, ici au Canada. Pour la prostitution, vous savez…

— Oui. Nous savons tout ça.

— Peut-être ignorez-vous que j'ai participé avec lui à certaines opérations.

— Nous le savons aussi.

— Je ne m'occupe plus de ça, aujourd'hui. Mais pendant plusieurs années, les affaires ont bien marché. Mes associés et moi, en Russie, nous nous occupions du recrutement. Solomine, qui réside au Canada depuis longtemps, se chargeait des filles à leur arrivée ici. À cette époque, Anton avait deux ou trois gars qui travaillaient pour lui. Des gens que je ne connais pas. Mais, le plus important pour ce que j'ai à vous dire aujourd'hui, c'est que Solomine avait la protection de quelqu'un de haut placé. Quelqu'un qui trafiquait les papiers nécessaires à l'immigration avec l'aide d'un fonctionnaire fédéral. Un jour, Solomine a appris, Dieu sait comment, que ce quelqu'un était en fait un policier. »

Pagliaro ne put réprimer un soupir :

« Nous y voilà. »

Il pensa immédiatement à Jacques Richer, qui, pour sa propre sécurité, purgeait maintenant sa peine dans le pénitencier de Dorchester, au Nouveau-Brunswick, loin des criminels qu'il avait arrêtés durant sa carrière de flic. Les événements qu'Avdeïev s'apprêtait à raconter pouvaient-ils remonter à l'époque où Richer était encore policier ? Plus récemment, Richer avait été lié à la mafia kurde de Montréal.

Avdeïev sourit nerveusement.

« À partir de ce moment, continua-t-il, Anton a décidé d'enregistrer les conversations qu'il avait avec ce flic.

— Vous savez de qui il s'agit ?

— Non, Anton n'en a jamais parlé. Il gardait ça pour lui.

— Il a enregistré les conversations téléphoniques ?

— Téléphoniques et autres.

— Ces enregistrements datent de quel moment ?

— Je ne sais pas. On ne me l'a pas dit.

— Comment Solomine procédait-il ?

— Il portait souvent un *body pack*. Il s'est fait aider par quelqu'un qui connaissait ce genre de choses.

— Le nom de Jacques Richer vous dit-il quelque chose ?

— Non.

— Roch Rancourt, alors ?

— Possible. Rancourt l'a appelé par son prénom quand on est allés le rencontrer à son studio.

— Ils se connaissaient donc.

— J'ai dit : possible.

— Et Rancourt ne vous connaissait pas, vous ?

— Moi ? Non. Moi non plus. J'en avais jamais entendu parler avant.

— Continuez.

— Ce que je cherchais et que je pensais être sur les bandes magnétiques, ce sont ces conversations, pas juste de la musique. Quand vous avez parlé de trames sonores, hier, et de narration, j'ai sursauté. Vous brûliez, monsieur Pagliaro. Mais non, c'est moins romantique. Il s'agit d'enregistrements de conversations entre voyous. Mon client à Moscou veut les avoir. Elles sont vitales pour lui. On le reconnaît sur les enregistrements parce qu'il a été en communication avec le flic à de nombreuses reprises, depuis le temps que leur association dure. Mais on reconnaît aussi la voix du flic. Les enregistrements peuvent servir à mon client pour s'assurer que le policier restera discret.

— Comment êtes-vous sûr que ce policier n'est pas un agent infiltré ?

— Pas avec le train de vie qu'il a, et Anton a des vidéos qui le montrent avec des filles. C'est pas très jojo. C'est dégoûtant... Des adolescentes... On m'a dit qu'ils ont d'autres vidéos, à Moscou, où on voit le flic sortir d'une banque... À l'île de Jersey...

— Comment se fait-il que Solomine n'ait plus les enregistrements audio, puisque c'est lui qui les a faits ?

— C'est là le problème. Quelqu'un les a pris. Il s'en est aperçu quand les gens de Moscou ont voulu les avoir. Anton les a cherchés avec moi. D'abord chez Roch Rancourt, ce qui prouve que ce serait bien Rancourt qui l'a aidé. Mais, ils ne sont pas sur les bandes magnétiques de Roch Rancourt, sinon vous les auriez découverts. On ne les a pas trouvés chez le professeur de musique...

— Vous êtes allés chez le professeur parce que quelqu'un à Moscou pensait qu'il pouvait avoir des copies de ces bandes. C'est bien ça ?

— Ils savaient que Louis Collard avait été un ami de Rancourt à un moment donné. On m'a dit d'aller chercher là. Je l'ai fait.

— Et chez le policier Nicolas Turmel, à Montréal ?

— Même chose.

— Non ! Pas la même chose ! Vous pensiez que le policier enquêtait sur ces mêmes affaires de prostitution, n'est-ce pas ? »

Après une hésitation, Avdeïev se résigna à répondre.

« Oui. C'est ce qu'on m'avait dit à Moscou. Il fallait éliminer les preuves.

— Pourquoi être allé chez lui en premier ?

— Parce que je suis arrivé à Montréal. C'était le plus proche, c'est tout. Question pratique. Les deux autres étaient à Québec.

— Qui est votre commanditaire à Moscou ?

— Un homme qui est très près du pouvoir. Je ne pense pas que vous puissiez l'atteindre. C'est un intouchable, à sa manière.

— J'ai quand même besoin de connaître son identité.

— Je vous la donnerai quand on aura conclu un
accord. Mais il faudrait d'abord trouver les enregistrements. Et ça presse. Si ça se trouve, le flic corrompu
est en train, lui aussi, de les chercher. »

◆

Deux jours plus tôt, soit le soir du 10 novembre,
après que les copies des documents eurent été faites
sur CD par le technicien Sylvain Richard du Laboratoire de sciences judiciaires et de médecine légale,
et après que Louis Collard fut rentré chez lui, Pagliaro
avait décidé d'emporter avec lui l'ordinateur de Roch
Rancourt couplé à la console Solid State Logic. Le
procureur voudrait sûrement avoir en sa possession
les documents originaux pour établir sa preuve. Le
policier ne savait pas, à ce moment-là, que les pièces
musicales avaient beaucoup moins d'importance qu'il
ne le croyait. Aujourd'hui, il se réjouissait d'avoir pris
cette décision d'emporter l'ordinateur.

Pagliaro fit conduire Avdeïev dans sa cellule temporaire pour quelque temps avant de statuer sur son
sort en grand secret avec un substitut du procureur
général. Il se rendit au laboratoire d'informatique de
la Sûreté. Il était onze heures du matin. Le caporal
Éric Bouffard, l'expert qui avait examiné l'ordinateur
personnel de Nicolas, avait commencé à effectuer le
même travail sur son ordi du bureau, à la demande
du sergent-détective Pagliaro. Quand il vit l'enquêteur
s'approcher, il délaissa temporairement son ouvrage.

« Jusqu'à maintenant, sergent-détective, il n'y a
rien qu'on n'ait pas déjà dans les dossiers. Je suis
désolé.

— Ne le soyez pas, travail de police normal. Je
voulais juste en être sûr. Laissez ça pour l'instant, si

vous voulez. J'ai autre chose de plus pressant à vous demander. »

Curieux, le technicien s'approcha du policier.

« Nous vous avons laissé le Mac qui provient du studio d'enregistrement de Roch Rancourt à Québec.

— Oui, je l'ai ici, il est branché et tout, mais je n'ai pas eu le temps...

— Je sais qu'il y a beaucoup de documents dans cet ordi. Ce que je cherche, ce sont des enregistrements de conversations téléphoniques et d'autres qui auraient été faits à partir d'un *body pack*.

— Ça ne devrait pas être difficile à trouver.

— Sauf qu'ils sont sûrement dissimulés pour ne pas être découverts facilement par n'importe qui.

— Je ne suis pas n'importe qui... »

Pagliaro lui sourit.

« C'est justement ce que j'ai toujours pensé, caporal. Vous et Nicolas faisiez une très bonne équipe. L'équipe 2.0 ! »

Le policier sourit en retour.

« On n'a pas remplacé Nicolas encore, monsieur Pagliaro. Certains jours, j'aimerais qu'il soit ici, ça changerait tout dans mon travail. Enfin... qu'est-ce que je dois chercher, en particulier, monsieur ?

— Des conversations dans lesquelles il y aura un accent russe. Des échanges entre des Russes et des Québécois. Des trucs sur des filles. Des danseuses. Tout ce qui vous semble bizarre. Si vous pensez qu'ils se parlent en code, ayez en tête qu'il s'agit de prostitution.

— Pas de problème, je me mets là-dessus tout de suite.

— Y a une autre chose importante.

— Laquelle ?

— Quoi que vous trouviez, vous n'en parlez à personne sauf à moi ou à mon adjoint Martin Lortie. Même pas à un autre expert du service ni à votre supérieur hiérarchique, compris ? Vous ne laissez personne toucher à cet ordi. Et vous m'appelez à n'importe quelle heure du jour ou de la nuit. »

Pagliaro donna au caporal son numéro de cellulaire et son numéro personnel à la maison.

« Si c'est ce que vous voulez, monsieur, ce sera comme ça. »

Pagliaro retourna à son bureau. Il ferma la porte et composa le numéro du bureau de Montréal du Directeur des poursuites criminelles et pénales. Il se nomma et demanda à parler à maître Melissa Franco. On le fit attendre quelques longues minutes, mais Pagliaro ne s'impatienta pas. Au bout du fil, une voix douce lui répondit finalement.

« *Francis, mi dispiace per l'attesa, caro mio. Come stai ?*

— *Bene. Benissimo, non preoccuparti…* C'est pas grave, tu sais, tu me fais toujours attendre, chaque fois…

— On est très occupés ici! C'est l'usine. Mais prends le temps au moins de me dire comment va Lisa. Et comment va la petite, comment s'appelle-t-elle, déjà ?

— Léa.

— Elle te ressemble ?

— Un peu, elle ressemble à sa mère, Karine, qui me ressemble aussi, alors… Mais elle est plus futée que moi. Elle m'approvisionne en bonbons roses. Et Lisa va bien.

— *Ah! Caro mio,* des bonbons roses, *sei un gentiluomo.*

— *Grazie.* Je les aime beaucoup, toutes les trois. Mais je ne t'appelle pas pour parler d'amour, je voudrais que tu viennes à Parthenais pour rencontrer un homme qui a fait des déclarations. Je ne veux rien te dire de plus, mais sois certaine que c'est important. Quand peux-tu venir ?

— Demain.

— Non, demain, c'est trop tard. Viens maintenant.

— *Veramente*, tu m'intrigues. Mais puisque ça vient de toi, je suis certaine que tu as de bonnes raisons d'être pressé. Mon Dieu! Je dois déplacer deux ou trois réunions... *Va bene*. C'est bien parce que c'est toi. *Arrivo subito*. »

La procureure était à Parthenais vingt minutes plus tard. Après les formalités d'identification et d'enregistrement à l'accueil de l'édifice, le policier de garde conduisit l'avocate à l'ascenseur.

« Vous connaissez le chemin, maître, je vous laisse.

— Merci. »

Averti de son arrivée par l'officier de garde, Pagliaro l'attendait à l'ascenseur en compagnie de Martin Lortie. Ils se dirigèrent tous les trois vers une salle d'interrogatoire située à un étage inférieur où patientait Zachary Avdeïev. Pagliaro fit les présentations. Le Russe sourit à la procureure, il ne semblait pas se formaliser du fait qu'elle était une femme. Pagliaro s'en réjouit, les tractations seraient plus faciles si les personnes concernées se respectaient. S'il avait choisi Melissa Franco, c'est qu'il avait une confiance absolue dans son professionnalisme et sa discrétion. Ce n'était pas la première fois qu'il travaillait avec la procureure sur des dossiers extrêmement délicats, problématiques ou même périlleux.

Après avoir réclamé le silence, le sergent-détective mit l'enregistreur vidéo en marche, il récita le laïus habituel de présentation des personnes présentes, leur grade et leur occupation, il indiqua la date, mercredi 12 novembre, et l'heure, midi dix, de même que la raison de l'enregistrement. Pagliaro pria alors Avdeïev de reprendre dans le détail tout ce qu'il avait raconté dans les deux interrogatoires précédents. Le Russe parla presque sans interruption, à part les moments où maître Melissa Franco lui demanda des précisions ou des reformulations plus claires, ou ceux où Pagliaro proposa une pause. Quand Avdeïev eut terminé son récit à la satisfaction de tous, il formula ses requêtes.

En échange de tout ce qu'il avait raconté au sujet des crimes, il sollicitait l'immunité pour sa participation aux meurtres. Pour aider la police à démasquer un policier véreux complice de la mafia russe dans un réseau de traite des jeunes femmes russes au Canada, il demandait une nouvelle identité. Seule façon pour lui de recommencer sa vie en sécurité dès que le nom du policier corrompu serait révélé. Il réitéra sa déclaration qu'il n'avait tué aucune des trois victimes, Nicolas Turmel, Geneviève Simon et Roch Rancourt, et qu'il avait blessé Evgeni Souvorov pour se défendre. C'était Anton Solomine qui avait agi dans les trois meurtres, passant outre à ses instructions.

« J'ai la *bratva* moscovite sur le dos, maintenant, et la montréalaise, très probablement. Le policier impliqué est sûrement à ma recherche, avec une foule de ses complices dans la police, sans compter ses informateurs. Je ne donne pas cher de ma vie, comprenez-vous ? »

Il y eut un moment de silence prolongé et Pagliaro indiqua que les déclarations de Zachary Avdeïev étaient terminées et qu'il était dix-huit heures vingt-deux. Il éteignit l'enregistreuse vidéo.

Maître Franco avait pris des notes, tout au long de l'entretien, ce qui avait inquiété Avdeïev. L'avocate s'en était aperçue et elle lui dit de ne pas s'en faire. Elle conservait tous ses documents importants dans un coffre-fort dont elle seule avait la combinaison. Et les inscriptions qu'elle gardait par-devers elle étaient le plus souvent minimales, la plupart codées quand il s'agissait de sécurité publique. Le fait que l'on recherchait un policier rendait la procédure encore plus discrète, sinon secrète.

« Soyez tranquille. J'ai des gens, à la Sécurité publique, qui vont s'occuper de vous trouver un endroit où vous serez en parfaite tranquillité. Avant la fin de la journée, vous serez déplacé et gardé jour et nuit par des agents armés. Ils ne connaîtront pas votre identité ni la raison de votre mise sous protection. Ils sont compétents et fiables. Seuls le sergent-détective Pagliaro et son adjoint connaîtront cet endroit. Je ne le connaîtrai pas moi-même. Vous y resterez jusqu'à l'arrestation du policier recherché. Puis, en attendant les procès, nous prendrons d'autres mesures de sécurité à votre égard. Je ne peux rien vous promettre de plus pour l'instant. C'est déjà pas mal. Nous allons nous revoir. Mais je ne vous parlerai plus sans la présence de votre avocat. »

Les enquêteurs et la procureure retournèrent au bureau de Pagliaro tandis qu'Avdeïev regagnait sa cellule temporaire. Pagliaro avait confié à un agent de confiance la garde du corridor où seule cette cellule était occupée.

Le groupe s'installa autour de la table de travail de Pagliaro pour discuter des aveux d'Avdeïev. Vers dix-neuf heures, ils avaient fait le tour de la question. Le téléphone sonna. Le sergent-détective décrocha en s'excusant auprès des deux autres.

« Monsieur Pagliaro, Éric Bouffard, du laboratoire d'informatique. J'ai trouvé quelque chose.

— Déjà ?!

— J'ai indexé l'ordinateur et, après, j'ai cherché à l'aide de mots clés. Votre musicien était pas très fort pour cacher ses affaires…

— J'arrive ! »

Le caporal avait la mine réjouie en voyant débarquer le trio trois minutes plus tard.

« Les enregistrements vocaux étaient dissimulés dans des répertoires de dossiers de comptabilité. Pas très malin. Il y en a beaucoup, en russe, en français, comme vous me l'avez dit. Pour des heures… »

Le technicien désigna le moniteur du doigt.

« Ils sont tous regroupés ici, vous voyez ? Il indiqua un dossier dans le répertoire. Qu'est-ce que je fais, maintenant ?

— Vous pouvez nous laisser, caporal ? Sans vouloir vous offenser, moins il y aura d'oreilles...

— Ok. Je n'ai rien entendu. J'ai terminé pour aujourd'hui, de toute façon. Vous avez juste à fermer la porte en sortant. »

Il sourit au groupe.

« Merci caporal.

— Y a pas de quoi.

— Non, il y a de quoi. Bon travail. Merci. »

Martin Lortie s'installa devant l'ordinateur quand le technicien eut disparu dans le corridor, maître Melissa Franco et Francis Pagliaro de chaque côté de lui.

« Par où on commence, Francis ?

— Par le commencement, comme toujours. »

Lortie sourit et ouvrit le premier dossier de la liste. Un document identifié 20052307.mp3. Deux interlocuteurs discutaient au téléphone en russe.

« Passe au suivant, Martin, on se trouvera un traducteur quand on sera prêts. »

Les sept documents sonores suivants contenaient d'autres conversations, tantôt en russe, tantôt en français. Difficiles à évaluer, elles étaient visiblement en langage codé. Mais Pagliaro ne désespérait pas, il y aurait quelqu'un à la Sûreté, au SPVM ou à la Gendarmerie royale qui pourrait les éclairer sur le code.

Lortie ouvrit un neuvième document. Il s'agissait encore une fois d'une conversation téléphonique, en français cette fois, dans laquelle un des interlocuteurs était de très mauvaise humeur. Il parlait avec un fort accent russe, tandis que l'autre s'exprimait dans un québécois familier. Pagliaro sursauta. Il connaissait cette voix québécoise.

« Tu m'as déjà dit qu'y a pas juste *un seul* flic pourri dans la force », lui avait répété Jacques Richer deux semaines plus tôt quand Pagliaro l'avait interrogé à l'Établissement Rivière-des-Prairies où l'ex-policier attendait sa sentence.

« Tu devrais chercher de ce côté-là, Francis. »

Sur le coup, Pagliaro n'avait pas réagi, mais à l'écoute de cette voix enregistrée, il bondit de sa chaise et dit à Lortie d'arrêter l'enregistrement. Son ordre avait résonné dans le laboratoire, plus fort qu'il ne l'aurait voulu. Sans expliquer son geste aux autres, il saisit le téléphone sur le bureau du caporal Bouffard, mais il se ravisa aussitôt et remit l'appareil en place brusquement. Il choisit plutôt son cellulaire dans la poche de son veston, regarda l'heure à sa montre : vingt heures cinquante-six. Il composa le numéro personnel de sa fille Karine, à sa maison à Ottawa. Elle répondit à la troisième sonnerie.

« Karine, je veux que tu viennes chez moi ce soir.

— Ce soir ?! Mais il est déjà neuf heures !! On y va tous en famille samedi matin !

— Non, écoute. Tu viens maintenant, seule.

— Mais papa…

— Tu ne dis à personne où tu vas, et tu viens. Maintenant. »

29

Karine arriva chez son père un peu passé minuit. Il n'y avait pas de circulation dans la rue Kimpton à cette heure de la nuit. Pagliaro reconnut la voiture. Il la vit ralentir à l'approche de la maison. Il sortit accueillir sa fille dans l'obscurité du stationnement. Karine était nerveuse.

« J'ai fait le plus vite que j'ai pu, tu sais, coucher la petite, dire à Luc que je devais partir tout à coup pour le travail même si, en principe, je suis en congé. C'est bien pour le travail que tu m'as fait venir, non ? Tout ce mystère... Lisa va bien au moins ?

— Oui, oui, Lisa va très bien, entre. »

Ils s'installèrent dans le bureau de Pagliaro dans l'agrandissement du rez-de-chaussée où Lisa avait attendu sa belle-fille pour la saluer avant de monter se coucher. Les deux femmes s'embrassèrent.

« Est-ce que tu reviens samedi avec Léa et Luc ?

— En principe, oui.

— C'est bien. Je t'aime. Si vous avez besoin de quelque chose, ne vous gênez pas avant que je disparaisse pour la nuit. Je commence tôt demain à l'hôpital.

— Merci, ma belle, tu es une femme merveilleuse, dit Francis.

— Je le sais, c'est moi qui te l'ai dit.»

Lisa embrassa Francis.

Une fois seule avec son père, Karine prit son air professionnel.

« Qu'est-ce qui se passe?

— Il se passe ceci:»

Pagliaro se leva et prit un CD non identifié sur sa table de travail et l'inséra dans le lecteur de disques de la bibliothèque. C'était une copie de la conversation téléphonique qui l'avait fait sursauter à la première écoute au laboratoire d'informatique de la Sûreté. Il ajusta le volume et appuya sur *Play*. Le son amplifié de la communication accentuait les bruits de respiration des interlocuteurs et le frottement du combiné dans leur main, mais l'audition était quand même excellente. Le personnage que Pagliaro et sa fille entendirent en premier s'exprimait en français avec un fort accent russe. Il était de très mauvaise humeur.

« J'espère tout ça plus jamais. Filles arrivent chez vous et rien prêt!

— Je sais que je te fais chier, Yegor, mais c'est hors de mon contrôle…»

Karine eut un mouvement malgré elle. Elle se leva de son siège et se rassit immédiatement sur le bout des fesses.

« … le crétin de Citoyenneté et Immigration veut plus d'argent, il laisse traîner, comme pour faire pression. J'y peux rien…

— Plus d'argent, problème toi. Va te faire…

— C'est ça, Yegor. *Fuck you too!*»

Pagliaro baissa le son.

« C'est bien celui que je pense?

— Tu te trompes pas. C'est lui. Le chien sale!»

Pagliaro stoppa l'appareil et remit le disque dans son étui de plastique.

« Martin est en train d'écouter le reste à Parthenais. On devrait être capable d'obtenir un mandat d'arrestation dès demain matin. Tu comprends pourquoi c'est si secret.»

Karine ne répondit pas, subjuguée par ce qu'elle venait d'entendre. Elle se cala dans son fauteuil. On aurait dit que toute la tension d'avoir conduit d'Ottawa à Rosemère sans s'arrêter se relâchait d'un seul coup. Elle venait d'atterrir, pour ainsi dire, et de façon douloureuse. Durant tout le trajet, elle s'était demandé ce qui l'attendait chez son père. Pourquoi tant de cachotteries? Ce n'était pas du tout son style, lui qui répétait sans cesse cette phrase de Sophocle, un de ses grands tragiques grecs préférés: « Qui ne craint pas d'agir ne craint pas de parler.» Son père qui mettait en pratique cet aphorisme était maintenant porteur de cette conversation téléphonique inconcevable, cette nouvelle sale, déshonorante et inqualifiable. Secrète.

« Un homme de police depuis plus de trente ans… Un père de famille qui a des filles de l'âge de ces jeunes femmes qu'il… qu'il… *importe* comme n'importe quelle autre marchandise.

— Je suis désolé, dit Pagliaro en s'approchant d'elle.

— Je comprends maintenant bien des choses.

— C'est fini pour lui.

— Qui est au courant, à part toi et Martin?

— Melissa Franco, une substitut du procureur général, fiable, toi, et celui qui a fait l'enregistrement. Celui qui le gardait sur son ordi est mort. C'est Roch Rancourt.

— Tu en as assez pour l'arrêter?

— Oui. Mais j'ai besoin de ton aide.»

30

Duo

J'espérais que les héritiers n'aient pas changé les serrures de la maison de Mister Freeze, ni de son studio. Les héritiers ou la police. Autrement, je n'aurais pas d'autre solution que d'abandonner mon plan ou de pénétrer par effraction en compagnie de Bill Dugas, un individu qui avait bien des choses à se reprocher et qui intéresserait la justice canadienne sans l'ombre d'un seul doute.

Par précaution, avant de se rendre chez Rancourt, on était passés au magasin Latulippe et j'avais acheté des casques de sécurité, un blanc et un rouge. J'avais un cartable en main et je feignais de prendre des notes sur le bâtiment. On s'est approchés casqués de la maison de Rancourt. Des voisins indiscrets croiraient à des entrepreneurs ou à des inspecteurs municipaux venus examiner les lieux à neuf heures du matin. Normal. Ce ne serait pas la première fois.

J'avais imaginé toutes sortes d'excuses au cas où quelqu'un – un policier, par exemple – nous surprendrait en plein travail. Dans mon esprit, toutes ces justifications sont vite devenues caduques, cependant. Rien ne pourrait expliquer notre présence dans ce studio. Au pire, on invoquerait qu'on connaissait l'enquêteur Pagliaro, dont je possédais la carte professionnelle dans mon portefeuille, et que ce dernier m'avait confié une tâche, que j'étais venu effectuer des vérifications, bla-bla-bla. Si celui qui nous découvrait n'était *pas* de la police, on n'aurait alors qu'à sortir immédiatement. Enfin, on n'en était pas là pour l'instant.

La clé que j'avais gardée lors de ma première visite au studio le 17 août fonctionnait toujours. On est entrés et j'ai fermé derrière moi sans tarder. Le studio était lui aussi fermé à clé, mais encore une fois la clé du trousseau de Roch a fonctionné.

« Je sais pas combien de temps ça va prendre, ton affaire », a dit Bill Dugas, méfiant.

Je savais très bien où je voulais en venir avec mon projet, mais je ne connaissais rien au travail de mixage. Pour ça, il me fallait le savoir-faire de Bill.

« J'ai ce qu'il faut, j'ai mon trio, piano et cordes, sur une clé USB, et j'ai bien surveillé le technicien de la police, l'autre jour. Je peux retrouver la toune sur l'ordinateur. Pour le reste, ça dépend de vous…

— Tu peux me dire tu, Louis, au point où on est rendus… »

Bill Dugas m'avait expliqué que, pour obtenir un résultat acceptable, il lui fallait le document informatique d'origine, la session, comme on l'appelait dans le logiciel *Pro Tools*, où chaque instrument ou chaque chanteur est enregistré séparément. Sans cela, il ne pourrait pas intervenir isolément sur le travail de chaque musicien.

On a contourné l'équipement électronique et on s'est approchés de la table de travail où se trouvait le Macintosh couplé à la console Solid State Logic. Il n'y était plus.

Je me suis retourné vers Bill Dugas.

« C'est impossible! Il était là lundi! J'ai pas rêvé! Qu'est-ce que…

— Tu es venu avec les flics, non ?

— Oui.

— Ben, ils l'ont emporté. Ils ramassent toujours tout...

— Mais qu'est-ce qu'on va faire ?! Sans l'ordi...

— On va passer au plan B. »

Bill Dugas a ouvert sa mallette et il a sorti un MacBook Pro et quelques fils d'ordinateur qu'il a déposés sur la partie laissée libre sur la table par l'absence du Mac de Rancourt. Satisfait de l'effet théâtral de son geste, il m'a souri. J'en revenais toujours pas de la disparition de l'ordi et j'étais figé sur place.

« Y a toujours un plan B, Louis, a dit Bill. Sinon, Roch n'aurait jamais réussi comme il l'a fait. Moi non plus. Prends-en de la graine, mon Louis. Si j'me fie à mes souvenirs, Roch a bien appris ma leçon. »

Dugas a allumé son portable et l'a branché à l'amplificateur qui desservait jusqu'à récemment le Mac volatilisé de Mister Freeze. Il a ensuite allumé l'ampli et il a choisi une pièce musicale du répertoire iTunes de son ordi qu'il a fait jouer à très bas régime. Il s'est avancé près de chaque caisse de son qui meublait le mur du fond de la pièce, il y en avait une bonne douzaine, de toutes dimensions. Il m'a fait signe : « Pas un bruit. »

Je suis resté subjugué, en essayant de comprendre ce que Bill fricotait.

Dugas a collé l'oreille à chaque enceinte acoustique, l'une après l'autre, en posant une main tout près du haut-parleur. À la quatrième boîte, il m'a souri encore une fois de son sourire sardonique et me l'a montrée du doigt.

« Celle-là est pas branchée ! C'est ben c'que j'pensais ! »

Il a dégagé la caisse de son du mur, il l'a tournée délicatement de côté pour atteindre l'arrière.

« Trouve-moi un tournevis, Louis ! »

J'ai cherché dans le bureau et je suis revenu vers lui avec un tournevis à choix de pointes multiples.

« Merci. »

Dugas a dévissé soigneusement le panneau arrière et il a trouvé ce qu'il cherchait.

« Voilà ! Bravo Roch ! »

Son sourire s'est élargi quand, avec précaution, il a sorti du fond de la boîte un disque dur externe.

« Sans fils ! Vive le *Bluetooth* ! Ni vu ni connu quand on cherche pas trop, genre flics trop pressés… »

Dugas a branché le disque externe à son propre ordi avec un fil de raccord sorti de la pile qu'il avait devant lui et il l'a allumé. « On va le faire à l'ancienne manière, si ça te fait rien, pas de temps à perdre. »

Tout le répertoire s'est affiché sur l'écran du MacBook Pro. Identique à celui que j'avais vu sur l'ordinateur de Roch.

« Bien fait, Roch, c'est pas barré. À toi Louis ! »

Après avoir pris la place de Bill Dugas sur la chaise, j'ai mis à peine une minute pour retrouver le document qui nous intéressait. Le blues improvisé avec Johnny Winter. J'ai branché deux paires d'écouteurs à l'amplificateur. On les a chaussées immédiatement. Pas question d'alerter qui que ce soit de notre présence dans le studio. L'éclairage de la pièce était éteint.

La veille, chez moi, en écoutant les CD, Dugas avait semblé très satisfait de ce qu'il y avait retrouvé. Comblé et surpris. Beaucoup de choses s'étaient ajoutées aux bandes magnétiques, plus que ce qu'il y avait laissé lui-même, près de trente ans auparavant. Des trésors. Outre les pièces de Dire Straits, de Pat Benatar et de Eurythmics, il y avait des *takes* de Ray Charles et de Bruce Springsteen. Et d'autres encore que je n'ai pas reconnus, mais qui ont fait les délices de Bill. Les CD de Pagliaro étaient maintenant en sécurité dans ses affaires, comme convenu entre nous.

Bill a pris les commandes de l'ordinateur. Il a ouvert le blues avec Johnny Winter et a commencé par éliminer les moments cafouilleux pour ne garder qu'une section de la pièce qui pouvait se tenir du point de vue musical.

« Pas grave si y a pas de début en bonne et due forme, a dit Bill, on va commencer par un *fade in* comme si on avait lancé l'enregistrement la toune déjà commencée.

— Je te fais confiance. »

Il m'a regardé d'un air torve pour me remettre à ma place.

« T'as pas le choix, mon gars. »

Le plus difficile a été de trouver les improvisations de Roch qui avaient une certaine qualité. La prise de son n'était pas très bonne, de toute façon. En maugréant, Bill a dû ajouter du gain, du volume, à plusieurs endroits de la piste de son. Il a amélioré la sonorité de la trompette de Roch en y mettant un peu de réverbération, il a même réussi à coller bout à bout des moments où Roch avait été particulièrement inspiré. Une prouesse technique : le *patchwork* était absolument invisible. Peu à peu, Mister Freeze est devenu un meilleur musicien à mes oreilles. Pas un virtuose, loin de là, mais un trompettiste compétent, avec des solos bien construits, structurés, pour une fois, grâce au travail de *remaster* de Bill Dugas. Roch n'aurait jamais si bien joué de son vivant... Dugas a rehaussé également le timbre de mon saxophone, en lui donnant plus de profondeur et plus de couleur grâce aux effets spéciaux du logiciel. Pour ce qui est des claviers, des guitares et de la voix de Johnny Winter, la prise de son était plus qu'acceptable en soi, sauf la guitare basse à qui Bill a apporté plus de présence, plus de poids. Il a recommencé le mixage des bandes jusqu'à ce qu'il soit satisfait du résultat : pour la première fois, l'ensemble a sonné balancé comme un enregistrement professionnel. En fait, Bill Dugas avait transformé une improvisation inégale en une véritable œuvre. Je me suis demandé ce que des compositeurs comme Beethoven ou Chopin auraient pensé de ce trafiquage. Une restauration musicale.

J'admirais l'habileté et l'aisance de Bill. Quoi qu'il en soit, il ressemblait toujours au monsieur Scrooge ou au Prince des ténèbres que j'avais connu dans son bureau à Las Vegas, de sorte que je n'ai jamais baissé ma garde. Je me méfiais du personnage, un fieffé menteur, selon Hervé Laguitton, un très habile et dangereux gangster.

Le soir est tombé et Bill travaillait à la seule lueur de l'écran dix-sept pouces de son MacBook. Le moment est venu d'ajouter le trio pour cordes et piano arrangé par moi.

« Là, j'comprends pas trop c'que tu veux faire, Louis. Des accords comme ça par-dessus un blues, j'trouve pas que c'est une bonne idée. C'est con !

— C'est ce que je veux.

— Je l'sais que c'est ça qu'tu veux. Mais tu scrappes la toune, si tu veux mon avis.

— C'est le *deal*.

— C'est le *deal*, c'est le *deal*, attention comment tu m'parles, mon Louis.

— Bill...

— J'peux ben juste sacrer mon camp, tu t'arrangeras avec tes affaires...

— Bill...

— En tout cas, moi, dans "ma" version sur CD, y aura pas de violons dessus, j'peux te l'dire. »

Je lui ai souri, comme j'aurais souri à un enfant capricieux. Bill s'est remis à l'ouvrage et a créé en ronchonnant une nouvelle piste dans *Pro Tools* sur laquelle il a transféré à partir de ma clé USB l'enregistrement que j'avais effectué la veille à la Faculté de musique. Je tenais à ce que cet ajout soit discret, que les interventions du trio soient ponctuelles, qu'elles ne prennent pas trop de place, mais qu'elles apportent plutôt une ambiance classique singulière. Un peu de sobriété en contraste avec l'exubérance des autres instrumentistes. Trente ans de distance, quand même, entre nous, les musiciens de Winter, et les étudiantes de l'université. Cent quatre-vingt-sept ans pour le mix avec le compositeur du trio classique...

Dugas a ajusté la balance de son en conséquence. Il a déplacé dans le temps quelques accords du trio pour qu'ils soient absolument synchrones avec l'improvisation. Un travail précis et nuancé. Je m'en suis réjoui. Le mélange était parfait. Des quinze minutes d'enregistrement originel, il ne restait au final que quatre minutes dix-neuf secondes.

J'ai regardé Bill, heureux. Il m'a envoyé une grimace en retour.

« C'est faisable, c'est sûr, il a bougonné en pointant le menton vers l'écran. Mais c'est pas parce que c'est faisable que c'est beau. »

On avait décidé d'avance qu'on ne se rendrait qu'une seule fois au studio de Roch, les risques de se faire prendre étaient assez grands comme ça. Il fallait tout réussir d'un coup, dans la même journée, quitte à travailler sans arrêt jusqu'à tard dans la nuit.

À minuit moins quart, Bill Dugas a déclaré mission accomplie : « *Let's call it a night, man.* Je pense qu'on l'a, l'affaire. C'est dur d'obtenir mieux avec ce qu'on a. »

On a ôté nos écouteurs.

« C'est toi, Bill, qui avait enregistré ce blues-là, en 1983 ? »

Bill n'a pas paru surpris.

« Oui, c'est moi. J'étais loin d'être un expert. »

Pour la première fois, Bill Dugas s'est détendu. On a ri tous les deux.

« J'aimais beaucoup Roch, a repris Bill. C'tait un *bum* dans mon genre, tu sais, toujours à l'affût de... de... de crossage, il faut ben l'dire, de crossage de ci ou de ça. Il m'a rendu un très grand service, une fois.

— Pourquoi tu tenais tant à ravoir les bandes ? »

Dugas m'a examiné comme si je ne comprenais rien à rien. Il est devenu sérieux.

« Quand j'ai appris que Johnny Winter était mort, en juillet passé, j'ai tout de suite pensé à l'enregistrement de votre blues. C'était la première fois que j'faisais un *take* pirate. On en a reparlé souvent, Roch et moi, quand y est v'nu travailler pour moi à Vegas. J'lui ai donné les bandes, finalement : y tenait tellement au blues ! Y a plus jamais joué avec quelqu'un d'importance dans sa vie, tu comprends ? Pas de celle-là, en tout cas. Jamais. J'lui ai donné tout le reste des bandes en reconnaissance de ce qu'y a fait pour moi. Y a des trésors là-dedans, comme t'as vu.

— Qu'est-ce que tu vas faire de tout ça ?

— Je l'sais pas. Rien, probablement.

— Rien ?! Mais…

— Quelques jours après la mort de Johnny Winter, un de mes contacts à Vegas m'a fait savoir que des Russes cherchaient un enregistrement clandestin de Winter réalisé dans les années 80 à Montréal.

— Comment y pouvaient savoir…

— Roch avait une grande gueule, tu sais. Un vantard. J'ai tout de suite su qu'y était en danger. "J'ai déjà joué avec Johnny Winter, j'ai déjà joué avec Johnny Winter…" Un vrai *kid*.

— En danger de quoi ? de mort ?

— De mort, oui ! Certainement ! Tu connais pas la mafia russe, toi !

— Je commence à la connaître.

— Enfin, c'est ça qui est ça. Et c'est toi qui m'as appris que Roch était mort, y a dix jours. Ça m'a secoué pas à peu près. »

Bill disait-il vrai ? Était-ce une mise en scène ? Dugas retournerait-il à Las Vegas avec ses CD en me laissant tranquille ? Je ne l'ai pas suivi sur son terrain.

« Ça vaut combien un enregistrement pirate de Johnny Winter, d'après toi ?

— Qui sait ? L'idée est pas là, de toute façon. Celui qui a commandé le vol des bandes est pas intéressé par l'argent.

— Comment tu sais ça ?

— Je sais ça parce que je m'intéresse à ça. Ici comme chez eux, les grands parrains de la mafia russe ont tout ce que tu peux imaginer : voitures, maisons, avions, filles, œuvres d'art, concerts privés de grands artistes. Et tout l'argent que tu peux imaginer. Tout. Y en a qui collectionnent des tableaux volés, d'autres, de la musique…

— Des pièces originales, introuvables sur le marché…

— Ouais. Et la pièce de Winter sur laquelle vous jouez, Roch et toi, eh ben, y a de fortes chances que les Russes la cherchaient pour servir de cadeau à un grand boss en Russie. Bon ou pas bon, c'est pareil. C'est ce que j'ai appris.

— Hein ? Un cadeau ?!

— Dans ce monde-là, quand un *deal* de dope vraiment important est conclu, c'est l'usage d'ajouter un cadeau. Là, on parle pas d'une caisse de champagne *Goût de diamants* à un million huit cent mille euros la bouteille. C'est la bouteille vide qui vaut ça, en passant. En cristal, avec son étiquette en argent massif garni de diamants. J'en ai vu une, une fois. Le champagne est ordinaire. Et du champagne, ben d'autres entrepreneurs sans frontières peuvent s'en acheter. Mais qu'est-ce qu'on donne à celui qui a tout ?

— Quelque chose que personne d'autre ne peut avoir.

— T'as tout compris. »

J'ai baissé la tête malgré moi, de dépit. J'ai eu un haut-le-cœur tandis qu'une sombre idée commençait à tracer son chemin dans mon esprit malheureux.

« Tu vois, Louis, a poursuivi Bill Dugas, aussitôt que j'ai su pour les Russes, j'ai essayé de communiquer avec Roch, mais j'l'ai pas trouvé. J'ai pas été assez vite. Ils l'ont tué.

— Et ils ont tué ma femme.

— On dirait, ouais.

— Ils l'ont tuée parce qu'ils n'ont pas trouvé les bandes chez nous !

— Possible.

— Elle est morte parce qu'un gros bonnet pourrait pas avoir son *petit* cadeau ! »

Bill n'a rien dit. Il a juste haussé les épaules. Je me suis effondré. J'ai refusé de me soumettre à l'explication.

« J'y crois pas, Bill. Ça s'peut pas.

— On tue pour moins que ça par chez eux, si tu savais… En fait, ils calculent même pas le nombre de morts qu'y a dans l'opération. C'est triste, mais c'est comme ça. »

Je me suis levé soudain de mon siège et j'ai fait quelques pas dans le studio. J'ai vomi derrière des caisses de son. Je suis revenu vers Bill une minute plus tard. Je pleurais. Je l'ai regardé dans les yeux.

« Tout ça pour ça ? Trois personnes assassinées pour de la musique ? C'est ça, la vie ? Ça sert à ça, la musique ? Faire plaisir à un gros porc de la drogue ? Un cadeau inusité ? Un plaisir pour lui tout seul parce que le reste, il l'a, et y en a rien à foutre ? »

Bill s'est levé à son tour et m'a fait face.

« Louis, y a trois mois, j'aurais vendu les enregistrements. Maintenant que je sais ce que je sais… »

Je ne l'écoutais pas. J'ai répété :

« Tout ça pour ça ?

— On dirait. »

Je me suis assis sur un ampli près de la console. Je sanglotais, les mains jointes sur mes genoux. « Tout ça pour ça. J'y crois pas. »

J'ai regardé Dugas, impuissant.

« Le pire, Bill, c'est que je viens de me rendre compte que Geneviève est morte pour un blues dans lequel je joue. »

Bill est retourné à son ordinateur sans dire un mot. Il s'est juste attardé quelques instants pour serrer mon épaule au passage.

J'ai fixé l'espace sombre du studio devant moi, le regard vide.

Que des spectres autour de moi, maintenant…

Bill avait un travail à terminer. Il a sauvegardé d'abord une copie du blues en format .wav qu'il a gravé sur un CD pour moi. Puis il a téléchargé une copie supplémentaire en version .mp3 sur ma clé USB. Il a fait enfin une troisième copie, sans les cordes, pour lui-même.

« Viens, mon chum », il a dit quand il a eu terminé.

Il m'a tendu la clé USB en me regardant droit dans les yeux.

« Sois bien prudent avec ça.

— Ne crains rien.

— C'est toi qui décides. J'peux rien faire pour toi, Louis.

— Non, tu peux rien ajouter. »

Il m'a servi une de ses grimaces grotesques et a il fermé son MacBook. Il l'a remis dans sa mallette avec ses fils et le disque dur de Rancourt. Je n'ai pas protesté.

« Je te remercie, Bill. C'est très beau, si on oublie que… »

Il m'a fixé avec un air ambigu en attendant le reste de ma phrase.

« … si on oublie que Roch a payé le gros prix pour avoir joué ça. Il serait très content de ce que tu as fait. T'es d'accord Bill, non ? C'est très beau, tu trouves pas ? »

— Oui, oui, ben sûr, c'est beau. Je suis content de l'avoir fait, même avec tes maudits violons. Mais, je… en fait… c'que j'veux dire, c'est que… »

Dugas était de plus en plus mal à l'aise sur son siège. À ma surprise, il a rougi.

« C'que j'veux dire, c'est que ça fait longtemps que j'ai pas fait quelque chose de bien.

— Mais c'est très professionnel. C'est au-delà de mes espérances.

— Non, c'est pas ça, j'veux dire quelque chose de *bien*, comprends-tu ? *Something good*. Quelque chose de bien *dans la vie*. Gratis. T'en sais assez sur moi pour être au courant de ce que le monde pense de Bill Dugas. Hein ? Un *bum* ! C'est ça qu'y pensent.

— …

— Ben, tu sais quoi ? Ils ont raison, j'suis un *bum*, mais pour une fois le *bum* a fait quelque chose de bien. Tu comprends, Louis ? J'vas te dire une chose que j'ai pas dit à personne depuis ben des années : c'est *moi* qui te remercie. »

31

CHELSEA, VENDREDI **14** NOVEMBRE

Karine Fraser était fatiguée, mais elle tenait à être présente au moment de l'opération. Elle était rentrée chez elle à Ottawa vers six heures du matin après avoir discuté avec son père pendant plus de deux heures de l'arrestation du policier qu'ils avaient reconnu sur l'enregistrement téléphonique. Elle avait dormi jusqu'à huit heures et s'était levée au moment où Luc était parti travailler. Après un petit-déjeuner pris sans appétit, elle avait laissé Léa au service de garde scolaire – Miss Pimpante n'avait même pas rouspété, contente de retrouver ses amies – et elle avait continué jusqu'à son bureau. Sa mission consistait à apprendre où se trouverait le flic ce soir-là.

La veille, elle s'était inquiétée :

« Tu y vas pas un peu vite, papa ? Demain soir ?!

— On a ce qu'il faut pour l'arrêter. On n'a pas besoin de plus. Plus on tarde, plus la chose va s'ébruiter, c'est comme ça dans la police, tu le sais aussi bien que moi.

— T'as sans doute raison.

— Je n'ai pas raison, je sais. C'est l'expérience, c'est tout. On ignore s'il a des complices au sein même de la force. Aussitôt qu'on va commencer à enquêter,

qui plus est sur la Gendarmerie Royale du Canada…
on n'aura pas le temps de chercher à savoir qui est
l'ami de qui, tu vois le problème…

— L'esprit de corps.

— C'est ça. J'ai lu quelque part que les policiers
sont ceux qui sont le plus enclins à se parjurer. C'est
statistique, paraît-il. Pour épauler les confrères, fraternité oblige, "c'est eux contre nous", ainsi de suite.
J'espère aussi que l'arrestation va se dérouler au
Québec. Je ne voudrais pas être obligé de négocier
avec la police de l'Ontario parce que je joue sur leur
territoire. Quant à la coopération conjointe avec la
GRC, oublie ça… »

◆

En compagnie de Francis Pagliaro et de Martin
Lortie, Karine était assise à l'arrière d'une voiture
banalisée de la Sûreté du Québec stationnée dans
l'aire de pique-nique d'Old Chelsea, à quinze minutes
du centre-ville de Gatineau. Caché par une rangée
d'arbres de grande taille, le véhicule se trouvait assez
loin des regards de la clientèle du restaurant L'Orée
du bois, aménagé à peine quelques dizaines de mètres
plus loin dans une ancienne maison de ferme et ses
dépendances. L'établissement du chemin Kingsmere,
auquel le guide Debeur avait attribué quatre étoiles,
était niché en bordure d'un bois discret, à la porte du
parc de la Gatineau. C'est là que l'équipe de Pagliaro
devait procéder à l'arrestation.

Depuis vingt minutes, l'enquêteur Louis Spagna et
l'agente Éva Saint-Pierre s'y étaient installés. Six jours
plus tôt, le couple de policiers avait participé à la filature ratée de Zachary Avdeïev jusqu'au studio Bruit
Blanc Sono, à Montréal. Pour l'opération de ce soir,
ils avaient choisi une table discrète au fond de la salle,

près des toilettes, d'où ils avaient une vue d'ensemble du restaurant.

Un autre policier impliqué dans la filature manquée, l'agent Claude Fradette, était assis pour les besoins de la cause dans sa voiture personnelle, une Mazda 3 de couleur blanche, pas très récente, pour surveiller l'arrivée du suspect dans le stationnement du restaurant. Il donnait l'image de quelqu'un qui attend les autres convives à l'extérieur de l'établissement ou d'un touriste parlant au téléphone. En fait, il était en communication permanente avec l'équipe.

« T'es sûr qu'il va se pointer, Francis ? »

C'est Karine qui répondit à la place de son père.

« Absolument. On est chanceux. Il a réservé pour dix-neuf heures. Il sera là.

— Combien de personnes ?

— Je ne sais pas. Quand j'ai demandé à la secrétaire s'il était disponible pour une rencontre, ce soir, elle a dit qu'il n'était pas de service aujourd'hui et qu'il avait réservé à L'Orée du bois. »

« Vous pouvez l'appeler, si vous voulez », avait suggéré la secrétaire. Karine n'avait pas insisté.

« Je n'ai pas téléphoné au restaurant pour savoir combien d'invités, tu penses bien. Il mange souvent à L'Orée du bois. Il nous a assez cassé les oreilles avec ça au bureau. *Quatre étoiles !* Toujours le vendredi. Généralement avec sa femme et un couple d'amis. Mais parfois, il y va seul avec son épouse. Il commande invariablement le pavé de bœuf façon Rossini avec foie gras poêlé et sauce au porto. C'est ce qu'il y a de plus cher au menu.

— Combien ? demanda Fradette.

— 40,75 $.

— Pas pire…

— Il est dix-huit heures quarante, coupa Pagliaro. Ils devraient arriver bientôt. Tout le monde est prêt ?

— Oui, Francis, soupira l'agent Fradette avec un ton de fausse exaspération bien audible.

— Pas besoin de vous rappeler le plan de match, alors?

— Non, Francis», minauda Fradette.

Les autres ricanèrent.

Pagliaro sourit, il aimait ce genre de moquerie amicale. Les hommes l'admiraient et en aucune manière ils n'auraient mis son autorité professionnelle en question. *Toute autorité fondée sur autre chose n'en est pas une*, pensait le policier. Seuls comptaient à ses yeux la confiance de son équipe envers le bien-fondé de ses décisions et leur fidélité à leur mandat. Ce soir, il menait une opération à laquelle sa fille Karine participait. Une première. Il avait eu l'autorisation de son patron pour l'inviter. Le lieutenant Longpré était un homme sûr, malgré ses ambitions professionnelles. Jamais il n'aurait mis une opération en péril pour des raisons d'avancement personnel, sinon Pagliaro aurait passé outre à sa permission. « Appelle-moi dès que ce sera fait », avait simplement ajouté l'officier, je reste en *standby* au bureau.

Il faisait noir, à cette heure, le soleil s'était couché à seize heures trente-quatre. Pagliaro monta d'un cran le dégivrage du pare-brise de l'autopatrouille couvert de buée dans la fraîcheur du soir. Il avait obtenu le mandat d'arrestation en toute discrétion et il avait attendu le plus tard possible pour le demander afin de minimiser les risques d'une fuite dans le service. L'arrestation d'un policier était une chose délicate qui causait toujours un remous, autant chez les policiers, tous corps de police confondus, que dans les médias et le public.

« Chevrolet Impala en approche, signala Claude Fradette.

— C'est pas sa voiture personnelle, intervint Karine, il a une Chrysler 300.

— Quelle couleur la Chevrolet ? demanda Pagliaro.

— Difficile à dire, il fait noir, Francis, attends... Trois personnes à bord. La voiture passe devant moi. Elle est brune. C'est notre homme, mais il n'est pas au volant, c'est un autre qui conduit. Derrière, il y a une jeune femme. Blonde.

— Tu reconnais les autres passagers, Claude ?

— Négatif. Ils sortent de l'auto. Ils vont entrer au resto.»

Dans la salle, seule Éva portait un écouteur dans l'oreille, dissimulé sous ses cheveux épais. L'enquêteur Louis Spagna, le crâne rasé, ne pouvait se permettre de porter d'équipement audio dans les circonstances. Il aurait été identifié sur-le-champ par un policier d'expérience malgré son accoutrement et ses lunettes d'intellectuel. Avec discrétion, Éva confirma à l'équipe l'entrée des trois personnes.

Le trio s'installa à une table loin de la grande fenêtre principale. Ils étaient silencieux. Le policier s'assit dos au mur. L'inconnu choisit une place à sa gauche en maugréant. La fille blonde tournait le dos au reste du restaurant.

Le garçon s'approcha des convives, il enleva le carton marqué « réservée » de la table et distribua les menus. Quand il revint en direction de Spagna et de Saint-Pierre, Spagna lui fit signe qu'ils étaient prêts à commander. « Vous nous apporterez la note en même temps, s'il vous plaît, ajouta l'enquêteur, on est un peu pressés.»

Le garçon installa rapidement deux couples qui venaient d'arriver en même temps et se dirigea vers la cuisine pour passer la commande des deux enquêteurs.

Le serveur revint en salle. Les trois suspects commandèrent à leur tour. Comme prévu, le flic demanda un pavé de bœuf façon Rossini ; l'inconnu, un pot au feu de la mer à l'estragon. La fille blonde préférait ne rien manger. Éva Saint-Pierre la vit de profil remettre son menu demeuré fermé au garçon de table en faisant un signe de dénégation de la main.

« La blonde, c'est Natalya, la fille d'Avdeïev, souffla Éva dans son micro dissimulé à son poignet. Je la reconnais. C'est moi qui l'ai fouillée au centre commercial. Elle risque de se souvenir de moi si elle se retourne ou si elle va aux toilettes.

— Sors immédiatement, ordonna Pagliaro. Passe par-derrière et va rejoindre Claude dans sa voiture. Dis à Louis de finir son repas tout seul. Si le *waiter* s'inquiète de ton absence, qu'il lui dise que tu as dû partir d'urgence. Une fois qu'il sera seul, il pourra communiquer avec nous par cellulaire. Il peut le laisser ouvert sur sa table. »

Éva Saint-Pierre obtempéra sans délai et sortit par une porte qui donnait sur le stationnement des fournisseurs à l'arrière de l'établissement. En contournant le restaurant par la droite, elle rejoignit sans se presser l'agent Claude Fradette, qui avait entendu la communication et qui l'attendait. Il avait déjà entrouvert la portière côté passager de la Mazda à son intention. Ils patienteraient en silence.

Quinze minutes plus tard, Martin Lortie démarra la voiture banalisée et quitta le stationnement de l'aire de pique-nique. Il s'engagea sur le chemin Kingsmere et il roula au ralenti sur les quelques dizaines de mètres qui le séparaient du restaurant. Il se rendit au fond du stationnement caillouteux, loin de l'Impala brune, et se gara entre deux gros véhicules.

À l'intérieur de L'Orée du bois, le trio avait été servi. L'inconnu mangeait son plat accompagné de vodka, son troisième verre, tandis que le flic avait commandé une bouteille de Pessac-Léognan, Château Trigant, pour lui tout seul. Natalya Avdeïeva buvait de l'eau en grignotant un bout de pain. Elle n'avait pas dit un mot depuis leur arrivée, plus d'une heure plus tôt. De l'endroit où il était placé, l'enquêteur Louis Spagna ne pouvait rien entendre de leur conversation, mais il étudiait à la dérobée les expressions faciales des deux hommes. Pendant un instant, il songea à prendre en douce une photo du groupe avec son téléphone, mais il y renonça. Quoi qu'ils fussent en train de se raconter, l'atmosphère autour des trois personnages était sérieuse. Pas d'éclats de rire, aucun sourire. On devait parler affaires à voix basse et ces affaires n'avaient, à l'évidence, rien de rigolo. Il y eut même quelques longs moments de silence lugubre.

Spagna laissa passer une dizaine de minutes et il appela Pagliaro sur son cellulaire pour la quatrième fois. Il prit un air enjoué et décrivit l'avancement du repas du trio.

« Ils ont refusé le dessert, l'inconnu a commandé une dernière vodka, il l'a bue d'un trait, l'autre vient de finir sa bouteille de vin et il a demandé l'addition. Ils devraient pas tarder à sortir.

— Ok. Tout le monde est prêt ?

— Prêt ! »

Tous avaient répondu à l'unisson.

Après avoir réglé l'addition, le flic indiqua la sortie aux deux autres. Manifestement ivre, il fermait la marche de façon maladroite. À trois mètres derrière eux, Louis Spagna leur emboîta le pas. Le téléphone à l'oreille, il souffla simplement « Je quitte le resto » à l'intention de Pagliaro et remit tout de suite l'appareil dans la poche de sa veste.

Le trio déboucha sur le perron du restaurant. Au même moment, dans l'obscurité du parking, l'agent Claude Fradette sortit de sa voiture et se dirigea vers eux ; il fut rejoint par Éva Saint-Pierre à sa droite qui le prit affectueusement par le bras en gardant le regard baissé. Méconnaissable, elle avait enfoncé un béret sur sa tête et passé son foulard sur le bas de son visage.

Pagliaro, Karine et Lortie étaient descendus sans bruit de l'autopatrouille banalisée immédiatement après avoir entendu « Je quitte le resto », le signal convenu avec Louis Spagna, et avaient contourné les voitures en stationnement. Ils surgirent sur le flanc droit, à deux mètres du trio, au même moment où Fradette et Éva Saint-Pierre arrivaient par-devant et Louis Spagna par-derrière.

Pour ne pas être vue des suspects, Karine s'était détachée de son groupe plusieurs secondes plus tôt, comme si elle se dirigeait seule d'un bon pas dans le noir vers le restaurant. Elle fit volte-face aussitôt pour rejoindre Louis Spagna à la suite des trois individus sans qu'ils la remarquent.

Au moment où l'agente Éva Saint-Pierre croisa Natalya Avdeïeva, elle l'écarta des deux autres sans ménagement. Dans un synchronisme parfait, Claude Fradette dégaina son Glock, exhiba sa plaque et s'identifia avec fermeté : « Enquêteur Claude Fradette, Sûreté du Québec », pendant que Louis Spagna posait sa lourde main sur l'épaule de l'inconnu. Pagliaro et Lortie refermèrent l'étau aussitôt, Martin Lortie tenant en joue l'inconnu, qui ne bougea pas d'un poil. Le flic véreux tourna la tête de gauche à droite à la hâte et il s'aperçut qu'ils étaient cernés.

Il reconnut Pagliaro.

« Francis… Mon Dieu ! Francis Pagliaro ! Mais… ça fait longtemps, tellement…

— Oui, Roland, ça fait très longtemps. Tu sais pourquoi on est ici ? »

L'inspecteur prit un air résolu. Les policiers autour de lui ne lui donnaient pas beaucoup de choix. Il haussa les épaules et se départit de son sourire méprisant.

« Inspecteur Roland T. Webster, vous êtes en état d'arrestation…

— Sous quel chef ?

— Article 279 du code criminel : complicité dans le trafic de personnes en vue de la prostitution. Vous avez le droit de garder le silence… »

Webster baissa les bras, résigné, mais il gardait son regard fixé sur Pagliaro.

« Pas la peine, Francis. Laisse tomber le "vous", je connais mes droits.

— T'as pas l'intention de nous faire des misères, hein Roland ?

— Non, Francis, sois tranquille.

— Es-tu armé ?

— Non. »

Martin Lortie lui passa les menottes et le fouilla. L'inspecteur n'offrit aucune résistance. Ce n'est que quand Karine vint se placer devant lui qu'il réagit.

« Ah ! Karine Fraser. La sergente Karine Fraser, la fille de l'autre… Bien sûr… »

Il eut une moue amère.

« Il ne pouvait pas en être autrement… C'est toi qui ?… »

Karine fixa son patron à la GRC avec un mépris non dissimulé.

« Non, c'est la Sûreté. Je n'ai rien eu à voir là-dedans.

— Tu aurais pu, tu sais…

— Ferme-la, Roland. »

L'ordre venait de Pagliaro, qui était en train d'examiner les papiers d'identité que Martin Lortie avait saisis dans les poches de l'inconnu. Il sourit à l'individu.

« Monsieur Solomine, quel plaisir de vous rencontrer ! »

ÉPILOGUE

Les deux enquêteurs approchaient à pied du Palais de justice de Québec après avoir laissé le véhicule banalisé de la Sûreté dans le stationnement intérieur de la Gare du Palais. Il était neuf heures du matin. « Avec c'qu'on annonce à Météo Média, avait dit Lortie en traversant le pont Pierre-Laporte, j'ai pas envie de retrouver l'auto en forme d'igloo. J'ai oublié de prendre un balai à neige.

— Très sage décision, collègue, j'admire le respect que tu voues aux véhicules officiels des forces de l'ordre, avait répondu Pagliaro amusé.

— Moque-toi, moque-toi, on verra ben en sortant du Palais si j'avais pas raison. »

Ils devaient tous les deux assister à la comparution pour fixer la date des enquêtes préliminaires de Zachary Avdeïev et d'Anton Solomine, qui avaient plaidé non coupables aux accusations portées contre eux pour les meurtres de Geneviève Simon, Roch Rancourt et Nicolas Turmel. Avdeïev avait en outre plaidé non coupable à l'accusation de tentative de meurtre sur la personne d'Evgeni Souvorov. La Direction des poursuites criminelles et pénales avait décidé que le procès pour les meurtres de Simon et de Rancourt aurait lieu à Québec, et celui du policier Nicolas Turmel à Montréal, dans une cause séparée, de même que celui pour tentative de meurtre de Souvorov.

Pagliaro n'était pas d'accord avec ces décisions, mais que pouvait-il y faire ? Cela ne le regardait pas. L'audition n'eut lieu qu'à onze heures trente passées, et ne prit que quelques minutes. Le juge Nicolas Pedneault décréta que les enquêtes préliminaires se dérouleraient en mars et en avril, pour laisser aux avocats le temps de se préparer. En attendant, pas de cautionnement possible pour les deux accusés étant donné la gravité des accusations et le risque de les voir disparaître à la première occasion. Ils resteraient donc en détention préventive. Dans le box, Avdeïev soutint le regard de Pagliaro. S'agissait-il de respect, d'espoir ou de mépris envers l'enquêteur ? Difficile à interpréter pour Pagliaro. Tout cela à la fois, sans doute.

Le procureur de la Couronne demanda un huis clos, au grand mécontentement de la presse. Sans tergiverser, le juge Pedneault acquiesça à la requête du ministère public et ordonna au public présent dans la salle de se retirer. Il était évident pour Pagliaro qu'on discuterait derrière des portes closes du statut d'Avdeïev à qui la DPCP avait promis des arrangements particuliers. Pagliaro et Lortie demeurèrent assis à la table de la Couronne. Comme prévu.

◆

Quand ils sortirent du Palais de justice, un peu passé midi, il faisait moins six degrés, mais il n'avait pas neigé. Pagliaro s'abstint de tout commentaire.

« Martin, je vais garder la voiture. Je te laisse à Lebourgneuf avec l'escouade régionale mixte et je te retrouve plus tard. Je veux mettre Collard au courant des résultats de l'enquête et je tiens à le faire de vive voix. Je lui dois bien ça.

— Pas de problème. »

Ils roulèrent en silence, chacun perdu dans ses pensées.

Du poste de la Sûreté du Québec, division Québec métro, à l'avenue De Montigny, il n'y avait que sept kilomètres ; Pagliaro arriva chez Louis Collard quinze minutes plus tard. Il était attendu.

Louis offrit à boire au policier, qui refusa.

« C'est un peu tôt pour moi et je suis de service, mais je prendrais bien un verre d'eau. »

Collard le lui apporta tandis qu'il se servit un grand verre de scotch.

« Pas de regrets ?

— Non, sans façon, pas d'alcool quand je travaille, à part quand c'est nécessaire... Votre sœur n'est pas là ?

— Non, elle est chez son psychologue. Vous vouliez lui parler ?

— Oui. Je voulais lui dire que nous avons eu la confirmation du décès de son mari. Un ressortissant canadien qui a survécu à l'explosion accidentelle d'une bombe près de Kobané le 30 octobre dernier a été capturé par des Unités de protection du peuple. Il a donné une liste de noms d'autres Canadiens combattant avec l'État islamique. Hassan fait partie des victimes de l'explosion.

— Et comment l'information est-elle parvenue jusqu'à vous ?

— C'est confidentiel. Tout ce que je peux vous dire, c'est qu'elle a été recueillie par un interprète français. D'autre part, si, à un moment de notre enquête, nous nous sommes intéressés à Hassan et aux autres musiciens d'origine arabe qui jouaient avec vous, nous avons abandonné cette piste pour de bon. Elle était fausse depuis le début. Votre sœur n'a pas à se faire de soucis.

— Mon ami a donc trouvé la mort à cause de ses choix personnels.

— Oui. Probablement aidé dans sa radicalisation par Mohammed Lebbar, disparu lui aussi.

— C'est curieux que Mohammed ne se soit pas essayé avec d'autres dans le groupe.

— Ils savent qui recruter, ils ne perdent pas de temps avec les autres. »

Il y eut un moment de silence qui se prolongea. Collard but une gorgée de scotch.

« Vous n'êtes pas ici seulement pour une visite de courtoisie, n'est-ce pas ?

— Disons que je suis là pour une visite d'amitié, avec en prime les informations que j'ai à vous donner. »

Collard se leva et invita l'enquêteur à le suivre dans son bureau. Il avait approché un deuxième siège, ils s'installèrent devant l'ordinateur MacBook Pro du musicien. Collard sourit pour lui-même, ce qui n'échappa pas à Pagliaro, qui fronça les sourcils. Le fait de se déplacer devant l'ordinateur allumé au lieu de demeurer bien assis dans les fauteuils confortables du salon éveilla une interrogation dans son esprit.

« Où en êtes-vous avec Avdeïev ? demanda Collard, tout à trac. Qu'est-ce qui va se passer avec lui ?

— Avdeïev nous a fourni l'arme des trois meurtres et de l'assaut d'une quatrième victime qui a survécu. Elle porte les empreintes d'un autre homme, Anton Solomine, que nous avons arrêté en compagnie de la fille d'Avdeïev et d'un autre suspect. On est en train de dégager tous les liens qui les unissent, ces quatre-là, Avdeïev, sa fille, Solomine et un policier canadien corrompu. On pense que Natalya Avdeïeva était tenue en otage par Solomine et ce policier, que nous avons d'ailleurs arrêté avec l'aide d'Avdeïev lui-même… C'est la mafia russe qui est impliquée dans les trois meurtres.

— Mon Dieu que c'est compliqué !

— Pire que vous ne le pensez. Nous possédons maintenant le dossier criminel complet d'Avdeïev provenant de Russie. Il a réussi à entrer au Canada en cachant ses antécédents criminels, ce qui constitue une infraction, sans doute avec l'appui de ses amis demeurés dans le système policier ou judiciaire de son pays.

— Il va aller en prison ?

— Ça, c'est moins sûr. Il est présumé innocent aux yeux de la loi.

— Mais vous, vous le savez coupable, c'est évident, non ?

— Oui. Je l'ai arrêté parce que j'avais des motifs raisonnables et probables de croire qu'il avait posé des actes criminels. Dans le métier, on appelle ça la « conviction intime ». À la Direction des poursuites criminelles et pénales, un avocat a décidé que les preuves que je lui ai présentées méritaient de porter des accusations en bonne et due forme.

— Vous avez eu tous les deux une présomption de culpabilité.

— C'est ça. Sinon, ça ne marcherait pas. On ne peut arrêter ni accuser quelqu'un sans raison légitime. Ce qui est paradoxal, c'est qu'à partir du moment où Avdeïev va se présenter devant un juge et un jury, tout ce beau monde va fonctionner dans l'autre sens.

— Dans l'autre sens ?

— Plusieurs policiers vous diront que dans un procès criminel, on ne fait pas le procès de l'accusé, mais celui du travail de police. Ce travail sera remis en question d'un bout à l'autre. Comme le dit le juge Baudouin, l'accusé doit être traité par la Cour « comme si » il était innocent alors que toutes les opérations antérieures pointent vers sa culpabilité.

— Beau système…

— J'y souscris, malgré tout ce que je viens de vous dire. C'est le moins pire qu'on puisse avoir. D'autre part, Avdeïev est un témoin important. Il a négocié une amnistie pour sa participation aux crimes en

contrepartie de sa collaboration avec la justice canadienne dans les trois affaires de meurtre et dans le
dossier du policier corrompu. On verra ce que les
autorités décideront. Il pourrait être déporté, comme
il pourrait obtenir une nouvelle identité et demeurer
au pays. Ça ne me regarde plus, c'est au delà de mes
compétences.

— Le monde est fou ! »

Collard détourna la tête, comme pour fuir les
mauvaises nouvelles de l'enquêteur.

« Natalya Avdeïeva a présenté une demande d'asile,
continua Pagliaro sans se tourner vers le musicien.
Son cas va être étudié, c'est automatique, mais elle
risque d'être renvoyée chez elle en Russie. Elle pourrait
être interdite de séjour au Canada parce qu'elle est
entrée sur le territoire en compagnie d'un membre de
sa famille qui est un criminel reconnu comme tel à
l'étranger. Qui plus est, ce dernier est venu au Canada
dans le but de commettre des actes criminels. »

Collard se réagit pas.

« Evgeni Souvorov, la quatrième victime d'Avdeïev,
va être déporté dès qu'il sera parfaitement rétabli.
Vu ses activités criminelles, il va perdre son statut de
résident permanent.

— Et l'autre ? Ce Solo… Solo…

— Solomine. La Chevrolet Impala brune que vous
avez vue est la sienne. J'ai demandé à nos services de
venir cet après-midi vérifier si Avdeïev et Solomine
n'ont pas installé un micro ici, le jour du meurtre,
avant de partir. On pense qu'ils vous surveillaient, ce
qui expliquerait leur présence à proximité de chez
vous. Si c'est le cas, ils étaient au courant de nos conversations. Anton Solomine va être accusé des meurtres.
L'arme des crimes porte ses empreintes digitales et
c'est aussi son empreinte, partielle, qu'on a découverte
dans la colle sur le clavier d'ordinateur de Nicolas

Turmel. Il est bon pour vingt-cinq ans de prison, sinon plus.

— De la colle ?! Sur le clavier ?!

— Oui, l'assassin avait collé les doigts du policier sur le clavier dans le but de nous mettre sur une fausse piste.

— Mon Dieu ! Laquelle ?

— La musique.

— La musique ? Mais, c'est justement la musique qui... que nous... Mais, enfin... il cherchait quoi ?

— Vous et moi, nous pensions que c'était la musique qui intéressait Avdeïev, mais nous nous trompions en persistant à chercher les bandes magnétiques. Lui aussi. Il cherchait surtout des conversations entre la mafia russe et l'officier de police corrompu que nous avons arrêté. Mais ces conversations n'étaient pas sur les bandes. Elles étaient cachées dans l'ordinateur de Rancourt. Elles sont les preuves de l'existence d'un réseau de prostitution de femmes étrangères ici au Canada.

— Geneviève est morte à cause de ça ? Pas à cause de la musique ? Des enregistrements pirates ?

— Non.

— Des conversations entre mafieux ? La prostitution ?... C'est démentiel...»

Collard se leva de son siège. Il était agité. Pagliaro lut la révolte sur son visage. Le musicien recula d'un pas et désigna l'ordinateur, comme si l'objet devenait tout à coup un danger dont il fallait s'éloigner.

« Mais pourquoi tout ça ?... Ça rime à quoi ? »

Il était dégoûté.

« Avant même d'écouter les bandes de Roch, je me suis laissé emporter par leur importance. C'est à cause de vous, avec vos soupçons... Les maudites bandes ! Je suis même allé jusqu'à Las Vegas. Et Bill qui en a remis ! C'est débile !

— Louis...

— Et puis j'ai écouté les transcriptions. Des enregistrements pirates. Des grands noms. Des vedettes. La rareté. L'argent. Bill m'a convaincu que des gens puissants et dangereux les convoitaient. La belle affaire! Je suis musicien et toute ma vie j'ai placé la musique au-dessus de tout. Ou presque, enfin… jusqu'à aujourd'hui. La musique! La fin du monde! Pendant tout ce temps-là, c'est autre chose qui se tramait dans mon dos. J'ai été aveugle! Fermé et arrogant!

— Louis…»

Le musicien se retourna et se dirigea vers la fenêtre pour cacher sa peine. Après la surprise et la tourmente, c'est l'abattement qui lui tombait dessus. Il pleurait. Il se rappela la discussion qu'il avait eue avec Pagliaro, il n'y avait pas si longtemps. *La vie n'a de sens que celui qu'on lui apporte.* Mais lequel? Pas la peine de revenir sur le sujet. Il se sentait vide. Comment pourrait-il puiser dans ce vide, ce colossal rien du tout, pour donner un sens à son existence?

« Alors ça se termine ainsi? C'est tout? Le coupable s'en va en prison, son complice aura une nouvelle identité parce qu'il a aidé la justice, et les autres s'en retournent chez eux? C'est ça? Et moi? Qu'est-ce qui va advenir de moi? C'est à devenir fou. Amour, famille, travail, y a plus rien ici. Depuis le 5 août, y a que la douleur dans cette maison. C'est comme si la souffrance était devenue la normale dans ma vie.

— Le poète Lamartine le dit autrement: *Nos seules vérités, homme, sont nos douleurs.* »

Collard soupira.

« Eh bien, le poète a raison.

— La vérité, Louis, c'est que vos deuils ne sont pas faits. Excusez le lieu commun, mais laissez le temps au temps…

— Je connais la phrase, Francis, merci.

— Tout ce que je veux dire, c'est que la seule ressource que vous possédez, c'est vous.

— Pour ce que ça vaut…

— C'est déjà ça. Ce n'est pas tout le monde qui a votre talent. »

Collard revint vers Pagliaro et s'installa sur sa chaise devant l'ordinateur. Il prit un kleenex dans la boîte sur le bureau et se moucha. Puis il vit que Pagliaro le regardait d'un air interrogateur en désignant l'écran.

« Qu'est-ce qu'il y a dans cet ordinateur que vous vouliez me montrer ? »

Collard appuya sur la barre d'espacement pour interrompre l'écran de veille et choisit un dossier dans le disque dur. Il se tourna vers le policier.

« Je veux vous faire entendre ceci. »

Le musicien pressa une touche et la musique emplit la pièce.

Un blues.

Même si Pagliaro n'était pas un grand amateur du genre, il fut charmé par la qualité de la musique. Ça sonnait bien. Un bon blues conventionnel, mais pas tout à fait, quand même. Au fur et à mesure de l'écoute, Pagliaro se surprit à reconnaître une ambiance sonore qui lui était familière. Un air connu.

Collard lui sourit tristement.

« Vous discernez quelque chose ?

— C'est curieux, mais oui, je pense.

— Écoutez les cordes. »

Pagliaro prêta l'oreille davantage. Il n'arrivait pas à identifier ce qui lui rappelait un air déjà entendu. Mais où ?

« Ne me faites pas languir, Louis, dites-moi ce que j'entends. Donnez-moi un indice.

— Barry Lyndon.

— Barry Lyndon ?

— Le film de Stanley Kubrick. C'est la musique qu'on entend tout au long du film.

— Mais… oui ! Le trio n° 2 pour violon, violoncelle et piano de Schubert ! »

Le musicien se réjouit.

« Vous êtes bon, Francis !

— Où avez-vous trouvé ça ?...

— Le blues était sur un des CD que vous m'avez remis, pour ce qui est de Schubert...

— Attendez, attendez ! Qui joue sur cet enregistrement, d'après vous ?

— Qui joue ? Mais c'est nous !

— Nous ? *Qui* nous ?

— Roch Rancourt à la trompette, mon ami Jean-Julien sur un des pianos. D'autres musiciens. Et moi au saxophone.

— Mais... et les cordes ?

— J'ai transcrit la partition de Schubert. Je l'ai fait enregistrer par des étudiantes en musique.

— Mais, sans vouloir vous blesser, je croyais que vous ne connaissiez rien au travail de studio ? Vous me l'avez dit. Comment avez-vous fait ?

— Bill Dugas. Je l'ai appelé et je lui ai dit que s'il voulait une copie de ses bandes magnétiques, il devait venir ici m'aider à réaliser ce montage.

— Il est venu ici ? de Las Vegas ? Vous lui avez donné vos copies ?!

— C'était le prix que j'étais prêt à payer pour ce que vous venez d'entendre. »

Pagliaro s'assombrit.

« Vous auriez dû m'en avertir.

— Et vous m'auriez laissé faire ? »

Pagliaro lui sourit.

« Non. »

Le blues était terminé. Collard le refit jouer, mais cette fois il baissa le son.

« Avouez que c'est réussi, Francis.

— Pour être réussi, ça l'est. Mais c'est quoi le vrai but de ce montage ? »

Collard se réjouit, ce flic avait de l'intuition.

« Cet enregistrement, enfin, les bandes magnétiques, Roch Rancourt les a payées le gros prix. J'ai pensé que je lui devais quelque chose. J'ai voulu lui rendre une sorte d'hommage posthume. C'était un vaurien, tout le monde est d'accord là-dessus, mais il a payé le même prix que ma femme. Celui de sa vie. »

Pagliaro fixait Louis Collard comme s'il venait de le découvrir. Singulier personnage.

Il écouta sans parler les dernières notes du blues qui s'estompaient progressivement vers le silence. Il y avait une expression pour cela : *fade out*, fondu de fermeture. Aucun compositeur digne de ce nom d'avant le vingtième siècle n'aurait imaginé un tel subterfuge pour terminer un air, songea Pagliaro. Comme au cinéma, fondu au noir vers le néant.

Il sourit pour lui-même. L'expression s'appliquait à sa propre situation. Tous ces personnages apparus et disparus dans sa vie au gré des enquêtes. Victimes, témoins, criminels, enquêteurs, procureurs. *Fade in, fade out*.

Collard réfléchissait à la suite des choses. Le policier n'avait pas reconnu le guitariste qui jouait sur ce qu'il venait d'entendre. Qui d'autre, à la simple écoute de ce blues inconnu, pourrait y découvrir Johnny Winter, pourtant un des meilleurs guitaristes de tous les temps ? Des connaisseurs ? Et encore…

Allait-il révéler son identité à Pagliaro ?

Non.

Ni à personne d'autre.

Fini le temps de jouer le jeu de tous ces fanatiques collectionneurs de célébrités.

Collard pianota quelques instants et une image apparut à l'écran. Sur fond noir se découpait en gros plan le visage de Roch Rancourt, trompette ultra brillante à la bouche. Un lettrage démodé titrait : Mister Freeze en concert ! Puis, il exécuta deux ou trois opérations, concentré sur ce qu'il voyait devant lui. Il ouvrit son navigateur et se connecta à YouTube. Il jeta ensuite un coup d'œil à Pagliaro.

« Voilà. Tout ce qui reste à faire pour mettre le blues sur le Net, dit-il en montrant une touche sur l'ordinateur portable, c'est d'appuyer ici. Je vous attendais, Francis. Vous êtes, comme moi, une des victimes collatérales. »

Pagliaro regarda longuement Collard, un peu mal à l'aise.

Le musicien avait raison : Roch Rancourt avait payé cet enregistrement de sa vie. Collard n'avait plus à ses côtés la femme qu'il aimait. Lui-même avait perdu Nicolas Turmel, un collaborateur précieux qu'il estimait. Tant de vies sacrifiées.

Pagliaro se tourna vers Collard pour rencontrer son regard.

« Avez-vous pensé à un titre pour votre blues ?

— Oui et non. Je n'ai rien trouvé encore.

— Ce blues est un acte de rédemption, Louis. Pour Geneviève, pour Nicolas, pour Rancourt aussi… Pourquoi pas *Le Blues des sacrifiés* ? »

Collard fixa Pagliaro un long moment. Puis il sourit tristement. Il se tourna vers son clavier et tapa sous l'image le titre en majuscules :

LE BLUES DES SACRIFIÉS
Roch 'Mister Freeze' Rancourt
Artistes variés
26/07/1983

Il posa une main fraternelle sur l'épaule de Francis Pagliaro et indiqua encore une fois la touche sur le clavier.

« C'est ici. »

Pagliaro allongea le bras, prit une respiration et appuya sur Entrée.

REMERCIEMENTS

Un grand merci à mes premières lectrices et lecteur habituels, Francine McNicoll, Mia Ste-Marie et Jean-Pierre Guay. Sans leurs remarques, leurs demandes de précisions, leurs suggestions et leurs corrections (sans compter leur enthousiasme), je doute fort que mes manuscrits se rendent jusqu'à mon éditeur. Ils sont indispensables.

Un merci spécial à Ève Ste-Marie pour avoir partagé avec moi ses connaissances des lois et des règlements de l'immigration au Canada, de même qu'à Guillaume Ste-Marie, Patrice Lapointe et Gilles Brisebois pour leurs informations sur les appareils et les techniques d'enregistrement sonore.

Merci également à Fabrice de Pierrebourg et Vincent Larouche dont l'ouvrage, *Taupes* (La Presse), m'a servi de référence pour les rapports entre la GRC, le SCRS et les services de police au Québec. *Djihad.ca*, des mêmes auteurs, m'a aidé à mieux comprendre les différentes facettes de la radicalisation ici au Québec. Merci au sergent-détective Martin Prémont, de la Sûreté du Québec, pour son éclairage sur les dessous du métier de policier, grâce à son très intéressant ouvrage *De l'autre côté de la matraque* (Béliveau). Merci à Stéphane Berthomet, analyste en affaires policières, terrorisme et sécurité intérieure, auteur de *La Fabrique du Djihad* (Édito), pour la clarté de son essai sur la question de la radicalisation et de l'extrémisme violent.

Merci à la docteure Josée Gagnon, chirurgienne (la seule femme qui peut me découper en petits morceaux sans que je ne rechigne : elle l'a déjà fait), pour ses indications sur les interventions médicales relatives aux blessures par armes à feu. Merci à mon cher François Julien, biologiste judiciaire, généreux dans ses explications au point de prêter son nom à *mon* biologiste judiciaire de cette histoire. Merci à Oliver Sacks (1933-2015) pour ses essais *L'Homme qui prenait sa femme pour un chapeau* et *Musicophilia* (Seuil), dont la lecture m'a inspiré la construction du personnage de Geoffroy que j'affectionne particulièrement. Ma reconnaissance va également à Anne-Josée Cameron dont les questions ont stimulé ma réflexion sur la rédemption.

Si des erreurs se sont glissées dans ce livre, le Diable sait qu'il doit y en avoir, ce sont les miennes, car, comme vous le savez tous, la fiction n'obéit pas toujours (jamais, pour être franc) aux lois de la réalité.

Merci à toute l'équipe d'Alire, fidèle depuis plus de cinq ans. Je vous aime tous, Louise, Francine, Pascale, Mélanie, Gabriel, Jonathan, Francis. Merci, particulièrement à Jean Pettigrew et à Philippe Turgeon de croire en mon travail, pour mon plus grand bonheur (et mes heures supplémentaires). Merci à Diane Martin, réviseure linguistique de tous mes livres qui fait en sorte qu'ils vous arrivent entre les mains en habit de gala, et non en t-shirt et jeans déchiré et taché. Merci à Bernard Duchesne, qui sait lire entre les lignes en plus de savoir dessiner.

Merci à tous ceux qui font partie de la chaîne de production du livre et qui me lient à vous, lecteurs et lectrices. Merci spécialement à vous tous et toutes, qui me faites le plaisir de vouloir passer quelques heures à lire mes histoires.

Il y a quatorze « mercis » (quinze avec ce dernier) dans cette page, ça ne sera jamais assez…

RICHARD STE-MARIE...

... est né à Québec en 1945. Parallèlement à sa carrière de professeur à l'École des arts visuels de l'Université Laval (1970-2000), il a poursuivi une carrière de musicien. Après des études de clarinette au Conservatoire de musique de Québec, il commence à seize ans une carrière de saxophoniste dans un groupe de jazz tout en faisant partie de la fanfare de la Réserve de la Marine royale canadienne. Suivent différentes participations à des groupes de musique populaire qui l'amènent à jouer un peu partout au Québec jusqu'au début des années 70. De 1980 à 1984, il joue avec la Fanfafonie, un des groupes pionniers d'animation de rue au Québec. Le groupe se produit dans différents festivals et fêtes populaires au Québec, au Canada et en Europe. Après deux tournées européennes, la Fanfafonie participe aux fêtes de Québec 1534-1984, événement qui présidera à la fondation du Cirque du Soleil. Après sa retraite de l'enseignement, Richard Ste-Marie se consacre à la radio (CKRL 2002-2010) et à l'écriture. Il a publié trois romans et une dizaine de nouvelles dont « Monsieur Hämmerli », qui a remporté le Prix Alibis en 2010. Son roman *L'Inaveu*, finaliste 2012 du Prix Saint-Pacôme du roman policier et du prix Arthur-Ellis en 2013, a remporté le Prix Coup de cœur, décerné par le club de lecture de la bibliothèque Mathilde-Massé de Saint-Pacôme. En 2015, son troisième roman, *Repentir(s)*, a été finaliste au Prix Tenebris et au prix Arthur-Ellis.

EXTRAIT DU CATALOGUE

Collection « Romans » / Collection « Nouvelles »

VOUS VOULEZ LIRE DES EXTRAITS
DE TOUS LES LIVRES PUBLIÉS AUX ÉDITIONS ALIRE ?
VENEZ VISITER NOTRE DEMEURE VIRTUELLE !
www.alire.com

LE BLUES DES SACRIFIÉS
est le quarante-septième volume de la collection « GF »
et le deux cent trente-sixième titre publié
par Les Éditions Alire inc.

Il a été achevé d'imprimer
en mars 2016 sur les presses de

MARQUIS

Imprimé au Canada

Imprimé sur Rolland Enviro100, contenant
100% de fibres recyclées postconsommation,
certifié Éco-Logo, Procédé sans chlore, FSC
Recyclé et fabriqué à partir d'énergie biogaz.